A PARTIR

DE HOJE,

UM DIA

CB126621

GIOVANNA VACCARO

A PARTIR

UM REALITY SHOW
ÀS CEGAS

DE HOJE,

UM CASAMENTO
DE MENTIRA

UM DIA

editora coerência

Copyright © Grupo Editorial Coerência, 2023
Copyright © Giovanna Vaccaro, 2023

Todos os direitos desta edição reservados ao Grupo Editorial Coerência.
Nenhuma parte desta publicação poderá ser reproduzida através de
qualquer meio existente sem a autorização prévia da editora.

DIREÇÃO EDITORIAL
Lilian Vaccaro

COORDENAÇÃO EDITORIAL
Bianca Gulim

PRODUÇÃO GRÁFICA
Giovanna Vaccaro

CAPA
Fábio Dantas

DIAGRAMAÇÃO
Michael Vasconcelos

Dados Internacionais de Catalogação na Publicação (CIP)

Vaccaro, Giovanna
A partir de hoje, um dia / Giovanna Vaccaro – 1ª edição –
São Paulo: Coerência, 2023

ISBN: 978-65-89850-82-3

CDD: 869.3

Índices para catálogo sistemático:
1. Ficção brasileira 2. Romance

Grupo Editorial coerência

Rua Coronel Leme, 43 | Centro
Bragança Paulista | SP | 12.900-340
www.editoracoerencia.com.br
Tel.: (11) 9.8020-0810

PRÓLOGO

O casamento de uma pessoa deve ser o dia mais feliz da vida dela. Só que o dia do meu casamento está sendo o mais amedrontador que vivi durante os últimos trinta anos.

Não me importo com o tempo perfeitamente agradável, ou com o som dos pássaros alegrando o ambiente. Odeio o fato de que estou vulnerável neste altar, cercado por câmeras e pela maioria das pessoas que conheço. Até o desgraçado do Theo Soares está aqui – ao lado de Olga –, na terceira fileira. Quem o convidou?

Meus pais acabaram de acenar para mim enquanto minha irmã me filma com o celular, mas sou incapaz de discernir o que significa cada movimento. Tudo o que consigo perceber são as batidas do meu coração em meu tímpano, minhas mãos grudentas de tão suadas e minha cabeça latejando.

Eu só quero vê-la.

Nunca me senti tão ansioso na vida.

Ansioso. É mais como se tivesse levado um tiro na barriga.

– Eles tiveram vários encontros às cegas e decidiram se conhecer – Domitila Hernandez diz ao pegar o microfone e encara uma câmera atrás de mim.

E, como se não bastante, o dia mais desesperador da minha vida está sendo televisionado ao vivo.

– Virgínia e Dante viveram dias paradisíacos durante a lua de mel e provaram que química não é o que falta! – Marcos Capela adiciona mais um trecho à fala da esposa, que arranca o microfone de sua mão.

— A vida real não ficou para trás. Os dois precisaram morar juntos por algumas semanas para decidir se o que têm é realmente amor ou se o cotidiano o apaga.

Os convidados estão animados, consigo enxergar a euforia em seus rostos daqui. João, na primeira fileira, está com os polegares para cima a fim de me passar algum conforto. Nenhum deles sabe o que está prestes a acontecer.

— O que esses dois têm ninguém consegue apagar. — A risada de Marcos escapa anasalada. — O casamento de hoje servirá como um experimento social. Pode o amor ser cego? É o que nós, do *Quer casar comigo?*, vamos descobrir agora.

Todos os convidados se levantam ao mesmo tempo, e minha mente enevoada não reage de imediato. *Marcha nupcial* ricocheteia em meus ouvidos e faz minha cabeça voltar a doer. Viro o corpo lentamente para enxergá-la, mas então paraliso.

Virgínia está perfeita.

É como se eu nunca a tivesse visto e todos os momentos até aqui tivessem sido apagados do meu cérebro. Só existe o agora.

Ela caminha em minha direção.

O vestido ocupa toda passagem até a nave, cobre até mesmo seu pai. Na verdade, não é o vestido que me dá toda essa impressão de espaço, mas a presença dela. Virgínia está em toda a minha mente, preenche todo o lugar — e nós estamos a céu aberto. Ela está em tudo, mesmo quando desvio os olhos. Os cabelos são ondas suaves e douradas caindo pelos ombros, emoldurando seu rosto e suavizando sua feição.

Ela sorri. Faço o mesmo, porque é irresistível.

Virgínia ainda está sorrindo quando seu pai a entrega a mim.

Para mim.

Nossos dedos se tocam e se entrelaçam; estão queimando.

— Estamos reunidos aqui para contemplar a união desse jovem casal. — Domitila encara a câmera atrás de nós. — Virgínia Loyola e Dante Moon-Choí, vocês viveram semanas intensas para chegarem até aqui.

— E, agora, só nos resta duas únicas perguntas — Marcos diz e pisca para mim, fazendo o mesmo com minha noiva.

Virgínia aperta meus dedos nos seus. Devolvo o aperto.

Somos dois perdidos.

— Virgínia — Domitila chama, um sorriso no rosto, um silêncio mortal nos assolando —, você aceita Dante como seu legítimo esposo?

O tempo para. Por muito tempo.

Minha cabeça entra em conflito diversas vezes, meu cérebro quase derrete e depois meu corpo leva um choque.

Virgínia demora a responder. Ela suspira e, então, finalmente solta a minha mão.

— Não — responde.

01

VIRGÍNIA

— Eu vou participar de um reality show — o alto-falante do iPhone grita o áudio de Leonardo perto da minha orelha. — Venha logo pra casa, preciso contar pra vocês sobre isso.

Meu celular vibra novamente no bolso enquanto ando apressada pelos corredores abarrotados de universitários. Desta vez é Mafê:

— É sério, você tem só mais meia hora. Já esquentei o yakisoba de ontem e o Leo está trazendo um poke que ele pediu no iFood na hora do almoço.

Meu estômago revira, e consulto as horas no topo da tela: 20h03. Não comi nada desde as duas mordidas na maçã que achei na bolsa às 11h. Era para eu ter comido a fruta inteira, mas um dos camundongos não estava respondendo ao reagente que eu havia aplicado.

— Acabei de sair da sala de aula. Vou chegar em cima da hora, mas vai dar tempo — falo com a boca perto do microfone do celular para tentar abafar o volume das outras vozes ao redor. — Só tem isso pra comer mesmo?

Desvio de um aluno e viro à direita, o que me faz dar de cara com a saída para o estacionamento dos professores.

— Sim, o yakisoba da Josi e poke de salmão com sunomono — minha amiga responde com a voz incerta. — Bom, isso se você continuar me devendo aqueles trinta e quatro reais da semana passada. Me pague, e aí podemos pedir uma pizza.

Fecho os olhos, questionando o salário de uma pós-doutoranda em uma das universidades mais renomadas do país. Não gosto de peixe cru nem das comidas que a namorada de Mafê prepara na intenção de nos converter ao veganismo. Se ganhasse mais, poderia me safar dessa tragédia gastronômica.

Mafê não está realmente me cobrando, está apenas criando ganchos para me fazer parar de reclamar. Somos amigas há muito tempo para ela ficar contando cada centavo que já peguei emprestado (que bom, porque se fosse realmente cobrada pelo que devo provavelmente teria que vender algum órgão desnecessário ou me voluntariar para virar cobaia em testes experimentais com drogas alucinógenas).

— Na verdade, o Leonardo chegou agora e disse que acabou comendo o poke. Ele trouxe hambúrgueres. — *Ufa!* — Você ficou sabendo que ele vai participar de um reality show?

Consigo sentir o gosto da carne e dou um pulinho de alegria quando paro em frente ao Capeta. O Celta vermelho que era de um primo do meu pai está à beira da morte há anos, bebe gasolina feito um velho num boteco de esquina e inferniza minha vida.

— Ele me falou alguma coisa sobre o assunto, mas não dei bola. É verdade? Não me conte, chego em vinte minutos.

Jogo minha bolsa e meu celular no banco do passageiro e bato a testa no para-sol ao inserir a chave na ignição. Fecho a porta aos resmungos, dando partida no carro duas vezes antes de ele finalmente responder.

Só quero chegar logo em casa. É quarta-feira, o dia oficial de *Sex on the drunk* (muita bebida, jantares duvidosos e, graças a Deus, nenhum sexo; na verdade, a parte do sexo é só para fazer o trocadilho, que foi, claro, criado por Leonardo).

Era toda quinta-feira, mas tivemos que mudar para as quartas no último mês, já que foi o dia que o Canal 4 escolheu para lançar os novos episódios de *Beije, case ou mate*, um programa no qual vários solteiros sarados se reúnem numa ilha paradisíaca e vivem semanas de curtição e pegação. Eu e meus dois melhores amigos somos viciados em qualquer tipo de reality show, e os do Canal 4 são os melhores.

Então aqui estou eu, agradecendo pelo meu carro sugador de almas estar cooperando, enquanto tenho apenas vinte minutos para atravessar os cinco bairros que separam a universidade da minha casa.

Eu me concentro no trânsito e imploro por piedade. *Por favor, por favor, eu não quero perder o último episódio!* Chego em casa restando apenas quatro minutos para o novo episódio ficar disponível. Estaciono o Cap na vaga e corro pelo estacionamento. Pulo de dois em dois degraus e meu coração está prestes a explodir quando chego ao quarto andar. Tento colocar a chave na fechadura, mas minhas mãos estão tremendo com a fadiga. Então a porta se abre, e Leonardo me olha dos pés à cabeça duas vezes.

— Está fazendo o quê?

O momento dispensa explicações, por isso passo por debaixo dos braços do meu amigo e me jogo no sofá, fechando os olhos. Sinto cheiro de ketchup e molho tarê; meu estômago se contorce.

— Caramba, faltando apenas um minuto! — exclama Mafê da cozinha, a apenas cinco passos do sofá em que estou deitada. — Você bateu seu recorde, Virgínia.

Ai!

— "Virgínia"?

Abro meus olhos e levanto a cabeça a fim de localizar a minha, até então, amiga. Mafê aparece no meu campo de visão: apoiada no batente da porta que fica entre a sala de estar e a cozinha, segura um frasco de shoyu e tem os cabelos escuros presos num rabo de cavalo firme.

— Não é seu nome?

Ela revira os olhos desconfiados, e eu faço o mesmo.

— Quando você fala desse jeito, parece que está brava comigo — respondo e cruzo os braços ao me sentar —, *Maria Fernanda*.

A risada de Leonardo ecoa pela sala. Ele está sentado na poltrona perto da nossa televisão, os braços grandes demais para os apoios.

— Vi, acho que você ainda vai ouvir muito o seu nome durante a vida — indaga ao curvar a cabeça.

Torço o nariz e me levanto. Não tenho nada contra meu nome, mas a maneira como soa nas vozes de outras pessoas me deixa ansiosa.

— Você vai participar de um reality? — Encaro Leonardo, que, apesar de passar mais tempo em nosso apartamento do que em sua própria casa, mora a alguns bairros de distância. — Estou com tanta fome!

— Temos álcool e carboidratos, baby — ele fala, e aí muda de assunto: — Vou participar do próximo reality do Canal 4.

O quê?!

— Hoje não vamos contar calorias! — Mafê grita na cozinha, animada.

— É verdade, separei o *Sex on the drunk* pra ser meu dia do lixo. — Leonardo se levanta da poltrona e segue em direção à cozinha. — *Beije, case ou mate* merece algo melhor do que fibras.

Rio e olho para a tevê. O episódio de hoje, que é o último da temporada, já começou, mas o narrador está recapitulando os beijos e as brigas anteriores.

— Calma aí, calma aí. — São muitos assuntos para o meu cérebro cansado. — Como assim o Leo vai participar de um reality show? Quando isso aconteceu?

Meu amigo volta para a sala carregando dois embrulhos de hambúrgueres. Pego um para mim.

— Pelo visto, treinar dez horas por dia me proporcionou alguma coisa... — Ele abre a boca para dar uma mordida no lanche e, de onde estou, consigo ver Mafê soltar um "blá-blá-blá" sem som.

Rio alto.

— Mentiroso!

Leonardo reveza entre os sanduíches e uma lata de cerveja. Porque é lei: não existe água, refrigerante ou suco no *Sex on the drunk*!

— Você acha que personal trainer não treina? — questiona ele erguendo os ombros avantajados, e sou obrigada a notar todos os seus músculos e veias aparentes na pele escura.

Mafê se senta ao meu lado, colocando um bowl na mesa de centro à nossa frente. Esse yakisoba já fez aniversário na geladeira.

— Até parece! — ela ironiza. — Tudo o que você faz é ajudar as alunas bonitas no agachamento.

— Você queria estar no meu lugar — rebate Leonardo depois de um gole.

Olho para Mafê esperando pela resposta conforme dou mais uma mordida no x-bacon.

— Já tenho minha namorada — ela espeta o garfo no yakisoba, o cenho franzido, como se estivesse em conflito —, mas sim.

— Bom, foi uma dessas alunas que me ofereceu a vaga no reality. — Leo volta ao assunto principal. — Ela é produtora do Canal 4. Me enviou o formulário de inscrição hoje e disse que tenho grandes chances de entrar.

— Então você ainda não está confirmado. — Mafê revira os olhos. — Poderia ter dito antes.

— O que acontece é que esse reality é um experimento social e não têm inscrições abertas ao público. Você precisa ter contatos pra conseguir preencher o formulário — explica meu amigo. — E eu vou entrar. Ninguém deixaria este corpinho lindo de fora do *Quer casar comigo?*

— O quê? — Meu hambúrguer quase escorrega em meu colo. — *Quer casar comigo?*?

— Você está pensando em participar de um reality de casamentos? — dispara Mafê.

— Casamentos às cegas — o rosto de Leonardo é sereno, como sempre. — Cansei dessa vida de festas e pegação. Quero conhecer o amor da minha vida, ter dois filhos e uma iguana.

— Uma iguana?!

— Você é louco?! — a voz de Mafê cresce, não entendo porque ela parece tão brava. — Não pode se casar com uma mulher que nunca viu! Pode ter algo de errado com ela.

— Se eu entrar no programa, posso, sim. Eu não reclamo da sua namorada vegana. Você vai ter que aceitar minha noiva, seja ela como for. — Leo gargalha, mas seu corpo se enrijece. Aponta com o controle para a televisão e aumenta o volume. O rosto bonito de Marcos Capela, o apresentador, preenche a tela. Meu coração chega a palpitar. — E a Josi ainda obriga você a comer essas porcarias — murmura Leonardo com sua voz grave, visivelmente falando com Mafê, mas sem desgrudar os olhos do programa.

Troco um rápido olhar com minha amiga e percebo que há algo a mais ali. Seus olhos castanhos estão apagados e a boca está firme numa linha. O fato de Josi, a namorada de Mafê, insistir para que as duas levem vidas veganas enfurece Leonardo. Ele está sempre reiterando que: 1. proteína animal é saudável e 2. ninguém pode obrigar a namorada a parar de comer o que gosta.

Contanto que Mafê esteja feliz, não vejo problema em vê-la comer lentilha. Se bem que... como alguém pode ser plenamente feliz sem ingerir um pouquinho de carne?

Ela encara o yakisoba e diz:

— Concordo com a causa — o hashi misturando o macarrão com os brócolis e as acelgas —, mas tenho tanta saudade de...

— Carne? — Leonardo ainda não encarou Mafê. — Sim, deveria mesmo.

Arranco um pedacinho do bacon que está caindo do meu hambúrguer e estendo o braço. Mafê me encara um pouco desconcertada e pede silêncio com o dedo. Pega o bacon e joga na boca um milésimo de segundo antes de Leonardo se virar para trás.

— Não esqueçam do *drunk* em *Sex on the drunk* — ele diz ao se levantar e correr até a cozinha, os olhos suaves novamente e as tranças enraizadas balançando.

Mafê aproveita a saída de Leo e abre a boca para que eu dê mais um pedaço de bacon a ela. No fim de tudo, ela só não quer admitir que não é como a namorada.

Ela levanta o copo On the rocks, exibindo que está tomando uísque. Puro. Simplesmente doida. Amo isso nela. Apesar de parecer durona e beber coisas amargas, é o oposto. O cabelo escuro sempre muito bem preso e as roupas sóbrias escondem que minha amiga é divertida — e muito leal.

Leonardo volta e posiciona uma taça e uma garrafa de cabernet em frente aos meus olhos. Não acho que vinho harmonize com x-bacon, mas sirvo a taça, ouvindo a música da introdução do reality. Meus amigos já parecem mais relaxados, mas, conhecendo os dois, sei que ficarão carrancudos até o final do episódio.

— Você vai me agradecer quando eu estiver famoso e rico depois do reality — Leonardo murmura.

Mafê enfia mais yakisoba do que realmente cabe em sua boca. Ela desistiu da briga. Eu, por outro lado, foco em apenas uma palavra de Leonardo: "rico".

DANTE

O soco na cara que acabo de receber é a melhor coisa que sinto há dias.

— A guarda. — Ouço ao longe. — Melhore a guarda.

Ergo os antebraços e subo os ombros. Meus punhos estão quase fechados dentro da luva e consigo sentir as bandagens apertarem os nódulos dos dedos. Flexiono os joelhos e lanço o peso do tronco para a frente quando meu cotovelo acerta o queixo de João Paulo.

Ele ri, mostrando os dentes protegidos pelo bucal, mas sei que doeu.

Meus pés tocam o chão um de cada vez e meu corpo balança em expectativa. João troca de base, e levanto o joelho para bloquear o chute, que tentou alcançar minhas coxas. Sinto a canela arder com o atrito, mas o equipamento me deixa firme.

— O que estou tentando falar é que — a voz de João chama minha atenção e ele acerta um cruzado em minha orelha — você merece aquela vaga.

Dou alguns passos para trás e tento ignorar a dor que se alastra pela lateral do rosto. *Quem está apitando em meu ouvido?*

— Eu sei — respondo, tomando fôlego e lhe acertando um chute frontal na barriga —, mereço mesmo.

Observo o cenho do meu colega franzir em resposta ao golpe. No entanto, recompõe-se rapidamente e levanta a guarda outra vez, aguardando meu próximo movimento. Acerto um *upper*.

— E simplesmente não vai agarrar a oportunidade? — Observo os pés descalços de João sobre o tatame vermelho, subo mais os ombros. Ele pisa forte com o pé direito, posiciona o tronco ao lado do meu e gira para acertar o cotovelo em meu nariz. Um gemido escapa de meus lábios. João continua: — Você nem sabe o que ela vai propor.

Eu me afasto na tentativa de respirar melhor. Meu coração está acelerado e meu pulmão parece estar cheio de algum tipo de líquido. Olho em volta. Não conheço o novo treinador. Ele está com um dos braços entrelaçados nas cordas amarelas do ringue, a cabeça apoiada no corner; parece entediado.

— A guarda — ele diz sem expressão.

Alço os punhos em frente ao rosto e esquivo bem a tempo de desviar de um soco.

— É só uma reunião — afirmo, concentrando-me em João para ignorar a voz de Olga, que surge em minha mente.

Meu punho direito acerta um soco em seu rosto e aproveito para emendar um chute. Meu amigo se curva para tentar defender as costelas. Pisco com força, não sei se pelo golpe que João acertou em meu nariz alguns segundos atrás ou se pelo fato de não gostar de reuniões que poderiam muito bem ser um e-mail.

— Pra promover você, é claro. — O couro da luva cola em minha pele suada. Preciso piscar os olhos várias vezes para enxergar nitidamente de novo. — Ser jornalista investigativo é seu sonho.

João acerta um golpe em meu estômago, que se contorce.

— Meu objetivo.

Sonhos são para garotinhas de doze anos; sempre fui mais de calcular metas.

— Tanto faz. É o que você sempre quis. — João é um pouco mais alto que eu, e preciso levantar o queixo para prever seus movimentos. — Você precisa aceitar — ele fala quando atinge minha boca com um *jab*.

Dou dois passos para trás e chuto a parte interna de sua panturrilha.

— Ela sabe que eu quero a vaga — digo. — Mas vai pedir algo em troca.

Eu me balanço e vou para cima na intenção de acertar socos. João se defende, então parto para um *clinch*. Ele solta um grunhido quando forço meu braço esquerdo sobre sua cabeça, querendo trazê-la para baixo. Empurra na direção oposta, tentando se livrar do abraço. Aproveito para acertar uma joelhada em seu abdômen.

— É assim que funcionam — João murmura em meus bíceps, sem ar — os negócios.

Reviro os olhos, apreciando a sensação da vantagem que estou levando neste *sparring*. Eu já deveria estar em casa me preparando para a reunião, mas precisava esvaziar a mente. A minha sorte é que a Elite é uma academia quase 24 horas e os clientes podem usufruir até mesmo dos serviços extras, como os treinos de muay thai até tarde. É claro que eu não preciso de toda essa regalia quando o meu melhor amigo é o dono disso tudo. Se eu quisesse treinar às 3h da manhã, João Paulo daria um jeito.

— Não saber o que ela vai me propor em troca da vaga me deixa...

João aproveita que afrouxei um pouco os braços e se desvencilha do meu aperto, voltando à posição de combate. Ele ergue os braços para armar uma guarda longa, a respiração pesada.

— Bravo?

Troca de base e acerta um chute alto na lateral do meu rosto. Franzo o cenho, minha bochecha queimando.

— Ansioso — corrijo, protegendo minha cabeça com a luva quando seu pé a estapeia novamente.

Obrigo-me a ficar atento nos movimentos de João. Ele troca de base de novo, e me preparo para bloquear o chute na cabeça. No entanto, ele me engana com a finta e dispara um soco limpo em meu peito, que está desprotegido.

Ouço o alarme de pausa e jogo meus braços ao lado do corpo, cansado. João suspira, abrindo o velcro para retirar as luvas. Foram dois minutos cruéis.

Desvio o olhar para fora do ringue. O treinador está encarando a tela do celular, e meu sangue ferve por saber que ele não está dando a mínima para o treino. Fito o relógio digital preso perto do teto alto. São quase 23h. Se eu fosse obrigado a trabalhar até tão tarde, muito provavelmente também não gostaria de estar dando o meu melhor, mas com certeza o faria. Fico contente por não precisar de treinador algum, mas ele deveria, pelo menos, aparentar mais interesse — ainda mais quando o treino envolve seu chefe.

— Ela vai propor um teste do sofá. — João gargalha após tirar o bucal, a voz voltando a soar como de costume. — Tem que ver como ela come você com os olhos!

Tiro minhas luvas e as caneleiras conforme minha cabeça forma imagens de Olga vestindo apenas lingerie; balanço a cabeça para espantar os pensamentos, mas ainda consigo visualizar a cena da mulher de meia-idade sentada no sofá verde-musgo do escritório principal do São Paulo 24hrs. Não é tão ruim assim, Olga é bonita.

— Está pensando na sua chefe sem roupa?

Tusso, e meu rosto esquenta. Se Olga me propuser uma noite sem compromisso em troca do que mais almejo nos últimos três anos, sim.

— Não — vocifero.

João me observa com os olhos estreitos, mas uma risada está querendo escapar de sua boca. Ele desvia a atenção e guarda os equipamentos em uma bolsa. As luzes da academia estão se apagando aos poucos. Os ringues só estão sendo iluminados pela luz que vem do estúdio de dança, onde poucos alunos também estão juntando seus pertences. Ajeito a alça da bolsa sobre o ombro e desço a pequena escada de madeira atrás de João.

Ele está conferindo as notificações no celular e, enquanto me sento no chão para calçar os tênis, manda um áudio para a esposa para confirmar que chegará em casa em alguns minutos.

— É sua culpa eu estar levando bronca agora — diz, guardando o celular.

Curvo a cabeça.

— Você que se convidou pra treinar a esta hora. Eu viria de qualquer forma.

— Eu precisava colocar juízo nessa sua cabeça. — O tapa em minha nuca me faz olhar para cima. — Se não fosse por mim, você passaria a noite inteira esmurrando um saco de pancada. Tudo pra faltar à reunião.

Fico em pé e noto que João está aguardando por minha resposta. É como se ele estivesse todo esse tempo ao meu lado apenas para saber se vou ou não me encontrar com minha chefe amanhã. E eu não consigo deixar de perceber que prezo muito pela amizade que firmei com ele em poucos meses.

— É claro que estarei na reunião amanhã.

Um sorriso se forma no rosto de João Paulo.

— Mesmo se a proposta de Olga for uma rapidinha? — Pisca. Não respondo de imediato. — Você faria qualquer coisa por essa vaga — conclui, irônico.

Ele tem razão. *Droga!*

02

VIRGÍNIA

— Coma, ratinho, coma — choramingo com a testa apoiada no vidro da gaiola.

Não dou mais nomes aos camundongos desde que percebi que eles só sobrevivem à minha pesquisa por algumas semanas. Apesar disso, o que está me encarando com olhinhos vermelhos agora tem cara de Chico.

Estou há algum tempo oferecendo uma ração específica aos três roedores na gaiola. Estão nitidamente cansados; dois deles, as fêmeas, comeram um pouquinho e foram se aninhar uma à outra no canto da gaiola forrada por maravalha, mas Chico nem mesmo se levantou. Tudo o que ele consegue fazer é piscar os olhinhos com dificuldade.

— Vamos, Chico. — Afino a voz para incentivá-lo. — Coma só um pouquinho, vai...

O rato não se move. Empurro minha cadeira giratória para trás e me curvo sobre a mesa, exausta.

Descobri que Chico desenvolveu lúpus na semana passada e, desde então, os dias do bichinho ficaram cada vez mais difíceis. O resultado dos exames que fiz ontem saíram nesta manhã e agora sei que as articulações dele estão travando e que seu sistema endócrino está falhando.

Eu me preparei para começar a nefropatia para pelo menos diminuir sua dor, mas, pelos resultados, já posso concluir que Chico só terá mais algumas horas de vida.

Levanto-me e inspeciono algumas outras gaiolas. Nenhum outro camundongo parece tão ruim (até porque cada gaiola representa um estudo diferente dentro da minha pesquisa). O experimento feito com Chico é mesmo o mais invasivo; precisei privá-lo de sono por noventa e seis horas, junto com suas duas companheiras de cela. Apesar de seu sofrimento, provei que a privação de sono é um estímulo capaz de acelerar o início do lúpus (uma vez que o sono é importante para manter o sistema imunológico nos trinques).

O armário de suprimentos do laboratório está cheio de provetas, tubos de ensaios e béqueres. Estico o corpo e fico na ponta dos pés para alcançar um kit de anestesias. Derrubo um balão de fundo chato, e o frasco tilinta no chão de linóleo cinza, mas não quebra. *Obrigada, você, seja lá quem for, que inventou o vidro temperado.*

Inspeciono o ambiente. O laboratório está vazio; além de mim e meus dezessete camundongos, há somente Milena, uma mestranda que não vai muito com a minha cara. Ela está fingindo que eu não existo, os olhos colados num microscópio.

Preparo a seringa e olho para Chico. Meu coração se parte (mais uma vez). Abro a gaiola e o pego pela cauda, usando minha outra mão como base para sustentar seu corpo. As outras duas ratinhas acordam e assistem enquanto afasto o colega delas.

Deito Chico no tampo da mesa de metal e observo sua respiração fraca. Seus olhos já estão fechados e as patinhas estão moles; ele não merece isso tudo. Seguro a nuca do animal entre os dedos e prendo a cauda entre os outros. Aplico a anestesia e, quando tenho certeza de que surtiu efeito, injeto o cloreto de potássio. Sinto o pulso de Chico desacelerar... e agora parece que está dormindo. Pelo menos sei que a dor que eu tinha lhe causado passou.

Suspiro com os olhos baixos quando jogo os materiais que acabei de usar no lixo químico.

— É só um rato. — Ouço a voz de Milena e passo as mãos pela bochecha molhada, porque sei que ela não pode ver meu rosto de onde está.

— Não é só um rato. — Fungo ainda sem me virar. É também minha pesquisa, que se esvai a cada morte de roedor. — Era o Chico.

Era Lívia. E tudo pelo que ela passou.

Tudo o que eu gostaria de prevenir.

— Você e seus ratos com nomes, doutora Loyola — resmunga Milena.

Não sou doutora ainda, quero corrigir, mas não o faço. Meio que gosto do meu sobrenome acompanhado por meu futuro cargo.

Sinto meu celular vibrar no bolso quando cubro Chico com um saco plástico para descarte. É uma notificação de e-mail, que deixa minha boca seca. É a resposta da doutora Nunes, que comanda o departamento de pesquisa da universidade, para o orçamento do subsídio que preciso para o financiamento da minha pesquisa. *Que seja uma boa notícia!*

Quinta-feira, 14:10

DE: drahelenanunes@dep.pesquisas.sp.com

PARA: loyolavirginia@gmail.com

ASSUNTO: RE: Proposta de subsídio - Diagnóstico precoce para LES

Cara Virgínia Loyola, bom dia.

Como andam suas métricas? Soube que tem progredido no estudo envolvendo o diagnóstico precoce de Lúpus Eritematoso Sistêmico (LES). Estou ansiosa para ler seu novo artigo com os avanços. Que tal o publicarmos na próxima edição da C&S?

Recebi todos os seus sete e-mails. Perdoe-me pela demora da resposta, estamos todos muito ocupados com as notícias sobre os cortes de verbas do governo para pesquisas em universidades públicas. É tudo uma grande perda para a ciência.

Esse também é o motivo da resposta que lhe dirigirei. Sei que sua pesquisa, assim como a de seus colegas, é muitíssimo importante para o avanço da saúde, mas estamos com o orçamento limitado. Não posso lhe ceder a quantia que estimou nos e-mails. Tudo que posso mandar é o que já lhe é garantido no contrato do doutorado: sua bolsa de estudo, o salário como professora e a disponibilidade do laboratório com equipamentos básicos.

Compreendo que seu projeto precisa de um laboratório maior, uma equipe que vá além de você, equipamentos especializados e, sobretudo, investimento. No entanto, nosso departamento não será capaz de ajudá-la. Não por ora.

Eu sinto muitíssimo, pois sei do seu potencial. Espero que ainda possamos trabalhar juntas, mas eu e o departamento compreenderemos se preferir transferir a pesquisa para outro campus.

Atenciosamente,

Dra. Helena Nunes, PH.D

Universidade de São Paulo

– Merda!

Sinto meus olhos arderem, quero chorar. Pela pesquisa, por Chico e por minha irmã. Leio o e-mail da coordenadora mais duas vezes e tento encontrar alguma brecha.

Não há nada. A universidade não vai me subsidiar. E eu, definitivamente, preciso de milhares de reais para conseguir finalizar a pesquisa.

Tenho trabalhado para encontrar um meio de diagnóstico para lúpus há anos. Um diagnóstico certeiro e precoce, que dê o tempo necessário para que o paciente consiga remediar os sintomas e viver uma vida comum com o tratamento. Afinal, a maioria das vítimas fatais do LES descobre a doença já em estágio avançado e não tem muitas oportunidades de reverter as sequelas nos sistemas vitais.

Não tenho os equipamentos necessários e não tenho uma equipe. Sem dinheiro, não conseguirei finalizar o estudo (mesmo que eu trabalhe sozinha e com o meu próprio dinheiro pelos próximos setenta anos). Preciso de auxílio. Muito!

Viro o corpo e noto que Milena não está mais no laboratório. Resmungo palavras ininteligíveis por falta de coragem, porque o que quero mesmo é gritar. *Não é o que Lívia merece.* Meus olhos recaem sobre Chico coberto por um plástico transparente.

O meu objetivo é claro. Quero que pacientes com LES tenham a chance que Lívia não teve. Quero voltar para casa com a notícia de que, não, minha irmã nunca vai voltar, mas outras pessoas não precisarão passar pelo que ela passou. E eu não vou conseguir realizar essa meta sem a ajuda do departamento de pesquisa.

O conflito interno que me atinge é tão grande que cogito injetar em minha veia a mesma solução que preparei para Chico, mas não tenho dinheiro para cobrir o serviço funerário.

DANTE

Ser jornalista no Brasil não deveria ser tão difícil — pelo menos não tanto quanto foi para meu pai. Você estuda numa boa universidade por quatro anos, consegue um estágio numa revista de renome, faz MBA em Comunicação em uma universidade ainda melhor do que a da graduação, consegue um emprego como redator em um dos jornais mais consagrados do país e... para quê? Para a internet aparecer e acabar com tudo?

Desde que as redes sociais ganharam força na sociedade, os jornais impressos foram deixados de lado. E isso é ótimo, eu também respeito a praticidade da internet; gosto de saber que estou a apenas um toque das notícias de um país longínquo. Mas os impressos precisavam mesmo ser extintos?

Lembro do meu primeiro semestre da faculdade. Tudo que eu queria era me parecer com alguém meramente semelhante ao meu pai, que foi um repórter comum por muitos anos, mas que, se qualquer um parar para conferir, tornou-se um verdadeiro jornalista, íntegro e fiel à imprensa, ao se exilar no Brasil.

— Já sabe quando será a sua reunião com a Olga?

Dirijo meus olhos para a sala de vidro de Olga Valle, a editora-chefe do SP24, o jornal — agora digital — para o qual trabalho há três anos e meio. Está vazia.

Estico meu corpo na cadeira reclinável do meu guichê e ergo o pescoço a fim de localizar o dono da voz. É João Paulo, que preencheu todas as lacunas da minha vida ao ser contratado como colunista de empreendedorismo. Mesmo podendo escrever de casa, ele aparece toda quinta-feira para digitar seu artigo da semana e ocupa a mesa ao lado da minha.

— Não tem um horário marcado — digo. — Ela só me mandou uma mensagem e falou que tem uma proposta irrecusável para me fazer, que é para conversarmos hoje.

Observo João torcer os lábios.

— Então ela não especificou uma hora para trocar a vaga dos seus sonhos por seus serviços sexuais — é o que ele comenta.

Minha nuca esquenta, mas ignoro a sensação de constrangimento enquanto João abre um sorriso largo e ri da própria piada.

João é uma das pessoas mais carismáticas que conheci na vida e, às vezes, até me irrita um pouco saber que esse cara está sempre de bom humor. Foi ele que me convidou para tomar uma cerveja depois do expediente em sua primeira semana como colunista. Eu jamais faria qualquer tipo de amizade com um influenciador digital.

— Na verdade, estamos supondo que a proposta tenha algo a ver com o cargo de repórter investigativo — rebato, voltando ao assunto —, mas pode não ter nada a ver.

— Duvido! — João aponta o dedo para mim. — Você pode até não gostar da situação, mas é praticamente o chaveirinho da Olga Valle. Ela confia em você mais do que em qualquer um desta redação e sabe sobre os seus interesses. Se ela vai propor algo, certamente deve haver uma boa moeda de troca.

Franzo a testa.

— Que você supõe ser sexo — falo, reclinando as costas na cadeira.

João solta uma gargalhada.

— Talvez ela tenha algum fetiche com notícias investigativas e o velhote do Cláudio aqui não seja mais tão... potente.

Existe um leve sorriso em meu rosto, o que é pouco comum que aconteça dentro da redação, mas sempre presente às quintas-feiras. Estico o pescoço para dar uma olhada no guichê de Cláudio.

O que acontece é que quem ocupa a mesa à qual João está sentado é Cláudio, um jornalista investigativo da velha guarda que já está além da meia-idade. Às quintas-feiras, João se senta ali e escreve sua coluna porque é o dia reservado para Cláudio fazer suas pesquisas de campo.

A redação a qual eu pertenço é factual e ainda tratamos dos mesmos assuntos de antes da reforma para o digital, mas nunca houve um orçamento tão baixo para a área que almejo, que é — e eu posso estar sendo um pouco arrogante aqui — o jornalismo investigativo, mais precisamente o cargo que Cláudio ocupa. Enquanto não o conquisto, a maior parte dos meus escritos é coberta por pautas quentes, que são, basicamente, as notícias do dia. Posso escrever sobre a morte da rainha da Inglaterra, alertas do governo e crises econômicas mundiais, mas também sobre celebridades que se assumiram demissexuais de repente, um novo método para evitar a ejaculação precoce ou manifestações a favor do aborto.

Nunca se sabe...

Cláudio, por outro lado, tem carta branca para escrever sobre escândalos de corrupção, magnatas envolvidos com tráfico de órgãos ou multinacionais relacionadas com trabalho escravo. Ele pode escrever sobre o que quiser, pode se disfarçar para investigar um parlamentar no senado, pode seguir um chefe de quadrilha num carro blindado e tem até direito a uma arma de fogo!

Mas não é o que ele faz. Não sei se algum dia em sua carreira Cláudio aproveitou seus recursos para fazer um bom jornalismo, mas desde que o conheço não publicou nada de interessante.

— Se a vaga for sua, terá que publicar um furo bem melhor do que “Tentativa de homicídio causa confusão em rodovia”. — João me traz de volta à realidade, e uma risada alta escapa automaticamente de minha boca ao reconhecer o título de uma das últimas matérias de Cláudio.

Meu amigo bate o punho ao lado do teclado para tentar se conter, mas é impossível. Tento me concentrar para parar de rir e falo:

— Nunca vou ser capaz de ganhar dessa.

— “A vítima de quarenta e três anos, que não teve a idade revelada, estaria alcoolizada” — recita João entre risadas.

— Acho que alcoolizado estava o Cláudio — afirmo, enxugando a lágrima que ousou aparecer no canto do meu olho. Limpo a garganta e repito, usando um tom jornalístico na voz: — “A vítima de quarenta e três anos, que não teve a idade revelada...”.

O rosto de João está incrivelmente vermelho quando ele volta a rir.

Gafes no jornalismo são de praxe, mas fico feliz em ter o costume de revisar meus textos pelo menos cinco vezes. Nunca cometi nenhum tipo de vexame e pretendo continuar na mesma linha: textos rápidos, fluidos e sérios. Mas Cláudio é o campeão em publicar frases confusas para o SP24. A vítima de quarenta e três anos sem idade revelada foi a última de suas pérolas.

Eu me inclino para repetir a frase e rir novamente, mas João aponta para a sala de Olga.

— Olha quem chegou.

Ao lado da editora-chefe do jornal está Theo Soares, o ex-marido. João faz uma careta.

— Que comece o show — comento num sussurro, prevendo a típica briga entre divorciados que trabalham no mesmo prédio.

O casamento de Olga e Theo durou vinte e poucos anos, entre as filhas gêmeas e os muitos prêmios relevantes para a imprensa que garantiram. Eles eram vistos como inspirações por qualquer aspirante a jornalista que cogitasse um romance com alguém da mesma área. Ela, editora-chefe de um dos jornais mais tradicionais da nossa época, e ele, dono do maior site de fofocas do Brasil, o *Nada a declarar*. Os dois veículos ocupavam o mesmo edifício na capital paulista. Theo liderava dois andares com o site e Olga, os outros oito andares com o jornal, que tinha mais de dez editoriais diferentes. Era ótimo, eles se amavam.

— Querida — consigo ouvir a voz serena de Theo —, o que você precisa entender é que o fato de eu não ter tempo para buscar as meninas na coleguinha delas não tem nada a ver com a nossa pequena desavença, mas com a minha reunião já marcada com os produtores do reality.

Olga arregala os olhos, cerra os punhos e depois cruza os braços.

O amor virou ódio quando o SP24 foi comprado por outro investidor, que reduziu os custos para o orçamento do jornal. Desde então, Olga precisou assistir calada enquanto os editoriais iam se agrupando para dividir os três andares que sobraram. A seção Teen foi fechada, enquanto Beleza, Cultura, Ciências e Saúde se fundiram em um único editorial. O pessoal de Esportes ainda tem um andar particular — por conta do futebol, que sempre rendeu —, mas foram obrigados a dividir o tempo de tela com assuntos relacionados à Games, afinal os *eSportes* têm um grande público. Até mesmo a minha redação foi reduzida: ficamos apenas com um andar em vez de três, houve muitas demissões e os poucos repórteres que ficaram, como eu, precisaram se reinventar. Fomos praticamente obrigados a tirar as carrancas de jornalistas e adentrar no mundo digital como influenciadores digitais e opinativos, criando postagens engajadas e fãs, que ainda são garantias para leituras e assinaturas, já que o jornal impresso foi extinto.

Enquanto isso, a popularidade de Theo alcançou números gigantescos depois que ele e sua equipe – não posso chamá-los de jornalistas – começaram a divulgar informações sobre a vida privada das celebridades. Conforme o *Nada a declarar* foi ganhando os processos judiciais em que se metiam, conseguiram mais espaço na internet, mais dinheiro, e Theo começou a investir. Ele alugou os andares que eram anteriormente do SP24, contratou antigos jornalistas de Olga e os dois deixaram o orgulho vencer o casamento.

– Não me chame de "querida". – A voz de minha chefe é um pouco estridente, mas firme. – Primeiro, as meninas não estão na "coleguinha", estão na casa da prima, sua sobrinha, porque passaram a noite por lá após se encherem de álcool na festa universitária a que *você* deixou que fossem.

Theo revira os olhos, um sorriso plácido.

– Elas têm quase vinte anos – rebate. – Nós fomos a dezenas de festas como essa durante o curso de Jornalismo.

– Então não fale "coleguinha", como se tivessem seis anos. E não me lembre da pior época da minha vida, que foi o início do nosso namoro, quando eu era jovem e pouco inteligente a ponto de seguir em um relacionamento com você. – Os ombros de Theo balançam, indicando que está rindo. Do ângulo que estou, só consigo ver as expressões de Olga. – Segundo, desavença? O que temos é uma... desavença? – Olga cerra os olhos, há um pouco de humor em seu semblante agora. – Ah, Theo, saudades da época em que o que tínhamos era uma mera discordância. Eu realmente não suporto você!

– Você é louca por mim, *Alga marinha.*

Theo dá um passo e ergue a mão para tocar a bochecha de minha chefe. Ela olha em volta, afastando-se; acho que teme que alguém possa ter escutado seu apelido íntimo com o ex-marido.

"Alga marinha"?!

— Você me *deixa* louca, mas não sou louca *por* você — Olga fala, soltando o ar pela boca. Aponta o dedo bem próximo ao rosto do ex-marido. — Terceiro, você tem uma reunião. Eu também tenho.

Olga lança um olhar em minha direção, e tento fingir que não estava ouvindo a discussão dos dois, mas sou pego no pulo. Theo me fita com curiosidade, então ergo a mão em um cumprimento frouxo. Minha nuca está queimando.

— A sua pode esperar. Você busca as meninas — ele diz, voltando-se para Olga. — Os produtores do reality não têm a mesma agenda que o menino dos seus olhos.

Menino dos olhos dela?

— Os produtores do reality? — Olga parece não se incomodar com a maneira como Theo me caracteriza. Parece desconfiada. — De qual reality está falando?

Theo ajeita o terno slim pela lapela. Depois disso, passa a mão direita pelo topete branco. Ele limpa a garganta, parecendo desconfortável pela primeira vez desde que colocou os pés no andar.

— *Quer casar comigo?*

A boca de Olga se abre. *O quê?*

— O quê?! — ela berra, a face horrorizada.

— Meu Deus! — Ao meu lado, João se levanta da cadeira giratória e exclama.

Uma salva de palmas repercute pelo andar. Olho em volta e vejo quase todos os repórteres em pé, alguns gritando: "Lindos!", "Viva os noivos!" e "Parabéns!".

Theo cai em uma risada alegre, as mãos fechando o único botão do blazer. Ele aplaude também, animado. Olga leva as mãos ao rosto vermelho, dá a impressão de que, se tivesse uma arma, não pensaria duas vezes em atirar na cabeça do homem que acabou de colocar as mãos em seus ombros e chacoalhá-la.

Quando as palmas cessam, um burburinho toma conta da redação; parece que o expediente acabou. Alguns estagiários caminham em direção aos dois, parece que buscam por um... abraço?!

Olga caminha para trás até bater as costas na parede de vidro de sua sala, dispensando os estagiários. Theo ainda parece muito confortável. E reparo que ainda não houve um "sim" ou "não".

— Parem.

— *Quer casar comigo?* — repete Theo, olhando para a ex-esposa desta vez.

Ele faz menção a se ajoelhar.

Outra salva de palmas começa. João Paulo está gritando a plenos pulmões ao meu lado enquanto eu ainda não me atrevi a mexer nem mesmo um músculo.

— Meu Deus! — Olga geme, pegando Theo pelos ombros e o impedindo de se ajoelhar. — Meu Deus, parem! — As palmas continuam. — *Parem com isso agora!* — Silêncio. A não ser pela risada acalorada de Theo. — Saia daqui!

— Querida, isso foi impressionante — comenta Theo.

Olga empurra o homem pelos ombros em direção ao elevador.

— Saia! — grita ao lançá-lo dentro da caixa de metal.

— Alga Marin... — escuto Theo dizer conforme a porta do elevador se fecha e o leva embora.

Olga se escora na porta de metal. Suspira e abre os olhos.

— Isso foi um "sim"? — pergunta o novo estagiário da redação.

Os outros repórteres ainda estão de pé, um pouco assustados, um pouco confusos, algumas mãos ainda posicionadas para uma eventual salva de palmas.

— Voltem ao trabalho! — vocifera, batendo os saltos no carpete. Ela fecha a porta de vidro de sua sala com um baque, e consigo vê-la lançar uma almofada do sofá verde sobre o quadro com seu diploma estampado. — Maldito reality!

Não entendo o que acabou de acontecer. O pessoal da redação começa a se sentar e, aos poucos, é possível ouvir o barulho das teclas dos teclados em seus respectivos computadores, o que me lembra de que preciso escrever sobre o novo comunicado que a secretaria de educação de São Paulo emitiu algumas horas atrás.

— De repente, é justo agora que ela precisa da rapidinha — sussurra João.

03

VIRGÍNIA

Deitar-se em lençóis recém-lavados deveria ser oficializado como uma das maravilhas do mundo. O cheiro de amaciante sobe toda vez que me mexo dentro do edredom, e acho que, desde que cheguei, mandei três mensagens de agradecimento a Mafê por ter contratado alguém para limpar nossa casa uma vez por semana. É perfeito: além de nossas rotinas agitadas, não preciso me preocupar com roupas sujas, com meus jogos de cama e com a limpeza do banheiro. Em vez disso, eu e minha amiga apenas revezamos quando o assunto é lavar a louça, o que acontece apenas uma vez por dia, porque não almoçamos em casa, quase nunca tomamos café da manhã e geralmente pedimos algo para comer de noite (isso quando Mafê não sai para jantar com Josi e me traz o que sobrou, o que estou esperando que aconteça hoje). Já são quase 21h e estou com fome e sono, mas às vezes vale a pena esperar, já que Mafê sempre sai para conhecer novos lugares gostosos.

Acho que posso me considerar privilegiada. Mas apenas por ocasião. Vivo com privilégios que não são meus e ando me acostumando com regalias que não sou capaz de bancar. Tudo porque tenho Mafê. Meu salário de doutoranda não cobre nem mesmo os gastos que tenho com o laboratório, quanto mais as despesas de casa.

Minha vida é bem boa. Moro em um apartamento próximo ao metrô (o que é ótimo quando se tem um carro caindo aos pedaços), raramente vejo meus pais, mas nos falamos com frequência; trabalho na área que amo e convivo com amigos que mais parecem irmãos. Tudo parece estável quando olho dessa maneira, mas sempre fui uma dessas pessoas que vê o copo meio vazio.

Preciso de dinheiro. Tenho duas contas de água pendentes com Mafê, preciso fazer pelo menos uma compra no supermercado este mês, colocar gasolina, pagar todas as parcelas da minha parte no aluguel (o que não ocorre há alguns meses) e, claro, minha pesquisa.

Mais do que qualquer outra coisa, eu me importo com a pesquisa. Sei que tenho teto e comida garantidos, mas descobrir um diagnóstico precoce para o lúpus é meu desejo mais íntimo, e nisso ninguém pode me ajudar. O e-mail que recebi hoje comprova o fato: minha universidade não tem nem mesmo uma previsão para me enviar o subsídio do qual preciso. Não importa que eu gaste todo o meu salário nos experimentos ou me esforce para arranjar um investidor, sinto-me cada dia mais distante de uma resolução.

Ouço a porta da sala abrir com um clique. Jogo o edredom de lado sentindo meu estômago roncar. Estou quase passando pela porta do quarto, mas me detenho ao escutar as vozes nervosas de Mafê e Josi:

— Você está mesmo me chamando de assassina? — questiona Mafê num tom de sussurro.

— Não — Josi sussurra de volta. — Não literalmente.

— Então sou metaforicamente uma assassina por pedir uma salada de atum? — Ouço Josi limpar a garganta. — Quer saber? — A voz de Mafê cresce. Consigo imaginar seu rosto. — Sou, sim, uma assassina. Uma assassina em série de um cardume de atuns.

Preciso me conter para não rir. Esgueiro-me pelo batente da porta para visualizar a cena. Josi dá um passo na direção de Mafê.

— Não *literalmente*.

Minha amiga se desvencilha do toque da namorada.

— Posso até estar tentando reduzir o consumo de carne, mas nem todo mundo é vegano. Era para a Virgínia, ela come carne. — Mafê ativa o modo Maria Fernanda.

Estremeço quando ouço meu nome. Não gosto de saber que fui a causa para esse desentendimento. E estou com tanta fome! Comeria facilmente uma salada de atum...

— Na indústria pesqueira tem muita corrupção, Má. Três espécies de atum já estão em extinção e o consumo aumentou pra caramba — palestra

Josi. — E é óbvio que a Virgínia come carne, do contrário não investiria tanto naqueles estudos cruéis com animais silvestres.

Não há resposta.

Estudos cruéis? Emociono-me ao lembrar de Chico, mas cuidei para que ele não sentisse mais dor. Ele foi criado especialmente para aquele fim, para ajudar a curar seres humanos um dia. Não há nada cruel dentro do meu laboratório, tomo cuidado para que todos os camundongos tenham o máximo de conforto, pelo menos enquanto podem.

Observo, ainda escondida, Mafê se sentar no sofá, as mãos na cabeça. Josi se aproxima.

— Vou ajudar você a melhorar — diz Josi. Ela prende o cabelo volumoso em um coque e depois abraça Mafê com os braços grandes, as pulseiras de miçanga tilintando. — É uma questão de princípios, virtudes. Tenho certeza de que os cinco minutos de prazer que a Virgínia sentiria ao comer o pobrezinho do atum não justificam a morte dele.

Minha barriga se revira. Não tenho tanta certeza quanto Josi.

Mafê ergue a cabeça.

— Mas ele já estava morto.

— E você ia financiar a morte dele! — Josi se levanta e aponta o dedo. — O que mais existe hoje é atum *plant-based*!

Estou me sentindo bisbilhoteira e até um pouco intrometida, mas meu desejo é me levantar para defender minha amiga. Atum é muito gostoso mesmo.

— Que droga de "plenti beisedi", Josiane! — Mafê grita, debochando. — Não preciso melhorar. Nem a Virgínia. Quer saber? Vá se ferrar você e sua proteína vegetal. Vá se ferrar você e esses seus sabonetes fedidos, junto com aquelas maioneses sem gosto e todo aquele grão-de-bico!

Josi parece chocada. Ela não se move.

Mafê sai do meu campo de visão e ainda não sei se o certo é me manter calada ou mostrar que ouvi toda a discussão. Nunca as vi brigar dessa forma. Minha amiga aparece na sala novamente, carrega algo embalado nas mãos.

— Isso é...

— Sim, Josi, é um saco de plástico! — A voz de Mafê ainda é estridente. — E dentro dele tem uma travessa com todo aquele yakisoba vegano que você fez. Que é nojento!

Josi estica as mãos para pegar. Ela caminha até a porta.

— Assim que você sair por essa porta, vou esperar a Virgínia voltar pra casa pra que a gente possa comer, *literalmente*, muitos animais — finalmente a voz de Mafê parece calma, o que me deixa com um pouco de medo — enquanto ela me conta sobre os avanços científicos da pesquisa cruel que vai salvar milhares de vidas humanas um dia.

A porta bate forte e Mafê se joga no sofá. Espero alguns segundos e me junto a ela.

— Você ouviu tudo isso?

— *Literalmente* — respondo.

Minha amiga esboça um sorriso, justificando minha piada.

— Você jantou? — questiona Mafê, os olhos brilhantes e preocupados. — Acabei não comprando a porcaria da salada.

— Não precisa se preocupar tanto comigo — falo, mas estou com fome. — Meu Deus! Agora você está brigada com sua namorada por minha culpa.

Mafê cruza os braços.

— Ela não é mais minha namorada — afirma, pegando o celular no bolso do terninho. — E como ela pôde falar mal da sua pesquisa?

— Mas, Maria Fernan... — tento.

— Oi — a voz de Leonardo atrai minha atenção e noto que, enquanto estava chocada, minha amiga começou uma chamada de vídeo.

— Estou solteira — diz.

Os olhos de Leonardo se abrem e um sorriso surge. Atrás dele é possível notar várias pessoas puxando peso e fazendo agachamentos. Está no trabalho.

— Bom, eu também.

Ele ri. Mafê limpa a garganta.

— Eu também...? — digo e franzo o cenho; parece que está acontecendo algo que ainda não notei.

— Estou na Elite. — Leonardo tira a câmera do rosto e mostra alguns de seus alunos. Aparece de novo. — Aviso quando estiver livre para que me contem o que aconteceu pra não-como-carne finalmente se mandar.

Ele desliga.

Mafê me olha e sorri.

— Quer pedir aqueles espetinhos de costela que a gente pedia na faculdade?

DANTE

Treino desde menino. Foi a forma que eu e meu pai encontramos para eu não sair tão desfavorecido perto dos outros garotos da minha idade. Depois do primeiro soco no nariz, praticar algum tipo de luta foi praticamente uma obrigação dentro da casa dos Moon-Choí.

No entanto, além de ajudar na defesa pessoal, estar no ringue sempre foi um alívio para as minhas dores de cabeça.

É por isso que acabo de alçar a bolsa com os equipamentos de muay thai. Depois que cheguei em casa, tentei me concentrar em algum afazer, mas foi impossível. Não consegui assistir ao jornal nem cozinhar algo para comer. Comecei a escrever, mas acabei desistindo também. Espairecer me pareceu a melhor ideia.

Coloco a camiseta da Elite pensando em tudo o que aconteceu na redação mais cedo. Olga estava pronta para me chamar para a reunião, mas Theo Soares acabou com tudo quando fez toda aquela cena. Assim, perdi mais um dia da única oportunidade que tenho de galgar o degrau que tanto almejo.

É pensando nisso que abro a porta para sair para o treino. Sou pego de surpresa por três pessoas que não esperava ver na noite de hoje. Minha mãe entra em meu apartamento, à vontade, enquanto meu pai para na porta como se pedisse permissão para entrar. Ele entra antes de minha irmã, que tem uma caixa do meu restaurante favorito em uma das mãos e o celular em outra.

— Oi, meu amor. — Minha mãe me abraça, depois me aperta. Ela é quente até nos dias frios como hoje. — Já íamos tocar a campainha.

— *Annyeonghaseyo* — diz meu pai. Frio até nos dias quentes. — Estávamos esperando Hana largar o celular.

Curvo a cabeça em sua direção.

— E aí? — Hana diz e fecha o punho, um sorriso nos lábios finos.

O celular é um dos principais instrumentos de trabalho de minha irmã, então não me importo em sempre vê-la dividindo seus olhos entre a tela do aparelho e a vida real.

— *Annyeong* — falo para ela depois do soquinho. E depois volto aos meus pais. — O que estão fazendo aqui?

Consigo ver minha mãe de onde estou. Ela já está na cozinha, abrindo os armários em busca de pratos. Meu pai permanece no mesmo local, um pouco afastado e próximo à parede da porta. É ele quem segura a caixa com comida agora.

— Eu queria ver a Boki — revela Hana, agachando-se para olhar por debaixo do sofá. — E aí trouxemos *chikin*.

— Você já jantou? — questiona meu pai, as mãos juntas.

— Na verdade, estava indo treinar.

— Boki — Hana chama a gata —, venha aqui, *goyang-i*.

Minha mãe aparece com os pratos empilhados e, conforme distribui pela mesa, pergunta:

— Você estava indo lutar sem comer nada antes, Dante?

— Sim.

Uma risada me escapa.

— Onde está a minha gata, *oppa*? — Hana cobre a visão que tenho de minha mãe e faz beicinho. — Vou viajar amanhã e quero me despedir.

Caminho pelo corredor e entro em meu quarto. Costumo ser monocromático, então é um pouco difícil encontrar a gata persa preta de minha irmã camuflada nas roupas de cama. Acendo a luz, e Boki ronrona alto, como se estivesse reclamando por eu tê-la incomodado. Pego a gata peluda e obesa no colo.

Não reclamo com Hana sobre o peso da gata porque sei que o culpado sou eu. Minha irmã pediu para que eu cuidasse de Boki quando começou com as viagens, e, desde então, alimento-a quase cinco vezes por dia. Mas o que mais eu poderia fazer? Boki mia até estar totalmente saciada.

— Ah, Bokizinha. — Hana abre um sorriso vindo em minha direção. Ela arranca a gata dos meus braços e aperta o animal perto do rosto. — Que saudade, *djaguiiá*. Vou sentir tanto a sua falta.

— Vai viajar por quanto tempo? — questiono.

Tiro a alça da bolsa do ombro e a empurro para o canto. Pelo visto não vou para o treino.

— Só ficarei fora por duas semanas. Serão apenas três dias de competição, mas a assessoria reserva um espaço de tempo para turismo, festas e reuniões para publicidade.

Hana sempre foi vidrada em tecnologia e, durante a adolescência, desenvolveu um certo vício por videogames. Por causa de seu placar perfeito, foi convidada para participar de um time feminino e, desde então, compete ao redor do mundo.

— Conte ao seu irmão para onde vai desta vez — minha mãe nos chama para nos sentar à mesa com um aceno, e Hana coloca Boki no chão.

Minha mesa tem apenas quatro lugares; não recebo quase ninguém em casa. A verdade é que a comprei justamente para momentos como este: para quando minha família aparece sem ser chamada.

— Adivinha — Hana diz ao se curvar sobre o tampo de vidro, os olhos brilhando.

Ela ainda parece uma criança com esse cabelo comprido tingido de azul-escuro, quase preto, mesmo que seja somente cinco anos mais nova que eu.

Tento pensar em um país que Hana não tenha visitado ainda. Minha família nunca foi de viajar, mas sempre apoiou intercâmbios e viagens a trabalho, o que, no caso de minha irmã, acontece muito. Eu, por outro lado, não tenho o passaporte mais carimbado do mundo.

— *Molla* — dou de ombros. — Bélgica?

— Não. — Ela ri alto, gostando da brincadeira. — Vai, tente de novo.

Coço a cabeça.

— Angol...

— Coreia — diz a voz áspera de meu pai. — Ela vai para a Coreia.

— *Oé*!

Meus olhos abrem tanto que quase os sinto saírem das órbitas. Hana quase murcha, mas se esforça para fazer o brilho voltar.

— *Do Sul* — afirma, como se a constatação mudasse o peso do fato. Ela está olhando para o prato vazio. — Vou para a Coreia do Sul.

Além do meu pai, ninguém nesta mesa conhece nenhuma das Coreias.

Minha mãe limpa a garganta ao abrir a caixa de frango. O cheiro agridoce preenche o ambiente e me faz perceber que estou com fome. Meu pai é o primeiro a se servir. Ele coloca quatro pedaços de frango no prato e depois me passa o pegador. Ninguém fala nada até todos os pratos estarem cheios.

— Seu pai só está... — intervém minha mãe, percebendo a tristeza nos olhos de Hana. — Quer dizer, ele só acha que...

— Eu tenho saudade — meu pai interrompe, notando a situação. — Queria poder ir também.

— *Appa* — Hana ergue os olhos —, por que todos nós não passamos essas duas semanas juntos por lá? Podemos deixar Boki em um hotel para animais e...

— Não posso — comenta, a testa franzida; ele morde um dos pedaços de frangos.

Isso me deixa triste. Não consigo imaginar ter uma vida estabilizada em meu país de origem e, de uma hora para outra, precisar fugir para sobreviver. Nunca paramos para conversar sobre esse assunto, mas sei tudo pelo que ele passou para estar no Brasil hoje. Mesmo tendo nascido na Coreia do Norte, tenho certeza de que meu pai ficaria contente se pudesse visitar pelo menos a Coreia do Sul, falar em seu próprio idioma, ver pessoas parecidas e comer comidas típicas verdadeiras — não como o *chikin* de um restaurante da Liberdade. Mas seu nome não consta mais nos registros de civis, foi dado como morto, e, se algum oficial consultar sua identidade, poderá suspeitar de deserção, o que o incriminaria.

Meu pai nunca mais vai colocar os pés na Coreia. Em nenhuma delas.

Tudo porque era um bom jornalista.

— *Mi an hae* — Hanna pede desculpas, cabisbaixa.

— Lee... — minha mãe massageia os braços do meu pai.

Ele teve sorte de encontrar alguém tão compreensível quanto minha mãe quando chegou ao país. Nem toda mulher brasileira seria tão paciente com o idioma e as tradições que o acompanham até hoje.

— Estou bem, Evelyn.

Ele olha para minha mãe, que sorri. Ela não tem nada a ver com a Coreia. É bronzeada, curvilínea e tem cabelos ondulados até o meio das costas, está sempre usando saltos e vestidos florais. É cem por cento brasileira.

Meu pai parece querer sair do centro das atenções. Come mais um frango e direciona uma pergunta para mim:

— Você estava indo treinar, não é? Quando é a próxima graduação?

— Mês que vem — digo. — Vou pegar a faixa vermelha com branco.

Ele ergue as sobrancelhas.

— Ainda? Pensei que estaria se graduando para a faixa preta agora.

Balanço a cabeça. Minha nuca queima.

— Bom, o que me distancia da preta é somente essa vermelha com branco. Parei de treinar durante alguns meses, por isso me atrasei.

Meu pai me lança um olhar cortante. Ele nunca gostou que eu faltasse nos treinos, quanto mais parar por alguns meses. Quando começou a me ensinar taekwondo na garagem de nossa antiga casa, era rígido como se minha vida dependesse daqueles golpes. Se eu errasse algo, Moon-Choí Lee fazia questão de me assistir pagando os exercícios aeróbicos de punição. Cresci com um bom condicionamento físico, é verdade, mas também sob a tutela de um treinador espartano.

A minha sorte foi não termos encontrado uma academia que desse aulas de taekwondo, a arte marcial coreana. No entanto, apesar de muay thai ser originalmente tailandesa, a estoicidade de meu pai se manteve presente durante todo esse tempo.

— E seu livro? — Ele muda de assunto.

Fecho os olhos. Que grande noite!

Lanço um olhar para Hana, que está mais interessada em seu prato de *chikin*. Deve estar feliz por ter saído do foco. *Saedaegari!*

— A editora prometeu me enviar um mapa das vendas do semestre — minto, porque recebo os números de vendas todo mês e o livro de suspense que publiquei no ano passado não vendeu nem mesmo cem cópias. — Eu aviso o senhor quando tiver a resposta. Estou confiante.

— Ótimo. — Um meio-sorriso aparece em seu rosto. — E quanto ao trabalho? Vi que o SP24 anda publicando mais besteiras do que notícias de verdade.

Deixo o frango cair no prato. Será que o passatempo do meu pai é pontuar todas as áreas da minha vida em que sou um fracasso? O que ele diria se soubesse que o jornal para o qual trabalho, apesar de tradicional, dá mais crédito aos jornalistas que angariam seguidores do que aos que se importam com jornalismo real? Ou que publicar notícias sobre famosos engaja mais do que decisões da Suprema Corte de Justiça?

— Normal — respondo, simples, porque, apesar de tudo, posso até ter uma proposta de promoção à vista, mas ainda não posso contar com isso.

E espero que um dia eu realmente seja um repórter investigativo; tenho certeza de que meu pai gostaria de saber sobre o caso que estou investigando por conta própria.

— Uma redação "normal"?

Meu pai gargalha. Ele sabe, mais do que minha mãe e minha irmã, que a redação de um jornal como o SP24 não pode ter nada de normal.

E isto me assusta: ele sabe que estou mentindo.

04

DANTE

Até mesmo meus estagiários estão entrando no elevador e tenho a impressão de que ficarei sozinho na redação até o plantão noturno começar com uma equipe reduzida de jornalistas, que geralmente ficam na redação caso haja alguma notícia urgente. Tenho algumas horas livre, e aí irei embora.

— Prefiro não me identificar, sabe? — diz uma das vítimas ao telefone.

Eu a encontrei em um fórum de debates na internet. Ela se chama Júlia, tem dezenove anos e cursa administração na Paraíba.

— Sem problemas — asseguro. Quase nenhum dos meus entrevistados está querendo se identificar, o que é comum. — Não vou colocar nenhum de seus dados na ficha.

Investigo esse caso há mais ou menos seis meses. Foi quando a maré de censura começou a atingir pessoas comuns. Desde adolescentes sendo hackeados em grupos fechados no WhatsApp até idosas tendo suas contas em redes sociais bloqueadas após compartilharem algum tipo de publicação específica.

— Tudo bem. — Posso ouvir seu suspiro. — Eu e meu irmão estávamos organizando uma manifestação na faculdade. Ele estuda direito. As condições do nosso campus estão horrendas. Não tem água no banheiro, muitas janelas do prédio estão quebradas, as paredes pichadas com xingamentos... Nós queríamos protestar porque, sabe, lutamos muito para estudar em uma universidade estadual. Era o nosso sonho. E não temos nenhuma estrutura, isso quando temos aula.

Júlia me contou na semana passada que a manifestação que tinha organizado com o irmão e os colegas reunira quase mil pessoas, entre alunos, professores e funcionários da instituição, mesmo sofrendo boicotes nas redes sociais. O protesto tinha ocorrido de forma pacífica, com cartazes e apitos, apenas.

— O post com o convite para o protesto caiu quando atingiu cem curtidas. Foi na minha conta do Instagram. Postei de novo, mas então não recebi quase nenhuma curtida ou comentário — Júlia continua, a voz dela é tranquila, não acha que esse tipo de coisa possa, um dia, se tornar comum. Acha que é um caso isolado. — Alguns dias depois, minha amiga postou que faltavam apenas dois dias para o protesto. Aconteceu o mesmo. O post foi apagado e, quando postado pela segunda vez, não recebeu nenhuma interação.

— Nesses posts — comento, anotando o restante de sua fala —, vocês marcaram a conta da universidade?

Ela não responde de imediato. Ela, o irmão e os colegas estão enfrentando um processo judicial contra o Estado agora e, se não ganharem — suspeito de que não vão —, precisarão arcar com a multa de quase um milhão de reais por desordem em praça pública, onde ocorreu a manifestação. Também aproveitaram para alegar que o estado deplorável da universidade é culpa dos amigos de Júlia.

— Sim. E o Instagram do governo da Paraíba também.

No computador, tiro print das postagens que Júlia me encaminhou por e-mail e grifo com o mouse os usuários do governo e da universidade estadual.

— Tudo bem, Júlia. Obrigado pelas respostas. Se eu tiver mais perguntas, entro em contato.

Júlia fez um protesto contra a infraestrutura da universidade na qual estuda, mas os outros casos que estou investigando estão em outro patamar. São diferentes uns dos outros, mas todos têm o mesmo fim: processo judicial, multa e, às vezes, prisão. Em todos eles, a vítima perdeu quando foi chamada para prestar contas à Justiça.

Quando já tenho alguns parágrafos, o elevador da redação se abre. Confiro o horário. São 19h40. O plantão noturno não deveria estar chegando agora. Ergo o corpo para enxergar além do guichê e vejo Olga.

— Ah, você está aí, Dante. — Ela abre um sorriso para mim. — Venha, vamos aproveitar o ensejo e acabar logo com isso.

VIRGÍNIA

— Ah, vai se ferrar! — grito para o celular.

Acabei de receber um SMS da operadora dizendo que, se eu não pagar a conta em dois dias, ficarei sem internet. Que inferno!

Ligo a seta ao parar no semáforo. Vou seguir pelo cruzamento e chegarei em casa em dois minutos. O farol fica verde, eu solto a embreagem e piso no acelerador. O Capeta morre. Desgraçado!

Respiro fundo e ignoro a buzina que vem de trás. Piso na embreagem e dou a partida, indo para o acelerador. Cruzo a rua e dou graças a Deus que Ele poupou a vida do inimigo hoje. Só hoje. Estou pronta para passar pelo portão da garagem, mas, adivinha, o Celta (porque nem apelido esta coisa merece) morre de novo. E não ressuscita desta vez.

Ele não liga de jeito nenhum. Colocou a marcha em ponto morto e abaixo o freio de mão. Desço do carro para empurrar.

— É nisso que dá brincar com religião! — grita uma voz conhecida.

Olho para trás e vejo Leonardo subindo a rua. Ele se posiciona ao meu lado e empurra. Entro no carro e o guio enquanto desço tranquilamente pela pequena inclinação da garagem. Meu amigo continua empurrando depois que fecho o portão, e eu estaciono ao lado da picape linda e nova do nosso vizinho.

Obrigada, Deus! Foi tudo uma brincadeirinha.

— Agora ele se foi de vez — comenta Leo, passando as costas da mão pela testa.

O suor que o Capeta lhe causou se encaixa perfeitamente no contexto que a camiseta da Elite impõe; os músculos à mostra completam o pacote.

— Acho que sim. — Olho para o carro. — Aqui jaz Capeta — Leonardo apoia a mão na lataria vermelha para me acompanhar e abaixa a cabeça, os olhos fechados. — Um amigo leal e dedicado, que fez o que pôde enquanto deu. Um dia você voltará para o juízo final e aí, sim, vai ver o que é bom para a tosse — minhas condolências se transformam em insultos.

Só o que me faltava era andar de ônibus!

— Amém!

Leonardo esconde a risada e finge limpar uma lágrima na camiseta.

Nas escadas, é como se eu não suportasse o peso do corpo. Acho que não suporto mesmo. Só quero entrar em casa e me deitar, esquecer que sou pobre e comer um doce. Apesar de que acho que não tenho doce algum na geladeira, talvez só uma bolacha antiga (mas isso não é doce).

— Por que você está borocoxô, hein? O Capeta não foi para o inferno de verdade.

Olho para trás e lembro que só estou subindo estes quatro lances de escada porque Leonardo apareceu para me ajudar.

— Quero sorvete.

— Vamos comprar então.

Comprar envolve dinheiro.

Quando chegamos ao hall, ouço o grito de Mafê atrás da porta e meu corpo entra em estado de alerta. Leonardo passa na frente e pede silêncio com os dedos quando me lança contra a parede, me fazendo bater a cabeça.

Os olhos de Leonardo estão assustados, mas ele não deixa transparecer na linguagem corporal. Ele confere se a porta está trancada. Outro grito.

— Meu Deus — sussurro.

Lanço um olhar para meu amigo. Ele abre a porta devagar. Mafê grita de novo. Meu coração acelera. Não aguento a demora de Leonardo, me jogo contra seu corpo e irrompo para dentro. Corro em direção aos gritos.

Esqueço todos os vídeos de segurança a que já assisti na vida. Sei que deveria ter sido cautelosa, era para eu ter esperado por Leonardo; ele verificaria se há algum estranho no apartamento. Mas acabo abrindo a porta do escritório.

— Que susto! — grita Mafê, o rosto contorcido.

Está sozinha, sentada em sua mesa com o computador.

— Maria? — Leonardo aparece no batente da porta, a expressão aterrorizada.

— Por que você estava gritando, sua maluca?! — grito, cheia de raiva.

Mafê abaixa a cabeça, respira fundo.

— Merda — ela murmura.

— Mafê, o que houve? — questiona Leonardo, entrando no escritório.

Ela demora para responder.

— A bolsa de valores caiu — diz, e depois grita.

E de novo.

Eu e Leonardo nos entreolhamos. Com um pequeno sorriso nos lábios, ele grita também.

Meu coração desacelera. Sei que é uma notícia muito ruim para minha amiga, que trabalha com investimentos e mercado de capitais, mas estou feliz por ela estar fisicamente bem. Relaxo.

E me junto aos gritos.

DANTE

Estou sentado no sofá verde-musgo da sala de vidro vendo Olga me preparar um drinque mesmo depois de eu ter negado. De costas para mim, no aparador que há ao lado do frigobar, ela coloca gelo num copo baixo.

Concentro toda a atenção em meus movimentos relaxados, ciente de minha linguagem corporal. Encosto no sofá e cruzo uma das pernas sobre o joelho. Mesmo sem interesse, olho para o celular.

Olga caminha em minha direção com suas habituais calças largas e camisa de linho; os saltos não fazem barulho no carpete cinza que cobre toda a redação. Traz dois copos, um com líquido âmbar e o outro, transparente.

— Como você está?

Descruzo as pernas ao aceitar meu copo. O sofá é baixo demais para mim e meus joelhos estão mais altos do que deveriam.

— Estou bem — digo e noto que minha voz passa credibilidade. — E você?

— Tive que sacrificar meu cachorro hoje pela manhã. — Desvio o olhar. O que posso falar para parecer confiante, mas não insensível? Limpo a garganta. É melhor não falar nada. — Pois é, que dia horrível — Olga fala como se eu tivesse dado uma resposta de consolo. — Na verdade, semana horrível.

Bebo um gole: uísque puro com gelo. Olga se senta ao meu lado, as pernas quase coladas às minhas; ocupo quase todo o sofá. Ela bebe um gole de sua bebida e tira os sapatos com os pés.

Desvio o olhar e noto as duas azeitonas boiando em seu copo. Meu Deus! Será que João estava certo? Estou em um sofá com minha chefe, a redação está vazia e ela está descalça.

— Você sabe do que vamos tratar nesta reunião? — questiona.

Engulo em seco, esforçando-me para responder. Nenhuma palavra sai por meus lábios. Nenhuma! Sou um fracasso.

E se for realmente uma troca sexual? Eu não esquivaria. Mas até que ponto minhas ambições me tornarão um escravo?

— Sei — digo.

— A minha proposta é simples. — Olga bebe outro gole de seu martíni. — Sei que você quer o cargo de repórter investigativo.

Aquiesço com a cabeça. É tudo o que eu sempre quis. E agora quero saber o que vem a seguir antes de esboçar uma reação. Quando Olga percebe que não terá nenhuma resposta, continua:

— Os investidores já têm uma lista de repórteres renomados para preencher a vaga, mas estou disposta a lutar para que a vaga seja sua. Só que terá que me dar algo em troca.

Meu rosto está impassível, tenho certeza. Não sei como estou sustentando a carranca.

— É algo que, dentre todos os outros jornalistas desta redação, só você pode me dar — continua minha chefe. Ela se remexe no sofá e sua calça encosta no tecido da minha. — Porque você é meu preferido aqui. É um excelente profissional e...

— Desculpe — falo enquanto me levanto. — Não vou fazer nenhum tipo de... teste do sofá.

Nem um segundo a mais! Não sou escravo das minhas ambições como pensei.

A expressão de Olga de transforma. Ela coloca os pés para baixo e me fita de longe — já estou a alguns passos de distância. Seu rosto muda de constrangido para consternado, e depois de curioso para *cruel*.

Percebo a minha burrice. Ofendi minha chefe. Mesmo que ela realmente tivesse algum interesse sexual, eu não deveria ter sido rude. Deveria ter inventado uma desculpa qualquer e fugido.

— O que você disse?

Olga me fuzila com os olhos e aponta em minha direção. Ela está em pé agora, mas ainda sem os sapatos, de modo que fica muito mais baixa do que eu e precisa inclinar a cabeça para me reprimir.

Limpo a garganta, incapaz de parecer confiante.

— O que *você* disse? — rebato.

Olga abre a boca e depois fecha. Abaixa o dedo e bebe um gole da bebida. Coloco o copo sobre a mesa de madeira.

— Estava dizendo que você poderia ser o responsável pelo Investigativo se me fizesse um favor — observa, a voz calma. — Bom, isso antes de você me insultar.

— Eu não...

— Pode sair — ela aponta para a porta com o copo. — Nos vemos na segunda, Dante. — Não movo os pés. Nada neste mundo poderia me deixar tão envergonhado como agora. — Boa noite.

Respiro fundo. Não posso perder mais uma oportunidade por um erro tão idiota. Quero rir de mim. Quando chegar em casa, farei questão de ficar em frente ao espelho e rir da minha cara. Que idiota!

— Eu quero a vaga, Olga. — Minha voz é firme: não vou embora. — Me diga o que preciso fazer.

Olga bebe o resto da bebida, indecifrável. Caminha lentamente até o bar e se serve novamente. Aguardo, imóvel, e consigo ver seu reflexo pela parede de vidro. Há um leve sorriso ali, o que me permite relaxar.

— Você é bonito, Dante — observa Olga quando flagra meu olhar pelo vidro. — Mas, sem querer ofender, eu me encanto por babacas egocêntricos como Theo, e você não é um deles. É muito certinho.

Reviro os olhos. Odeio essa palavra. "Certinho."

Minha chefe me encara.

— A vaga é sua — diz. — Mas precisará participar de um reality show.

VIRGÍNIA

Estou fritando almôndegas para o macarrão que Leonardo está fazendo. Não gosto de almôndegas, mas desde ontem, quando Mafê terminou com Josi, estamos comendo carne num nível grosseiro.

Enquanto estávamos gritando, o interfone tocou. Era o porteiro querendo saber se estava tudo bem. Eu disse que sim, e ele afirmou que era melhor pararmos, senão muito provavelmente tomaríamos uma multa. Por isso estamos cozinhando enquanto Mafê ainda está trancada no escritório, ligando para os clientes a fim de acalmá-los. Pelo visto, o congresso marcou uma assembleia para votar se vão ou não taxar os Fundos Imobiliários.

— Acha que ela vai ficar bem? — pergunto para Leonardo.

Ele está escorrendo a água do espaguete.

— É claro que vai. Coisas assim acontecem.

Suspiro. Mexo as bolinhas de carne com uma espátula.

— Mas é muita coisa ao mesmo tempo, sabe? Ela terminou com a Josi ontem, a bolsa caiu hoje e... Meu Deus, eu nem sei o que são Fundos Imobiliários.

Leonardo gargalha. Pego meu celular e faço uma rápida pesquisa. Aparentemente são aplicações em empreendimentos do mercado imobiliário.

— Relaxa! Agora que a Mafê voltou a comer carne, vai conseguir lidar com qualquer coisa — meu amigo pega a espátula da minha mão e me empurra para o lado.

Ele mexe uma última vez nas almôndegas e desliga o fogo.

— Tá, mas ela está lá dentro ligando para os clientes para que eles não vendam as ações, não é? — Leonardo aquiesce, e eu continuo: — Então, quer dizer que existe um risco no que houve hoje e ela pode perder muito dinheiro.

Leo joga as almôndegas dentro do molho.

— Claro que existe um risco. É a bolsa de valores, Vi.

Abro o armário, pegando os pratos e o jogo americano.

De onde estou, consigo ouvir a voz de Mafê. Ela está falando coisas como: "A tributação não foi aprovada ainda", "Não se preocupe, não venda as ações" e "Se eu fosse você, comprava ainda mais!". Não entendo quase nada de economia, não sei por que o terror, mas sei que tem a ver com dinheiro e, quando tem a ver com dinheiro, todo mundo fica em apuros. E quando o mercado está em apuros, Mafê fica em apuros, de modo que eu também.

— Não sei como posso ajudar — falo para Leonardo.

— Você pode ajudar não se metendo — ele me responde, mas não é grosso. — Essa é a área dela, a sua é a pesquisa. Inclusive, como vão seus ratos?

Sinto um peso enorme em meus ombros.

— São *camundongos*. É exatamente por isso que gostaria de poder ajudar. — Suspiro. — Minha pesquisa não conseguiu o auxílio da universidade. Eu tenho que pagar sozinha pelos testes, e o laboratório já não me comporta mais. É por isso que estou sem dinheiro e não ajudo Mafê com as despesas há muito tempo.

— Mas ela não se importa com isso, Vi. A gente acredita na sua pesquisa tanto quanto você. Você vai curar o lúpus!

Dou risada, mas ela sai triste.

— Não é a cura pro lúpus, é o diagnóstico precoce. Eu sei que vocês me apoiam, mas tenho dívidas. Tenho minha parte do aluguel e muitas contas. Se a Mafê perder clientes, então teremos ainda menos dinheiro e não vou poder ajudar de forma alguma, só dar prejuízo.

— Entendi.

Parece que a conversa acabou, então levo os pratos até a mesa e começo a arrumá-la. Meus passos são arrastados enquanto ando pelo corredor. Vou chamar Mafê para jantar e me desculpar, talvez?

— Espere aí. — Ouço Leonardo. Ele aparece no corredor e me impede de bater à porta. — Sei como você pode conseguir o dinheiro para as dívidas e para o financiamento da pesquisa.

— Só se eu vender fotos do meu pé no *OnlyFans*.

Rio alto e me pergunto se atrapalhei alguma conversa importante de Mafê.

Ando ao lado de Leonardo até a sala. Deixo de fora que realmente tentei vender as fotos, mas só tive retorno de um cara. Ele se chamava Omar Said, era da Argélia e queria fazer chamadas de vídeo. Exclui a conta.

— É melhor que isso! — exclama Leonardo, muito animado. — Eu estava estudando a ideia de participar do reality, mas decidi que vou crescer na internet de forma orgânica.

Não sei aonde esse assunto vai parar, então me sento à mesa. O cheiro do macarrão está tão bom e estou com tanta fome que me questiono se seria uma péssima amiga se comesse antes dos dois.

— Ainda tenho o formulário de inscrição que minha aluna me enviou. Você pode ir no meu lugar. — Ele parece realmente acreditar que eu participaria de algo do tipo. — Quem chega à final recebe um milhão, Virgínia. Um milhão de reais!

Meus olhos se arregalam. *Um milhão?!*

— Isso sem contar a visibilidade nacional que isso daria para a sua pesquisa, atraindo milhares de seguidores nas redes sociais, com publicidade, patrocínios e podcasts. — Leonardo dá um soco no ar. — Caramba, que genial! Imagina falar sobre lúpus nos maiores podcasts do país?

— Podcasts? — É o que sai pela minha boca; estou atônita.

Meu amigo ri. Anda pelo corredor e grita:

— Bora comer, Maria Fernanda, estou com fome! — Bate na porta da madeira. — A bolsa de valores só vai abrir na segunda-feira, às dez.

Cubro o rosto com as mãos. Um milhão de reais resolveria toda a minha vida. Resolveria até a vida dos meus pais em Minas Gerais. Eu poderia ajudar Mafê, voltar à época que era tranquila com dinheiro e avançar muito na pesquisa.

Mas não sou doida. Não nasci para participar de um programa na televisão. É humilhante. E mais do que isso, é o sonho de Leonardo, não o meu. Eu sei que ele está blefando quando diz que quer crescer na internet de outra forma, que desistiu de uma hora para outra.

— E aí? — Leonardo questiona quando volta para a sala, segurando a travessa de macarrão. Estava tão absorta pela ideia do dinheiro que nem o vi passando por mim. — Está pensando em me xingar, não é?

Não sei qual resposta usar: "Sim, por me fazer fantasiar!" ou "Não, porque você está me doando seus sonhos".

— Do que estão falando?

Mafê aparece e se senta ao meu lado. Leonardo coloca o macarrão no meio da mesa. O cheiro está ótimo.

— A Virgínia vai participar do *Quer casar comigo?*

05

DANTE

— Um reality show?!

Olga contorna a mesa, senta-se em sua cadeira e bebe o martíni.

— Um reality de relacionamentos, na verdade.

— Você... — *está louca*, quero dizer.

Respiro fundo. Parece que meus planos caíram por terra.

De que outra maneira eu conseguiria a única vaga no Investigativo de um dos jornais mais importantes do país, por mérito e profissionalismo? Acho que não. Quero mais detalhes para tentar me convencer de que pode haver algo tão ruim dentro de um reality que me impeça de conseguir a mesa de Cláudio. Sinto uma pontada: não deveria querer roubar o emprego de um senhor.

— Não posso fazer isso — é o que respondo, decepcionado. — Não vou participar de um reality show de relacionamentos. Outra pessoa da redação se sairá melhor.

O rosto de minha chefe muda de cor. Sei que ela não quer fazer essa proposta para mais ninguém da redação. Ela *me* quer. No entanto, nem mesmo entendo para quê.

— *Quer casar comigo?* — Franzo o cenho. — É o nome do reality. Não é só um programa de tevê sobre relacionamentos, é sobre casamentos às cegas.

Lembro-me da cena quase pós-apocalíptica de ontem.

— Então você não foi pedida em casamento?

— Pelo contrário — Olga funga —, esse reality é só mais um motivo pra eu nunca mais pôr as mãos em Theo Soares. Aquele egoísta!

Caminho até a mesa e me sento em uma das poltronas. Pego o copo; talvez o álcool me ajude.

— Os produtores do *Quer casar comigo?* são nossos amigos há anos. Eram um dos nossos maiores parceiros quando eu e o Theo éramos casados. Agora temos que sair em trios porque nem eu, nem Theo queremos discutir por atenção. — Parece que Olga quer discorrer sobre como teve a ideia do reality, e eu espero que explique o que isso tem a ver comigo ou com o jornal. — Eles me garantiram no nosso último jantar que o SP24 teria um furo exclusivo. Querem um jornalista infiltrado, uma pessoa que possa descobrir os segredos dos participantes e divulgá-los. E você é o único jornalista no qual confio.

— Não sou repórter de fofoca.

— É apenas por dois meses. Você consegue se desprender um pouco da sua bolha? É isso, ou nada de Investigativo pra você. — Olga revira os olhos. — Os produtores do reality me garantiram que apenas o SP24 teria o furo, mas ontem o Theo soltou aquela bomba e agora sei que lhe ofereceram essa oportunidade também.

— Eles *são* repórteres de fofoca.

— Não importa! Eles têm o dinheiro que o nosso jornal não tem. Nós temos três andares neste prédio, Theo tirou tudo de nós. — Sorve o resto do conteúdo do copo. — Não temos mais jornal impresso, não temos os repórteres que tínhamos e agora precisamos correr atrás de assinaturas em newsletters para sobreviver. A visibilidade que teremos se você participar do reality será gigante. Nós precisaremos enfrentar a pessoa infiltrada do Theo, mas isso é o de menos. O importante é vazarmos mais informações do que eles e aí recuperarmos a dignidade.

Não posso acreditar no que estou ouvindo.

— Não.

Olga arregala os olhos.

— Não pode me negar uma coisa dessas! — Ela se levanta e serve o copo com uísque desta vez, nem mesmo coloca cubos de gelo. — Você quer o cargo no Investigativo, só preciso de dois dos seus preciosos meses.

Dou de ombros e balanço a cabeça. Isso está além das minhas habilidades.

— Esse reality é a aposta do ano da maior emissora do país, Dante. Sabe quantas assinaturas isso nos renderia? — questiona, os dedos entrelaçados sobre a mesa. — Você me deve assinaturas desde o dia em que nos fez perder mil e quatrocentas delas.

Ela me pegou. Em minha defesa, não foi proposital. O jornal nos obrigou a criar contas nas redes sociais para darmos opinião sobre os assuntos do momento. Os demais repórteres se deram bem com a novidade, mas eu nunca fui de me expor na internet. Praticamente não sei agir em público, acabo sendo sincero demais e as pessoas sempre saem ofendidas de alguma forma. Comentei num post um dia. Não achei que ia repercutir tanto. Era algo sobre eu não concordar com pronomes neutros na língua portuguesa.

— Os produtores me contaram que o reality é de extrema importância social — diz, ignorando meu silêncio. — É quase um estudo científico. Pode mesmo duas pessoas se casarem sem nem se conhecerem? Pessoalmente, não acredito nisso, mas quem se importa?

— Eu... — Estremeço com a palavra "casamento". — Eu me importo. Não vou me casar.

— Não vou obrigar você a se casar. Vai fingir estar apaixonado, enfrentar a lua de mel e depois dizer "não" no altar — Olga narra como se esses momentos na vida de alguém fossem extremamente comuns. — Pense bem, você vai estar infiltrado no experimento social mais cobiçado do Brasil, vai lidar com toda aquela bobagem de maneira fria e racional. Pode até escrever um livro sobre a liquidez nos relacionamentos atuais depois que sair de lá.

A ideia do livro não é ruim, mas, baseando-me nas vendas do meu suspense, passo.

— Você não vai se casar, Dante.

— *Aish*! Não mesmo.

Bebo um gole do uísque.

Eu aceitaria tudo isso apenas pelo cargo que almejo? Passo as mãos pelo rosto e ignoro o "sim" que ecoa pela minha cabeça.

VIRGÍNIA

Depois do jantar, Mafê volta para o escritório. Eu e Leonardo tiramos a mesa e, enquanto lavo a louça, ele seca e guarda. Não tocamos no assunto do reality durante a refeição, pelo contrário: abrimos espaço para nossa amiga desabafar sobre as dores de cabeça do trabalho. A cada fala de Mafê, me vi ainda mais presa à ideia de adentrar um programa de tevê, o que é loucura, mas nem tanto quando paro para pensar que a conta não fecha.

Mesmo se eu trabalhasse vinte horas por dia, ainda assim não teria dinheiro para pagar minhas dívidas, ajudar em casa e financiar a pesquisa sozinha. Não posso depender da faculdade para completar um projeto tão importante quanto esse, e também não posso ficar parada, esperando que algum milagre caia em meu colo. Não sou a pior pessoa do mundo, mas sei, por experiência própria, que coisas boas não costumam me atingir.

É por isso que reúno toda a minha coragem e pergunto para Leonardo, que acaba de guardar o último prato no armário:

— Esse reality, como funciona?

Leonardo me encara com a boca aberta.

— Pensei que tivesse odiado a ideia. Nem mesmo esboçou reação quando falei sobre.

— Não é a ideia que mais me agrada no mundo, mas talvez seja a única que me resta — afirmo de olhos fechados porque estou com vergonha do que meu amigo pode estar pensando. — Mas preciso saber do que se trata.

Ninguém entregaria um milhão de reais nas mãos de alguém que não se humilhou inteiramente.

— Bom — Leonardo cruza os braços —, acho que para este assunto precisaremos de álcool.

DANTE

— Você terá tudo o que quer — Olga volta a falar. — Será o jornalista investigativo do SP24, terá autonomia em suas publicações. Poderá investigar o que quiser, vai usar o carro blindado do jornal e poderá ter um porte de armas.

Ela se parece com o diabo me tentando. O porte de armas me atrai bastante, mas me mantenho firme. Nego com a cabeça.

Olga suspira.

— O que mais você poderia querer? — Passa as mãos pelos cabelos curtos e loiros. Sua face está transtornada, mas então muda. — Ah, você quer o jornal impresso, não é?

Desvio o olhar para minha chefe não me pegar no pulo.

Eu gostaria muito que o jornal voltasse a ser impresso.

— Eu dou um jeito. Converso com os investidores, arrumo um dinheiro e voltamos a imprimir. Talvez de maneira trimestral, até pelo menos conseguirmos mais assinantes. Dante, eu faço qualquer coisa.

A ideia é absurda. Balanço a cabeça para clarear as ideias.

— Não.

Olga joga a cabeça para trás.

— Vamos, Dante — choraminga, totalmente desarmada. Eu poderia pedir um aumento. — Você é bonito, é inteligente e charmoso. O Brasil se apaixonaria pela cultura coreana, você se tornaria um ídolo.

— Não gosto de exposição.

Olga parece cansada. Está quase desistindo.

— Você tem uma investigação em andamento, não tem?

Afirmo com a cabeça. Sei que se abrir a boca vou concordar em participar disso. Estou cedendo e quero dar um soco na minha cara. Não posso participar de um reality na maior emissora do país. Ainda mais um sobre casamentos às cegas. Além disso, sou contra divulgar informações pessoais sem permissão, como faz Theo Soares. Meu pai me deserdaria se soubesse que usei todos os meus dotes jornalísticos para publicar fofocas, ainda mais ele, que lutou pelo direito de exercer a profissão na Coreia do Norte.

— Pense em todas as pessoas que estará ajudando ao publicar a matéria.

Olga tamborila os dedos agora, ansiosa.

Quero ir para casa, pegar minhas coisas e ir treinar. Vou bater nos sacos de pancada até o amanhecer. Minha cabeça gira em torno do fato de que dois meses não são nada perto do acontecimento que é a minha investigação.

E eu poderia publicá-la sem passar por crivo algum; eu realmente ajudaria muitas pessoas. Poderia conseguir provas legais tendo o cargo de repórter investigativo, poderia descobrir mais sobre os órgãos estatais reguladores. Isso meu pai aprovaria.

Tudo parece se encaixar.

Meu peito sobe e desce, mas tento controlar a respiração. Não quero parecer nervoso. Olga percebe que meus punhos estão cerrados por baixo da mesa. Um cargo perfeito, publicações impressas, novos assinantes e... um casamento de mentira.

— Dois meses? — pergunto.

Os olhos de Olga saltam e ela não consegue esconder o contentamento. Eu ainda não retribui o sorriso, nem acho que vou. Não sei quase nada sobre o meu futuro, mas sei que dois meses me dará bastante tempo para focar também na investigação. Assim, quando voltar do reality, terei uma bomba para publicar.

Olga se levanta depressa, bebe o resto do uísque e dá uma corridinha até mim. Ainda está descalça. Ela segura meus ombros, olhando para cima para me encarar.

— Imagine só a cara do Theo!

Depois de tudo isso, acho que preferiria o teste do sofá.

VIRGÍNIA

É minha terceira taça de vinho. O formulário de inscrição para o *Quer casar comigo?* está aberto na tela do celular. Minha cabeça está um pouco pesada, preciso ficar repetindo que Leonardo só estava querendo ajudar quando sugeriu que eu preenchesse sua vaga em um reality de relacionamentos, mas é quase impossível. Quero muito socar a cara dele!

Eu sabia que não seria sobre exposição como *Big brother* ou algo amedrontador como *Soltos e pelados*, em que as pessoas são obrigadas a sobreviver na selva. Sabia que era sobre casamentos quando pedi que meu amigo me encaminhasse o formulário. Mas, sem dúvidas, seria mais fácil correr pelada na floresta!

"É um experimento social para provar que o amor é cego", me lembro da fala de Leo. "As edições de outros países foram um sucesso e muitos casais estão casados até hoje."

Mas não quero me casar! Ainda mais com um desconhecido.

A ideia do casamento em si nunca esteve em meus planos. Não me apaixono há quase dez anos. Sou devidamente casada com a ciência! Meu último namorado estava em minha turma no Ensino Médio. Coisa de adolescente. Como adulta, além das noites casuais, nunca me envolvi de forma relevante com ninguém.

Sempre acreditei que, se um dia me casasse, seria somente o lance do cartório com duas testemunhas e pronto. Porque tenho trauma de cerimônias de verdade. Meu pai é, até hoje, celebrante de casamentos. Eu, Lívia e minha mãe o acompanhamos em todas as cerimônias que realizou. Tínhamos um casamento quase todo final de semana e, além da comida de graça, aquilo era uma tortura para mim. Como meu pai podia ser capaz de dizer todas aquelas coisas? O amor aguenta tudo? O amor é tão forte assim? O amor de um casal é a base da família?

Leonardo e Mafê estão cantando e dançando no meio da sala. Cada um segura um copo: ela está bebendo uísque e ele, cerveja. Transformamos a queda da bolsa de valores e as informações caóticas sobre um reality show em um *Sex on the drunk* improvisado. Os dois parecem extremamente relaxados pelo álcool, e que bom que amanhã é sábado, porque nós três acordaremos com ressaca. E somente mais dois cérebros entorpecidos junto com o meu para preencher um formulário desse cunho!

— Quais são meus hobbies? — grito por cima da música alta.

Depois de preencher meu nome, idade, profissão e dados pessoais, as perguntas ficaram bem mais difíceis. Decidimos mentir. Não sou tão interessante assim, nenhuma produtora me escolheria para participar de algo tão grande se eu contar a verdade. Quais são meus hobbies? Bom, dormir e estudar. Preciso de algo melhor que isso!

— Alpinismo! — grita Mafê.

O corpo dela balança de um lado para o outro e ela bebe o último gole do copo.

— Dança! — Leonardo comenta.

Dou risada. Escrevo a primeira sugestão no campo em branco do formulário. Eu nunca escalaria uma montanha, mas com certeza seria mais fácil para mim do que dançar.

Termino a bebida da taça. Meus lábios estão dormentes.

— O que eu gosto de fazer nos tempos livres?

— Você adora cozinhar. — Leonardo tropeça na mesa de centro, mas não cai. Nunca o vi bêbado de verdade. — Não, não, você medita!

Mafê explode numa risada. Minha amiga aceitou bem a ideia do reality quando saiu do escritório. Isso me fez lembrar que, antes de seu relacionamento com Josi, Mafê era bem mais espontânea (como agora). Fico contente por terem terminado.

— Meu Deus! A gente não pode mentir tão descaradamente. — Ela se abaixa e pega mais uma garrafa no aparador de bebidas. O líquido transparente me dá calafrios só de me fazer lembrar o gosto de tequila. — Diga que gosta de ir no cinema.

Meditar, ir ao cinema e cozinhar. Nenhuma das opções fazem reverência a mim. Com certeza não medito, não vou ao cinema há anos e cozinhar está no fim da minha lista de habilidades. Decido escrever que medito enquanto cozinho, às vezes antes de ir ao cinema.

— A Virgínia não terá tanta concorrência para entrar no reality — diz Leonardo. — Minha aluna disse que não abriram inscrições para o público. Só estão preenchendo esse formulário quem tem o link oficial, ou seja, de certa forma foi escolhido por algum dos produtores.

Essa nova informação me faz congelar. Agora, bêbada, gosto da ideia de conseguir um dinheiro em troca de humilhação nacional. No entanto, saber que tenho realmente uma chance de entrar muda alguma coisa em mim. Parece mais sério.

— Gente — chamo —, não posso me casar de verdade.

Mafê e Leonardo param de dançar. Eles estão rindo de tudo. Minha amiga bebe tequila direto da garrafa.

— Você não vai casar — Mafê diz.

— A não ser que se case — reflete Leonardo.

— Ela vai fingir — explica Mafê.

— Ou se apaixonar! — Leo exclama, sorridente.

Gemo. Tento beber mais vinho, mas acabou. Minha amiga nota a ausência de álcool e empurra a garrafa de tequila em minha direção. Reviro os olhos e bebo. O líquido desce queimando pela garganta. Bebo de novo. A situação em que me encontro no momento não é a das melhores. Quero vomitar.

— Tá, então quais são meus talentos?

— Você não tem talentos — observa Leonardo.

— Coloca pintura — fala Mafê.

Digito no formulário.

— E qual é a minha comida favorita?

— Sua comida favorita? — pergunta Leo. — Precisa mesmo de ajuda com essa?

Sorrio. Afirmo com a cabeça. Vai ser chato se eu responder hambúrguer.

— Sashimi de baiacu! — Mafê grita.

— Isso não é venenoso? — questiona Leonardo.

— Não se preparar do jeito certo.

Estremeço. Nem mesmo gosto de comida japonesa.

O próximo tópico pede para falar sobre uma história engraçada. Todas as minhas histórias engraçadas aconteceram antes de eu começar a pesquisa, então escrevo sobre a minha favorita. A noite em que eu e Mafê invadimos a piscina do campus. No entanto, outra pergunta me deixa atônita.

— O que espero encontrar em um homem?

Leonardo ergue as mãos.

— Alguém como eu — diz.

— Eca! — Coloco a língua para fora. — Vou colocar que procuro por alguém inteligente, que valorize a família e...

— E que tenha pegada! — Mafê sugere e bebe tequila.

Ela se vira para Leonardo, e ele sorri para ela.

Não escrevo o que minha amiga pede. Digito que gostaria de um cara com os mesmos pensamentos e ideais.

Escuto Leonardo limpar a garganta enquanto escolhe a próxima música. É uma do OneRepublic. Ele se aproxima de Mafê, que o abraça. Agora os dois estão dançando juntos. Volto ao formulário. Preciso mandar uma foto. Procuro pela galeria, mas a maioria dos meus registros são de camundongos e objetos do laboratório. Tenho duas fotos com Mafê e dez *selfies* de Leonardo fazendo careta (ele deve ter tirado ao pegar meu celular escondido).

Me levanto e caminho até o banheiro. Não estou feia, gosto do tom lilás que meus lábios assumem ao contato com o vinho. Minhas bochechas estão coradas. Meu cabelo está bagunçado num coque, então pego uma escova na gaveta da pia e o penteio. Agora os fios têm reflexos mais amarelados e vão até abaixo dos ombros. Tenho olheiras abaixo dos olhos, mas é só.

Volto para sala. E congelo.

Mafê e Leonardo estão se beijando. Eles são todos braços e mãos passeando pelo corpo um do outro, os cabelos bagunçados. A garrafa de tequila está no chão, o que indica que Mafê nem mesmo quis parar para colocar a bebida sobre a mesa, simplesmente largou. Não sei o que penso sobre isso. Mas não é ruim. Estou bêbada. Tiro uma foto, porque não quero que nenhum de nós três se esqueça deste momento (nem que seja para provocá-los).

Corro para a cozinha. Encho minha taça e tiro uma *selfie* com a luz branca que sai da geladeira. Meu cabelo preenche quase toda a tela porque o joguei de lado. A taça está próxima à minha boca, que sorri.

Não paro para olhar a foto. Não quero ter que pensar. Anexo o arquivo ao formulário e clico em "enviar".

Quando volto para a sala, Mafê e Leonardo não estão mais se beijando. Nem mesmo estão aqui. Estou sozinha. Escuto vozes vindo do quarto de Mafê e minha cabeça fica cheia de imagens indesejadas.

No final, realmente aconteceu um *Sex on the drunk*. Não acredito que vamos precisar mudar o nome da nossa noite favorita.

06

VIRGÍNIA

Minha bolsa enrosca no batente da porta quando estou entrando na sala de aula. Um aluno me ajuda, e eu sorrio para ele em agradecimento. Ele me olha com curiosidade, sorri, um pouco tímido, e corre para seu assento.

Ignoro e caminho até minha mesa, em frente à lousa. Abro meu notebook e confiro a matéria que preciso lecionar. Biologia molecular.

Todos os alunos já entraram. Fito todas as mesas ocupadas. A maioria está atenta.

— Quantas pessoas hoje — comento com a turma, sorrindo.

Conto pelo menos quarenta e cinco alunos. Minhas aulas nem sempre são cheias (e dos quinze que aparecem, quatro sempre estão dormindo). Inclusive, muitos desses rostos são desconhecidos para mim. Ando até a porta e a fecho.

Pego o giz e escrevo a data na lousa. Olho em meu caderno e descrevo algumas fórmulas moleculares; quero anotar tudo antes de começar a explicação. Depois de tudo, darei um instante para que todos possam copiar o que deixarei no quadro.

Minhas aulas costumam ser silenciosas. Não porque sou rígida, mas porque alunos do primeiro semestre como esses não se importam com nada além de fazer parte de atléticas e jogos universitários. E eles estão certos! Lembro que os primeiros semestres para mim e para Mafê foram jogados fora, nós duas só tínhamos olhos para bebidas e pegação.

Mas o fato de que minha aula está agitada hoje me incomoda. Há um burburinho entre os alunos, algumas risadinhas e muitos alunos que nunca vi antes.

Termino de escrever o que preciso na lousa e me viro. Os alunos me encaram como se estivessem escondendo algo. Alguns deles estão tentando reprimir risadas.

— Pessoal, bom dia — cumprimento. — Hoje vamos encaixar os ácidos nucleicos em fórmulas. É um conteúdo bem básico, mas, como estou vendo novos alunos, acho que...

— Professora — uma aluna ergue a mão; é uma das mais comportadas e está toda sorrisos hoje —, é verdade que você invadiu a piscina do campus?

Franzo o cenho.

— E que gosta de meditar? — outra aluna, essa eu não conheço, diz após erguer a mão.

Abro a boca, reconhecendo as informações.

— Você acabou de sofrer mutação pra um códon de parada? — questiono; a minha voz está tremendo e meu sorriso é nervoso. — Porque está falando bobagem!

Dois alunos na primeira fileira riem. Aparentemente somente os dois entenderam o trocadilho brega que acabei de fazer. O resto dos alunos entorta a cara.

— Fiquei sabendo que ela já escalou várias montanhas.

Um garoto aponta em minha direção.

— É verdade — outro aluno comenta, erguendo o celular —, está na nova coluna do Theo Soares.

— Meu Deus — sussurro.

Corro até a mesa do garoto e tiro o celular de suas mãos.

"Conheça a segunda participante confirmada para o *Quer casar comigo?*", diz a reportagem. "Virgínia Loyola tem vinte e seis anos e é natural de Ouro Preto, em Minas Gerais. Continue lendo para descobrir mais sobre a participante do novo reality show do Canal 4." A matéria não revela nenhuma foto, o que é bom, porque a única que eu mandei foi a que tirei bêbada em frente à geladeira com a taça de vinho.

Devolvo o celular. Me afasto.

Meu Deus... Meu Deus. Meu Deus!

— A aula está cancelada — digo com a voz vacilando. — Eu mando um e-mail pra remarcar em breve.

Caminho depressa até a mesa. Fecho o notebook e o enfio dentro da bolsa. Os alunos estão me fazendo perguntas, mas não consigo entendê-las. Aceno com a mão e tento não parecer nervosa. Enrosco a bolsa na porta novamente e ouço uma aluna me chamar, mas corro pelo corredor e só paro quando estou dentro do carro.

DANTE

— Você me prometeu!

Minha cabeça está explodindo e ter outra reunião com Olga logo na primeira hora da segunda-feira não era o que eu queria para o início da semana. Ainda mais uma reunião para me repreender.

— Você disse que ia se dedicar a isso, Dante!

Bate a mão na mesa.

Mas o que eu poderia fazer? Preenchi o formulário para o reality e ainda não recebi nenhuma resposta. Como eu poderia ter qualquer informação sobre os participantes antes de ter acesso ao programa?

— Theo sabe que você irá como infiltrado, por isso mandou alguém da sua equipe também. — Olga suspira e passa a mão pelos cabelos. — E, pelo visto, o infiltrado dele já está trabalhando!

— Ainda não me aceitaram.

A equipe de Theo Soares revelou duas participantes há meia hora. Letícia Martins e Virgínia Loyola. É impossível que suas respostas no formulário de inscrição sejam verdadeiras. As de Letícia são até compreensíveis — qualquer pessoa gosta de viajar e experimentar novas culturas —, mas as de Virgínia são incabíveis. Ninguém em sã consciência come sashimi de baiacu.

Olga dá de ombros.

— Não importa que não recebeu a resposta de confirmação ainda, você já está dentro. Já falei com os produtores. — Ergo as sobrancelhas. Eu não sabia. — Por favor, Dante — me encara —, não me decepcione. Faça isso acontecer.

Balanço a cabeça ao aceitar a pasta preta.

— Aí tem todas as informações dos selecionados e suas fotos. Pra você não será um experimento às cegas. Me traga furos pré-reality. Me mande o máximo de detalhes quando estiver lá dentro e chegue até a final. Custe o que custar. Do contrário, esqueça o que prometi.

Penso na vaga no Investigativo, em minha reportagem e no jornal impresso. Não posso deixar passar.

— Tudo bem.

Eu me levanto e saio da sala. Quando a porta de vidro se fecha atrás de mim, pego o celular e abro no site de Theo Soares. Clico na notícia que envolve baiacus venenosos e depois abro a pasta na página dedicada à Virgínia. Na foto impressa, ela está sorrindo atrás de uma taça de vinho, os olhos estão estreitos e brilhantes, como se estivesse inteiramente feliz. A pele é clara e o cabelo tem cor de mel. É bonita, parece espontânea e real. No entanto, suas respostas não condizem com a foto.

No reality, precisarei ficar atento para descobrir quem é o infiltrado de Theo Soares. Ela é a minha primeira aposta.

VIRGÍNIA

Acho que vou morrer.

— Por que você não me contou? — Ouço a voz da minha mãe do outro lado da linha.

— Porque nem eu sabia que tinha sido selecionada — respondo.

Quero subir logo as escadas e me enfiar nas cobertas. Está frio, e eu quero chorar.

— A Rose aqui da rua que me mostrou a matéria, mas por que não colocaram nenhuma foto? Eu tenho umas bem bonitas aqui, quer que eu mande? – Minha mãe está feliz, apesar das críticas. Ela acha que finalmente vou me casar e me desprender da ciência. – Estou ansiosa para ver você de noiva!

– O programa é às cegas, acho que é por isso que não divulgaram minha foto, só minhas informações. – Penso em voz alta. Pelo visto até sites de fofoca têm virtudes. – Vou desligar, mãe, estou dirigindo – minto. – Ligo à noite e conto tudo.

– Tudo bem. – Ouço-a bater palmas. – Cuidado com essa lata-velha!

Desligo o celular e observo a garagem do prédio, incapaz de me mover. A humilhação começou antes do que eu esperava.

Quando preenchi o formulário, não estava pensando em meus alunos ou no corpo docente da universidade. Nem mesmo sei se me darão folga para participar do programa. Preciso mandar um e-mail para a Dra. Helena. Mas não agora. Primeiro vou chorar.

Pego minhas coisas e subo as escadas. Que tortura! Quando abro a porta, Mafê e Leonardo se separam. Eles ficaram grudados o final de semana inteiro; estou começando a detestar a ideia. Passo por eles sem dizer nada e vou para o meu quarto. Tiro os tênis e me cubro na cama.

Minha porta se abre.

– Caramba, Vi!

Mafê pula em cima de mim.

– Você vai ficar rica.

Leonardo pula em cima de Mafê. Murmuro algo que nem eu entendo. Minha voz está abafada pelo peso dos dois.

– Ah! – grito. – Preciso de ar! – Os dois se sentam, são apenas sorrisos e palmas. – Não fiquem felizes – digo, ainda coberta. – Estou com vergonha.

– Como não ficar feliz, Virgínia? – Mafê me abraça. – Você vai casar.

Eu a empurro. A desgraçada está debochando da minha cara.

– Você vai ser famosa! – Leonardo exclama.

– E a pesquisa vai rolar! – Mafê grita, feliz, e acho que o andar inteiro ouviu.

Meu coração começa a desacelerar quando penso na pesquisa. *Vai acontecer, vai acontecer.* Não é tão ruim.

— Vamos ajudar você a fingir, a inventar uma narrativa convincente — Leonardo se levanta. — Você precisa chegar na final.

Balanço a cabeça.

— Estaremos aqui no momento em que precisar — Mafê se junta a Leo. — Pode mandar mensagens e vamos pensar juntos, os três.

— Quando não estiverem se pegando

Fungo e cruzo os braços, mas estou brincando. Os dois coram.

— Isso, quando não estivermos nos pegando — concorda Leonardo. Ele puxa Mafê e os dois caminham para fora do quarto. — Como vamos fazer agora.

Cubro minha cabeça com o edredom. Meu celular se ilumina e vejo que tenho duas notificações: uma mensagem do meu pai e um e-mail do Canal 4. Suspiro. Não sei se estou fazendo a escolha certa, mas é o que tenho no momento. Quando você tem apenas um limão, não dá para fazer uma limonada, mas dá para espremê-lo nos olhos.

DANTE

— Não acredito nisso! — João gargalha quando acerto um soco em sua orelha. — Você, no Canal 4? — Ele já sabia sobre o fato antes de hoje. Acabei contando todo o teor da reunião com Olga no treino de sábado, mas continua rindo de mim. — É ela?

Ele indica Alana, uma das produtoras do Canal 4, com a cabeça.

— Sim. Me reconheceu assim que cheguei.

— Pelo visto a Olga mexeu mesmo os pauzinhos.

João se desvencilha do meu *clinch* e acerta um chute baixo em minha panturrilha, que me desequilibra. Caminho para trás para respirar.

— Ela vai me ajudar dentro do estúdio. — Completo uma finta e encaixo uma cotovelada em seu rosto. Meu amigo contorce o rosto e levanta a guarda para se proteger. — E me prometeu um furo de um dos participantes.

Acerto um chute frontal e o afasto. Quando ele volta, dou um cruzado e depois um *jab*. Ouço o alarme do treinador. Tiro o bocal e respiro fundo. João está massageando a bochecha. Jogo uma luva em sua cabeça.

— Foi mal — digo, apontando para o local que acertei —, precisava bater em alguém hoje.

— Precisava ser em mim? — ele questiona, rindo. — Logo hoje que descobrimos que estamos grávidos.

Isso me pega de surpresa. Não sabia que João e a esposa estavam tentando ter um filho.

— Nossa. — É o que sai da minha boca. — Parabéns. Mas o que é isso de falar no plural?

João dá de ombros.

— É assim que você fala quando casa. — Pisca. — Espero que seja um menino. E aí, depois do seu casamento no reality, você pode ter um menino também pra continuarmos a linhagem de amigos.

Não tem como conter a risada. João gargalha ainda mais alto. Ele sabe, mais do que ninguém, que não vou me casar.

Depois do treino, junto minhas coisas e subo na moto. Meu celular vibra com uma mensagem de Alana. É o formulário preenchido de um dos participantes do reality, algo que eu já tenho. Não ajuda em nada. Ele se chama Rafael, tem quase trinta e cinco anos e é advogado.

Antes mesmo de dar a partida na moto, escrevo o rascunho de uma nota para o SP24. "Saiba mais detalhes sobre o primeiro participante homem do *Quer Casar Comigo?*" Meu estômago fica embrulhado; não acredito que estou escrevendo fofocas para conseguir me tornar um repórter investigativo.

07

VIRGÍNIA

Leonardo coloca minhas duas mochilas no porta-malas do carro enviado pelo Canal 4 e Mafê me abraça três vezes antes de Antônio, o motorista, dar a partida. É um carro de luxo com insulfilm e estofamento creme. Nunca estive em um destes antes. Essa é só mais uma das novidades às quais não me acostumei ainda.

Faz apenas uma semana desde o dia em que meu nome apareceu no site de Theo Soares. Em plena segunda-feira estou enviando para a universidade as atividades e provas que elaborei com antecedência antes da minha licença. Até agora me sinto aliviada por não perder meu emprego ao me inscrever no reality mais aguardado do país.

Mesmo sem precisar, passei os dias na universidade. Queria ter lecionado minhas últimas aulas, mas os alunos e os funcionários não paravam de me fazer perguntas constrangedoras (culpa das minhas mentiras absurdas no formulário de inscrição, tenho certeza de que nenhum outro participante o preencheu enquanto bêbado.) Não me envergonho de ter me escondido no laboratório. Cuidei dos meus camundongos e avancei o máximo que pude com meus testes: quase nada, o que reforça o fato de que esse reality é a única chance que tenho para avançar na minha pesquisa.

Quando a Dra. Helena me parabenizou pela conquista, minha vontade foi responder que só estou cometendo esse erro porque ela não quis ceder verba para o projeto.

Meu Deus, onde estou me enfiando?!

Sacudo a cabeça na tentativa de mudar o rumo dos meus pensamentos, o que não é tão difícil, pois a dor muscular ganha minha atenção. Que semana corrida! Além de toda a burocracia com o reality, fui obrigada a responder duas entrevistas. Apenas eu e outras três pessoas foram divulgadas como selecionadas, o que desconfio ter sido algum tipo de vazamento de informações. Os outros participantes continuam no mistério. No entanto, mesmo com informações privilegiadas, ninguém que não me viu pessoalmente conhece meu rosto. Os sites de fofoca fizeram questão de manter nossa imagem desvinculada das notícias para não estragar a graça do programa. Respondi às perguntas de uma jornalista da equipe de Theo Soares e no mesmo dia, por e-mail, algumas do jornal SP24, que para falar a verdade nem foram ao ar.

Fora poucos momentos durante minha infância, nunca estive tão aterrorizada. Estou neste carro há apenas meia hora e já quis ligar para Mafê quatro vezes. Saber que poderei usar meu celular no reality me conforta, mas, pelo que li, só será permitido durante a noite nos aposentos (e seguindo todas as diretrizes de segurança impostas pela produção: eles instalarão um plug-in de proteção para não recebermos informações que comprometam o desenvolvimento do reality, de modo que as redes sociais, determinados tipos de mídias e algumas páginas do Google estarão bloqueados nos dispositivos). Os dias são para "contemplação e desenvolvimento pessoal dentro do experimento", era o que dizia o e-mail em que vieram as regras, os objetivos do programa e os contratos de uso de imagem e sigilo.

— Estamos chegando — diz Antônio, que aponta o dedo para fora do carro.

Afasto a cabeça do vidro e olho para fora. Acabamos de passar pela catraca do estacionamento dos estúdios do Canal 4. Gosto das ruas pavimentadas, estreitas e decoradas com muita vegetação. Carrinhos de golfe se locomovem para cima e para baixo e jornalistas e funcionários passam apressados com suas credenciais balançando no pescoço.

Um suspiro escapa da minha garganta. É muito organizado. O prédio que se ergue em frente ao carro é gigantesco, com sacadas em todos os andares e muitas janelas. Se eu tivesse saco, contaria, mas só de olhar estimo... uns cinquenta andares.

— Bem-vinda, Virgínia — uma mulher vestindo uma camiseta com os dizeres *Quer casar comigo?* em dourado abre a porta do carro —, como vai?

Sorrio ao sair do carro. A credencial dela diz que seu nome é Maria Eduarda. Ela é uma staff. Automaticamente lembro de Mafê.

— Vou bem — digo tentando parecer sincera —, obrigada.

Aceno para Antônio quando ele entrega minhas mochilas para o homem que acompanha Maria Eduarda.

— Vou mostrar o prédio e onde vocês todas vão ficar. — Ela me guia pelos ombros. Apesar de aparentar ser jovem, talvez a minha idade, dá para ver o peso de uma rotina de um trabalho árduo em suas olheiras e seus cabelos presos em um coque bagunçado; ela parece estar trabalhando arduamente há vinte e quatro horas. — Eu serei a sua assessora durante todo o reality.

— Assessora?

— Sua assistente, sua guia espiritual, sua guru.

É legal saber que a pessoa que vai me acompanhar durante a minha estada é simpática e gentil mesmo enquanto cansada.

— Bom saber — respondo. — Posso chamar você de Duda?

— Prefiro Madu. — Meu coração já está derretendo de saudades de Mafê. — Minha tia me chamava de Duda, e ela era doida.

Ainda estou rindo quando piso dentro do prédio e sou atingida pelo vento gélido do ar-condicionado. Minha atenção logo é direcionada para o hall: é espaçoso e inteiramente de mármore. Pelo menos parece mármore. Madu me entrega um cartão com minha foto e nome preso a uma cordinha com o título do reality. Eu a imito e passo pela catraca usando a credencial, e subimos de elevador até o último andar. Quando as portas metalizadas se abrem, minha boca cai.

Sofás gigantes, poltronas cor-de-rosa e tapetes felpudos preenchem toda a minha visão. As paredes são coloridas e um jogo de iluminação impecável cobre o teto. Há quadros decorativos e placas de led com dizeres como "*Who run the world? Girls*!" e "*Girl power*". Uma televisão gigante ocupa uma das paredes do espaço que julgo medir quase cinquenta metros quadrados e um quiosque com taças, bebidas e aperitivos preenche o extremo oposto da sala. Também há livros, revistas, penteadeiras com maquiagens e produtos para cabelo, e uma arara lotada de roupões ao lado de, pasmem, uma hidromassagem.

— Isso é o que chamamos de QG das mulheres — apresenta Madu. — Você pode fazer e consumir o que quiser daqui.

Estou aqui para encontrar um homem que queira se casar comigo e sei que não vou me casar com ele, então acho justo usufruir o máximo que conseguir dos outros prazeres que o reality me proporcionar.

DANTE

A primeira pessoa que vejo ao entrar no estúdio é Alana, a produtora que vazou informações sobre o reality para mim. Faço uma nota mental de que preciso mantê-la por perto, mas não preciso me esforçar tanto porque ela se aproxima e me diz:

— Mexi alguns pauzinhos e serei sua assessora durante o programa. — Ela me dá um beijo no rosto. — Ficaremos um bom tempo juntos. — Franzo o cenho. Ela é produtora de audiovisual, não deveria estar fazendo o trabalho de um staff. — Vou mostrar o lugar.

Alana enlaça meu braço e me puxa pelos cenários do reality.

Durante a semana, concentrei-me apenas no trabalho e nos treinos. Acho que se eu tivesse parado para pensar, provavelmente teria desistido disso tudo. Alana realmente me ajudou, enviou-me diariamente informações sobre alguns participantes. No entanto, sempre quando estava pronto para postar a notícia, a equipe de Theo Soares soltava primeiro. A *mesma* informação. Tudo o que o São Paulo 24hrs conseguiu vazar foi os hobbies de uma participante e a data de aniversário de outro. Foi um fracasso.

Meu celular vibra. É outra mensagem de Olga. Ela já está me incomodando, então não respondo.

Não sou bom em contar fofocas. Gosto do jornalismo sério, relevante e claro. Avisei Olga que não era a melhor pessoa para adentrar o reality, mas ela teimou que teria de ser eu. Pois bem, agora não pode reclamar se eu não for tão eficiente quanto o infiltrado de Theo Soares.

Mandei perguntas para o e-mail de Virgínia, que continua sendo minha suspeita número um. Ela respondeu de forma tão rasa que nem me dei ao trabalho de postar ou responder. É claro que usei apenas o nome do jornal durante o contato, afinal pretendo conhecê-la aqui dentro e não posso mostrar que já a conheço antes de *conhecê-la* às cegas.

No final, espero mesmo que seja Virgínia a infiltrada de Theo. Não quero ser obrigado a fazer outras conexões aqui. Só quero realizar meu trabalho e conseguir o cargo no Investigativo.

Depois que Alana apresenta tudo para mim, ela me faz esperar no que chama de quartel-general dos homens. A cada minuto, mais um se junta a mim no sofá do ambiente. Quando os sete participantes estão reunidos, o casal de apresentadores do programa aparece. Meu estômago revira dentro de mim quando noto as câmeras. Não acredito que vou aparecer em rede nacional. Não acredito que meu pai vai me ver nesta situação. Nem ele, nem minha mãe sabem sobre isso.

– Sejam muito bem-vindos à primeira temporada de *Quer casar comigo?* – diz Domitila Hernandez, uma das atrizes mais famosas do país. – Quem aqui está preparado para casar?

Os homens ao meu lado vibram. Alguns até gritam.

– Vocês terão encontros com outras sete mulheres durante os próximos cinco dias – explica Marcos Capela ao lado da esposa, ele é apresentador de quase todos os reality shows do Canal 4. – Quem se sentir correspondido, pode fazer o famoso pedido de casamento.

– E se a resposta for "sim", vocês vão se ver pela primeira vez – comenta Domitila.

Não existe lógica neste programa. Amor às cegas não existe. A aparência física conta tanto quanto os sentimentos.

– Isso não dá frio na barriga?

O cara ao meu lado me cutuca, animado. Sei que o nome dele é Eduardo porque foi um dos participantes cujas informações tive o desprazer de vazar.

Balanço a cabeça em resposta, não consigo desfazer minha cara de sério.

As luzes das câmeras se apagam e Domitila e Marcos relaxam. Eles sorriem para o grupo e acenam.

— Isso foi para a introdução do primeiro episódio — a voz de Marcos Capela não é mais tão robotizada —, a produção virá em breve para explicar como tudo isso vai funcionar.

— Parabéns por terem sido selecionados — Domitila bate palmas —, será mesmo que o amor é cego?

Alguns homens gritam um "sim" entusiasmado. Como pode?

O casal de apresentadores se retira e alguns minutos depois uma equipe de staffs entra no local. Eles passam algumas informações que ainda não sabíamos. Ao que parece, nossos dias serão gravados no QG, enquanto interagimos, bebemos e jogamos. No entanto, nossas noites serão compostas pelos encontros nas cabines às cegas, que serão transmitidos ao vivo.

Quando os staffs saem do quartel, tento conversar com alguns dos meus novos colegas. Não sou bom em interagir, ainda mais com pessoas que nunca vi na vida, mas preciso soltar informações no SP24 antes do meu — ou da minha — rival.

VIRGÍNIA

Meu Deus do céu, é mesmo o Marcos Capela?

Meu coração está disparado. Capela é minha paixão de adolescente; e tudo bem que está ao lado da esposa, porque continua sendo meu apresentador favorito. Mafê e Leonardo vão morrer de inveja! Foi ele que também apresentou *Beije, case ou mate*, das nossas noites de *Sex on the drunk* (que nos últimos dias tem passado por uma avaliação para um novo nome.)

— Depois do pedido, vocês dois vão partir para uma lua de mel. — Marcos dá continuidade às explicações e me lembra de que estou dentro de um reality de relacionamentos às cegas. *Meu Deus!* — Para se curtirem e se conhecerem melhor, aproveitando o melhor de um dos mais requintados resorts do país, em Bonito, no Mato Grosso do Sul.

Minhas novas amigas (porque já fiz muitas na última hora) batem palmas e soltam gritinhos. Eu me junto a elas. Uma viagem com tudo pago, como não vibrar?

— Mas é depois disso que o bicho pega. — Domitila levanta as mãos. — Depois da viagem, vocês voltarão para São Paulo para morarem juntos durante algumas semanas.

— É quando a vida real vai bater à porta — comenta Marcos. — E aí, enquanto planejam a cerimônia e a festa, poderão decidir se vão aceitar ou não passar o resto da vida ao lado um do outro.

Brenda, minha nova amiga, pega minha mão. Ela está muito nervosa desde que entrou pelo elevador. Mas não sou eu que vai acalmá-la, não tenho condições nem de *me* acalmar no momento.

Preciso inventar um jeito de fazer algum homem se apaixonar por mim para eu avançar nas fases deste... jogo. São sete mulheres e sete homens, com certeza deve haver alguém do outro lado da parede que se interesse por mim. Não é? Espero que sim. Se nenhum dos sete me pedir em casamento, voltarei para casa. Sem dinheiro e humilhada.

Bebo um gole de vinho após Marcos e Domitila deixarem o QG.

— Estou tão ansiosa pra hoje à noite — Brenda comenta.

Ela realmente quer encontrar um amor.

— Eu também — digo, embora seja por outros motivos.

Dora se senta conosco e entrega uma taça de gin para Brenda.

— Eu não bebo — revela.

— Vai precisar se quiser relaxar — fala, empurrando a taça.

Brenda bebe um gole e faz careta. Nós rimos.

Todas as outras seis mulheres são muito bonitas. Quase fico feliz por saber que nenhum dos homens vai nos comparar uma com a outra. No entanto, isso não deixa de ser loucura, então vou beber o máximo que puder deste vinho caro e me concentrar para conhecer meus primeiros pretendentes mais tarde. Preciso que um homem se apaixone por mim.

08

VIRGÍNIA

Esse tanto de câmeras nos seguindo me irrita. Passei o dia todo fugindo delas, mas sempre sinto o calor da luz branca em minha pele. O almoço foi muito divertido (conheci outras mulheres e me dei bem com a maioria delas), bebi um ou dez drinques durante a tarde e agora estou em meu quarto, que fica no andar abaixo ao QG. É um quarto comum de hotel, mas muito confortável.

Meu corpo está leve e quero tirar um cochilo, mas são quase 20h e Madu passou aqui mais cedo para avisar que uma equipe de imagem virá me arrumar para o primeiro dia de encontros. Estou tentando fingir normalidade, mas, sempre que lembro meus motivos, meu coração erra várias batidas. Decido mandar uma mensagem para meus amigos, no entanto percebo que há mensagens não lidas.

Mafê ♡: VIRGÍNIA, COMO TÁ AÍ?

Leo 😼: ela já deve estar se pegando com algum cara

Mafê ♡: KKKKK não duvido nada

Mafê ♡: Onde vc tá, Leonardo?

Leo 😼: pq, já tá com sdd?

Leo 😼: tô na elite

Mafê ♡: Até parece

Mafê ♡: Vamos pedir comida japonesa hj?

Eu: Não estou me pegando com ninguém

Eu: Só posso usar o celular dentro do quarto, por isso demorei

Eu: Vcs vão pedir comida japonesa sem mim?

Leo 😈: sim, o nosso único momento pra poder aproveitar já que vc odeia peixe cru

Leo 😈: não reclama, deve ter um monte de coisa gostosa aí

Eu: Meu Deus, sim

Eu: Bebi vinho o dia inteiro

Mafê ♡: Vc vai conhecer o amor da sua vida bêbada?

Eu: Não estou bêbada

Eu: E ngm aqui é o amor da minha vida

Eu: Vcs disseram que iam me ajudar a mentir, não sei o que fazer

Eu: Tenho três encontros daqui duas horas

Leo 😈: que chique

Mafê ♡: Ok, acho que você precisa manter uma conversa com o cara, né?

Mafê ♡: Pra surgir um interesse da parte dele

Leo 😈: não fala sobre seus ratos

Eu: Não são ratos

Eu: São camundongos

Eu: Não sei mentir

Eu: Como vou manter uma conversa com um cara que nem mesmo posso ver?

Mafê ♡: Talvez seja melhor criarmos uma lista de perguntas

Mafê ♡: Vou criar com o Leo e mando daqui alguns minutos

Ouço alguém batendo na porta do quarto. Largo meu celular e abro.

— Vamos começar?

Madu está sorridente. Atrás dela há pelo menos quatro pessoas. Todos eles estão vestidos de preto.

Tiro o corpo da frente e abro espaço para que entrem no quarto.

— Vamos arrumar você aqui no quarto hoje porque o camarim não ficou pronto a tempo — diz Madu, jogando-se na cama; gosto do jeito dela —, mas amanhã você vai poder conhecer nosso salão de beleza.

— Tudo bem.

Abro um sorriso.

— O que quer pra hoje? — pergunta um homem careca. Ele está abrindo uma maleta sobre minha cama e bate nos pés de Madu, que tira os tênis e se encolhe embaixo das cobertas. — Cacheado, liso ou um penteado mais elaborado?

— Qualquer um.

Dou de ombros. Nunca fui de mudar o cabelo.

O homem dá um beijinho em meu rosto e depois volta para a maleta. Ele joga na cama uma escova, um secador e um babyliss. Acho que ele vai enrolar meu cabelo.

— E o que você quer vestir? — questiona uma mulher baixinha de óculos, ela está apoiada numa arara que trouxe consigo. Quando percebe que não faço ideia do que provar, ela diz: — Eu dou um jeito.

Deixo que me arrumem como bem entenderem. Eles são profissionais. Geralmente prendo meu cabelo num coque para não pingar nenhum tipo de reagente do laboratório e só visto camisetas com trocadilhos sem graça por baixo do jaleco.

Passei uma hora e meia nas mãos de José, que enrolou meu cabelo com o babyliss. Ele tem mãos delicadas, então tirei o cochilo que queria enquanto ele me maquiava. Uma outra mulher pintou minhas unhas e a moça de óculos escolheu o vestido vermelho que estou vestindo. Ela me deu também os acessórios, que se resumem a um brinco prateado e uma pulseira cravejada. Combinam com a sandália de salto fino. Faz tanto tempo que não uso salto...

— Caramba — sussurra Madu ao acordar do cochilo —, você está perfeita!

Dou risada. Estou mesmo bem bonita, mas nada aqui é real. Meus cílios não são longos assim, meu cabelo não é volumoso e minha pele não é perfeita como aparenta no momento.

Madu leva a mão até o ouvido e percebo, pela primeira vez, que usa uma escuta.

— Tudo bem — ela diz num *walkie-talkie*. — Estamos indo.

Ela me aponta a porta. Sinto meu peito pesar. Não acredito que vou me encontrar com três homens sem poder vê-los de verdade.

Parece que Madu incorporou a profissional, ela não faz mais nenhuma piada até estarmos na frente do elevador. Algumas mulheres que conheci mais cedo aparecem com suas respectivas staffs. Todas elas estão usando vestidos e saltos, como eu. Descemos alguns andares e, quando as portas se abrem, entro em choque.

Um longo corredor se estende. O teto é coberto por luzes de led, que apontam para diversas cabines, e o chão é de mármore, como o primeiro piso do prédio. Noto algumas câmeras nos seguindo e várias delas penduradas pelas paredes.

Madu me dá um leve empurrão. Eu e as outras mulheres saímos sem as staffs do elevador, que se fecha muito rápido. Quero bater na porta e pedir para entrar novamente. Minhas mãos estão suando.

— Encontrem seus nomes nas portas e se posicionem — uma voz ecoa pelo corredor. Parece estar vindo de um alto-falante, mas não o vejo. — A cada encontro, vocês mudarão de cabine.

— Que legal — vibra Ingrid, animada, caminhando depressa para localizar sua cabine.

— Escreveram meu nome errado — diz Dora com humor, apontando para sua porta.

Respiro fundo. Ando devagar para não tropeçar e procuro meu nome. Minha cabine é a última, devem ter organizado por ordem alfabética. A porta é fosca e preta, tem detalhes dourados e um coração no centro, com meu nome. Um calafrio sobe pela minha espinha.

Troco sorrisos com Brenda, Dora e Ana, com quem tive bastante contato durante o dia. Elas ficam do outro lado do corredor. Estou ansiosa para conversar novamente com elas e saber quais homens foram legais ou não. Vamos conhecer a maioria deles esta noite e, a partir de amanhã, a produção focará em encontros que tiveram algum tipo de conexão. Pelo menos até tivermos nossos participantes favoritos e pudermos escolher quem encontrar.

— Três, dois, um. — Escuto a voz no alto-falante.

Então, vem um clique. Todas as portas se abrem ao mesmo tempo e eu entro na minha cabine.

DANTE

A poltrona é macia. O único ponto de iluminação do lugar é a parede à minha frente. Não é uma parede de verdade, parece mais um portal; é translúcida, mas não consigo ver nada do outro lado, apenas sombras. Ao meu lado há um frigobar, um sofá de dois lugares, algumas almofadas e até uma manta. Mas é só isso.

Meu primeiro encontro foi com uma mulher chamada Dora. Ela respondeu ter trinta e um anos, sonhar com um casamento, mas nenhum filho. Ela quer viajar, conhecer o mundo e todas as gastronomias existentes. Parecia educada, mas quais outras características eu poderia sonhar em localizar em alguém que não posso ver? O encontro durou apenas dez minutos.

Estou querendo encerrar minha conversa com Brenda há quase vinte minutos. Ela é meiga, trabalha como dentista e disse que é bonita. Mas como posso acreditar? De qualquer forma, não me importo se a mulher que eu escolher for bonita ou não, estou trabalhando e os próximos dois meses terão de passar muito rápido.

— Você quer ter filhos? — ela pergunta.

Demoro para responder. São sempre as mesmas perguntas.

— Não — minto.

— Ah — ela murmura.

Consigo ver pelas sombras da parede que ela está marcando algo em um caderno. Deve estar riscando meu nome de sua lista de pretendentes. Eu quero ter filhos um dia, mas não preciso expor essa curiosidade em um programa ao vivo.

— Foi bom falar com você, Dante — a sombra de Brenda se levanta. — Nos encontramos depois?

Balanço a cabeça. Percebo que a sombra de Brenda ainda está parada, querendo uma resposta verbal.

— Claro — digo.

Brenda sai pela porta do outro lado da parede. Um segundo depois, Alana entra em minha cabine.

— Quer conversar com quem agora? — questiona.

Os outros participantes não podem escolher com quem vão conversar inicialmente. Alana está colocando minhas preferências como prioridade porque o reality tem um acordo com Olga.

Busco em minha mente alguém interessante entre as participantes. Passei o dia sondando os homens, mas não surgiu nada relevante para eu usar como pauta no jornal. Também não consegui nada de Brenda ou Dora. Por isso, decido que preciso de um pouco mais de adrenalina; vou investigar minha possível rival.

Encaro Alana, que tem uma prancheta nas mãos e um fone no ouvido.

— Virgínia.

VIRGÍNIA

Já tirei a sandália e meu caderno de perguntas tem várias folhas rabiscadas. Meu primeiro encontro foi com André. Ele falava muito (o encontro todo), ria das próprias piadas e só me fez uma pergunta (meu nome). A minha sorte é que cada encontro tem o tempo mínimo de dez minutos, então não demorou para eu poder fugir na primeira oportunidade. Não duvidaria se algum staff me contasse que ele está falando sozinho até agora.

Meu segundo encontro foi com Rafael. Ele é advogado, tem trinta e cinco anos e mora no Rio de Janeiro. O sotaque diferente do meu é interessante e seu senso de humor me fez rir muito. O tempo máximo para os encontros é de trinta e cinco minutos. Quase não os vi passar. Apesar de não saber nada sobre sua fisionomia, gostei dele.

Ainda estou rindo de uma piada de Rafael quando entro novamente na última cabine. Me sento no sofá de pelinhos e coloco as pernas para cima. Não sei quem vou conhecer agora, mas estou curiosa e até um pouco animada. Apesar de não levar o programa a sério, ainda sou uma cientista e é muito interessante ser uma das peças de um experimento.

— Oi? — pergunto para a parede. Não há resposta, mas consigo ver a silhueta de um homem sentado numa poltrona. — Tudo bem?

A sombra se remexe, e ele limpa a garganta.

— Oi.

Estremeço com o tom da voz. Posiciono a caneta no papel e pergunto:

— Qual é o seu nome? — Ele não fala nada. Sinto minha testa enrugar. — Meu nome é Virgínia Loyola.

Nem mesmo o corpo da sombra se mexe. Será que esse homem está bem?

— Dante.

Passo as mãos pelos braços para reprimir o arrepio. A voz dele é muito grave.

— E o sobrenome?

Forço uma risada, quero parecer simpática.

Não tenho resposta, então decido não insistir.

Anoto seu primeiro nome na folha. Viro a página e encaro as perguntas que Mafê e Leonardo elaboraram para mim. Fiz apenas três para André, que criou monólogos para cada uma, mas completei o questionário com Rafael e criamos uma conversa bacana.

— Você tem quantos anos? — pergunto.

Dante demora, mas fala:

— Quantos *você* tem? — Sua voz preenche meus ouvidos de maneira inquisidora.

— Vinte e seis. E você?

Percebo que a sombra também tem um caderno em mãos. Ele abaixa a cabeça, deve estar lendo.

— O que você gosta de fazer? — me pergunta.

— Estudar — falo sem pensar. É estranho estar em um encontro sem saber nada um do outro. — E você?

A sombra ergue a cabeça e joga o corpo para encostar as costas na poltrona. Ele está olhando para o teto.

— E o que você gosta de comer?

Coço o queixo. Que cara estranho!

— O que *você* gosta de comer? — copio seu modo de falar.

— O que *você* gosta de comer? — repete mais enfaticamente.

Jogo os braços para cima, indignada.

— Qualquer coisa — respondo.

Ele fica em silêncio de novo.

Parece que Dante será o meu pior encontro hoje. Pelo menos André falava.

Virgínia disse que gosta de estudar. Ela não deveria dizer que gosta de escalar montanhas? E por que não falou que sua comida favorita é sashimi de baiacu como indicava o formulário?

— Com o que você trabalha? — pergunto.

A sombra de Virgínia se mexe. Ela coloca os pés para baixo e se levanta.

— Você está brincando comigo? — Sua voz sobe alguns tons. Franzo o cenho. Do que ela está falando? — Por que não responde minhas perguntas? — questiona, seu dedo está apontando em minha direção e parece que não existe uma parede entre nós. — Só eu respondo as suas. Já não é ruim o bastante não podermos nos ver?

É compreensível que Virgínia esteja me julgando no momento, mas somente se for uma mulher comum. Se for a infiltrada de Theo Soares, espero mesmo que se incomode comigo. Eu tenho apenas cinco dias para encontrar alguém para me casar e, ao mesmo tempo, impedir meu rival de espalhar suas fofocas, então não vou ceder.

Virgínia se senta e se levanta de novo.

— É sério? — Sua voz é doce mesmo quando está brava. — Nem mesmo uma palavra.

Limpo a garganta. Duas vezes. Apesar de tudo, não posso parecer um louco para o público. Talvez se eu mudar minha abordagem...

— O que você quer saber?

Ela se senta. Leva um tempo para falar:

— Eu nem sei o seu sobrenome ou o dia do seu aniversário.

— Quatro de novembro.

— Não me surpreende que seja escorpiano.

Virgínia cruza os braços no peito. Também cruzo os meus. O que me surpreende é uma biomédica — como ela disse ser no formulário — acreditar em signos. Esse é só mais um ponto para eu achar que ela é a infiltrada. Não será muito chocante se, ao final disso, eu descobrir que Virgínia é, na verdade, a colunista de astrologia do *Nada a declarar*.

Fito as perguntas no caderno apoiado em minha coxa. Não vou conseguir nada respondendo suas perguntas bobas, mas talvez, se eu entrar no jogo, eu consiga alguma vantagem.

— Moon-Choí, Virgínia. — Sinto minha garganta arder ao proferir o nome dela. Fecho os olhos para esquecer que o país inteiro vai ouvir minha próxima frase: — O *nosso* sobrenome é Moon-Choí.

Ouço um suspiro. E depois um longo tempo se passa. Será que exagerei?

— Você é tão precipitado. — Ouço um sorriso em sua voz. — Não deveria supor que eu vou me casar com você.

— Bom — descruzo os braços só para cruzá-los de novo —, você adoraria se casar comigo. Eu sou o melhor dos participantes.

— O mais egocêntrico você quis dizer.

Nego com a cabeça, mas aí me lembro de que não estamos frente a frente. Que estranho, eu poderia jurar que essa parede nem mesmo existia trinta segundos atrás.

— O melhor, eu quis dizer — corrijo. — Pode conhecer todos os homens aqui, mas tenho certeza de que, no final, se você puder escolher, serei eu.

— Me poupe! — Ela ri. — Vamos mudar de assunto. *Seu* sobrenome... De onde é sua família?

— Coreia do Norte.

Meu sangue esquenta. Por que fiz isso? Não posso ficar dialogando sobre minhas origens ou qualquer outro assunto pessoal.

— Nossa. — Ela suspira. — Me conta mais sobre isso.

Exatamente como uma infiltrada faria.

Não consigo nem mesmo abrir a boca. Quero me bater por ter dito algo tão estúpido. Cometi um grande erro logo no primeiro dia de programa. Acho que não vou sobreviver.

— O que você gosta de beber? — pergunta, parece que desistiu do assunto anterior. Eu não respondo. — É porque acabei de abrir o frigobar e tem vinho em lata, não é estranho?

Vinho em lata? Nunca vi nada assim antes. Minha curiosidade quer me fazer levantar, mas me mantenho sentado.

— Eca! — Ela ri, e eu gosto do som. — Tem isso no seu frigobar? Se tiver, não compensa abrir, parece que tem gás.

Droga, agora quero ainda mais conferir meu frigobar.

— É bem ruim — diz, séria desta vez. — Tão ruim quanto falar sozinha.

Quero dizer alguma coisa, mas me proíbo. Sinto que se abrir minha boca, posso gaguejar. Ou pior, não conseguir parar de falar. Parece que as palavras estão se empurrando para sair aos montes, como se eu tivesse muito a contar. E não tenho.

Faz dois minutos que Virgínia não emite nenhum tipo de som. O silêncio já não me conforta mais. É ensurdecedor.

— Por que não está falando nada? — pergunto.

A sombra dela se remexe. Ela bebe mais um gole da latinha.

— Se você não tem nada pra falar comigo — ela começa, a voz ecoa doce pela cabine; eu senti falta —, também não tenho pra falar com você. E pensar que há alguns minutos você praticamente me pediu em casamento...

Não consigo responder.

Percebo que Virgínia cruza os braços. Como ela é brava.

Já se passaram dez minutos. Qualquer um de nós pode sair do encontro, mas ela ainda está com os braços cruzados e eu ainda estou encarando o caderno. Fico imaginando o que os telespectadores estão pensando enquanto assistem a dois participantes fazendo guerra de silêncio. Isso pode, inclusive, baixar a audiência.

Olho para o relógio. Vinte minutos. Observo enquanto Virgínia se levanta. Acho que ela vai embora, mas ela não vai. Ela pega outra latinha no frigobar. Gostaria de saber se é o vinho ou outra bebida que está experimentando. Esforço-me muito para fechar a boca, que se abriu sem que eu percebesse.

Quando a placa de "No ar" apaga, fito novamente o relógio em meu pulso. Trinta e cinco minutos se passaram, o tempo limite e, como este é o terceiro encontro da noite para todos os casais, significa que o programa está terminando, que esta será a última cena da noite.

Ouço os saltos de Virgínia baterem no chão. Ela caminha até a porta e a abre.

— Como você é irritante — diz.

— Você também é bem difícil — falo e encaro a parede, porque sei que ela ainda está esperando por uma resposta.

Ela vai embora e eu corro para matar a curiosidade. Há três latinhas de vinho no frigobar. Pego uma e abro o lacre. Tomo um gole. É ruim mesmo.

09

VIRGÍNIA

O dia passou devagar. Entrei na hidromassagem com minhas melhores amigas de reality, Brenda, Dora e Ana. Nós bebemos vinhos, gin e até champanhe. Posso me acostumar com isso facilmente.

— Como foram os encontros ontem? — perguntei em certo momento para elas.

— Eu tive três incríveis — apontou Ana —, mas meu favorito foi o Joaquim.

Brenda cutucou Ana com o pé. Elas estavam de frente na hidromassagem.

— Eu também gostei dele — falou, fazendo beicinho. — E do Dante.

Lembro que arregalei os olhos com a fala de Brenda.

— Dante? — questionei. — Que cara esquisito! Ele falou com você? — Brenda assentiu com a cabeça. — Falou *verbalmente*?

— Bom, não muito. — Riu. — Mas eu gosto dos misteriosos.

— Ele pode ser um assassino — disparei. — Sou bem mais o Rafael.

— Não gostei muito dele — Ana disse —, mas algumas meninas disseram que ele é mesmo bem fofo. Não me pegou.

— Não sei, eu só gostei de um — Dora interrompeu nosso diálogo. — O Eduardo tem voz de homem bonito.

E aí nós rimos.

Passei o dia assim. Conversando sobre os homens com quem nos encontramos e apreciando as bebidas e comidas gostosas que nos servem toda hora. Quando os staffs nos chamam, cada uma de nós se recolhe para o quarto. Quero aproveitar para responder algumas mensagens de Mafê e Leonardo antes de Madu chegar, mas há também uma mensagem nova na minha conversa com meu pai (e eu não respondi nem a primeira que ele me enviou na semana passada). Imagino que eu deva explicações para ele, agora que ele me viu na televisão.

Pai: Oi, filha

Pai: Sua mãe me ligou hoje desesperada

Pai: Você vai participar de um programa de TV?

Pai: Oi, filha

Pai: Quando puder responder, estarei aqui

Pai: Virgínia

Pai: Ontem eu te vi na TV. Você estava linda, mas não gostei de nenhum dos pretendentes, principalmente aquele asiático caladão.

Eu: Oi, pai. Desculpa a demora. Isso aqui é uma loucura. Não contei antes porque fiquei com vergonha 💔 Tô participando do reality, sim. Porque preciso de um marido, né? Não é o que o senhor e a minha mãe sempre falam? Queria sair um pouco do laboratório e me ofereceram a vaga... Acabei aceitando. Vai que eu encontro alguém especial!

Tento não levar em consideração que tudo o que eu escrevi é mentira. Mas se quero chegar à final para conseguir o dinheiro, precisarei encenar que estou levando isso aqui a sério até mesmo para meus pais.

Mafê ♡: MANOOO

Mafê ♡: VC ESTAVA UMA PERDIÇÃO NAQUELE VESTIDO

Leo 😈: 🔥🔥🔥🔥🔥

Mafê ♡: Virgínia, sério

Mafê ♡: Parece que mataram vc e colocaram outra no lugar, muito gata

Leo 😼: é tão estranho ver vc na tv

Leo 😼: ainda mais ao vivo

Mafê ♡: Vc parecia tão à vontade, as perguntas funcionaram

Mafê ♡: Acho que já consegue manter uma conversa

Leo 😼: principalmente com aquele rafael, vc tava toda assanhada

Mafê ♡: KKKKKKKKK

Mafê ♡: Mas nada foi tão incrível quanto vc nervosa com o Dante

Mafê ♡: A gente até fez figurinhas para usar aqui

Mafê ♡ *enviou uma figurinha*

Mafê ♡ *enviou uma figurinha*

Mafê ♡ *enviou uma figurinha*

Leo 😼: hahaha a segunda é a melhor

Leo 😼: boa sorte hoje, vi

Eu: Adoro que vcs estejam gostando tanto disso.

Eu: Eu não estou.

Mafê ♡: A gente tá vendo como tá sendo complicado a sua vida na hidro do QG

As mensagens com meus amigos me deixam mais leve, mas um pouco insegura também. Simplesmente esqueço que tem câmeras me filmando durante todo o dia, ainda mais dentro das cabines. O país inteiro vai me assistir enquanto tento arrumar um marido de mentira. Preciso ser mais convincente. Até mesmo com os homens que não me agradam. Será que consigo ser legal com Dante? Nunca conheci alguém tão avesso à comunicação.

Ouço uma batida na porta e Madu a entreabre. Eu sorrio ao vê-la. Hoje vou conhecer o salão de beleza e me arrumar ao lado das outras participantes. Estou animada.

— Vamos deixar você bonitona? — ela chama.

Começo a rir, porque me lembro das figurinhas que Mafê criou. Elas são daquelas que se movem. Em uma, estou erguendo os braços, irritada com Dante, e, em outra, estou batendo com o caderno na cabeça, ainda nervosa com o fato de ele não responder nenhuma das minhas perguntas. Mas a última sou eu com uma expressão diferente no rosto, meus olhos estão se abrindo e um sorriso se forma quando ergo a cabeça. Pareço surpresa, então a figurinha deve ter sido feita no momento em que descobri que Dante é coreano (ou quando ele teve a cara de pau de dizer que meu sobrenome seria Moon-Choí também).

— O que foi? — questiona Madu, ainda da porta. Eu não consigo responder por conta das risadas, então ela conclui: — Meu Deus, você precisa mesmo de um marido.

DANTE

Estou escrevendo há horas. Descobri que um dos participantes, Joaquim, torce para o Corinthians e está apaixonado por Brenda, que é filha de um dos maiores investidores do Palmeiras. Mandei a reportagem para Olga por e-mail. Até gostei de escrever essa. Não é uma fofoca em si, eu trouxe dados e levantei informações sobre os investimentos do pai de Brenda. E é uma contradição porque são times rivais no futebol. Escrevi no corpo do e-mail que essa nota pode ser postada na seção de Esportes, assim conseguimos ampliar nosso alcance e público-alvo.

Também escrevi sobre Ingrid. Ontem à noite, Diogo entrou no QG enquanto eu mostrava o vinho em lata para alguns caras e nos contou que Ingrid trabalha como relações públicas para o Planalto. Então, apurei o caso e escrevi uma matéria de três páginas com todas as ações que encontrei envolvendo Ingrid. Pelo que parece, ela cuida das falas e discursos do presidente. Essa vai ser boa para o jornal, tenho certeza de que vai engajar entre os aliados e a oposição do governo.

Meus dedos estão doendo. Já fiz tuítes anônimos, escrevi notas e grandes matérias, respondi as dúvidas da minha estagiária sobre uma notícia que ela precisava escrever sobre o reality e investiguei sobre o meu furo.

Júlia, a minha fonte no caso da Universidade da Paraíba, mandou um e-mail para relatar que suas redes sociais foram excluídas, assim como as de alguns colegas que estavam mais engajados nas manifestações contra a universidade. Eu incluí as evidências em minha reportagem, mas não pude responder quaisquer palavras de acolhimento. Odeio que isso esteja acontecendo com Júlia, seus colegas e com outras milhares de outras pessoas no Brasil. Contas bancárias bloqueadas, usuários suspensos nas redes sociais e processos judiciais injustos são só algumas das consequências que essas pessoas estão sofrendo nas mãos do Estado.

Não vejo a hora de conseguir a vaga no Investigativo. Até lá, terei minha reportagem pronta para publicá-la logo no primeiro dia de trabalho. Quero saber o que esses censuradores desgraçados serão capazes de fazer contra o SP24.

Meu celular vibra ao lado do notebook. É uma ligação de Olga.

— Não posso falar — digo ao atender. — Está quase na hora de eu me encontrar com os outros no QG pra irmos pras cabines.

— Eu sei, eu sei. — Minha chefe ri. — Eu liguei mais pra saber como tem se sentido. — Franzo o cenho. — Quero parabenizar você pelo trabalho. Os conteúdos de hoje foram incríveis, estamos contabilizando quase cem assinaturas por hora — ela me conta. Suspiro, aliviado. — Você está indo muito bem, ainda mais depois de ontem.

— Ontem?

Escolho uma calça azul-escura, uma camisa branca de linho e um blazer no mesmo tom da calça. A produção não perde tempo arrumando os homens, mas deixa peças de roupas, sapatos e acessórios.

— Você é inacreditável, Dante. — Olga gargalha. — Passou o dia escrevendo sobre outros participantes, mas não pesquisou seu nome no Google?

Por que eu faria isso?

— Você e a Virgínia estão nos trending topics do Twitter há horas. Continue assim. Vocês são os favoritos da edição. Boa sorte hoje

Olga desliga.

Favoritos da edição? Eu e Virgínia? Solto o blazer na cama e tiro o notebook da mochila. Entro no Twitter pela aba anônima e minha boca cai. Há milhares de tuítes, gifs e memes sobre meu encontro com ela.

Theo Soares @nadaadeclarar

VEJA: Guerra de silêncio entre Dante Moon-Choí e Virgínia Loyola faz sucesso no primeiro dia de cabines do *Quer casar comigo?*

Cadelinha do Harry Styles @haroldo6969
Respondeu a @nadaadeclarar

me julguem, mas no off eu gosto é dos quietinhos
esse dante moon-choí é uma dlç

vinicius uó @viniculpado43
Respondeu a @haroldo6969

esses dois têm mais química que qualquer outro casal nesse programa e só a minha opinião importa. Vcs viram ele experimentando o vinho na latinha depois que ela saiu da cabine? meu deuuuuus

fracassado @fraconaoassado
Respondeu a @viniculpad43

tem casal falando o máximo que podem durante os encontros, mas esses queridos de mal um com o outro me dão esperança no amor

elena de pressão @eleninhacomvoces
Respondeu a @fraconaoassado

o dia que alguém me olhar como o dante olha para esse caderno, estarei inteiramente feliz. Vocês ouviram quando ele falou sobre o "nosso sobrenome"? Meu deussss!

gustas @gustavoansioso
Respondeu a @eleninhacomvoces

o que a gente faz quando o reality não tem votação aberta ao público? eu só queria que esse rafael fosse eliminado pra virgínia notar o dante no episódio de hj

Inacreditável como qualquer coisa pode se tornar um fenômeno. Eu odeio a internet. Tudo o que eu menos queria era a exposição, achei que se parecesse desinteressado os telespectadores ignorariam minha presença. Meu primeiro encontro com Virgínia recebeu uma popularidade que me assusta.

Preciso ser mais humano, em todas as imagens estou parecendo um robô. Com certeza foi nisso que Virgínia pensou ontem: que sou desprezível e oitenta por cento mudo.

No entanto, assistir às edições do reality dos outros países durante a última semana me instruiu. Talvez, se eu planejar uma surpresa, eu possa me beneficiar de algumas maneiras com Virgínia. Preciso que ela se abra mais, que goste de mim. Só a aprovação do público não será o bastante.

Leio o máximo de tuítes que posso até Alana bater em minha porta.

— Está pronto para hoje? — questiona Alana, guiando-me pelo corredor que nos leva ao QG.

Aquiesço.

— Você é mesmo bem caladão, não é?

Esforço-me para falar. Não sabia que eu era tão introspectivo até ver todos aqueles tuítes. Entramos no elevador.

— Acho que sim. Posso pedir um favor?

Ela aquiesce, calada. Eu digo do que preciso para o meu encontro com Virgínia e as portas do elevador se abrem. Não olho para trás porque não quero causar uma impressão errada com ela.

VIRGÍNIA

— Com quem vou falar hoje? — pergunto, animada, ao me sentar no sofá.

A parede está muito clara, não consigo ver as sombras. Espero que seja Rafael, ele me fez rir ontem, conseguimos nos conectar. Temos até piadas internas. Se fosse para eu escolher alguém com quem me casar em uma semana, esse alguém seria Rafael.

Ouço alguém limpando a garganta.

— Sou eu — escuto a voz de Dante, e fico nervosa por ter reconhecido tão depressa.

Não respondo. Por que o reality está fazendo isso comigo? A produção não viu que não temos nenhuma química? Não conseguimos conversar nem por cinco minutos!

— Olha — a voz pesada de Dante invade minha cabine, eu me arrepio —, desculpe se não falei nada antes.

Nunca ouvi tantas palavras juntas vindo de Dante.

— É, você é bem...

— Quieto — ele me interrompe. — É, ouvi muito isso desde que entrei aqui.

Uma risada fraca escapa por meus lábios.

— Então... — cutuco. — O que fez você mudar?

Ele demora alguns segundos, mas diz:

— Você.

Uma corrente de energia corre por todos os músculos do meu corpo. Sério, até o mindinho do meu pé está tremendo. Não sei como é o rosto de Dante, mas, julgando pela voz, não tem a mínima condição de ele ser menos que bonito.

— Hum... — Tusso, tentando clarear a mente. — Que estranho.

Ouço uma risada. Dante está rindo?

Junto meus pés no tapete e as mãos no colo. Não encosto as costas no sofá, estou nervosa. Há algo de errado.

— O que você gosta de comer? — ele pergunta.

— Você já me perguntou isso — Respiro fundo. — Eu como de tudo.

— Mas e sua comida favorita?

— Por quê?

— Preparei uma surpresa para você. — Essa voz risonha...

Uma surpresa? Num dia Dante é um babaca e no outro está me fazendo surpresas?

— Uau — fico animada. — E o que é?

— Pedi que deixassem em algum lugar da sua cabine. Não sei onde colaram.

A cabine é pequena, então visualizo a cloche rapidamente. Seguro o pino de metal e puxo. Meu estômago revira dentro de mim. Quero vomitar.

— Gostou?

— O que é isso? — Minha voz sai trêmula.

O prato serve várias lâminas de peixe branco, dispostas em um círculo.

— Sua comida favorita. Sashimi de baiacu.

Eu sabia. Virgínia nunca comeu sashimi de baiacu na vida. Ela mentiu. É a infiltrada.

— Meu Deus — ela sussurra.

— O que foi? — Uso minha voz inocente. — Pensei que essa fosse a sua...

— *Não* — me interrompe depressa. — Eu gosto de hambúrguer.

Quero dar risada, mas finjo uma cara de aborrecimento para as câmeras.

— Eu perguntei para a minha assessora se ela podia descobrir qual é sua comida favorita. Ela me disse que foi isso que você preencheu no formulário.

Há um grande espaço de tempo entre minha fala e a dela:

— Eu não posso comer isso, é venenoso.

Cruzo os braços para o público não notar minha animação. Na verdade, sashimi de baiacu não é venenoso quando preparado por um chef licenciado e com mais de dez anos de treinamento. Aparentemente, o baiacu ainda precisa estar muito fresco quando o cozinheiro tirar seu fígado — onde fica o veneno. No Japão, prendem o órgão em uma caixa com cadeado e depois a incineram para não contaminar o lixo.

Alana seria uma fada-madrinha se tivesse encontrado um restaurante licenciado, mas ela não é. O que está no prato de Virgínia é sashimi de tilápia — nem o peixe mais tradicional do Brasil ela soube identificar. Não duvido nada que nem mesmo goste de comida japonesa.

— Desculpa. — Ouço Virgínia. — Eu menti em alguns trechos do formulário, queria parecer mais interessante.

Sou pego de surpresa pela verdade. Eu sei que ela mentiu, mas o público não, e agora que ela mesmo revelou, vou parecer um vilão se insistir no assunto.

— Eu gosto de hambúrguer.

Minha risada sai alta. De uma iguaria para a comida mais comum do mundo.

Ela é uma farsa.

VIRGÍNIA

— Não vai nem experimentar?

Encaro o peixe. Sou incapaz de comer peixe cru.

— Não, obrigada. Desculpa mesmo. Vocês comem sushi na Coreia?

Quero mudar de assunto depois que fecho a cloche.

A resposta vem rápida, é até estranho:

— A gente tem o *kimbap*. É como sushi, mas com carne bovina.

— Esse eu conseguiria comer tranquilamente. — Dou risada. Acho que Dante já me perdoou, mas ele não fala mais nada. — Quando meus amigos pedem comida japonesa, eu só como hot roll.

E eu sei que hot roll nem mesmo existe no Japão.

Ainda não recebi nenhum tipo de resposta. Será que estamos em guerra novamente? Espero por alguns minutos até a porta da minha cabine abrir. É Madu.

— Vi, ele foi embora há alguns minutos — diz, os olhos tristonhos. — Vamos voltar para o QG?

Dante Moon-Choí me deixou falando sozinha depois de me oferecer um peixe venenoso. É a cara dele.

DANTE

— Não deu certo o sashimi? — pergunta Alana quando invado o corredor.

Simplesmente não posso deixar que isso aconteça. Em meu primeiro encontro com Virgínia, contei que sou coreano; agora, sem nem pestanejar, sobre *kimbap*. Isso é assunto pessoal, não tem por que eu revelar.

— Desculpa, eu não tive tempo de sair, então pedi pelo delivery. Ela reparou?

Não entendo por que conversar com Virgínia é tão difícil. Mantenho minha boca fechada, mas minha mente dá voltas, querendo soltar informações.

— Não tem problema — tranquilizo. — Provei que ela é uma vigarista contratada por Theo Soares. Está tudo muito bem.

Não está. Eu saí da cabine sem nem me explicar. Ainda há uma grande chance de Virgínia ser uma pessoa comum. No entanto, não posso ficar me açoitando. Estou fazendo o meu trabalho. Preciso despistar o meu adversário e, no momento, tudo me indica que é Virgínia.

Não paro para confraternizar com nenhum dos homens no QG. Vou direto para o quarto e começo a escrever. A matéria de amanhã será sobre Virgínia e suas mentiras no formulário de inscrição.

VIRGÍNIA

— Que cara é essa?

Encaro Ingrid.

— Dante Moon-Choí me deixou falando sozinha depois de ter tentado me envenenar com um peixe mortífero — disparo, ciente de que não foi bem assim.

— O quê? — Letícia se junta à roda. — Dante não é assim. Ele é um fofo.

Até parece!

— Fique com ele então — comento. — Eu o odeio.

— Que bom. — Letícia sorri. — Sem concorrência.

Chamo o elevador. Não estou a fim de beber ou conversar sobre a tentativa de homicídio de Dante. Madu me acompanha até o quarto, mas não fala nada. Deve estar querendo me dar espaço, e sou grata por isso.

Preciso encontrar um marido. Dentre todos que conheci, Dante é o único com quem eu não me prestaria ao papel. Ele é louco. Vou focar em Rafael e, com sorte, ele me pedirá em casamento nos próximos dias.

10

DANTE

Hoje está mais difícil. Custei para escrever sobre Virgínia. O título da matéria que enviei para minha chefe foi "Mentiras e invenções combinam com Virgínia Loyola". Olga me mandou uma mensagem mais cedo, assustada com meu texto. Eu afirmei que tenho certeza de que é Virgínia a infiltrada e agora minha chefe a odeia, mas não aceitou a publicação do texto.

— Não podemos revelar que Virgínia é a infiltrada agora — Olga me enviou uma mensagem de voz. — Estamos no terceiro dia de reality, o que os produtores fariam? Ela seria destruída e expulsa. Theo tem, sim, algumas virtudes. Ele ainda não revelou que você é o infiltrado do SP24, então lutaremos com a mesma moeda.

Não me importo se Virgínia for arruinada, mas Olga tem razão: se divulgarmos a infiltrada do *Nada a declarar*, eles podem me delatar também, e aí serei a razão por acabar com o maior reality do país — fora que teria de dizer adeus ao meu cargo no Investigativo.

É por isso que voltei às fofocas normais. Escrevi sobre algumas falas pretensiosas entre os homens e sobre o pouco que descobri sobre as mulheres. A matéria principal para SP24 hoje focou na Letícia, que eu tenho certeza de que só está aqui para conseguir seguidores.

Não acredito que estou escrevendo fofocas tão banais, mas o pior de tudo é ver a reação do público sobre as minhas ações.

Theo Soares @nadaadeclarar
@nadaadeclarar

GRAVE: Dante Moon-Choí dá as caras e oferece peixe venenoso em date. Agora, nossas apostas estão em Rafael e seu pedido de casamento. Vocês acham que a Virgínia vai aceitar?

não me siga @mesigasim
Respondeu a @nadaadeclarar

O que Dante tem de bonito, tem de babaca.
não acredito que ele só levantou e foi embora.
estragou meu shipp

jujuba @julins
Respondeu a @mesigasim

Matéria tendenciosa. Atire a primeira pedra quem nunca cometeu um erro. Acho que Dante estava querendo ser legal.

Edits de celebridades @sacaninhaedits
Respondeu a @julins

Concordo! O Dante tentou impressionar a Virgínia trazendo a "comida favorita" dela. Como ele poderia saber que ela é uma mentirosa?

A tal da fada @essafadinha
Respondeu a @sacaninhaedits

fato. o dante ainda é o meu fav, msm sendo um pouco sádico. o meu pano está prontinho pra ser passado! A Virgínia não pode aceitar o pedido do Rafael!!!

Quando eu vir o ex-marido da minha chefe novamente, vou precisar de muito autocontrole para não avançar. É sempre Theo que começa as discussões envolvendo meu nome, deve estar protegendo sua funcionária.

No entanto, preciso de um plano. Quero manter Virgínia por perto durante o maior tempo que eu puder, e, pelo que entendi, Rafael está planejando pedi-la em casamento. Isso não pode acontecer, então preciso agir.

Quando chego ao QG, a maioria dos homens está reunida em grupos. Estamos no terceiro dia de reality e já nos dividimos em bolhas, mesmo que sem intenção. Junto-me a uma roda. Não posso afirmar que tenho afinidade ou algum tipo de amizade, mas com certeza me identifiquei com alguns deles.

— Pegue — fala Joaquim quando me aproximo, e ele me entrega um copo com uísque.

Dou um longo gole na bebida, vou precisar de alguns destes para fazer o que preciso hoje.

— Do que estão falando? — Quero saber.

— Sobre mulheres — Eduardo diz e ri.

— Com quantas você se conectou? — Rafael me pergunta.

Ele é o único da nossa roda que não veste nenhum tipo de roupa social, está de camiseta e bermuda.

— Quatro — contabilizo Dora, Letícia, Brenda e Virgínia.

Não sei se a palavra certa é conexão. Só que vou me encontrar mais uma vez com Virgínia e Letícia hoje.

— Eu me conectei com cinco — diz Joaquim depois de beber de seu copo. Ele encara Rafael. — E você?

Rafael dá risada. Ele é bem extrovertido. Termino meu copo e Joaquim me serve de novo.

— Somente com duas — fala.

— Mas tivemos seis encontros até aqui — rebate Eduardo —, como é possível?

— Conheci apenas a Virgínia e a Letícia. Tive três encontros com cada uma delas.

Rafael coloca uma mão no bolso.

O nome de Virgínia faz meus ouvidos se atentarem. Bebo mais. Quero saber como ela se comporta com os outros.

— Mas como? — Joaquim se interessa.

Também quero saber como ele fez para se encontrar com Virgínia três vezes, sendo que eu só tive dois encontros. E por que meu sangue parece esquentar?

— Eu estava interessado na Letícia a princípio, nós tivemos dois encontros porque queríamos continuar com a conversa, mas depois que conheci a Virgínia... Nossa — Rafael meio que ri, meio que suspira —, ela é incrível. Ontem tive dois encontros com ela, não queríamos encontrar mais ninguém, mas achamos melhor não estragar a dinâmica do programa.

Virgínia não queria se encontrar com mais ninguém? Para continuar conversando com *Rafael*? Para mim, isso prova que ela é ardilosa. Se Rafael fosse o infiltrado, ele não perderia tempo revezando apenas entre duas mulheres. No entanto, Virgínia, sim. Talvez ela, como infiltrada, tenha encontrado algum furo interessante em Rafael para soltar no site do Theo Soares. Não me arrependo do baiacu.

— Então é ela? — Ouço-me perguntar.

Bebo um longo gole de uísque e Eduardo enche meu copo outra vez.

— Acho que sim — Rafael responde, dá para notar que está sendo verdadeiro. — Nunca senti nada assim antes, nem mesmo sei como ela se parece, se é bonita ou não, mas nós temos uma conexão.

Encho minha boca com uísque para não falar que, sim, Virgínia é bonita.

— Vai pedi-la em casamento?

Joaquim soca o ar, animado. Rafael responde de imediato:

— Hoje.

Meu sangue esquenta.

— Hoje? — Minha voz sai com dificuldade.

Bebo mais. Ele não pode tirar minha concorrente do jogo.

— Acho que não posso perder a oportunidade — ele comenta. — Ela parece se interessar por mim também, não quero que outro cara a peça em casamento antes de mim.

Não sei o que está acontecendo dentro de mim no momento. Minha respiração está entrecortada e preciso esconder meu punho atrás das costas para que não vejam que a minha maior vontade agora é deitar Rafael no soco.

Os tuítes que li ontem e hoje falavam a meu favor. O público adora quando estamos juntos e odeia que Virgínia esteja passando mais tempo com Rafael. Preciso reverter a situação, porque a única maneira de manter meus olhos nela é pedindo sua mão. E, no momento, brava como deve estar por causa de minha ausência e do incidente com o peixe, ela não aceitaria.

— Cavalheiros — um dos staff chama nossa atenção —, estou passando para avisar que depois dos encontros nas cabines hoje, vocês vão...

Ignoro o staff. Ignoro também os homens que gritam. Eles gritam de animação a cada cinco minutos. Parece piada.

Encaro Rafael. Ele está gritando. Idiota. Ele não pode pedir Virgínia em casamento. *Ela aceitaria?* Se estiver mesmo infiltrada, aceitar o pedido de Rafael seria a atitude mais sensata; Assim, Theo estaria um passo à frente de Olga. Ainda não consigo tirar a pressão dos meus ouvidos. Viro o uísque. Tiro a garrafa das mãos de Eduardo, que ainda está comemorando com os outros caras, e encho o copo.

Rafael não vai pedi-la em casamento. Não hoje.

Quando descemos para o andar das cabines, continuo bebendo — mesmo durante meu encontro com Letícia. Ela, ao contrário de Brenda ou Dora, não ri de quase nada, o que é ótimo, não fiz nenhuma piada.

— E o que você gosta de fazer? — Minhas perguntas são de praxe.

Letícia sempre responde de imediato:

— Compras. — E acrescenta um segundo depois, como se tivesse avaliado a resposta e quisesse consertá-la: — E... organizar eventos beneficentes.

Não vejo problema de uma mulher gostar de fazer compras, mas sei que Letícia ajustou a resposta para parecer mais humilde. Deve estar querendo montar uma imagem de boa moça.

— Com o Instagram — ela fala depois que eu pergunto com o que trabalha. — Dois cachorros, um se chama Bob e o outro, Fred. — Quando questiono se tem animais de estimação.

Gosto que Letícia não rebate minhas perguntas com outras. Ela dá a impressão que gosta mais de falar do que ouvir. Perfeito. A voz dela é áspera e não acho que seja a infiltrada de Theo porque responde tudo com muita convicção, tem as respostas na ponta da língua e é muito confiante. No entanto, ela pode ser só muito boa no que faz.

— Vou querer falar com você de novo amanhã — ela diz quando nosso tempo acaba.

Ficamos juntos pelo tempo máximo permitido, trinta e cinco minutos. É uma surpresa.

— Tudo bem — digo.

Não acho que o que tivemos foi uma conversa, estava mais para troca de informações, sendo que as minhas foram, na maior parte, blefes.

Quando Letícia sai da cabine, o silêncio me anima.

Nunca fui de interagir com pessoas desconhecidas. Falo pouco até mesmo com minha família e amigos. No entanto, durante os próximos trinta e cinco minutos pretendo falar o máximo que puder. Já bebi meia garrafa de uísque e, sinceramente, só estou acordado porque Eduardo deu a ideia de misturar a bebida com energético.

— Quem está aí? — Ouço a voz animada vindo do outro lado da parede.

Meu corpo bêbado vibra. Observo a silhueta de Virgínia enquanto passeia pelo outro lado da cabine.

— Oi.

Um longo tempo se passa após minha resposta. Pelo menos é com o que a ausência da voz dela se parece para mim. Um longo tempo.

— Ah — escuto um sussurro —, é você.

Torço o nariz quando percebo que o tom de voz de Virgínia parece desanimado.

— Virgínia?

A voz de Dante me arrepia. Soa tão grave e tão aveludada ao mesmo tempo, parece que nunca escutei meu nome antes deste momento.

Como ele soube que era eu? Tudo que soltei foi um "quem está aí?" e um sussurro tão baixo que tenho certeza de que ele não ouviu.

— Sou eu — afirmo.

Engulo em seco e depois limpo a garganta.

— Que bom — ele responde de imediato.

Coloco meu caderno sobre a mesa de centro e me levanto. *Que bom?* Caminho um tempo pela cabine. Não faço ideia de como construir um diálogo com Dante. Paro em frente ao frigobar e pego uma latinha de vinho.

— Este vinho é realmente muito ruim.

— Eu também achei — diz Dante.

Isso me surpreende. Ele concorda *e* está interagindo comigo?

A latinha já está na metade quando decido falar:

— Você me deixou falando sozinha ontem.

— Me desculpe — a voz grave chega a me incomodar de tanto que me arrepia. — Eu sou ruim nisso.

— Nisso o quê?

— Conversas — admite. — Nunca gostei muito, mas estou me esforçando para o programa. Conversei com muitas mulheres tranquilamente.

— Bom saber — cruzo os braços, tentando pensar em quais outras mulheres têm preenchido a mente de Dante —, a Letícia é sua fã número um no QG das mulheres.

— Sim — concorda. — Ela gosta de mim. Dá pra ver.

— Convencido — murmuro. Como ele pode falar dessa forma? — Deveria estar conversando com ela então.

— Eu consigo falar com as outras mulheres e também interagir com os homens, mas não com você — Dante revela, e me paralisa.

— O que tem de errado comigo?

Ele não responde, mas uma risada pesada ecoa pela cabine.

— Você me perdoa, então? — pede. — Por ter sido estranho antes.

— Por ter sido estranho, sim. Por tentar me matar, não.

Outra gargalhada. Não entendo como Dante pode estar tão diferente hoje.

— Você está bêbado?

A sombra dele se mexe na poltrona.

— Você não?

Uma risada foge de mim.

— Posso ficar, mas este vinho é nojento — reclamo. — O que está bebendo?

— Estava tomando uísque, apesar de não gostar. Vou acompanhar você no vinho. — Dante limpa a garganta. Ele faz muito isso. Deve ser de praxe para pessoas que têm vozes tão graves quanto a dele. Espera alguns segundos e diz: — Você quer me fazer uma pergunta?

Arregalo os olhos. Quero saber o que o fez mudar de ideia em relação a mim. Penso em algo para perguntar.

— Qual é a sua profissão?

— Sou jornalista.

— Que legal — respondo. — Eu sou biomédica.

— E o que você pesquisa? — A pergunta vem muito rápida.

É tão interessante, fico animada só de pensar na resposta. Geralmente, depois de dizer que sou biomédica, quase ninguém pensa em me perguntar sobre o que pesquiso. Rafael não perguntou.

— Eu pesquiso o lúpus. — Sinto um frio na barriga. — Estou procurando um tipo de diagnóstico precoce para a doença.

— Nossa. — Um suspiro. — Que específico.

Sorrio. É mesmo bem específico.

— O que você escreve no jornal? — Quero mudar de assunto porque sinto que posso falar por horas sobre minha pesquisa.

Ele tosse.

— Desculpe. — Mais tossidas. — Eu... escrevo notícias no geral.

— E você gosta?

— Gosto — ele responde de imediato. — Mas...

Dante não continua. Abro outra latinha. Não sabia que conversaria de verdade com esse homem hoje.

— Mas...? — incito.

— Mas o quê?

— Você disse "gosto, mas...".

— Não, não disse — responde.

Ele tosse de novo.

— Disse, sim.

Acho que ele não vai me responder, que vai se fechar novamente e esperar os dez minutos mínimos acabarem para ir embora, mas ele responde:

— Eu gosto de escrever notícias no geral, mas prefiro investigar.

Meu coração está batendo descompassado. Eu amo a voz de Dante.

— Investigar o quê?

— Um repórter investigativo pode investigar qualquer coisa, mas geralmente furos polêmicos e casos criminais — Dante responde como um profissional.

Isso é tão confiante da parte dele.

— O que você investiga?

— Se eu contar, não poderei mais investigar. — Agora a parede está mais opaca e consigo ver a sombra dele. Ele está em pé, como eu. Dá para notar que seu corpo é grande, mas não muito, que está segurando uma latinha minúscula nas mãos e que os cabelos estão meio bagunçados. Como será a aparência dele? — Talvez um dia eu conte.

Engasgo com o vinho.

— Um dia?

— Sim — é só o que ele fala.

As respostas dele são sempre curtas, mas muito cheias.

— Não é horrível? — comento. — O vinho.

— Sim — ele ri —, mas acho que estou me acostumando. Esta é minha segunda lata. — Minha risada sai alta e feia. Que vergonha! — Você tem família? — ele questiona quando sua sombra se senta na poltrona.

Será mesmo que quero falar sobre isso? O assunto me atormenta.

— É claro — respondo.

— Me conte.

Duas palavras. Essas duas palavras quase acabaram de ceifar minha vida. Que bom que Dante nem sempre usa a voz. Se ele falasse muito mais que isso, eu poderia me viciar.

— Meus pais são pais comuns, um pouco exagerados... E eu tinha uma irmã mais velha — começo. — Mas, além disso, também tenho meus melhores amigos e eles são como família.

Fecho os olhos e tomo um pouco de vinho. Quero que Dante deixe o assunto passar.

— Você *tinha* uma irmã? — ele frisa a palavra.

É claro que ele não deixou passar.

— Ela morreu — afirmo, as palavras fechando minha garganta. Dante não responde. Lembro das câmeras e me esforço para afastar as lágrimas. Quero parecer madura e mostrar que superei. — Mas tudo bem. — Forço um sorriso e limpo uma lágrima que escorreu. — Já faz muito tempo.

— Como aconteceu? — Dante é tão direto.

— Lúpus.

Termino o vinho. Não porque quero, mas porque espero que a latinha cubra meu rosto diante das câmeras.

— Sinto muito — ele acaba falando. — Descobriram tarde?

Ele investiga bem. Conectou os assuntos muito rápido.

— Sim. Quando descobriram que era lúpus, os órgãos já estavam falhando. — Preciso encerrar este encontro, não quero que o país inteiro saiba mais sobre a minha vida. E, se Dante perguntar, parece que estarei pronta para responder que é por isso que minha pesquisa é tão importante, embora seja óbvio. — Conversamos bastante hoje — digo depois de fechar o frigobar; caminho até a porta. — Acho que já vou indo e...

— Não — Dante me interrompe. A sombra dele está grande na parede, está de pé com um braço erguido. — Fique mais. — Engulo em seco. Não acredito que estou sentada novamente. Foram apenas três palavras desta vez. — Vamos mudar de assunto — ele sugere. Parece que percebeu meu incômodo. — Quer me perguntar alguma coisa?

Muitas coisas.

— Você é assim com todas as outras participantes?

— Do que está falando?

— Você disse que conseguiu falar com as outras mulheres, só não comigo. Conversa assim com elas?

Dante solta uma risada.

— Não. São só perguntas e respostas. Eu escuto mais do que falo. Mas hoje... acho que não vou querer me encontrar com mais ninguém depois de você. Estou gastando todo o meu repertório aqui.

Tenho certeza de que meu coração acabou de parar.

— Então você agiu como um louco apenas comigo?

Ergo a sobrancelha mesmo sabendo que ele não pode ver.

— Sim. Só com você. — Dá para perceber que ele parou para beber o vinho. — Você é mais complicada. — Cruzo os braços. — Precisei beber bastante pra falar com você. — A voz é limpa, parece que não carrega mentira alguma. — Então gostaria de aproveitar o tempo que ainda temos.

Sinto o suor em minha testa. Olho para o cronômetro acima da parede. Já se passaram vinte minutos, ainda temos quinze. Pela primeira vez, parece que Dante é a minha chance para conseguir o dinheiro.

— Vá em frente então — falo. — O que mais você quer saber?

— O que *você* quer saber?

A sombra de Dante cruza os braços de novo. Odeio que ele me faça as mesmas perguntas, odeio ainda mais que em sua voz soe tão mais importante.

Faltam três minutos, então não há por que eu insistir em uma briga de ego.

— Quem escreve sobre ciências no jornal onde trabalha?

— Tínhamos um editorial para Ciências, mas tivemos que fechar depois que a internet acabou com os jornais impressos.

— Então vocês não escrevem mais sobre ciências?

Ouço a risada de Dante e sinto meu corpo tremer.

— É claro que escrevemos — ele diz, humorado —, mas dividimos as pautas. Uma das últimas que escrevi foi sobre uma multinacional que assinou contratos para investir quatro bilhões em biomedicina.

O quê?

— Em biomedicina brasileira?! — quase grito com a animação. — Eu queria ter acesso a uns milhões disso tudo.

Com certeza não precisaria participar de um reality show.

Dante dá risada, e eu rio com ele. Por que me sinto tão contagiada com o som? Quase fico brava com a adrenalina que meu cérebro absorve. Isso tem a ver com ciências, não com a risada de Dante, é isso.

— Querem encontrar projetos que estimulam a ciência mundial — Dante continua. — Talvez você tenha alguma chance com a sua pesquisa.

— Seria... — *perfeito*, quero completar, mas desisto porque o cronômetro marca que nosso encontro acabou. As luzes se apagam e a placa de "No ar" desliga. Gostaria de continuar a conversa... Dante continua sentado mesmo após eu me levantar. Tudo parece tão fácil para ele. — Nos vemos depois? — Fecho os olhos quando decido perguntar.

Não quero esperar a resposta. Meus encontros com Dante foram os momentos mais difíceis dentro deste programa. Mesmo com nossa repentina aproximação, sinto que ele é tão bipolar que pode me responder de forma áspera após tudo isso. Então devolvo a almofada para o sofá e caminho até a porta.

— Virgínia. — A voz de Dante me invade quando minha mão cobre a maçaneta de metal e tenho quase certeza de que sou atingida por um choque elétrico. — Por favor, não aceite o pedido do Rafael.

Eu paraliso. Não pela fala dele, mas como diz. O peso na voz de Dante me quebra, é como se existisse alguma parcela de carência ali, um pedido muito bem guardado há um tempo. Uma súplica. Eu amo a voz de Dante e me odeio por isso.

E por que ele se importa se eu for a diante com Rafael?

DANTE

Acho que fiz um bom trabalho. Minhas pernas estão bambas e meus pés tropeçam pelo corredor, mas tenho certeza de que Virgínia não me odeia. Eu também não consigo odiá-la. O público vai continuar nos amando.

— Como foi o encontro? — Me assusto com a voz de Eduardo ao entrar no quartel dos homens. Por algum motivo, quero beber mais.

— Bom. — Foi excelente. — E os seus?

— Só tive um hoje. — Abre um sorriso. — Vou me casar. — Sinto minhas sobrancelhas levantarem. Armo um sorriso. — Com Dora. Nós estávamos tão felizes hoje, nos damos tão bem, sei lá... Eu só não esperei.

— E ela aceitou — contemplo.

— Sim! — Eduardo esmurra o ar. — Vou conhecê-la amanhã. Estou tão ansioso.

Balanço a cabeça. Eu gosto de Eduardo; se ele está feliz, ótimo. Eu não me prestaria a esse papel.

— Quero que os caras cheguem logo pra eu contar. Acho que Rafael também chegará com boas notícias, não é? — Ele se senta em um banco alto e se apoia no bar para pegar um copo como o meu. — Ele disse que pediria a mão da Virgínia.

Engulo a raiva que sobe pela garganta. Virgínia não pode se casar com Rafael.

VIRGÍNIA

Puta que pariu! Rafael está falando, falando, falando. E tudo o que escuto é: "Virgínia, por favor, não aceite o pedido do Rafael". Eu já tinha minha estratégia definida, e agora... Por que é que estou reconsiderando tudo por causa de um pedido de Dante?

— Vi?

— Oi...?

— Eu perguntei se você está me ouvindo.

Uma risada fraca me alcança.

— Desculpe. Você estava falando sobre... viagens, não é? — Eu preciso me esforçar aqui! Meu foco era Rafael e vai continuar sendo. Este é meu quarto encontro com ele, e geralmente eles são cheios de humor. Porque eu não paro de rir quando converso com ele. E gosto muito disso. — Eu nunca saí do país.

— Mas isso vai mudar — ele diz, já empolgado outra vez. — Quando casarmos, vamos viajar pra muitos lugares. — Meu coração aperta. — O que acha da ideia?

Sinto que há algo a mais vindo... Droga! Dante tinha razão, ele vai me pedir em casamento. Meu coração dispara. Estou na metade da fase às cegas do experimento, a melhor atitude que eu poderia ter seria aceitar um pedido de casamento. Rafael é perfeito demais para ser verdade. Ele é confiante, engraçado, bem-sucedido e inteligente. O que mais eu poderia querer?

Um milhão de reais.

E liberdade.

— Virgínia? — Ele me lembra de que não respondi sua pergunta.

— Ah! — exclamo e solto uma risada frouxa. — Sim, eu adoraria viajar.

— E nós vamos. — A sombra de Rafael parece vibrar. — Se você me permitir fazer uma pergunta. — Preciso dar um jeito de expulsar a voz de Dante da minha cabeça. — Virgínia — chama Rafael, e eu observo enquanto, em câmera lenta, sua sombra se posiciona sobre o joelho —, você quer...

— Meu Deus — interrompo —, acho que vou vomitar.

A sombra se ergue.

— O quê? — Rafael pergunta. — Você está bem?

Não!

— Eu preciso de ar. Desculpa. Nos encontramos amanhã?

Realmente há algo em minha garganta que quer sair. Mas não é vômito, é um grito bem alto.

DANTE

— Olha quem está chegando! — berra Eduardo; minha cabeça está doendo.

Rafael, Joaquim e Diogo saem do elevador. Bebo o resto do uísque, preciso me concentrar para não avançar sobre todos eles. Não sei porque estou com tanta raiva, mas sei que um belo soco na cara de Rafael poderia me ajudar.

— Eu vou casar! — exclama Eduardo para os amigos, que vibram junto com ele.

Parecem menininhas apaixonadas.

— Parabéns, cara — comemora Diogo ao dar tapinhas nas costas de Eduardo. — Que legal!

— Dora de sorte — Joaquim elogia. — Quando vai conhecê-la?

— Amanhã — Eduardo repete a informação que me passou quase agora. — Mas, gente, tem mais um noivo aqui, não tem?

Joaquim e Diogo se entreolham. Rafael passa por eles e parabeniza Eduardo com um soquinho, o semblante caído. Vai ficar pior quando eu puder acertar esse olho.

— Não, cara — fala Rafael —, hoje o noivo é você. Eu não pedi a mão da Virgínia.

Solto o ar todo de uma vez.

— Por que não? — questiona Eduardo.

— Ah, cara, hoje ela estava diferente — descreve Rafael —, meio aérea, não prestou atenção nas coisas que eu falei e precisou ir embora mais cedo. Ela não me deu abertura.

— Às vezes ela está naqueles dias — Joaquim faz uma concha com as mãos em frente a boca. — Elas ficam muito esquisitas quando menstruam.

— Não — Rafael mexe os braços, indignado —, ela estava enjoada também. Talvez amanhã.

Pergunto-me se não era eu que estava na cabeça dela. Ou se fui eu que causei o enjoo com aquele pedido ridículo. Quero rir da situação, mas continuo com o semblante firme. Até mesmo forço uma cara de triste.

— E você? — Rafael pergunta e me lança um olhar diferente.

Não sei se ele está perguntando sobre um possível pedido de casamento. Dou de ombros. Estou feliz por Virgínia ainda estar solteira.

— Eu vou dormir — *em paz*, quero acrescentar quando passo por ele para chamar o elevador.

11

VIRGÍNIA

Acordo totalmente nervosa no quarto dia de reality. Parece que estou presa neste prédio há meses, me sinto enclausurada. Não saio para tomar café da manhã e, quando Madu me convida para o almoço, decido ficar no quarto também. Ela me disse que hoje poderei escolher os meus encontros, que nesta fase das cabines eu já deveria ter meus participantes preferidos. Fico surpresa quando escrevo o nome de Dante ao lado do de Rafael no papel.

– Você precisa ter três encontros – explica Madu –, quer ter dois dates com o Dante ou o Rafael hoje?

Meus encontros de ontem viraram um caos em minha mente. Eles saíram do controle, tudo o que eu havia planejado desmoronou quando Dante apareceu como um ser humano de verdade. *Não, ele não apareceu como um ser humano.* Rafael é um ser humano normal, Dante tem um jeito próprio. Sua personalidade é forte, seu senso de humor é diferenciado, e aquela quietude... Julguei de forma negativa essa característica dele, mas percebi ser uma consequência do seu desejo de saber mais sobre os outros antes de se revelar (na verdade, para decidir *se* vai se revelar). Só que isso não resolve tudo, né? Ainda sinto raiva quando me lembro dos nossos primeiros encontros...

Meu plano era conversar com Rafael e talvez ser pedida em casamento de uma vez. Eu só quero ter uma lua de mel falsa e organizar um casamento que não vai ter um final feliz. Mas não posso ter isso com Rafael. Ele é uma ótima pessoa, não quero magoá-lo, não quero usá-lo. Nossa, como um casamento fracassado me faria feliz! E é impossível ter um relacionamento fracassado com ele, sinto que Rafael faria qualquer coisa para me fazer ter a melhor experiência possível dentro deste reality.

E, para piorar, nosso encontro aconteceu logo após trinta e cinco minutos de Dante Moon-Choí. E, naquele momento, eu não queria estar numa cabine escura com Rafael, mas continuar a conversa a respeito da notícia que Dante escreveu sobre uma multinacional que vai investir quatro bilhões em biomedicina brasileira. Porque isso é muito mais interessante do que pensar em dar um golpe em alguém legal como Rafael.

— Terra chamando Virgínia. — Madu balança os braços em minha frente. — Dois encontros com o Dante ou o Rafael?

Engulo em seco. Ainda não sei.

Ao mesmo tempo que abrir uma brecha para Rafael gostar de mim é uma péssima ideia, Dante ainda me causa um certo desconforto, com o qual seria bem difícil de lidar durante a lua de mel. No entanto, não acho que tenho tempo para me conectar com outro homem, uma vez que a etapa de encontro às cegas durará apenas mais dois dias.

Se eu tiver mais encontros com Dante, acho que ele pode sentir algo por mim (se é que já não sente, considerando aquele pedido desconcertante). Acho que consigo fazê-lo pedir minha mão. Ou eu posso pedir a dele, sei lá. Não vou gostar de viajar com Dante nem de morar com ele até o casamento, mas nada como uma consciência tranquila, não é mesmo?

Rafael nunca me fez nada para que eu corra o risco de magoá-lo, ao contrário. Já Dante... Depois daquele sashimi de baiacu, bem que ele merece tomar no...

— Dante — digo. — Quero dois encontros com o Dante.

Algo desperta dentro de mim quando Madu bate a porta e sai do quarto. Como a refeição que ela me trouxe e me deito novamente. Não sei se estou fazendo a coisa certa, então pego meu celular e abro no grupo com meus amigos.

Eu: Vcs estão aí?

Leo 😼: estamos tentando encontrar lugares pra guardar o carregamento de vinho em lata que chegou pra você.

Mafê ♡: De tanto você fazer propaganda negativa pra um dos principais investidores do programa, eles te enviaram 50 packs de latas

Mafê ♡: mandaram uma cartinha, mas o Leo jogou fora e não tive tempo de tirar foto

Leo 😼: falava pra vc reconsiderar o sabor e, se após os 50 engradados, ainda não gostar da bebida, eles vão tomar uma providência

Eu: Meu Deus, que humilhação

Mafê ♡: Agt tá cuidando das suas redes socias, já que você não quer entrar em nenhuma

Leo 😼: postamos uma foto das caixas e tentamos melhorar a imagem do vinho

Mafê ♡: Mas eu experimentei e é ruim mesmo

Leo 😼: dá pra ficar bêbado

Eu: obg por estarem cuidando das minhas redes, não sou capaz de ler nada sobre mim agr

Mafê ♡: Kkkkk se vc soubesse...

Mafê ♡: Vc tá cheia de fãs

Eu: 🤦‍♀️🤦‍♀️🤦‍♀️🤦‍♀️

Leo 😼: a gente não quer interferir no seu jogo, mas apostamos com quem vc vai ficar

Mafê ♡: LEONARDO

Leo 😼: o quê?

Leo 😼: eu aposto no coreano

Leo 😼: nossa, ele é demais

Mafê ♡: A Vi vai ficar com o Rafael

Mafê ♡: Né, Virgínia?

Mafê ♡: Vc tá aí?

Eu: Não, eu tbm aposto no Dante

Leo 😼: ISSO!

Mafê ♡: Não!

Leo 😼: eu tô seguindo ele no instagram!

Mafê ♡: O Rafael é mais seguro, vai completar os nossos planos pra Virgínia ganhar o dinheiro

Eu: Não, não quero magoar o Rafael. Vcs sabem que meu objetivo aqui não é me casar. Fora que ele é meu tipo, e Deus me livre começar a levar isso aqui a sério! O Dante é fechado, nós não temos nada em comum, e bem que merece se lascar se começar a gostar de mim e ouvir um belo de um NÃO no altar. Isso se eu chegar na final... Meu Deus, preciso desse prêmio!

Eu: Será o Dante me pede em casamento?

Leo 😼: o jeito que o dante falou com você... não sei, mas me parece que ele tá muito na sua, o pedido vai rolar

Mafê ♡: Mas ele é bonito demais. Se a Virgínia passar a lua de mel do lado desse cara, vai acabar perdendo o foco. Com o Rafael seria mais fácil, ele tem uma beleza comum

Leo 😼: discordo, eu sou bonito demais também e vc continua focada

Leo 😼: inclusive, virgínia, a bolsa de valores se estabilizou. pode voltar a dormir sem ter pesadelos com fundos imobiliários

Bloqueio a tela do celular. As opiniões de Mafê e Leo são muito importantes para mim, mas saber tantos detalhes me confunde. Dante é atraente a ponto de eu perder o foco em um milhão de reais? Que ótimo! Meus amigos devem estar exagerando...

A cada cinco minutos algum staff me pergunta porque estou tão quieta. Fecho os olhos enquanto me arrumam, quero clarear minha mente. Meu plano será diferente hoje. Mesmo um tanto insegura da estratégia (às vezes altruísmo demais pode ser um tiro no pé!), farei Rafael desistir de mim. E, quanto a Dante, me esforçarei para parecer interessada. Quero que ele veja que estou aberta para um pedido de casamento. Mesmo que só tenhamos conversado de verdade uma vez. Quero fazê-lo acreditar que temos química, que seu pedido do último encontro mexeu comigo, e que preciso conhecê-lo pessoalmente para vivermos uma bela lua de mel juntos e depois termos um casamento feliz.

— Nossa, mas essa camiseta é... — Madu ergue as sobrancelhas quando abre a porta da minha cabine.

Olho para baixo e dou risada.

— Eu uso pra dar aula.

Foi a primeira vez que a produção deixou eu escolher a minha roupa, e estou tão cansada de posar para as câmeras que decidi usar uma das minhas próprias camisetas. Os elementos Bário, Cobalto e Nitrogênio formam a palavra *Bacon*.

— Eu não entendi, mas é a sua cara — minha assessora diz depois de me empurrar para dentro da cabine.

Vou direto para o frigobar. Quero me redimir com os patrocinadores do reality. Abro uma lata de vinho e dou um longo gole.

— Estou começando a me viciar nisto aqui — aponto a lata para a câmera mais próxima. *Isso, sim, é publicidade.* Pisco e completo: — Mas não me julguem, prefiro beber na taça.

Despejo o líquido na taça apoiada no móvel do frigobar. Dou mais um gole e sinto o líquido arder na garganta. Não faço careta, mas nem mesmo os vinhos baratos que eu compro em casa são tão ácidos. Isto aqui é vinagre puro.

— Virgínia?

A forma como meu nome dança nesta voz é irresistível. *Que droga!*

— E aí, Dante. — Abro um sorriso, quero soar gentil e interessada hoje. — Como você está?

— Agora comecei a me sentir muito bem, na verdade. — Pela sombra da parede consigo vê-lo jogar a cabeça para trás e esticar os braços, relaxado. — Já está bebendo do nosso vinho?

Há uma coisa gelada dentro da minha barriga, e não é o vinho.

— Nosso vinho?

Uma risada envolve meus ouvidos.

Vai ser fácil manter o plano, ele já está caindo. Só espero que eu não tropece junto.

DANTE

— Sobre o que quer falar hoje?

A sombra de Virgínia se remexe. Parece que está mais baixa hoje.

— Não sei. — Ela espera alguns segundos para perguntar. — Nós estamos namorando?

Engasgo com o vinho e escuto sua risada.

Mantenha seus inimigos perto, não é?

— Provavelmente somos namorados — respondo.

— Até porque, neste programa, dois encontros já são vistos como namoro — afirma Virgínia. — E este é o nosso quarto.

Acabo rindo.

— É assim na Coreia. — Quero me bater assim que me ouço. Não posso dar para trás agora, então continuo: — Pelo menos era o que meu pai falava. Um beijo no rosto, dois encontros... Tudo isso significa namoro, mas é claro que o casal precisa oficializar para contarem de verdade.

— Uau! — Virgínia ri. — Você vai oficializar?

Desvio o olhar da parede e encaro a lata de vinho. O que estou fazendo? Sou tão bom ator assim?!

— Você quer que eu oficialize?

A resposta demora muito. Só não pergunto se Virgínia ainda está do outro lado da parede porque consigo ver sua sombra.

— Quero.

Balanço a cabeça. Estou nervoso. Bebo o resto do vinho e apoio a latinha vazia no chão. Agora que tenho quase certeza de que Virgínia é mesmo a minha rival, acho que posso encenar sem me preocupar com o que os outros vão pensar. Se eu fingir estar interessado em uma relação com ela, talvez eu consiga tirar algumas informações.

Eu falo:

— A partir de hoje, um dia.

— O que... — Ouço um suspiro. — O que isso quer dizer?

Virgínia soa tão inocente que sinto um sorriso em meu rosto; apresso-me a desfazê-lo.

— Entre os coreanos é muito comum celebrar momentos marcantes. — Não é minha intenção me aprofundar nos costumes coreanos, mas acredito que seja uma forma de dar credibilidade ao que estou fingindo sentir por Virgínia. — "A partir de hoje, um dia" é uma expressão muito conhecida na Coreia, porque começamos a contar os dias de namoro a partir do pedido. Podemos comemorar dez dias, cem dias, mil dias...

— Mil dias? — Virgínia soa aterrorizada.

Tento reprimir, mas uma risada aparece.

— Bom, casamentos são pra sempre — será que estou exagerando? —, dez mil dias seriam pouco. — Ela não responde. É, exagerei. — É o que você está procurando?

— É, sim — ela fala depois de um tempo. — Dez mil dias. Quero dez mil dias com você, Dante.

Me sinto mal. Sei que preciso ser firme, mas, a partir de hoje, tenho um dia de namoro com Dante. E isso me desespera porque, pelo visto, ele também quer muito mais dias do que posso conceder.

— Me conte alguma coisa sobre você. — Quero mudar de assunto. — Agora que somos definitivamente um casal, preciso saber algumas coisas.

— Não tenho muita criatividade pra pensar em algo a meu respeito.

O vinho acabou e no frigobar só tem água e cerveja agora, e eu não quero parecer nenhuma cachaceira.

— Tudo bem, então vou sugerir pautas pra você, senhor jornalista. — Ouço Dante pigarrear; será que ele percebeu minha voz falsa? Bebo um gole de água antes de perguntar: — Quer falar sobre a sua família?

— Não! — ele quase grita.

A esta altura, já entendi que Dante não é muito aberto para assuntos pessoais, o que é bom. Se não soubermos muito um do outro, não teremos problemas pelo resto do programa. No entanto, é um pouco injusto, uma vez que deixei escapar em nossa primeira conversa que minha pesquisa sobre lúpus é também sobre minha irmã.

— Certo, e sobre uma possível Terceira Guerra Mundial?

Dante ri e usa um tom divertido quando diz:

— Não é uma teoria da conspiração. Acho realmente que estamos caminhando para o fim.

— Que coisa mórbida de se dizer em rede nacional. — Aponto para uma câmera, mas sei que ele não pode me ver. — O que você acha que levaria a humanidade para outra guerra?

— Não podemos debater política — Dante me faz lembrar do contrato que assinamos —, mas bem que eu gostaria de saber seus posicionamentos.

— Como posso casar com alguém sem saber se ele apoia a legalização da... — *maconha*, quero dizer, mas me interrompo porque sei que também não é um tema para ser discutido num programa ao vivo — Hum... da...

— Da...? — Dante me encoraja.

Está rindo. Tenho certeza de que já supôs o que eu quis falar.

— A legalização da... eutanásia.

— Ah, sim — pigarreia —, com certeza era dessa legalização que você estava falando.

Quero enfiar minha cabeça dentro do frigobar. Tenho certeza de que a produção vai me castigar. Eles podem me castigar? Não me lembro de nenhuma cláusula no contrato.

— Eu sou contra a eutanásia — acabo falando.

— Eu sou a favor. — *É claro que você é a favor...!* Não sei o que responder e fico feliz quando Dante preenche o vazio. — É claro que cada um deve sofrer suas próprias consequências, mas não vejo por que proibir algo que as pessoas, infelizmente, já fazem.

— Consequências? — Bebo mais água; não gosto de falar sobre mortes no geral. — Você diz sobre as consequências que envolvem a família?

— Não, sobre as consequências da pessoa que decidiu ir embora.

— Acho que depois da morte, não existe mais nenhuma consequência.

— Com certeza existe.

— Tipo quais?

— Acho que religião também não é um assunto pra conversar em um programa de tevê — pontua ele.

E eu concordo, mas estou curiosa.

— Você está falando sobre Deus? — pergunto. — É cristão?

Alguns segundos se passam. Parece que Dante está pensando se eu mereço ou não conhecer sobre essa parte dele.

— Sou — ele fala por fim. — Você não acredita em Deus?

Dou de ombros.

— Não sei, sou mais da ciência.

— Então deveria ser fácil pra você acreditar — observo a sombra de Dante cruzar os braços. — A ciência comprova a existência de algo maior.

Não sei se é um bom momento para contar que minha família inteira é cristã, inclusive eu. Eu só... Como um ser tão grande poderia causar tanta dor em uma menininha de catorze anos como Lívia? Minha mãe sempre falou que talvez Deus tivesse agido dessa forma para que um dia eu ajudasse outras pessoas com a mesma condição de minha irmã. Sei que a probabilidade dEle existir é bem grande (e não descarto todas as vezes que senti algo inexplicável), mas ainda preciso aprender a lidar com os meus sentimentos.

— É uma pena — Dante suspira, me tirando do devaneio.

Acho que ele simplesmente decidiu que eu não tenho fé pela ausência de uma resposta. Não penso em corrigi-lo, mas uma chateação momentânea.

— Dante, eu decepcionei você? — Não sei se detesto mais a pergunta fujona ou o tom que sussurro carregou, soando mais como um apelo.

Silêncio. Absoluto. Abismal.

— Não. Qual é seu livro favorito?

— *Princípios básicos de diagnósticos hematológicos* — falo rápido, como se estivesse na ponta da língua. Dante ri alto. O som causa um choque em meu ouvido. — Pior que é verdade. — Me junto a ele na risada. — Não tenho muito tempo pra ler nada que não seja sobre minha pesquisa.

— Meu Deus — ele sussurra, ainda rindo. — Isso é inacreditável. E como você se diverte?

— Com certeza não no meio dos livros.

— Eu leio todo tipo de livro. Só não os de biomedicina. — Dante usa uma voz muito bem-humorada no momento. — Com certeza não perco meu tempo fazendo alpinismo.

A fala de Dante me faz lembrar do meu formulário de inscrição mentiroso.

— Então qual é o *seu* livro favorito? — insisto no assunto para não precisar inventar mais histórias falsas.

— *Fahrenheit 451*.

— Você realmente se diverte lendo — dou risada —, isso é tão a sua cara!

— Eu também escrevo.

— Não acredito! — exclama. — Você escreve livros?

Cubro meu rosto com a mão. Puta que pariu!

— Sim.

Consigo imaginar minha editora pulando de alegria no momento. Ela sempre me manda e-mails falando que meu livro só venderá se eu me propuser a divulgá-lo. Discordo. Ele deveria ser lido porque é um bom suspense, não porque apareceu na mídia.

— Como se chama? — Virgínia tem uma voz muito empolgada. — Você publicou?

— *A casa da rua debaixo.*

— Isso é... Nossa, isso é impressionante, Dante. Parabéns. — Balanço a cabeça. Como pude deixar essa informação escapar? — Tenho uma ideia pra você. — A sombra de Virgínia se mexe no sofá do outro lado da parede. — Escreva sobre uma mulher que entra num reality às cegas sem pretensão alguma e encontra um cara que, de início, não fala nada. Eles não se dão muito bem, mas acabam se acertando e, olhe só, eles começam a namorar. Podem até casar!

Um sorriso brota em meu rosto e eu consigo até mesmo imaginar o roteiro deste título... *Não*. Recuso-me a escrever qualquer tipo de romance, ainda mais um que é baseado em uma infiltrada de Theo Soares querendo me fazer de bobo.

— Ótima ideia — minto para Virgínia pela primeira vez.

Menti muitas vezes desde então. Não me agrado com o meu comportamento, mas é necessário. Preciso me prevenir de suas garras. Temos dois encontros, no entanto decido acabar mais cedo. Ela não se opõe, mas sinto uma hesitação diferente ao sair da cabine.

— Alana, oi — digo ao alcançá-la ao fim do corredor. — Sei que o próximo encontro da Virgínia é com o Rafael. Você pode me ajudar com uma coisa? — Ela enruga a testa. — Quero pedi-la em casamento — afirmo, e sinto as palavras preencherem toda a minha boca.

Alana ergue as sobrancelhas. Ela sabe que estou aqui a trabalho, mas acredito que não esperava uma reação imprudente vindo de mim tão cedo.

— Então peça. — Como se fosse tão simples. Eu quero que todos acreditem que o meu pedido é sincero. Preciso de um plano e de um pouco mais de tempo. — O que você quer que eu faça? — Alana questiona depois de revirar os olhos.

— Impeça o pedido do Rafael, ele quer fazer hoje.

Saí do meu encontro mais cedo, então Virgínia tem uma janela de dez minutos até estar na cabine com Rafael. É tempo mais que suficiente para Alana fazer algo.

— Vou dar um jeito.

Minha assessora vira as costas e corre para o outro lado do corredor. Ela entra por uma porta que eu não sabia que existia e desaparece. Estou animado. Nunca planejei um pedido de casamento e também não imaginava ter de fazer isso em algum momento da minha vida.

Apesar do meu esforço, mantê-la por perto não é nada ruim, mas o reality tem outras etapas e posso perdê-la de vista. Sei que o único jeito de manter meus olhos sobre ela é se eu mesmo pedi-la em casamento. Assim, poderei boicotar suas ações de vazamento de furos para a equipe de Theo e o SP24 terá muito mais assinaturas. Terei meu cargo e publicarei a investigação. É perfeito.

Eu queria pode me apegar só ao maldito pedido que fiz para ela naquele dia, e ele já funcionou por um dia. Contudo, não posso contar apenas com isso. Até porque está bastante óbvio que Rafael está apaixonado por ela, o idiota vai se esforçar, e... Melhor nem pensar nisso.

Preciso que o pedido de casamento seja convincente. Os sites que estou visitando nos últimos minutos só me mostram pétalas de flores e velas, e quero algo melhor, mais original que isso. Cogito tirar dúvidas com João Paulo. Ele pode me contar como pediu sua esposa em casamento, mas acho que seria melhor se eu perguntasse para uma mulher. Alana está ocupada — espero! — e não me atreveria a pedir conselhos para Olga. Decido ligar para Hana.

Minha madrugada será agitada. Contanto que Virgínia não receba nenhum pedido de Rafael, estarei feliz.

VIRGÍNIA

Não sei se magoei Rafael ontem quando disse que estava passando mal. Senti que ele ia me pedir em casamento naquele instante e quis um tempo para pensar. Não vou me casar com ele e é por isso que estou sentada aqui há quase dez minutos. Rafael não apareceu na cabine para o meu último encontro da noite. Eu queria pelo menos poder explicar que não é nada pessoal, que gosto dele, mas que estou me protegendo.

Não estou triste (porque nem mesmo tive tempo de sentir algo), embora saiba que Rafael poderia ser um bom partido em algum outro momento da minha vida. Agora que estou focada em Dante, preciso que ele siga seu próprio jogo e me esqueça, que tente encontrar uma outra possível noiva no reality e que viva sua vida feliz com seu bom humor e carisma.

— Estou tão ansiosa. — Brenda está batendo palmas quando entro no QG. — Meu Deus, estou tão ansiosa.

— Amiga, ele é um fofo — Ana comenta. — Parabéns!

— Virgínia! — exclama Brenda. — O Joaquim me pediu em casamento!

Arregalo os olhos. Corro até minha amiga e a abraço para parabenizá-la. Fico feliz pelas meninas que estão se dando bem no programa. Na verdade, preciso parecer tão animada quanto elas se quero ganhar o cachê de participante.

— Que felicidade — digo, animada. — Vai conhecê-lo amanhã?

Brenda balança a cabeça freneticamente. Todas nós estamos reunidas em torno da noiva da noite, menos Dora, que fez as malas pela manhã para finalmente conhecer Eduardo.

— Será que ele é bonito? — Ana pergunta.

— Não importa — Brenda diz —, eu juro. Ele é lindo por dentro, eu o amo.

— Você o ama?! — Me ouço perguntar. *Tipo, em quatro dias?*

Brenda ergue o polegar enquanto bebe de sua taça. Pelo visto, agora ela aprecia álcool.

— Como eu poderia me casar se não amasse?

Abro a boca, sem saber o que responder.

— Tem pessoas aqui nesta roda que são apenas alpinistas sociais, Brenda — Letícia diz ao pousar sua taça de gin e me encara.

Ignoro Letícia, ela tem umas falas bem inconvenientes e eu não entendo a maioria das indiretas. Está sugerindo o quê? Que eu estou aqui só pelo dinheiro? Que loucura!

— O que quer dizer, Lê? — Ingrid pousa a mão no ombro da amiga.

— É, *Lê* — digo antes de comer um pedacinho de picles. — O que quer dizer?

— Quer mesmo saber? — Ótimo! Ela realmente está querendo brigar comigo. O que foi que eu fiz? Além, é claro, de estar, sim, de olho no prêmio em dinheiro oferecido ao vencedor do jogo que estou jogando. Fico da dúvida entre manter o tom irônico ou recuar, porque, sinceramente, arrumar um bate-boca em rede nacional... que papelão! — Você acabou com o meu casamento!

Quase cuspo o que estava comendo. Por essa eu não esperava!

— Amiga, você ainda não é casada — sussurra Ana, que recebe um olhar fumegante.

— Eu ia me casar com o Dante! — exclama.

— E não vai mais? — Ingrid claramente leva um susto. — Você me disse ontem que estava praticamente noiva.

Meu rosto se contorce numa careta. Era só o que me faltava! Dante vai pedir Letícia em casamento?!

— Acontece que, misteriosamente, ele não apareceu no nosso encontro hoje. E eu sei que ele teve dois encontros com a Virgínia hoje.

Culpada!

— Um e meio — falo. — Ele saiu antes do esperado, às vezes teve algum tipo de emergência.

— Não, eu conheço o meu Dante. — Letícia bufa. — Ele é honesto, me avisaria se algo tivesse acontecido.

Seu Dante?

— Nossa, vocês são tão próximos assim? — Brenda pergunta. — Achei que ele fosse superfechado.

— E ele é — adiciono.

— E o que você sabe dele? — Letícia se aproxima. — O Dante é o meu pretendente. E ele não apareceu hoje porque você o manipulou com suas bobagens.

— Considerando sua insegurança, mais do que você. — Ela respira fundo. — Pelo visto ele não contou nadinha, né?

— Calma, Letícia — Ana toca em Letícia —, ainda temos dois dias de cabines. Você tem tempo de achar um outro cara.

Olho ao redor me sentindo uma menininha. Quanta infantilidade, provocando Letícia assim... e por causa de homem!

— Olha — minha voz está fraca —, estou muito cansada. De tudo isso. Se o Dante pedir a sua mão, Letícia, aceite. Aproveite. Mas não jogue sobre mim as suas ambições. Todo mundo sabe que só pensa em seguidores e dinheiro. E tudo bem! Ou alguém aqui esqueceu do um milhão de reais?!

— Ai! — Brenda diz e ri.

— Como você... — Letícia começa, mas não espero para ouvir.

O elevador se abre e, quando me viro, noto as câmeras me seguindo. Não quero nem imaginar o que o público vai achar desse showzinho. Não consigo acreditar que briguei com outra mulher por causa de Dante Moon-Choí.

No quarto, tiro a maquiagem e coloco o pijama. Estou sem sono, mas me sinto cansada. Destaco um relaxante muscular da cartela que trouxe de casa para me ajudar a dormir, no entanto parece que nem o comprimido me fará ter uma boa noite (mesmo que ele seja capaz de me apagar por horas quando o tomo em circunstâncias comuns). Não tem nada que eu queira assistir nos canais disponíveis da televisão, então pego o celular e procuro por *A casa da rua debaixo*.

12

DANTE

Alana me mostra uma foto da cabine de Virgínia quando entro no elevador.

— Você contou pra alguém que eu pedi esses favores para você? — pergunto.

— É claro — ela diz. — Acha que eu faria tudo isso sozinha em menos de doze horas?

Fico calado. Realmente pedi muitas coisas para compor o pedido de casamento, mas quantas pessoas sabiam sobre o meu plano? Preciso descobrir quem ajudou Alana, porque durante a tarde, o site de Theo Soares publicou: "Dante Moon-Choí pedirá Virgínia Loyola em casamento no programa de hoje". O Twitter foi à loucura, voltei a ser um dos favoritos, mas fico pensando que as contas não fecham. Se Virgínia for mesmo a infiltrada, então ela tem outras fontes dentro do reality para descobrir os furos. Pior, ela sabe que vou pedir sua mão. Será que está rindo da minha cara?

— Não tem como descobrirmos quem vazou a informação — Alana rebate ao concluir sozinha meu ponto. — A única coisa que você pode fazer é encenar tudo isso muito bem. Como um participante comum faria.

Assinto. Ela tem razão.

O corredor que se estende à minha frente parece muito maior do que é. Consegui mater a calma durante todos os dias desse reality, mas hoje o clima está diferente. Parece que meu corpo está muito mais pesado que o habitual e estou me esforçando para não aparentar estar grogue — não dormi nada durante a noite.

Hana demorou horas para me atender por conta das doze horas de fuso horário. Está tão ocupada com a agenda do campeonato de games que nem mesmo sabia que estou participando do *Quer casar comigo?* Precisei esperar quase dez minutos para minha irmã finalmente conseguir parar de gargalhar. Contei que tudo aqui é falso e, enquanto ela me contava como gostaria de ser pedida em casamento, pesquisou meu nome no Google. E aí ela riu por muito mais tempo.

Ela me sugeriu muitas ideias, eu não soube escolher qual usar, então juntei quase todas e passei as últimas duas horas cozinhando. Eu poderia só encomendar comida, como fiz com o baiacu – tilápia –, mas não gosto de nenhum dos restaurantes coreanos da região.

Implorei para que Hana não conte aos nossos pais antes de mim, mas sabia que ela não aguentaria. Ainda há muitas mensagens e ligações ignoradas no meu celular, mas estou com tanta vergonha que espero encará-los só depois da lua de mel.

– Ela ainda está no salão de beleza. – Alana me traz de volta quando chegamos à minha cabine. – Vai precisar esperar um tempinho.

Encaro a porta preta. Não acredito que estou prestes a pedir Virgínia em casamento.

VIRGÍNIA

Quero chorar enquanto José, o staff careca, puxa meu cabelo. Não porque dói, mas porque estou triste. Iludi um cara do bem, quase fui envenenada por meu futuro marido de mentira e protagonizei uma richa ridícula com outra mulher em rede nacional. Sei que tudo isso vale um milhão de reais, mas estou cansada e foram só os primeiros cinco dias do programa.

– Ai – choramingo quando José enfia com força um grampo em meu cabelo.

– Desculpe, querida, você tem muito cabelo.

– Por que não o deixa solto então? – José olha para Madu pedindo ajuda. Minha assessora dá de ombros. – Por que seu cabelo preso passa mais credibilidade? – José tenta.

— Porque você fica linda — Madu intervém. — De cabelo solto também, mas preso... Nossa, um xuxuzinho.

Eu rio. Meu cabelo não é comprido, mas é realmente bem volumoso. É por isso que José está usando tantos grampos para terminar o coque. Estamos nisso há quase meia hora, só para que o coque tenha um aspecto de "acordei assim". No final, algumas mechas caem e emolduram meu rosto.

— Quero a calça jeans.

Aponto para a arara de roupas quando a estilista chega. Estou farta de usar vestidos.

— Logo hoje? — ela diz. — Vamos usar um vestido em vez da calça.

— O que tem hoje?

Franzo o cenho.

— Não tem nada hoje — Madu segura meus braços, parece insegura com alguma coisa e seu tom de voz está escondendo algo —, mas, sabe como é, reta final nas cabines... Você tem que parecer uma deusa, e não uma universitária.

— Faz bastante tempo que não sou uma universitária — rio —, só quero uma roupa confortável.

A estilista acaba escolhendo uma calça de alfaiataria bege. Ela combina a peça com um cropped marrom de tricô e uma sandália de salto fino.

— Não pode mesmo ser tênis?

— Nisso eu não vou ceder — diz e me fuzila com os olhos.

José volta para terminar minha maquiagem e eu só não reclamo porque preciso manter meus olhos fechados, mas me surpreendo quando os abro. É a melhor produção que tive desde que cheguei. A maquiagem não é pesada como nos dias anteriores, mas delicada. Combina muito com o cabelo e as roupas.

— Viu? — Madu chama minha atenção. — Agora você parece uma adulta elegante.

Eu e as outras quatro participantes restantes estamos juntas no elevador agora. Letícia não olha para mim desde ontem à noite, mas conversei bastante com Ingrid, Beatriz e Ana durante o dia. Beatriz está esperando o pedido de Guilherme e Ana espera de Diogo, no entanto nenhuma das duas está confiante. Ingrid já desistiu do experimento.

— Em seus lugares. — a voz no alto-falante sempre me assusta. — Três, dois, um.

Meu queixo cai quando abro a porta.

Mas, assim, cai muito!

Reconhecer *Lavender haze* causa impacto, mas são os... pelo menos cinquenta balões de coração flutuando perto do teto que me faz arregalar os olhos; o efeito da luz, que hoje é vermelha, na parede translúcida contribui bastante para minha reação. O aparador de bebidas está lotado de comidas que não conheço, e eu quase sorrio ao notar a clássica garrafa de champanhe fincada dentro de balde cheio de gelo.

Meu coração está disparado. Isso é um pedido de casamento. Por isso eu não pude vestir calças jeans.

— Meu Deus.

— Pensei que fosse uma pessoa de pouca fé, Virgínia. — A voz de Dante preenche meus ouvidos, e é como se um raio transpassasse meu corpo inteirinho.

— No momento, acho que creio, sim, em alguma coisa. — Forço uma risada ao me sentar. Não sei onde colocar as mãos nem o que fazer com meus pés. Cruzo as pernas? — O que é isso tudo? — Uma risada de verdade surge agora. Jesus, isso tudo é tão... brega. — Como você fez tudo isso?

Quero parecer o mais interessada possível; e a música da vez, *Midnight Rain* (Taylor tem um fã; ou foi mais fácil colocar logo uma discografia em vez de uma seleção?), até que me ajuda.

— Precisei de alguns favores.

Quase me sinto mal por Dante ter gastado dinheiro comigo. Nem nos conhecemos. Ele vai me pedir em casamento porque não sabe que estou aqui somente pelo dinheiro. É claro que todos querem o dinheiro, mas a maioria veio principalmente pelo amor (sim, Letícia me fez refletir). Sou a pior pessoa do planeta. Pelo menos não estou fazendo isso com Rafael, mas com o cara que tentou me matar com um baiacu cortado em tirinhas.

— Balões, champanhe, Taylor Swift, uma luz vermelha de SexShop... — Minha voz soa impressionada.

— Uma luz vermelha de... É sério?

— Sim. — Dou risada. — Mas está tudo muito bonito. E tem comida!

— Coreana.

Isso me pega de surpresa. Pensei que Dante não gostasse de falar sobre seus costumes.

— Não acredito. — Encaro a bandeja de comida. — Me fale delas, não conheço.

— Quero me redimir pelo sashimi. — Dante ri. Não consigo ver sua sombra hoje. — Aí tem *chikin*, o *kimbap*, de que falamos antes, *lámen* e um pouco de *kimchi*. Você deve comer agora, o *lámen* não fica tão bom frio.

— Qual é o *lámen*? — questiono. — O miojo?

Dante solta uma gargalhada.

— Que afronta. Esse *lámen* não tem o mesmo gosto que miojo. Eu que fiz.

— O quê? — Não acredito que Dante cozinhou tudo isso para mim. — Você cozinha?

— Você também, não é?

Odeio quando ele me responde com outra pergunta.

— Hum... Sim.

Meu formulário dizia que gosto de meditar enquanto cozinho. Não quero que Dante e o público pensem que sou uma mentirosa.

— Então coma. Só o *kimchi* é comprado, não daria tempo de fermentar.

Passo os próximos dez minutos comendo. É tudo muito saboroso, mas não combina com o champanhe; eu comeria com cerveja. O *kimbap* não me agradou como eu pensei que aconteceria, mas consegui comer numa boa. Dante me explicou que *kimchi* é uma acelga picante em conserva (eu gostei depois que misturei no *lámen*, como ele ensinou). Mas nada, nada supera o *chikin*.

— Duvido que foi você que fez esse frago.

— Fui eu — ele parece orgulhoso —, mas não é tão bom quanto o da minha mãe. — Não sei se quero tentar puxar assunto sobre a sua família, porque toda vez que o fiz Dante fugiu. — Apesar de ela não ser coreana. — Me pega de surpresa. *Com Dante será sempre assim, não é?* — Ela é brasileira.

— Jura? — questiono com cuidado; não quero passar dos limites.

Um tempo se passa. Eu não insisto.

— Sim — ouço sua voz dividir espaço com a voz de Taylor assim que começa *August*. — Meu pai a conheceu logo no primeiro mês em que chegou ao Brasil. Ele não sabia nem se comunicar.

— Uau! — Suspiro sem perceber. — Isso deve ser tão legal. Você cresceu com duas culturas totalmente diferentes. Foi difícil?

— Foi bem legal na maioria dos aspectos. Eu sempre tive mais do Brasil do que da Coreia. Minha irmã é o contrário.

Calma aí. É muita informação ao mesmo tempo.

— Você tem uma irmã?

— Ela me ajudou hoje. Se chama Hana.

— Era o que eu ia perguntar. — Um sorriso aparece em meu rosto. — Vocês não deveriam ter nomes coreanos?

— Se nossos dois pais fossem coreanos, sim. — Dante está de bom humor. — Meu pai queria me chamar de Lee, que é também o nome dele, mas minha mãe não deixou. Falou que eu seria zoado na escola. Na Coreia levam muito em consideração os significados dos nomes, então ela teve que procurar por um nome brasileiro com um bom significado.

Fico com vergonha de perguntar o significado de seu nome, então faço uma nota mental para pesquisar sozinha depois.

— Quando minha irmã nasceu, meu pai quis chamá-la de Jeong. Minha mãe veio com a ideia de bullying de novo, mas ele não deu o braço a torcer dessa vez, por isso os dois decidiram por um nome coreano que fosse de fácil compreensão. — Já cansei do meu cérebro amar tanto a voz de Dante, ainda mais quando fala por tanto tempo. — Hana significa "a favorita".

— Não acredito. — Dou risada. — Bem na sua frente!

— Sim.

Dante também ri.

— Então todos esses corações foram ideia dela?

— Cada um deles. Ela me sugeriu muitas coisas diferentes, mas não consegui escolher, então juntei tudo.

Ah. É por isso que está tocando *Love story* agora. Não sei o que mais posso acrescentar a esta conversa e parece que Dante sente o mesmo, porque para de falar. Estou mais nervosa do que quando entrei na cabine.

— Virgínia — ele chama, e meu coração para —, pode me fazer um favor?

— S-Sim — gaguejo, já me preparando para a próxima pergunta.

— Vá até o frigobar e pegue um vinho.

Meus passos são tão desconfiados que demoro muito para abrir a porta de inox. Há pelo menos cinquenta latinhas de vinho (muito mais do que de costume), todas elas num tom de roxo-escuro. Há apenas uma em destaque, rotulada com outra cor. Amarelo. Com a mesma tipografia do rótulo original, as palavras "Quer casar comigo?" me aterrorizam. Um anel prateado com uma pedra que não reconheço está pendurado no lacre. Estou anestesiada, acho que já passaram cinco minutos e eu continuo agachada ao lado da porta aberta do frigobar.

— O que me diz? — A voz de Dante me faz recobrar a consciência. — Acho que não posso perder você de vista.

DANTE

— Sim — a resposta vem muito rápido.

Sei que deveria estar me sentindo bem porque ao que tudo indica tenho minha rival na palma da mão agora, mas há alguma coisa dentro de mim que me incomoda. O que falei não é mentira, mas é legal como a frase soa romântica. Ela consegue tirar informações pessoais sobre mim com uma facilidade que mais ninguém tem ao mesmo tempo que suas réplicas parecem verdadeiras.

O que se fala para alguém que acabou de aceitar se casar com você?

— Que bom.

Nós dois ficamos quietos por longos segundos. Posso encerrar o encontro? Não sei o que fazer.

— Eu li seu livro ontem — diz Virgínia. Funciona assim então, trocamos de assunto e seguimos adiante? — *A casa da rua debaixo*. Comprei o e-book e li nesta madrugada. — Não sei o que me incomoda mais: Virgínia ter aceito meu pedido de casamento ou lido meu livro. — Essa luz vermelha me lembra o livro.

— Por quê?

Virgínia ri.

— Imaginei a vizinha morando numa casa com iluminação vermelha. Sei que você não descreveu nada disso, mas a casa daquela mulher passava essa vibe. Um cabaré misturado com rituais satânicos.

— Que horror — comento, entretido. — Alguém pode desligar essa luz? — Até porque quero poder ver a sombra de Virgínia. — E o que você achou?

— Eu dei quatro estrelas e meia na loja online — Virgínia analisa. — Esse último meio da estrela você perdeu pelo final.

— Por quê? Você não gosta de finais abertos?

— Gosto de finais felizes. — Típico. — Você fez o detetive passar por tudo aquilo para, no final, ele entrar para a seita? — A luz vermelha se apaga e eu consigo observar a silhueta de Virgínia. Adoro que o seu cabelo esteja preso. — Meu Deus, será que passei spoiler para o Brasil inteiro?

Pego-me rindo.

— É um final com personalidade — defendo-me. — Será que ele entrou para a seita porque foi obrigado, porque se converteu ou porque quer investigar mais e prender todo mundo um dia?

— Impossível! — Virgínia protesta. — Ele quase morreu naquele ritual, por que ele voltaria?

— Exatamente. — Pisco. Será que meus poucos leitores pensam como Virgínia? É por isso que estão me pedindo um conto de continuação? As pessoas precisam se acostumar. Nem todo final é feliz. — Não se pode confiar em namoradas loucas.

— Isso foi uma indireta pra mim ou pra vizinha do detetive?

Virgínia ri alto. Adoro a sensação que o som me causa. Estou adorando demais para o meu gosto.

— Pra você, é claro — digo. — Mas você é minha noiva agora.

Virgínia para de rir. Eu também.

— Vamos nos conhecer amanhã — ela fala. — Como você acha que eu sou? Fisicamente. Já sei que você me acha surtada por dentro.

— Não acho que você seja surtada. — Não posso admitir que sei sobre sua aparência. — Sei que você é baixa, dá pra ver pela sombra. Só isso, não tenho muita criatividade.

— O quê? — Virgínia se levanta. — Escreveu um suspense de quatrocentas e vinte páginas e não tem criatividade para imaginar minhas características?

Sorrio. Se ela soubesse que estudei cada centímetro da sua foto com a taça de vinho...

— Você é ruiva?

— Não. — Ela ri. — Você é um desses com fetiche em ruivas? — Prefiro cabelos como os dela. — Vai, eu imagino que você seja... coreano.

— Uau. Isso, sim, é saber descrever.

— O escritor aqui é você. Acho que você treina. Sua sombra fica grande às vezes.

— Eu luto.

— Nossa.

Um suspiro.

— Muay thai.

— Ah. — Outro suspiro. Virgínia reage: — Bom, acho que vou ter que esperar pra conferir.

Não posso fingir que não estou ansioso para vê-la pessoalmente. É claro que, ao vivo, poderei impedi-la de escrever e vazar informações sobre o reality para Theo Soares, mas também há outros motivos.

— Nos vemos amanhã?

— Sim — respondo.

— Obrigada pela comida. — Pigarreia. — E por tudo isso. Foi um pouco cafona.

Ela é tão direta. Eu queria que fosse um espetáculo. Não faz nem um pouco o meu estilo.

— De nada — e completo para fechar com chave de ouro: —, *noiva*.

Virgínia não responde, e eu sei que peguei pesado. Se ela é mesmo a infiltrada, sabe que estou jogando.

13

VIRGÍNIA

Dante significa "permanente".

Vi no Google ontem. Meu Deus.

Estou noiva de um Dante persistente. Vou conseguir o dinheiro para a pesquisa.

Tudo passou com um turbilhão depois que saí da cabine ontem. Madu me encaminhou para o QG enquanto não conseguia parar de pular. As meninas me parabenizaram e nós bebemos champanhe sem Letícia, que já estava em seu quarto. Não pude deixar de me sentir mal. Será que ela realmente está apaixonada por Dante? Tive medo de ela invadir meu quarto com uma faca durante a noite, mas, ao que parece, permaneço viva. Não pude falar com Rafael, até mesmo pedi para Madu lhe entregar uma carta, mas a produção nos proibiu. As mensagens de Mafê e Leonardo quase travaram meu celular quando se juntaram às de minha mãe e, àquela altura, eu já estava tão bêbada que até meus amigos acham que estou contente com a situação.

— Você está péssima — José me examina quando abro a porta do quarto.

— Não fale assim com ela! — Madu dispara para o careca.

— Olhe para essas olheiras.

Ele aponta para meu rosto.

— Tive pesadelos — *envolvendo Dante Moon-Choí*, quero acrescentar.

Posso chamar os sonhos com a voz grave de Dante que tive ontem de *pesadelos*? Porque não acordei assustada. Pelo contrário...

— Bom, daqui para frente, serão apenas sonhos — José me diz, e eu tenho medo dessa frase. — Vamos trabalhar? Preciso deixar você impecável.

São 9h. Ninguém deveria se maquiar pela manhã, mas imagino que o dia oficial para conhecer meu noivo mereça algo mais elaborado. Meu coração não cabe no peito e me pego pensando em voltar para casa com muita frequência enquanto José alisa meu cabelo. A estilista escolhe um vestido colado que vai até abaixo dos meus joelhos e o combina com uma sandália que sobe por minha panturrilha. Uso apenas brinco e o anel que Dante prendeu na latinha de vinho ontem. Precisei pesquisar o nome da pedra escura que decora o aro prata e torcido da aliança. Ela serviu perfeitamente em meu dedo anelar, e não posso deixar de nota que sua beleza é muito diferente.

É uma safira blue belle. O valor é gigantesco e vem direto da Ásia. Estou torcendo para ser falsa, não posso sair pelo Brasil com uma pedra desse valor pendurada em meu dedo. Posso acabar sem dedo! Além disso, por que Dante presentearia uma total desconhecida com uma joia deste valor? Parece mesmo que ele veio preparado para encontrar uma noiva. E eu podia jurar que jornalista ganha mal...

— Você está... — Madu suspira após seu habitual cochilo em minha cama. — Uau! Você está uau!

Perdi as contas de quantas vezes fiquei bonita nesta semana, mas hoje é diferente. Estou anestesiada, acho que se me vestissem com um moletom eu não repararia. É por isso que ando no piloto automático quando Madu começa a me empurrar para fora dos aposentos. Meus pés se arrastam pelo corredor e o barulho do salto no mármore atinge cada pedacinho do meu ouvido. Parece ressaca, mas sei que não bebi o bastante para isso.

Dessa vez, o elevador não sobe apenas dois andares. Madu aperta o botão para o quarto andar, e eu não consigo nem mesmo pensar em uma palavra para dizer a Dante quando conhecê-lo pessoalmente.

— Relaxa, Vi — Madu pega em minha mão suada —, vai dar tudo certo. Ele não é feio.

Forço um sorriso. *Que droga!* Tudo bem, Dante é bonito. Já estou preparada para isso. Tudo bem. Um monte de gente é bonito...

— Pensei que você estaria levando numa boa. — Minha assessora suspira. — Brenda e Dora estavam supernervosas, mas de outro jeito, combina com elas porque passaram todos os encontros com os noivos com os nervos à flor da pele. Estavam ansiosas.

— Estou muito ansiosa — garanto.

— Você odiou o Dante durante a metade da semana e depois se entregou de mão beijada para ele. Aceitou o pedido de casamento sem um pingo de incerteza e agora parece mais... amedrontada.

— Bom, um pouco. — Ou muito. — Sabe como é... Vou conhecer o amor da minha vida.

Preciso praticar minhas reações. As pessoas têm que acreditar que estou apaixonada, que a conexão que tive com Dante nas cabines foi real, embora repentina.

— É esse o espírito da coisa — Madu ergue os braços, animada —, quero ver um beijão!

Meu corpo não reage. Estou paralisada, petrificada. Um beijo. Onde eu estava com a cabeça quando ignorei todos os toques físicos que envolvem tudo isso? Meu Deus, como poderei fingir um beijo? Há quanto tempo eu não beijo alguém?

Eu e Madu saímos do elevador e ela me posiciona de frente para uma porta de correr fechada. Madu responde o *walkie-talkie* a cada dez segundos e meu peito sobe e desce de forma descontrolada. Estou com medo de tropeçar nos saltos e bater a cara no chão, que bom que o encontro não será transmitido ao vivo.

— É agora — Madu sussurra. — Essa porta vai abrir e vocês vão se conhecer. — Assinto. Parece que o vestido ficou apertado de uma hora para outra. — Sorria!

Sorrio. Estralo os ossos dos dedos.

Estou sozinha e parece que meia hora já passou desde que Madu me deixou, mesmo sabendo que só se passaram trinta segundos. Será que vou sobreviver até essa droga de porta abrir?

Um barulho oco preenche meus ouvidos. A porta está abrindo. Quero correr. Quero ir para casa. Eu desisto!

Consigo ver um longo corredor pela fresta da porta. Há câmeras e luzes brancas demais para o meu gosto. Outra porta igualzinha à minha está se abrindo do outro lado do corredor na mesma velocidade.

Meu coração para. E não volta.

Não consigo enxergar muito bem, mas vejo Dante.

DANTE

Achei que estivesse preparado para ver Virgínia.

Eu não estava.

Do outro lado do corredor há uma mulher que, apesar das roupas, ainda parece uma menina. Completamente diferente da foto que vi com a taça de vinho. Um tecido muito fino cobre o corpo de Virgínia; chamam isso de vestido? E o corpo... As curvas dela estão onde deveriam estar. Preciso de muita força para me manter no lugar. Nunca senti tanta vontade de usar minhas mãos como agora.

Meus passos são lentos porque estou analisando a situação. Quero manter minha face serena, mas sinto os músculos do meu rosto se repuxando. Meu cérebro não quer me ajudar, ele quer sorrir. E é o que eu faço. Eu sorrio para Virgínia, e ela faz o mesmo.

Parece que demora um milhão de anos até estarmos frente a frente. Consigo sentir um cheiro adocicado e me pergunto de que parte desse corpo ele vem. Quero perguntar sobre isso. Virgínia me constrange enquanto me observa atentamente, assim como eu faço com ela. Acho que nenhum outro casal parou para se olhar antes de conversar ou se tocar.

Tocar. Não parece uma má ideia.

Os olhos dela têm cor de uísque antigo e a pele é bronzeada, parece que cresceu na praia. Virgínia abre a boca rosada devagar, não sei se para falar ou respirar. Espanto-me com a vontade animalesca que cresce dentro de mim. Essas coisas não deveriam estar passando pela minha cabeça, mas o que eu faria com essa boca seria uma verdadeira ofensa.

Ela finalmente diz:

— Você tinha mesmo que ser um gostoso, não tinha?

Seus olhos se arregalam e parece que não sabe onde esconder as mãos.

— O que... — tento perguntar.

Estava tão absorto com meus próprios pensamentos que demoro para juntar as informações.

Ela desvia o olhar, sorri e finge que não falou o que eu acho que ouvi.

— Este momento tinha que ser tão *glorioso*, não tinha?

Ela falou “gostoso”.

— Você... — As palavras não saem.

Vou parecer um imbecil. Mas o que estou querendo dizer? Não posso falar... Não, eu não vou falar que ela é linda.

Virgínia balança a cabeça com calma e me encoraja. Adoro o movimento. Meu Deus, como eu quero tocar nela. Ainda mais quando ela me olha com esses olhos. Parece mais assustada do que eu. No entanto, estende a mão e toca em meu peito com tanta delicadeza que me dá vontade de rasgar o fino tecido desse vestido preto.

Tudo o que eu sinto é que sou, sim, escravo dos meus desejos. Não engano ninguém, não vou agir com racionalidade ao lado de Virgínia. Tenho medo do que vou fazer a seguir, sei que é o esperado pelo público, mas sinto que não combina com o meu objetivo aqui.

No momento, não estou dando a mínima para o meu trabalho.

VIRGÍNIA

Dante é surreal.

Meus joelhos falharam, então mantenho minha mão em seu peito para me equilibrar. Ele segura meu cotovelo e o toque quase me queima. Sei que meu semblante está sério e que eu deveria estar sorrindo, mas não consigo fingir nenhum outro tipo de reação agora.

A voz que ouvi nas cabines é exatamente a mesma que ouvi há alguns segundos, mas muito mais carregada. Ela me faz tremer.

E fora a gafe que cometi quase agora, não consigo formar mais nenhuma frase. Porque estou chocada. Acho que meu coração não bate desde que a porta abriu.

Ergo mais a cabeça para poder aproveitar a vista. Esse queixo quadrado... A boca está fechada numa linha fina agora. Estou acreditando em Deus para que Ele o faça abrir essa boca e falar qualquer coisa.

Mas Dante não fala. Ele me observa atentamente e seus olhos estreitos perseguem cada centímetro do meu rosto. Quase fico envergonhada. E estamos tão perto, mas tão perto! Nem me dei conta de que caminhei pelo longo corredor.

Sinto sua mão grande no vão das minhas costas e é tão quente... Dou um passo e minha cabeça está a poucos centímetros de seu peito. Quero abraçá-lo e nem sei por quê. Não o conheço.

A outra mão de Dante solta o meu cotovelo. Sinto sua falta, até ele pousar os dedos em meu queixo e o inclinar apenas um pouquinho, me adaptando ao movimento que planeja. O som que escapa por entre meus lábios é tão discreto que penso que só eu ouvi, mas a reação dele deixa claro que escutou muito bem, e gostou. Seu olhar é o de quem desistiu. Desistiu de esperar. Desistiu de se controlar.

Quando ele vem, eu fico sem saber o que esperar: sutileza, delicadeza, ou urgência, fome. Eu adoraria ser tocada com a adoração que ele parece pronto a dedicar a mim, mas também adoraria ser devorada por Dante. Antes que seus lábios capturem os meus, já estou de olhos fechados, e me pergunto se ele viu isso, se fechou os olhos depois que eu.

Puta merda! Ele consegue o meio-termo perfeito. A maciez dessa boca que antes me irritava tanto me alcança aos poucos, lentamente, explorando. Talvez me testando, tentando entender o que eu quero. E eu sei que ele está pronto para o que for, o que eu quiser, o que eu pedir. Em um movimento instintivo, a ponta da minha língua encontra a dele. Minhas mãos sobem para seu pescoço, e eu me pego desejando que meus saltos fossem maiores para eu chegar ainda mais perto dele. Subo o máximo que posso e, ao enterrar uma mão em seus cabelos, aplico um pouco de força, dando o sinal que eu acho que Dante está esperando.

Os dedos que estavam em meu queixo passeiam, e agora há uma mão em minha nuca enquanto a outra percorre minhas costas, atrevida, colando de vez nossos corpos. Estou totalmente vulnerável e derretida. Se Dante quisesse quebrar meu pescoço agora, eu não sentiria dor. O desejo que sobe pela minha espinha é inacreditável. Não é nada que eu tenha provado antes.

Ele tem um gosto fresco e cheira a sabonete. Quero me enterrar nisso tudo. Quero beijar Dante até cair de cansada. Nossas línguas, que estão lutando uma com a outra, parecem aprovar meu plano.

Algo chama a minha atenção. É uma voz. Mas não é a voz de Dante, então não dou ouvidos. Nunca mais darei ouvidos a nenhuma outra voz se não a dele. Este gosto... quero muito mais que isso. Quero que nunca acabe, mas acaba. Dante se afasta um pouco, mas a mão direita continua em minha cintura, quase descendo para o quadril, como se ele tivesse traçado uma linha que proibisse a descida. *Eu não proibi, pode descer.*

Tenho certeza de que estou ofegante. Nunca beijei ninguém assim antes. Sinto minhas sobrancelhas erguendo, devo estar como uma cara de pidona, como quem pede mais.

— ... encaminhados para os quartos e depois seus assessores vão guiá-los para o set de filmagem. — Assimilo a voz robotizada que sai de um alto-falante.

Dante me olha de perto. Sinto sua respiração se misturando na minha. Ele esbanja um meio-sorriso; não sei se posso chamar esse movimento de sorriso.

— Bom — limpa a garganta —, oi.

Eu rio.

— Oi.

Dante dá dois passos para trás, e eu quase imploro para que ele volte, mas que bom que se afastou. Eu não conseguiria pensar em nada se nossos corpos continuassem juntos. E agora que estou pensando, quero gritar. Meu Deus, o que aconteceu aqui?!

— Por aqui.

Uma assessora que não conheço surge pela porta que Dante saiu mais cedo. Ele lança um olhar cortante para ela e volta a me fitar. Me sinto pequena.

— Acho que vejo você depois — digo com dificuldade ao passo que Dante balança a cabeça e ajeita a camisa social que eu baguncei.

Noto que Madu também espera em minha porta.

— Em nossa lua de mel, Virgínia — Dante fala.

Estremeço.

Não tenho condições de passar uma lua de mel ao lado de Dante Moon-Choí.

Estou ferrada.

14

VIRGÍNIA

Mafê ♡: VIRGÍNIA

Leo 😼: virgínia, vc sabe que seus pais assistiram isso, né?

Eu: Sei.

Leo 😼: liguei a tv para ver minha amiga conhecer o noivo todo certinho e, de repente, pah! pensei que tinha aberto a aba do PornHub sem querer

Eu: Calma lá! Tbm não foi tudo isso.

Mafê ♡: Não, não foi tudo isso, mas pode vir a ser na lua de mel

Eu: Não vai rolar nada na lua de mel.

Leo 😼: depois desse beijo, a única certeza que eu tenho é que vai rolar safadeza, sim, na lua de mel

Mafê ♡: Não tem como discordar, Vi

Eu: Não vai acontecer nada. Juro. Eu me proibi.

Leo 😼: se proibiu de beijar seu noivo?

Eu: Ele não é meu noivo de vdd.

Eu: E eu não sinto nada por ele.

Leo 😼: e o que foi isso tudo que eu acabei de assistir?

Mafê ♡: Nenhum diálogo, só um beijo gigante

Eu: Encenação.

Eu: Para o público confiar em mim

Mafê ♡: Até parece!

Leo 😼: vc não sabe mentir, virgínia

Eu: Não me chame assim!

Leo 😼: só o dante pode, né?

Bloqueio o celular. Odeio que usem meu nome. Desde sempre. Odeio mais ainda que ele soe tão bem na voz de Dante.

Estou em negação. Mas, em minha defesa, não imaginei que tudo aquilo fosse acontecer. Foi tudo por água abaixo! Nos últimos dois dias, porém, tive tempo mais do que o suficiente para me concentrar (a não ser quando durmo e sonho com Dante).

Depois daquele beijo, Madu me levou para o quarto e eu me obriguei a tomar um banho gelado. Mas nem isso ajudou, porque, quando a água batia em meu corpo, eu imaginava que eram os dedos de Dante ali, e aí tinha que fazer todo um esforço me lembrar que não foi isso o que vim fazer.

Gravei com a produção algumas falas para colocarem entre as cenas do meu encontro com Dante. Usei frases entusiasmadas e românticas.

Acho que o público vai gostar. Se eu me convencer de que tudo o que estou fazendo é uma jogada para o público, talvez eu pare de me martirizar.

Pensei que nos colocariam numa van e nos mandariam direto para Bonito, mas tivemos que esperar. Assim, foram dois dias de tédio e pensamentos sórdidos dentro do quarto, numa espécie de quarentena. Não sei quais foram as atualizações do programa nos últimos dois dias, mas estou ansiosa para descobrir.

— Não posso contar — diz Madu quando pergunto se Ana, Ingrid, Beatriz ou Letícia receberam alguma proposta de casamento. — Você só descobrirá se há novos casais ao chegar no resort.

— Meu Deus — bato palmas, equilibrando minha mochila nas costas —, estou animada!

Quero aproveitar o máximo possível de cada parte da viagem e tenho certeza de que estaria mais animada se não fosse por Dante. Ao que parece, o noivo é obrigado a me fazer companhia em nossa "lua de mel". Tão retrógrado.

— Alguns carros vão nos levar para o aeroporto — Madu diz ao empurrar minha mala grande pelo piso de mármore do hall.

— Nos levar?

— Achou mesmo que eu não tiraria nem uma casquinha desse trabalho? — Ela ri. — Vou com você e com o Dante. E a assessora dele também vai. — Minha ansiedade aumenta mais ainda. Algo pode dar errado, então será bom ter a presença de Madu. — Vai ser demais! Um cara da produção disse que tem várias trilhas com cachoeiras no roteiro da viagem de vocês.

Dou um gritinho animado e me sento em uma das poltronas do hall ao lado de Madu, que fala sobre turismo por longos minutos. O trajeto até Bonito não vai demorar, são quarenta minutos até o aeroporto de São Paulo e depois mais duas horas de voo.

Fico contente porque estou vestindo roupas confortáveis pela primeira vez desde que tudo isso começou. Minha calça jeans e uma das camisetas que mais uso no dia a dia do laboratório são perfeitas para encarar as poltronas duras do avião, só não sei como podem me ajudar com Dante.

DANTE

O motorista do Volvo me encara pelo retrovisor quando solto um palavrão. Preciso me concentrar e me manter calmo antes que Virgínia entre no carro, mas Olga está insistindo para que eu atenda a ligação.

— Eu sabia que você se sairia bem!

Reviro os olhos. Sei que o país inteiro amou aquele beijo, mas ele vem sendo o motivo para o meu mau humor. Sei também que me saí bem, mas há dois quesitos aqui. Primeiro, não foi de verdade; segundo, não consigo tirar Virgínia da minha mente.

— Suas matérias estão perfeitas — parabeniza minha chefe. — O que foi aquilo, como você descobriu que Ana nunca declarou o imposto de renda?

Precisei focar no trabalho para conseguir parar de pensar em Virgínia. Alana esteve ausente durante os dois dias que passei no quarto, então coloquei a mão na massa para investigar. Quando me cansava do programa, investigava meu próprio furo e, quando ficava difícil demais, voltava para o reality.

— Aquele beijo pareceu sério, Dante. — Olga chama a minha atenção. — Theo fez o favor de escolher uma infiltrada bonita porque sabe que você pode ser tentado.

Um plug-in de segurança foi instalado nos dispositivos móveis dos participantes pelo reality, mas eu não entrei para a lista por causa do acordo que os produtores firmaram com Olga. Por isso, assisti ao beijo.

Eu vi como eu agi. Não consegui esconder nenhuma das sensações do momento, ficou claro que eu estava sedento. Não posso ceder dessa forma outra vez.

— Não serei tentado.

— Aham, sei. — Nós dois sabemos que estou mentindo. Ela diz antes de desligar: — Tome cuidado nessa viagem, será ainda mais difícil. Me traga bons furos, tudo bem? A mesa do Cláudio está bonitinha aqui, esperando por você.

É por isso que preciso ser firme.

Uma mensagem de Hana aparece na tela do celular antes que eu consiga guardá-lo no bolso: *Acabei de pousar no Brasil e o* appa *me encheu de perguntas sobre você e o reality. Eu falei que não sei de nada, mas você* PRECISA *falar com ele. A* eomma *disse que os dois estão assistindo você ao vivo todo dia e que quer saber mais sobre a Virgínia. Pelo amor de Deus, faz alguma coisa!*

Eu deveria ter contado a verdade para meus pais antes do reality começar. Poderia ter explicado que estou passando essa vergonha para me tornar um bom jornalista, como meu pai foi na Coreia. Agora, nada do que eu fale poderá amenizar a humilhação.

Virgínia está demorando uma eternidade para aparecer e estou agradecendo por cada segundo que me é concedido. Quero ser eu mesmo pelo máximo de tempo que conseguir.

Navego pelas abas abertas do meu celular à procura de algo interessante. Odeio que sempre acabe no Twitter. Acho que preferiria se meu celular também tivesse aquele plug-in.

Theo Soares @nadaadeclarar

URGENTE: A fase da lua de mel chegou e os quatro casais finalistas estão com as malas prontas para Bonito.

Pode me chamar de Bela @isabela2023

Respondeu a @nadaadeclarar

inacreditável como o rafael esqueceu da virgínia do nada e está indo para a lua de mel com a letícia, né, gente?

Mafê Braga @mariafernandatrader

Respondeu a @isabela2023

E a Letícia ainda teve aquela cara de pau em falar que a Virgínia que era a interesseira! Ela só aceitou o Rafael porque não quis largar o biscoito.

cleytu @cleytu
Respondeu a @mariafernandatrader

medo de ir na cozinha de madrugada e encontrar um boy lixo igual o rafael, parece os meus ficantes, credo

A louca dos gatos @catlivesmatter
Respondeu a @cleytu

Meu único medo na vida é minha panela de pressão explodir enquanto faço feijão. Sortuda é a Virgínia que tá indo pra Bonito com um bonito!

Levo um susto quando a porta ao meu lado se abre.

— Nossa, a gente estava esperando você no hall do saguão — Virgínia entra no carro falando depressa, como um furacão. Há dois homens colocando suas coisas no porta-malas e uma staff está segurando a porta para ela. — Não sabíamos que já estava no carro.

Escondo o celular no bolso. Não quero que ninguém saiba que passei os últimos dez minutos lendo tuítes idiotas.

— Venha, Madu — chama Virgínia, o braço levantado para a staff. Ela me empurra e eu deslizo pelo banco. — Será que estamos atrasados?

— Eu vou na van da produção — assegura, fechando a porta. A cabeça de Virgínia pende para fora da janela e seus lábios se juntam em uma linha fina que não sei interpretar. — Encontro vocês na pista de embarque.

A staff dá duas batidinhas na lataria do Volvo e o motorista dá a partida enquanto fecha os vidros. Um silêncio ensurdecedor preenche o espaço e parece que não há ar suficiente para encher meus pulmões.

Virgínia está colada à porta e há espaço para mais duas delas entre nós. Seus dedos estão segurando a maçaneta com força, como se fosse abrir a porta e saltar do carro a qualquer instante. Eu a entendo.

— Oi — falo.

Ela me lança um olhar curioso. Gosto de saber que não há câmeras aqui.

— Oi.

Como noivos apaixonados devem se comportar?

— Gostei — digo com o dedo apontado.

Virgínia está usando uma jaqueta por cima da camiseta azul, mas consigo ler a estampa: "Não confie em átomos, eles compõem tudo".

— É muito velha — ela sorri —, mas quero me sentir confortável no avião.

Engulo em seco. Não bastasse ter de lidar com a pressão que Virgínia me impõe, ainda preciso enfrentar duas horas em um ônibus voador mortal. Espero que o silêncio volte a preencher o espaço, não quero que ela descubra que tenho uma certa fobia de aviões; talvez, se eu gastar toda a minha força de vontade fazendo outra coisa — como ler *Princípios básicos de diagnósticos hematológicos* —, não precisemos interagir tanto.

15

VIRGÍNIA

— Eu sempre acho que vão encontrar alguma coisa errada na minha bolsa — Madu balança a mão perto do rosto, querendo ar. — Não posso ser presa em um aeroporto. Sou viciada naquele programa do Discovery, mas não tanto assim.

— Só encontrariam algo suspeito se você tivesse trazido — Acabamos de passar pelo raio x da sala de embarque. — Você trouxe?

— Não. — Madu tosse ao pegar sua mochila. — Mas queria. Imagina dar aquela relaxada no resort? Perfeito!

Dou risada. Adoro que Madu se sinta tão à vontade comigo a ponto de revelar suas preferências no campo das ervas *medicinais*.

Passei primeiro pelo detector de metais com Madu (precisei tirar o anel de safiras que Dante me deu, o que me lembrou que estou aqui para um casamento, e não posso simplesmente só viver a beleza da lua de mel), e agora Dante está recolhendo seus objetos de metal da bandeja na esteira. Ele está conversando com sua staff, que descobri se chamar Alana. Queria saber o que conversam. Imagino que o comum entre os casais do *Quer casar comigo?* seja andar de mãos dadas enquanto se beijam a todo momento. Não é o que acontece comigo e Dante. Que bom.

Não trocamos mais do que cinco frases desde que entrei no carro mais cedo, passamos todo o tempo na sala de embarque no silêncio também. Ele lendo um livro que não consegui ver o título (porque ele é uma dessas pessoas que dobra a capa para dentro para segurar o livro com uma mão só) e eu fingindo estar interessada no flyer que encontrei sobre o mercado de linhas aéreas, mas a verdade é que estou mais interessada no fato de que Dante Moon-Choí usa óculos de leitura!

— Vamos lá? — Alana para em nossa frente e quando subo o olhar sinto um pouco de raiva. É a primeira vez que a vejo de tão perto e finalmente consegui notar que ela é muito bonita. — Os tripulantes estão nos esperando.

Jogo o flyer para trás para pegar minha mochila no chão, mas Dante é mais rápido. Além de sua própria bolsa, agora também está carregando a minha enquanto seguimos Alana pelo saguão. É estranho como tudo está acontecendo. Não conversamos, nem mesmo respondemos a assessora, e mesmo assim caminhamos lado a lado de forma natural (como se fôssemos um casal acostumado a viajar em jatinhos particulares). Mas quem é que estou tentando enganar? Vou passar o próximo mês enganando o cara que está carregando minha mochila em um resort cinco estrelas. Não há nada de natural aqui.

— Isso não é demais? — Madu grita para compensar o barulho das turbinas do jato.

— É muito chique — concordo e aí me direciono para Dante —, não é?

Ele aperta a alça da bolsa e assente.

Não sei o que pode lhe causar tamanha indiferença em relação a mim. Pelo menos, não estamos mais nas cabines. Ao meu lado, consigo ver que ele se mantém calado porque quer, e não porque está me ignorando.

Nós subimos uma escada e uma comissária de bordo nos recebe próximo à cabine do piloto. Ela nos direciona aos assentos, e Dante coloca nossas mochilas no compartimento enquanto Madu e Alana caminham até os últimos assentos. Tudo tem tom de crème brûlée e há um cheiro de carro novo no ar que eu amo. O tamanho das poltronas me deixa tão animada (conforto!) que já estou brincando com o botão de inclinação da minha conforme dois comissários servem bebidas antes da decolagem (Dante pega uma água... *com gás*? É a prova de que eu precisava para ter certeza de que ele é um extraterrestre). Peço um suco de laranja e, sinceramente, esperava mais. Pelo visto até jatinhos servem suco de caixinha.

A comissária que nos recebeu antes se chama Isabella. Ela está passando as instruções do voo e ensinando todos os cinco passageiros presentes a usar uma máscara de ar e um saco para vômito. Confiro a fivela do meu cinto após perceber que Dante já conferiu a dele pelo menos seis vezes. A minha está ok, mas ele confere a dele mais uma vez. Será que há algo errado com o cinto da poltrona ao meu lado?

Mantenho meus olhos sobre Isabella e agora ela está mostrando as saídas de emergência. Dante vira a cabeça muito rápido na direção em que aponta a comissária. Ele está respirando de maneira pesada e já bebeu toda a água com gás.

— Vocês têm algo — ele chama a atenção de um comissário que não sei o nome — com álcool?

Alcanço meu celular no bolso e olho as horas. São 10h30, mas deve ser cinco da tarde em algum lugar.

— Você não ouviu as instruções? — ele pergunta olhando para mim.

— O quê?

Arfo com o peso de sua voz em meus ouvidos.

— Precisa desligar o celular!

Dante tira o celular da minha mão e aperta o botão para desligar o aparelho.

— Eu já ia fazer isso — rebato depois de guardar o coitado do iPhone. — Você é um esquisitão mesmo. — Dante me encara, e eu paro. Essa é a primeira vez que ele me olha de verdade hoje. — Mal falou comigo e agora está me repreendendo?

— Não estou repreendendo. — Ele olha para A frente. Isabela já está sentada em sua própria poltrona. — Celulares causam interferências em viagens aéreas.

— Eu sei disso! — Cruzo os braços. — Eu fui olhar as horas.

— Bom, então já devia ter desligado.

— Viu? Está fazendo de novo.

— Fazendo o quê?

Dante tem a face torcida, como se não entendesse o que estou querendo dizer.

— Me repreendendo.

— Eu não...

— Tripulação, preparar para decolagem. — Escuto a voz do piloto.

Espero o resto da frase de Dante, mas ela desistiu.

— Aqui, senhor — o comissário se curva sobre Dante e lhe entrega um copo com uísque e gelo antes de se sentar em uma poltrona próxima e afivelar os cintos.

— Não gosto de uísque — Dante revela ao observar o copo. — É tudo o que estão me oferecendo ultimamente.

O avião começa a se mover devagar. Sinto um frio na barriga e quero contar a Dante que estou animada para voar pela primeira vez, mas me proíbo para contemplá-lo enquanto bebe. Ele vira o copo de uma vez sem fazer careta e eu imagino o gosto amargo em minha garganta.

— Meu Deus. — Arfo. — Se isso é o que você faz sem gostar de uísque, imagino como deve tratar uma coquinha gelada.

O corpo de Dante vibra. Isso foi uma risada?

Pela janela, consigo ver a pista de decolagem passar depressa. Há um apito em meu ouvido e uma euforia gigante por estar vivenciando uma experiência que nunca tive. Estou tão animada!

Minha mão é puxada com força e sou obrigada a desgrudar meus olhos da paisagem. Dante tem sua mão pressionada com força em volta da minha, os nódulos de seus dedos quase brancos.

— O que você...

Dante está rijo ao meu lado, os olhos fechados com força e a boca curvada para baixo numa careta estranha. Meus dedos doem com a força do aperto.

— Não gosto de aviões.

— Não tem porque ter medo de aviões — digo, tirando meus dedos do seus para massageá-los —, é o meio de transporte mais seguro do mundo.

Ele balança a cabeça em negação.

— A probabilidade de um avião comercial cair é de cerca de 1,27 por milhão de voos — minha mente esquenta tentando me lembrar dos números que li no flyer da sala de embarque —, enquanto a probabilidade de um carro bater em um dia sem chuva como hoje é 1,2 em mil.

A velocidade do avião aumenta e olho pela janela, o mundo virou um borrão cinza. Minha cabeça é jogada para trás com a pressão e colo meu corpo na poltrona. Um frio na barriga me invade e eu consigo sentir quando saímos do chão, não porque o trem de pouso, subiu, mas porque Dante voltou a prender minha mão na sua.

— É claro que um jatinho não entra na categoria de voos comerciais, mas, mesmo assim, a chance é minúscula se tiver as revisões em dia — discorro, sentindo a quentura entre seus dedos. — Tenho certeza de que o Canal 4 não nos colocaria num avião sem manutenção.

— Virgínia — ele chama, e eu não respondo porque estou derretida —, pare.

Eu paro. E seguro sua mão durante toda a decolagem. O tempo passa tão devagar quando sinto o toque de Dante que chego a me sentir desconfortável. Mesmo após estarmos estabilizados no céu e o alerta de manter os cintos afivelados ter se apagado, ele ainda tem os olhos fechados e a respiração ofegante.

— Eu nunca voei antes — admito. — Achei que os papéis estariam invertidos hoje.

— É por ter voado que não gosto da sensação — ele diz. — É impossível uma coisa deste tamanho se manter no ar.

Não quero falar para ele que aviões voam por conta dos impulsos gerados pelo formato das asas, turbinas e pás, e graças aos caminhos que o ar percorre pela aeronave, diferenciando a pressão. Então digo:

— Vamos chegar em duas horas. — Dante geme. Ignoro o fato de eu ter me arrepiado com o som e foco na minha vontade de acalmá-lo. — Eu tenho um remédio na bolsa. É um relaxante muscular que eu uso pra dormir. Você quer um?

Ele abre um olho e pondera. Não espero por respostas, e acho que vai me agradecer quando chegarmos. Desafivelo o cinto e me inclino sobre ele para abrir o compartimento de bagagens de mão. A minha mochila está atrás da de Dante, então estico ainda mais meu corpo para alcançá-la. Péssima ideia. O avião pula (tem lombadas no céu?) e eu caio... no seu colo.

Sinto minhas bochechas queimarem quando Dante abre os olhos e me fita de perto. Tem só alguns centímetros separando nossos rostos, não sei como meu braço foi parar atrás de seu pescoço, ou como a mão dele alcançou a curva na minha lombar, mas preciso sair deste enrosco. Consigo sentir seu peito subindo pela camiseta que está vestindo e o calor que emana é tão confortável que eu poderia dormir aqui. Jesus, eu não quero sair do colo dele, e nunca algo me assustou tanto, por isso me apresso.

— Foi mal.

Desta vez é muito mais fácil alcançar a mochila, claro. Abro minha necessaire e entrego a cartela para Dante, que deve ter alguma coisa o incomodando na boca, uma vez que não para de sorrir. Não combina com ele. Talvez só esteja contente com a minha falta de equilíbrio.

Atrás da cabeça de Dante, Madu e Alana estão conversando baixinho e acho que não posso pedir ajuda com esse problema. Porque com certeza é um problema ter que me segurar para não me sentar novamente no colo do meu noivo.

— Não tem problema misturar com o uísque? — questiona.

A mistura das substâncias do remédio com o álcool pode aumentar o efeito sedativo, então tem, sim, problema, mas eu nego. Se Dante dormir pelas próximas duas horas, estarei a salvo.

— Pode tomar dois comprimidos.

DANTE

Minha cabeça está doendo. Sinto-me como o último convidado a deixar o bar de uma formatura, mas só bebi uma dose de uísque. Minha língua está dormente, meus braços pesam uma tonelada, e o sono não apareceu. No entanto, com minha cabeça na posição que está, mal posso lembrar que estou dentro de um cilindro assassino.

Não obstante ter contado a Virgínia que tenho medo de avião, agora tudo o que preenche meu cérebro é ela. De novo. Ela ocupou mais espaço do que devia — ainda mais ao cair em meu colo meia hora atrás. Quero me lembrar do livro de biologia que estava lendo mais cedo — o título é o "preferido" dela e quero saber o máximo possível sobre leucócitos, plaquetas e hemácias para desvendar se Virgínia é mesmo biomédica ou se só está querendo se parecer com uma —, mas sou incapaz de manter minha mente concentrada. Estou grogue e parece que minha língua tem vida própria.

— Volte aqui. — Escuto minha voz.

— O que disse?

Virgínia aparece em meu campo de visão.

O que eu disse? Nem um segundo se passa até eu ouvir minha voz repetir:

— Volte aqui.

Viro a cabeça e tento erguer a mão. Acho engraçado o fato de não conseguir mexer o braço e dou risada.

— Está tudo bem?

Ela tem olhos dourados e preocupados. Eles brilham. Balanço a cabeça para concordar.

— Volte aqui — repito ao bater a mão direita na coxa.

— O quê?! — Virgínia quase grita.

Parece completamente normal pedir para Virgínia se sentar em meu colo novamente no momento.

— Sente aqui de novo.

— Você está brincando, não está? — Ela gargalha. Gosto do som, tenho vontade de escrever sobre esse som. — Tropecei em você antes, não sentei porque quis.

— Então tropece de novo. — Minha voz sai embargada.

Ela cobre a boca com a mão, tentando prender a risada. Está rindo de mim, enganou-me direitinho. Como eu sou idiota.

— Não vou tropeçar em você de novo nunca mais.

— Que pena. Vou sentir muita falta.

Ela me observa. *Eu* queria me observar agora.

— Você está chapado! — exclama, rindo.

O rosto de Virgínia é uma incógnita, mas também não sei se é porque ela é misteriosa ou se é porque estou drogado. Ela sorri levemente e tira o meu cabelo suado da testa. Quero agradecer, parece que estou tetraplégico.

— Por sua culpa — é a primeira vez que falo algo que realmente quero. — Você é mais perigosa do que este avião.

Ela explode em mais risadas. Sorrio, porque gosto da sensação, no entanto uma palpitação perpassa por minha testa.

— Minha cabeça — reclamo. Virgínia pousa as mãos em minhas bochechas e me olha de perto. Se eu pudesse me esticar alguns centímetros... Ela ergue meu pescoço e ajusta minha posição. A dor some quase instantaneamente — Ficou bem melhor.

— Quando a coluna cervical está mal posicionada, algumas dores de cabeça podem aparecer — diz, como se fosse um livro de ciências.

O som de pressurização que preenche todo o avião me incomoda mais do que deveria. Mesmo praticamente imóvel e com pensamentos avoados, ainda me sinto ansioso e parece que se eu respirar com mais força o avião pode cair. Faço orações silenciosas, mas e se Deus escolheu este momento para me castigar? Afinal, não fui um bom cristão nos últimos dias; fofoquei, contei mentiras e bati o recorde de quantas vezes pensei em fornicação.

— Você está bem? — Ouço Virgínia novamente. — Talvez apenas um comprimido tivesse sido melhor. — Não posso deixar de concordar. Ela fez de propósito! Meu corpo está mole, mas pelo menos consigo pensar — apesar de não usar a razão na hora da fala. — Está com a respiração muito pesada. Quer que eu peça uma água?

Acho que não conseguiria segurar uma garrafinha, e aí ela teria de me ajudar. Isso implicaria em nos deixar próximos demais, o que não é uma boa ideia.

— Eu não confio neste avião. — Tento olhar em volta, mas meu pescoço não se move. — Ou na tripulação. É provável que o piloto esteja usando um paraquedas.

— Eu gostei da comissária. — Virgínia ri. — Ela ensinou como usar as máscaras de oxigênio.

— Se cairmos, uma máscara de oxigênio não terá efeito algum.

— Que otimista — ela cantarola e se inclina sobre a poltrona; queria que estivesse se inclinando sobre mim. — Que tal vermos um filme?

Virgínia passa os dedos pelo iPad colado à poltrona da frente. Há inúmeros filmes, mas são todos para aluguel. Eu pagaria para assistir *The post*.

— Dezesseis reais pra assistir *Shrek 2*?

Não sei o que me surpreende mais: Virgínia bloquear a tela do iPad por achar os filmes caros demais ou ela querer assistir *Shrek 2*.

— Pelo visto vou ter que assistir à minha vida passar diante meus olhos — digo e suspiro depois de chacoalhamos no ar.

— É melhor você ficar quieto. — Ela encosta a cabeça na janela e fecha os olhos, parece que se cansou de mim. — O seu pessimismo abala o avião.

16

VIRGÍNIA

Nada de ruim acontece com o avião. Na verdade, a melhor parte da viagem é quando Dante finalmente dorme. Tenho certeza de que não aguentaria o trajeto se ele continuasse me olhando daquela forma.

Depois que pousamos, a produção geral do Canal 4 nos guia junto com Alana e Madu até o carro que nos levará ao resort. Dante parece um zumbi, e eu me arrependo de ter cedido dois comprimidos do relaxante muscular.

Dorme mais na van; finalmente me desprendi dele. Consigo sentir os membros do meu corpo agora, nada mais está formigando. Aproveito para cochilar, mas acabo não conseguindo, então mantenho minhas pálpebras fechadas enquanto escuto a conversa animada entre Madu e Alana no banco de trás.

Chegamos ao resort meia hora depois. E meu queixo cai pela centésima vez desde que entrei no *Quer casar comigo?*

— Pensei que lugares assim só existissem na televisão — digo para Madu ao pular da van.

— Bem, você está na televisão.

Assinto. Isso meio que tira um pouco da mágica, mas não me deixo abalar.

— Dante — chamo, e o nome parece estranho em minha boca —, chegamos, acorde.

Ele nem mesmo se mexe no banco. Volto para a van.

— Dante. — Me inclino e acaricio sua bochecha de leve. Não quero passar nenhuma barreira. — Venha, chegamos.

Ele abre um olho, parece tão inocente. O cabelo preto está bagunçado e há várias mechas coladas na testa pelo suor. Dante sorri e me penetra com os dois olhos desta vez.

— Você tropeçar em mim de novo?

Tiro minha mão da sua bochecha e me afasto. Que cara abusado!

— Nós chegamos.

Pulo do automóvel, e não pretendo ajudá-lo a descer. Ele deveria me respeitar, e não ficar jogando na minha cara que eu tropecei em seu colo.

Dante geme e se espreguiça, parece que as três horas que dormiu não foram suficientes. Ele se ergue devagar e sai da van com a ajuda de Alana, que apoia as mãos no ombro e no peito dele. Mordo a língua. Talvez fosse melhor eu mesmo ter feito isso.

— Uau — ele sussurra para si.

Concordo. A cidade, o resort em particular, faz jus ao nome (é muito *bonito*; mais do que isso, é espetacular). Nunca vi um céu tão azul ou árvores tão verdes, tudo parece muito vivo e adoro o clima de natureza. Diante de mim se ergue um grande prédio bege, tem mais de cem janelas e uma entrada gigante.

— Jesus! — exclama Dante. — Que calor é este?

Ele abana a mão e puxa a camiseta para desgrudá-la do corpo. Fico triste, estava adorando como o tecido moldava os músculos do seu abdômen.

— Está fazendo uns quarenta graus.

Meu cabelo está preso num coque desde que pousamos no aeroporto.

— Quarenta e três — corrige Madu, guardando o celular no bolso após checar o aplicativo do clima. — A gente tem que ir agora.

— O quê? — pergunto. — Por quê?

— Porque vocês estão em um reality show?!

Madu lança um olhar para Alana, que ainda tem Dante no cangote. E não estou nervosa.

— Nos vemos em breve — ela fala baixo para ele, que tira os braços dela para se apoiar em mim.

Quero muito me mexer para fazer com que bata a cara no chão. Mas, é sério, não estou brava. Não tem por quê.

As duas assessoras nos deixam sozinhos na entrada do hotel. Estou cercada pelo som dos pássaros, flores, carros luxuosos e turistas. Apesar das árvores, não bate nenhum vento e o sol queima nossas cabeças sem fraquejar.

— Sejam bem-vindos — um homem de meia-idade com o uniforme do resort nos cumprimenta. — Sr. Moon-Choí e Srta. Loyola, como foram de viagem?

Dante apoia a cabeça em meu ombro.

— Sra. Moon-Choí em breve — ele murmura.

Meu sangue esquenta e sinto minhas bochechas arderem. Tenho certeza de que qualquer um consegue ouvir as batidas do meu coração.

— Foi boa — respondo à pergunta.

Um drone voa por cima de nós e noto algumas câmeras em pontos estratégicos. Seria muito mais fácil se nada disso fosse gravado. Pelo menos não teremos tantos momentos ao vivo.

— Meu nome é Mario. Venham, vou mostrar o resort.

Sorrio, sem graça. Ainda não me recuperei da constatação dopada de Dante.

— O resort inteiro? — Mario aquiesce. — Será que não podemos ir direto para o quarto?

O homem me lança um sorriso malicioso. Dante levanta a cabeça, e eu não me mexo, mas sinto seu olhar me queimar mais que o sol do Mato Grosso.

— Ah! — Mario ri alto. — Os pombinhos querem aproveitar, é claro!

— Não é isso que eu...

— Então o que é? — Dante questiona, a sobrancelha arqueada.

Quero morrer. Quero matar.

— O resort deve ser gigante e, caso não tenha percebido, estou carregando você nas costas.

Dante se desvencilha do meu corpo e posso finalmente voltar a respirar. Não dura muito tempo. Ele faz uma careta e sua pele está quase verde; será que é tão prejudicial assim misturar relaxantes com uísque?

— Desculpe — ele fala quando cai novamente sobre mim.

— Ele tomou um remédio pra dormir no voo — explico para Mario. Apesar da altura, Dante deve pesar uns noventa e cinco quilos. — Está um pouco zonzo ainda.

Mario dá de ombros.

— Vou acompanhar vocês até o quarto, mas essa história não me convence. — Gargalha. — Ele está literalmente caidinho por você.

Forço uma risada e sigo Mario para dentro do hotel. Crianças em trajes de banho passam correndo por nós e outros hóspedes cochicham sobre as câmeras. Tenho certeza de que alguns devem conhecer nossos rostos.

Caminhamos pela recepção e esperamos por um elevador. Temos sorte em não termos que nos preocupar com *check-in* ou bagagens e o ar-condicionado deixa o clima do hotel bem mais acolhedor.

— O café da manhã é até às dez e o almoço fica disponível do meio-dia às duas — Mario aperta o botão para o nosso andar. — Os jantares serão servidos pelo reality, acho que eles querem criar cenários românticos.

A ideia de um jantar à luz de velas com Dante me deixa com a boca seca.

— Vocês já têm uma programação a seguir, a produção deixou o roteiro de lazer nos aposentos — continua quando as portas do elevador se fecham —, mas é claro que vocês podem sugerir alterações e aproveitar a viagem por conta própria.

Subimos até o vigésimo andar e o corredor que se estende é escuro e acarpetado. Estou marcando mentalmente os pontos com saídas de emergência, caso eu precise fugir disto tudo.

— Temos vinte e sete piscinas, spa, saunas e atividades recreativas — conclui Mario ao passar o cartão na maçaneta eletrônica do quarto. — Vocês terão uma lua de mel inesquecível.

— Quem precisa de vinte e sete piscinas? — Dante diz e ri sozinho em meu ombro.

Sorrio. Adoro que ele tenha bom humor quando chapado.

— Com certeza será incrível, Mario — agradeço ao adentrar o quarto.

Há uma cama de casal king size, pétalas de rosas no chão, champanhe em um balde com gelo (óbvio!), um frigobar e uma janela com sacada.

— Vocês são o meu casal favorito, torço muito por vocês — é a última coisa que Mario diz antes de fechar a porta e me trancar com Dante neste quarto lindo.

DANTE

É como se um caminhão tivesse me atropelado. Dormi por horas e nem mesmo me importei com o fato de estar inconsciente no mesmo quarto que Virgínia. Um bocejo escapa e eu me espreguiço pela milésima vez no dia.

— Viu? O avião não caiu e você passou o dia inteiro drogado. — Ouço.

Abro os olhos. Virgínia está ao meu lado na cama, tão próxima que consigo sentir sua respiração em minha nuca.

— Então você admite que me drogou — constato ao me virar para encará-la.

— Não foi minha intenção — desculpa-se, mas não ligo para o que ela fala porque duas coisas me pegam de surpresa.

A primeira é que Virgínia está linda. Está com os cabelos molhados e veste pijama. É um short e uma camiseta vermelha com os dizeres: "esta camiseta é azul (se você se aproximar rápido o bastante)". A segunda é que ela está lendo *Princípios básicos de diagnósticos hematológicos*, o livro que eu pedi para Alana comprar para eu ler escondido na viagem.

Isso significa três coisas: 1. Virgínia sabe que estou lendo o livro que ela disse ser seu favorito; 2. ela mexeu nas minhas coisas, como uma infiltrada faria; 3. se ela mentiu sobre ser biomédica e eu comecei a ler o livro para sondá-la, agora também sabe as respostas das perguntas que eu tinha pensado em fazer.

Sento-me devagar porque parece que meu corpo ainda quer dormir. Preciso pensar em um novo plano e parecer normal, então sorrio ao encará-la.

— Sua camiseta não é azul.

— Ela pode ser azul. Não viu os parênteses?

Tiro o edredom de cima do corpo e fico de joelhos sobre o colchão. Virgínia me olha como se eu fosse louco. Talvez eu seja mesmo. Prendo um braço na cabeceira da cama e lanço meu corpo rapidamente sobre ela, que solta um grito. Agora nossos olhos estão na mesma altura e sua respiração está quente em minha bochecha. Virgínia vira o rosto e as imagens do nosso beijo invadem minha mente.

— Eu me aproximei depressa e ainda está vermelha.

— O Efeito Doppler precisa de uma velocidade bem maior. — Ela engole em seco quando me afasto e parece relaxar. — Se um objeto se move em nossa direção, as ondas de luz são comprimidas e se tornam azuis; se um objeto se afasta, as ondas são esticadas e a luz fica vermelha.

— Então tenho que ir mais depressa?

Virgínia nega veementemente com a cabeça, parece assustada.

— Não. É só uma camiseta, vai continuar vermelha.

— Imaginei — digo e me afasto.

Ela se levanta da cama e anda em círculos por alguns segundos. Eu adoro esse short, mas me obrigo a subir o olhar quando escuto:

— Por que você estava lendo este livro?

Ah.

— Por que *você* estava lendo?

— Eu perguntei primeiro.

Ela cruza os braços em cima da palavra "azul". Dou de ombros, tentando pensar em uma boa saída.

— Queria conhecer mais sobre você. — Tiro o cabelo da testa. — Me disse que é o seu preferido. Por que mexeu nas minhas coisas?

Virgínia franze o cenho. Parece que está pensando se aceita minha desculpa ou responde minha pergunta.

— Não mexi nas suas coisas. Estava arrumando nossas bagagens no armário e sua mochila estava aberta — continua falando como se só ela tivesse razão.

Não acredito nela.

— Estamos quites então. — Eu me obrigo a levantar. — Eu por ter lido o seu livro favorito sem pedir permissão, e você por ter mexido nas minhas coisas.

— Você não precisa de permissão para ler este livro, eu só estranhei. — Virgínia dá de ombros. — Que tipo de jornalista quer saber sobre hematologia?

— Eu quero — me defendo. — Porque tem a ver com você.

Ela arregala os olhos, e eu percebo que gosto de como as palavras saem da minha boca. Têm significados diferentes para cada um de nós.

— Eu não mexi nas suas coisas — fala novamente, desta vez com um quê de manha na voz.

— Tudo bem. — Pareço tranquilo. No entanto, sei que há um grande percentual de chance de Virgínia ter investigado tudo sobre mim enquanto eu dormia. Ela poderia ter descoberto minha pasta com os arquivos dos selecionados do reality, ou ter lido sobre minha investigação paralela. — O que fez durante todo o tempo em que dormi?

— Li.

Pego o celular. São 19h20.

— Perdemos o primeiro dia da lua de mel — percebo.

— Eu pedi serviço de quarto no almoço e, bom, temos mais quatro dias. — Sorri e aponta para uma mesinha ao lado do frigobar. — Aquele é o cronograma.

Pego o papel meio amassado. Temos um jantar em quarenta minutos e uma lista de afazeres para os próximos dias. São muitas atividades e eventos, precisarei arrumar algumas desculpas para escrever para o jornal.

— Vou tomar um banho — e *bolar alguma coisa.*

17

VIRGÍNIA

Era para a área estar lotada uma hora destas. São 20h e o reality estragou as férias de algumas pessoas para esvaziar o ambiente para mim e Dante. Há um enorme pergulado de madeira em cima de uma plataforma de vidro sobre a piscina. O barulho dos saltos no vidro me causa arrepios e o fato de ter centenas de litros de água embaixo de tudo isso não me tranquiliza.

— Acho que não tem vinte e sete piscinas aqui.

Dante está observando o lugar.

— Com certeza deve ter mais em algum outro lugar do resort. — Penso comigo. — Temos que conhecer tudo amanhã.

Está tocando uma música calma e, embora esteja calor, uma brisa refresca a noite. Estrelas que eu nunca veria em São Paulo decoram o céu escuro e a mesa está linda.

— Estou com fome — revelo para preencher o silêncio.

Eu e Dante não temos muitos assuntos e isso deve entristecer o público. Tenho certeza de que a próxima pauta em nossa conversa será o clima.

Dante serve minha taça de vinho e eu bebo quase todo o conteúdo no primeiro gole. Graças a Deus é vinho de verdade.

— O tempo está tão... — Dante começa, e eu me desespero.

Não posso deixar que o público se canse de nós. Somos um dos casais favoritos e precisamos continuar assim. Preciso do dinheiro da final, temos que chegar até o altar.

— Que tal jogarmos um jogo? — comento. Talvez surja algum outro assunto no decorrer da noite a partir disso. — Eu nunca.

— Isso é coisa de adolescente — Dante reage.

Eu rio.

— Vamos lá. — Bato palmas, animada com a ideia. Acho que pode sair algo legal para o público comentar. — Você começa.

Dante revira os olhos.

— Eu nunca participei de um experimento às cegas.

Ele ergue a taça e brinda comigo. Nós dois bebemos.

— Boa opção pra equilibrar o álcool, mas vamos puxar assuntos mais baixos para descobrirmos mais um do outro. — Sorrio. Há uma câmera bem atrás de Dante e isso me dá calafrios. — Eu nunca passei mais de dois dias sem tomar banho. — Dante bebe. — O quê? — minha risada sai alta. — Eca!

— Eu tinha um prazo pra terminar de escrever o meu livro. Eu nunca... comi uma comida que caiu no chão.

— Regra dos cinco segundos. — Nós dois bebemos. — Vamos sair dessas coisas nojentas. Eu nunca sofri bullying na escola.

Dante bebe. Meu coração se parte e a risada que eu estava prestes a soltar desce como uma pedra por minha garganta. Acho que ele percebe a mudança em meu olhar, porque dá de ombros e serve mais vinho.

— Meu pai conversava comigo em coreano e minha mãe, em português, então eu não falava muito bem quando era criança. — Dante bebe mais um gole, mesmo sem precisar. — Não era gago, mas as palavras saiam com dificuldade, então eu parei.

— Parou de falar?

— Na escola, sim. — Ele balança a cabeça. — E aí começaram a me zoar, é claro. E éramos crianças, eu sei, mas na época foi bem ruim.

Quase me arrependo de ter proposto o jogo, mas não tem como não sentir uma pontada de felicidade por descobrir mais um pedacinho de Dante. Talvez seja desse trauma que ele puxou a falta de comunicação.

— Até meu pai começar a me ensinar taekwondo em nossa garagem. Então quebrei o nariz do menino que vivia me chamando de "japonês".

Minha boca se abre. Não consigo imaginar o pequeno Dante quebrando o nariz de outra criança.

— Pensei que fazia muay thai — digo.

— Não havia academia de taekwondo no meu bairro, então meu pai me matriculou no muay thai depois de um tempo.

Ele não parece ter sido atingido pelo assunto como eu.

Quero saber mais sobre ele, sobre seu pai e suas histórias, mas um garçom se aproxima e pede licença para servir nossos pratos. É risoto de palmito e fico imensamente feliz. Como uma garfada antes mesmo de o prato de Dante ser colocado na mesa.

— Eu nunca beijei alguém que eu não conhecia.

Dante bebe da sua taça.

— Eu já. — Ele pisca um olho e sorri de lado. — Eu nunca gostei mais de um filme do que seu livro — digo, porque quero sair do assunto sobre beijos e o que suas lembranças me causam.

— Eu nunca — afirma Dante. — Virgínia, livros são sempre melhores.

— Você não pode falar uma coisa dessas. — E aí eu bebo vinho. — Duvido que o livro de *Crepúsculo* seja melhor que o filme. Não dá pra ver o Robert Pattinson no livro.

Dante ri alto e joga a cabeça para trás.

— Estou falando de livros — diz. — *Crepúsculo* não é um livro, é uma fanfic.

— Não é, não — defendo Edward. — *Cinquenta tons de cinza* é uma fanfic, *Crepúsculo* é um livro e o filme é uma obra de arte.

— Você está errada. — Ele come um pouco de risoto, limpa a boca num guardanapo e me olha. — Eu nunca procurei meu nome no Google.

— Eu já. — Bebo. — Precisei fazer isso quando minhas informações vazaram antes do reality.

Dante não se mexe.

— Vazaram? — me pergunta. — Eu nunca procurei o meu.

— Impossível — comento. — Você é jornalista. Nem no Twitter?

Ele alcança a taça e vira o resto da bebida.

— No Twitter, sim.

— Eu nunca espalhei boatos sobre alguém — falo, e sinto minha voz ficando pesada. Essa é a minha terceira taça?

Dante bebe após alguns segundos de hesitação.

— Sabia! — exclamo. — Você é um *desses* jornalistas.

— Não sou — fala imediatamente. Há algo de diferente em seu rosto, mas não sei identificar a expressão porque me interesso mais pelo risoto. Ele se volta contra mim: — Eu nunca mexi nas coisas de alguém sem permissão.

— Vamos voltar a esse assunto? — Bebo dois goles. — Eu nunca quis matar minha noiva.

— O quê?

— Quando tentou me envenenar com sashimi de baiacu. — Cruzo os braços. — Vai, pode beber.

Dante arregala os olhos e solta a maior risada que já ouvi na vida.

— Meu Deus! — Ele ri de novo e passa a mão pelos cabelos. A risada dele é tão contagiante que até mesmo eu, a ofendida, quero rir. — Você achou que eu estava tentando envenenar você? — Não respondo. — Aquilo era tilápia, não era baiacu.

Meu queixo cai.

— Eu não...

— É claro que não sabia — me interrompe. — Você mentiu no formulário. Odeia comida japonesa.

— Sim, mas só nessa parte. — Levanto a mão direita para mentir mais uma vez. — O resto é completamente verídico.

— Sei — Dante me queima com o olhar e bebe o vinho. — Eu nunca fui a uma praia de nudismo.

As reviravoltas deste jogo me deixam nervosa.

— Eu nunca.

— Nem eu — ele fala. — Mas tem cachoeiras por aqui.

Ergo a sobrancelha.

— Acho que estou bêbada — admito. — Você está me pedindo pra nadar pelada numa cachoeira?

— Só se você quiser.

DANTE

Continuo sentado depois que o garçom retira os pratos da sobremesa e as duas garrafas de vinho que secamos durante o jogo. Por alguma razão, não quero sair do lugar.

— Eu nunca fiquei tão louco a ponto de esquecer meu próprio nome — digo.

Virgínia bebe.

— É só o que eu faço.

Eu bebo também.

— Uma vez, quando eu era adolescente, meu pai trouxe um engradado de soju pra casa — explico, lembrando-me do dia em que Hana vomitou em minha cama. — Eu e minha irmã tomamos tudo escondido. Foi a pior ressaca que já tive.

— Soju?

Balanço a cabeça e sinto uma leve tontura. Eu deveria tomar mais cuidado. Já estive vulnerável várias vezes somente hoje e estou caminhando para mais uma.

— É uma bebida coreana — minha voz está um pouco embriagada. — E você?

— Eu e meus amigos temos uma noite especial pra bebidas, o *Sex on the drunk*. A gente não pode beber nada que não tenha álcool, comemos porcaria e assistimos a nossos programas favoritos.

— *Sex on the drunk?*

Pensar em sexo ao lado de Virgínia me rende arrepios.

— Sim, mas não tem nada de sexo — ela explica. — Quer dizer, agora Mafê e Leonardo estão tendo um lance.

— Um lance?

— É, a Mafê terminou com a namorada e alguma coisa aconteceu entre ela e o Leo... Eu não entendi muito bem, mas é bem legal pra falar a verdade.

Sinto um sorriso se formando em meu rosto. Gosto do jeito com que Virgínia venera os amigos. Ela falou sobre Maria Fernanda e Leonardo mais de cinco vezes só neste jantar.

— Eu não devia estar expondo meus amigos — ela ri e os seus olhos dourados se estreitam —, eles vão me matar. E provavelmente convidar você pro grupo!

— Me convidar?

Virgínia assente.

— Com certeza, você é meu noivo.

Não sei se foram as duas garrafas — e meia, agora —, mas gosto da ideia.

— Você disse que o *Sex on the drunk* não tem nada a ver com sexo. — As palavras se amontoam em minha boca e saem sem permissão.

— E não... E não tinha.

Limpa a garganta.

— O que faremos a respeito?

VIRGÍNIA

O que faremos a respeito do quê?, quero perguntar. Mas sei do que Dante está falando. Ele fica me jogando indiretas a todo instante e o problema disso tudo é que eu gosto muito. Deveria ter ouvido Mafê e escolhido Rafael.

Rafael era seguro, certamente não era tão bonito quanto Dante nem tão inteligente ou charmoso. Eu odeio Dante Moon-Choí por me fazer sentir o que estou sentindo agora!

Levanto-me da cadeira muito rápido e sinto minha cabeça bêbada pesar. O barulho do meu salto na plataforma de vidro me enfurece. Tudo aqui me deixa brava. A piscina, o céu cheio de estrelas, a comida perfeitamente deliciosa que acabei de comer, todas essas garrafas de vinho caro que acabei de tomar... Tudo isso me deixa extremamente irritada. Mas, pior do que tudo isso, o que me aterroriza é o homem sentado à minha frente.

Dante me enlouquece. Porque meu plano era conseguir o dinheiro para a pesquisa, não imaginei sentir tamanho desejo. Nunca mais tomo vinho algum!

É isso. Vinho mexe comigo. Estou sendo guiada pelo vinho, com certeza. É culpa do vinho meus saltos estarem batendo no vidro agora, é culpa do vinho eu estar me aproximando de Dante. Não tem nada a ver comigo.

Faz parte do jogo. Ainda vou conseguir o dinheiro se eu aproveitar a experiência e vou conseguir ainda mais visibilidade se alegrar o público.

— O que você... — Dante não termina a frase.

Caminho devagar pela plataforma. Nunca tive tanta calma. Meu vestido está apertado no peito e preciso colocar uma alça de volta no lugar.

Dante fica imóvel quando me posiciono atrás da sua cadeira. Minhas mãos pousam em seus ombros largos, e ele ergue a cabeça para me olhar de baixo. Meu cabelo cai, cobrindo nossos rostos e formando uma camada protetora diante das câmeras. Ignoro meu coração saltitando, e observo de pertinho a pele dele. A sobrancelha grossa de Dante emoldura os olhos castanhos e as maçãs do rosto são tão angulosas que sinto vontade de tocá-las. É o que eu faço, e Dante arfa.

— Virgínia — ele diz ao agarrar meu pulso —, acabe logo com isso.

O barulho de alguma coisa se arrastando me assusta e dou um passo para trás, mas Dante gira seu corpo contra o meu e me pressiona no apoio da cadeira. De repente, estou sentada e ele está sobre mim; invertemos a posição.

Seus lábios encontram os meus com um impacto, quase dói. Ele posiciona uma mão em minhas costas e a outra contorna meu corpo inteiro, não há para onde fugir. Não quero fugir nunca. Estou derretida, totalmente líquida.

Nossas línguas colidem e nenhum de nós coloca ordem no beijo. É uma bagunça, são mãos, puxões e gemidos. Prendo meus dedos na gola da sua camisa e o puxo para baixo, querendo preencher todo o espaço que há entre nós.

Dante traça uma linha de beijos em meu pescoço e preciso de uma dose maior de autocontrole para não sussurrar seu nome. Ele chega à minha boca no momento certo para abafar meu gemido, minhas pernas tremem, e eu quero tudo. Quero que ele me segure e me leve embora daqui, quero que Dante faça o que quiser comigo.

Meu Deus, é como estar voando. A sensação que tive na decolagem do avião mais cedo foi um frio na barriga, agora estou sentindo calafrios por todo o corpo. Tenho de certeza de que até o meu mindinho do pé está arrepiado.

Dante desce as mãos pela minha cintura e quadris, vai até a bainha do vestido e se demora ali. Eu não consigo parar de beijá-lo, não deixo que se afaste; quero sentir o gosto de vinho em sua boca para sempre. Minhas mãos se alternam entre seu pescoço e cabelos, que a esta altura já devem estar totalmente desgrenhados. Dante ainda segura a bainha do meu vestido, parece que está decidindo o que deve fazer a seguir. Ele a solta e sobe as mãos, e eu não consigo ignorar a decepção.

Um suspiro escapa de sua boca e ele morde meu lábio com gentileza. Segura meu rosto com as duas mãos desta vez e se divide em selinhos e beijos longos.

— Não consigo parar, Virgínia. — Dante encosta a testa na minha. Não respondo, pois sinto que posso choramingar se pedir para que ele continue. — Você é tão...

Ele me beija de novo, com fome e força, mas não desce as mãos. Dante enfia os dedos de uma mão em meu cabelo e eu peço que esta sensação nunca acabe. Mas acaba. Ele para os movimentos e mantém a cabeça afastada da minha. Sinto saudade, quero implorar para que Dante volte a fazer o que quer que estivesse fazendo, qualquer coisa.

No entanto, nenhum de nós solta qualquer palavra. Não sei se porque estamos absortos, ou se porque estamos envergonhados com nossas fraquezas. Todas as vezes serão desta forma? Se a resposta for sim, não vou sobreviver ao reality.

Fico feliz porque não estávamos no quarto.

18

DANTE

Virgínia não fala nada até chegarmos no quarto. Quero saber o que se passa em sua mente, mas também preciso entender o que está acontecendo na minha, então recebo o silêncio com alívio.

— Vou tomar um banho.

Ela se esconde no banheiro antes que eu possa responder; também preciso de um, gelado de preferência. Só assim para diminuir a tesão que me aterroriza no momento.

Não sei o que fazer com as mãos, então as coloco no bolso, mas tiro para abrir os primeiros botões da camisa que estou vestindo. O ar condicionado não é páreo para o calor que estou sentindo, então caminho até a sacada em busca de ar fresco.

Onde estou me enfiando? Não posso perder o controle toda vez que Virgínia me toca, mas é sempre como se eu estivesse pegando fogo. É impossível parar. Essa sensação ainda me fará ruir.

Alguém bate à porta e eu consigo pensar em diversas maneiras de mandar alguém embora educadamente no caminho que faço para abri-la.

— Precisamos gravar alguns *takes.* — Alana entra sem pedir. Atrás dela há dois homens com câmeras e dois staffs segurando outros equipamentos. — E, claro, os depoimentos sobre o encontro de hoje.

— Depoimentos?

— Sim, sobre o que cada um de vocês achou do primeiro dia da lua de mel.

— Virgínia está no banho.

Não quero ter de falar o que penso sobre tudo isso.

Um dos câmeras intervém:

— Podemos gravar o seu hoje e o dela amanhã.

— É, já está tarde pra caramba — um dos staffs reclama.

Alana suspira e revira os olhos.

— Tudo bem, então vamos logo.

Que grande tormento. Sento-me na poltrona que eles indicam e fecho os botões que abri mais cedo. Tento ajeitar os cabelos, mas acho que o trabalho de Virgínia com eles é praticamente irrecuperável. Congelo só de me lembrar dos dedos dela em meu cabelo.

— Pode começar — diz o câmera 1.

— O que eu falo?

— O que achou do encontro — o câmera 2 me intima.

Dou de ombros.

— Foi bom.

Ouço a risada de um dos staffs se misturando ao barulho do chuveiro. Balanço a cabeça, tentando tirar as imagens de Virgínia nua de minha mente.

— Só bom?

— Não sei. — Uma luz branca queima meu rosto. — Foi divertido, jogamos Eu nunca.

— Tá, mas e o beijo?

Engulo em seco.

— Como foi o beijo? — Alana questiona.

Não respondo. Isso não deveria ser um assunto pessoal?

— Não é evidente? — pergunto.

A luz apaga.

— Não vamos conseguir muita coisa com esse aqui — o câmera 2 aponta o dedo para mim.

— A gente espera pelas frases da Virgínia amanhã — conclui o câmera 1 para Alana, que me lança um olhar cortante e direciona a equipe para o lado de fora do quarto.

— Tente se esforçar mais — ela me diz antes de fechar a porta —, parece um robô!

O silêncio no quarto é assustador. Não há mais nenhuma câmera e o barulho do chuveiro cessou. Consigo ouvir as gavetas da pia do banheiro abrindo e fechando, o barulho de Virgínia escovando os dentes e uma descarga. Não sei porque estou tão ansioso, mas descubro quando a porta se abre.

Virgínia está vestindo o pijama de Doppler novamente e a minha vontade é de me aproximar rápido o bastante para transformar essa camiseta vermelha em azul de uma vez por todas! O cabelo dela está preso no topo da cabeça e, mesmo de longe, consigo notar algumas gotas no pescoço. Meu braço pinica querendo secá-la. A pele de Virgínia está úmida e brilhante; isso deveria ser qualificado em algum tipo de crime. Não a beleza dela, mas o que é capaz de fazer com certas partes do meu corpo.

Não quero perder o controle de novo. Não posso! Passo por Virgínia com pressa e me tranco no banheiro sem me importar se ela acha que sou louco.

A água gelada bate em minhas costas e não me ajuda em nada. Inclino minha cabeça no boxe e descanso a testa no vidro. Não consigo tirá-la na cabeça, por que isso está acontecendo comigo?

Quando acho que gastei água o bastante, desligo o chuveiro e me olho no espelho. A minha cara não esconde o que estou sentindo: conflito. É totalmente normal sentir atração sexual por uma mulher como Virgínia, ainda mais em uma lua de mel de mentira. Não preciso me apunhalar, posso aproveitar, são poucos dias. Contanto que eu concilie desejo com trabalho, me sairei bem. A frase "mantenha seus inimigos por perto" nunca foi levada tão ao pé da letra!

Meu celular vibra em cima do gabinete da pia. Meu nome foi mencionado em um tuíte de Theo Soares.

Theo Soares @nadaadeclarar

AGORA: Dante e Virgínia têm o primeiro encontro da lua de mel e protagonizam um beijão de novela. Será que eles sabem que tem câmeras ali?

Nicks @nicolete
Respondeu a @nadaadeclarar

eu adoro esses dois! se eles não ficarem juntos no final, eu desisto do amor

bibi perigosa @biancaroxa
Respondeu a @nicolete

Tá, mas quem viu a Virgínia dopando o Dante no avião? achei, no mínimo, um absurdo

azeite de dendê @deiseazeite
Respondeu a @biancarosa

Passo todos os panos possíveis para a lenda. Ele tem medo de avião, precisava relaxar mesmo!

jovana @gioletta
Respondeu a @deiseazeite

PANO! OLHA O PANO! TEMOS DE TODAS AS CORES E TAMANHOS, COMPRE O SEU AGORA

dani brasil @dandanpatriota
Respondeu a @gioletta

não julgo, faria igual

— Dante? — Me assusto com a voz de Virgínia atrás da porta. — Tá tudo bem aí?

O relógio do celular marca que estou há quase vinte minutos imerso no Twitter. Droga! Minha pele e cabelo já estão secos, tiro a toalha da cintura e congelo. Na correria das câmeras e fuga para o banho, esqueci de pegar minhas coisas.

— Eu esqueci de pegar meu pijama.

Limpo a garganta. Ela demora pra responder:

— Eu pego pra você.

Seria uma boa desculpa para Virgínia fuçar minhas coisas como fez mais cedo, não seria? Não posso ficar em sua mão. Coloco a toalha de volta na cintura e abro a porta.

— Não precisa — digo. — Eu faço isso.

— Eu... — Virgínia balbucia e abre caminho.

Sinto os olhos dela em minhas costas quando me viro para o armário. Pego uma cueca e o pijama que trouxe e volto para o banheiro. Virgínia ainda está parada à porta e eu a observo enquanto ela desce os olhos pelo meu corpo. Gosto de saber que causo algum efeito nela, quer dizer que não sou apenas um refém.

Fecho a porta e me visto. *Você está ferrado*, uma mensagem de João Paulo aparece na tela do celular. Não respondo porque surge uma notificação de Olga. O programa deve ter acabado há pouco para que todos tenham algo a adicionar. A mensagem diz: *Está indo bem, mas as assinaturas pararam de chegar. Você não escreve nada há dois dias.*

Desligo o celular e volto para o quarto. Pressão não vai funcionar comigo, preciso ter acesso aos outros participantes da lua de mel para poder escrever algo para o jornal. Olga terá o que quer a partir de amanhã, quando começarmos com as atividades.

Até lá, tenho de lidar com outros problemas — que envolve uma Virgínia vestindo um short minúsculo na cama em que vou dormir.

Ela está coberta pelo edredom, graças a Deus, e parece que já pegou no sono. As luzes estão apagadas e a única iluminação do quarto vem da sacada. Ainda há muito espaço na cama e eu posso ficar distante do seu corpo, mas não me esforço para isso. Deito-me por cima do edredom por causa do calor e me viro para observá-la. O nariz dela é um pouco torto na ponta e eu gosto das sardas claras que o decoram, os lábios ainda têm uma coloração violeta pelo vinho e os cílios longos parecem a persiana preta do meu quarto em São Paulo. Virgínia me lembra de casa. Afasto uma mecha de cabelo que caiu em seu rosto e ela torce o nariz. É perfeita.

Não acho que vou conseguir lidar com ela.

19

VIRGÍNIA

Acordo com o barulho da chuva na janela da sacada. O ar-condicionado ficou a noite inteira ligado e minha garganta está doendo, mas não me levanto para desligá-lo porque quero aproveitar cada segundo da vista que estou tendo agora.

Dante está deitado ao meu lado e, meu Deus, como eu posso parar de encará-lo? Os braços estão cruzados atrás da cabeça e, em algum momento da noite, ele tirou a camiseta do pijama. Dante Moon-Choí está deitado ao meu lado sem camisa!

Meus olhos passeiam pelos leves gomos em seu abdômen e param no V que tem na cintura, parte escondido pela bermuda. Foi isso que vi ontem quando ele saiu do banheiro de toalha. Me pegou totalmente desprevenida, como eu poderia saber que Dante tinha tudo isso por baixo da roupa? Eu esperava algo bom, mas imaginar é uma coisa...

Preciso segurar minha mão para não tocar nos gominhos, então desvio o olhar para seu rosto. O cabelo está bagunçado e eu adoro como sua expressão está relaxada agora, combina com os pontinhos de barba para nascer que aparecem em seu queixo e bochecha.

— Perdeu alguma coisa?

Solto um grito assustado e caio de volta em meu lugar na cama, não tinha percebido que estava praticamente em cima de Dante. Ele ergue o corpo e se apoia sob um cotovelo para me olhar. Está esperando uma resposta.

— Queria ver se estava vivo. Infelizmente está.

Ele sorri, preguiçoso.

Isso. É. Perfeito.

— Você adora que eu esteja vivo.

— Pode ser. Até parece.

É como se nenhum de nós soubesse o que fazer. Com certeza nunca estivemos em uma lua de mel antes, mas é pior ainda em nossa situação: 1. nos conhecemos há apenas nove dias; 2. só descobrimos nossas aparências há quatro e 3. não vamos ficar juntos, pelo menos não por mim. Será que Dante acha que estou apaixonada por ele? É melhor que ache, mas ao mesmo tempo me sinto péssima.

— Temos uma programação a seguir hoje.

Dante se levanta.

— Mas ainda são sete e meia da manhã.

— E você acha que as pessoas praticam rapel em que horário?

Ele pega o papel com nosso cronograma e joga para mim. A tabela aponta o rapel para hoje às oito da manhã.

Meu sangue gela.

— Rapel?

— É o que está escrito aí. A produção deve ter organizado as atividades de acordo com nossas preferências.

Tiro o edredom de cima das pernas e me sento, apoiando as costas na cabeceira.

— E você pratica rapel?

— Nunca — responde Dante. — Mas você gosta de fazer alpinismo, não é? Acho que rapel é o mais próximo que conseguiram por aqui.

Meu Deus! Eu sabia que meu formulário mentiroso ia me dilacerar em algum momento. Por que decidi preenchê-lo no *Sex on the drunk*? Não posso dar para trás depois do incidente com o sashimi de baiacu.

— Ah, sim.

— Vamos nos arrumar então. — Dante tem um quê de brincalhão nos olhos. — Estou ansioso pra você me mostrar como se faz!

Forço um sorriso.

— Você vai adorar, tenho várias dicas pra passar.

Tenho certeza que meu rosto mostra que não sei do que estou falando.

Dante ergue o dedão para fazer um joinha. Parece que está se divertindo com o meu descontentamento. Ele se tranca no banheiro e fica lá por pelo menos meia hora, como fez ontem. Será que todo homem é assim?

DANTE

Virgínia decide que não quer comer quando chegamos no restaurante de café da manhã do resort. "Estou um pouco enjoada", ela disse. Não duvido que esteja passando mal, uma vez que vai precisar admitir que é uma farsa quando não souber o que fazer com as cordas do rapel.

Meu bom humor é evidente e estou sorrindo para qualquer situação desde que saímos do quarto.

— Pode colocar mais queijo? — a cozinheira pergunta ao preparar minha omelete.

— Com certeza! — exclamo, sorridente.

Quero muito ver Virgínia se encrencar com suas mentiras.

— Café puro ou com açúcar?

— O que vier estará ótimo.

— Nossa — Virgínia murmura do outro lado da mesa. — O que deu em você?

Como um pedaço da omelete e me faço de bobo.

— Como assim?

— Você está sorrindo pra todo mundo — ela sussurra, como se fosse um segredo. — Parece um ser humano.

Dou risada.

— Você é engraçada, Virgínia. — E mais risada. — Eu *sou* assim.

Agora ela que ri.

— Ah, não é, não.

— Sou gentil com todos.

— Nunca disse que não é gentil — defende ela, não há nada em seu prato —, mas com certeza não é tão... receptivo. Está de bom humor?

Aquiesço enquanto mastigo. Tudo será extremamente divertido quando uma das muitas máscaras de Virgínia cair.

— Não quero atrapalhar os pombinhos — Mario se aproxima de nossa mesa —, mas a van está esperando vocês na recepção para a atividade do dia.

Virgínia murmura algo que não consigo entender. Ergo os braços em animação e quase dou um abraço em Mario.

— Ótimo — bebo o último gole de café —, vamos?

Minha noiva mentirosa balança a cabeça e se levanta devagar para enfrentar as consequências de seus atos.

Nós seguimos Mario até a recepção e, à luz do dia, conseguimos conhecer mais do resort. Com certeza há vinte e sete piscinas por aqui, contei quinze apenas no caminho até a recepção. Há muitos turistas e, claro, câmeras nos seguindo para todos os cantos. Quatro staffs, três câmeras e as assessoras entram na van comigo e Virgínia, que não abriu a boca nem para cumprimentar Madu.

— A viagem é de um pouco mais de vinte quilômetros até o local — diz Alana.

— Vamos fazer rapel e flutuação no Abismo Anhumas — Madu completa.

Virgínia vira o corpo para trás no banco.

— Abismo? — Ela examina a fala da assessora com uma entonação assustada.

— Não é divertido? — pergunto ao seu lado, achando a situação hilária.

Virgínia tosse para disfarçar.

— Sim. — Ela ri. — Uau, demais.

Quando a van estaciona, alguns funcionários da empresa de turismo nos entregam os equipamentos. Não sei muito bem o que fazer com essas faixas e cordas, então olho para Virgínia, que está mais perdida do que eu.

— Pode me ajudar? — provoco. — Não sei como colocar os equipamentos.

Ela me olha aterrorizada, um cinto com fivela na mão e o capacete no lugar da joelheira. Esforço-me muito para não rir.

— Acho melhor esperar os instrutores. — Ela tosse. — Eles precisam conferir se fizemos tudo certo e aí não perdemos tempo tentando desvendar essas... coisas.

Um homem vem nos ajudar com os equipamentos cinco minutos depois. Madu e Alana também vão participar, mas os staffs e os câmeras vão cuidar do que realmente importa: o entretenimento. E que episódio genial o que irá ao ar hoje!

— E, só por via das dúvidas — Virgínia começa, uma careta no rosto —, cadê a caverna?

— Ué, é bem aqui! — Madu grita a cinco metros de distância de nós.

— Como assim? — ela questiona. — Só estou vendo árvores.

Estamos no meio da floresta, também não localizei caverna alguma.

— É uma caverna subterrânea, querida — Não gosto da voz do homem que está ajudando Virgínia com os equipamentos. — Vocês descerão setenta metros por este buraco.

— Buraco?! — ela berra.

— Nossa! — A gargalhada me escapa sem precedentes ao observar a grande fenda que se abre no chão da floresta de calcários. — É um abismo de verdade! Isso é perfeito.

— Vai ficar tudo bem.

O homem toca o rosto de Virgínia ao notar seu medo. Franzo o cenho. Realmente não gosto desse cara.

— Ela é profissional — intervenho, bloqueando a passagem entre o homem e minha noiva. — Vamos ficar bem. — O homem da empresa de turismo sai do meu campo de visão e eu fico sozinho com Virgínia enquanto a equipe do Canal 4 conversa com os instrutores. — Legal, não é? — questiono, apontando para a fenda.

— Com certeza — ela sussurra, sem forças para protestar. — Já fiz isso milhares de vezes.

Os instrutores chamam Madu e Alana, que vão primeiro para o cenário ficar livre na hora da gravação. Elas somem de vista em poucos segundos ao caírem pelo buraco. Não posso mentir, dá mesmo um pouco de medo.

Tento observar um pouco mais de perto, mas há algo me puxando. Deve ser a minha moral. Sei que Virgínia nunca escalou nenhum tipo de montanha e que mentiu descaradamente no formulário de inscrição, mas não sabia que ela ficaria com tanto medo de uma aventura como esta. Não posso me gabar de nada assim, ela me ajudou — de suas próprias maneiras — com minha fobia de avião, é errado eu ficar tão feliz com seu desespero.

— Vocês são os próximos.

O homem do qual não gosto envia um olhar solidário para Virgínia.

VIRGÍNIA

De hoje eu não passo. E o que mais me aflige é o fato de que vou morrer sem ter descoberto o diagnóstico precoce para o LES. Por que será que o destino me escolheu para receber toda essa maré de azar?

— Pode ir primeiro — digo para Dante. — A experiência fica melhor se você olhar para trás.

— Quer que eu olhe para trás e veja como você está indo?

Ele parece confuso.

— Com certeza. — Rio sem coragem. — E aí você pode copiar meus movimentos.

A verdade é que, se eu cair, Dante pode amortecer minha queda. São setenta metros de descida.

Dante adentra o buraco e eu não ouço nenhuma instrução passada para ele. Acho que eu deveria ter ouvido. Um instrutor prende algumas cordas no meu cinto e puxa as fivelas para atá-las com mais força. Ele confere meu capacete, as luvas, minhas cotoveleiras e joelheiras, depois cada um dos cintos e cordas. Pareço segura.

— Você sabe do que estou falando, mas preciso passar as instruções de qualquer forma, é o protocolo. — O instrutor bate em meu capacete, abro o sorriso mais convincente que consigo. — Será o rapel positivo, ok? A descida não vai demorar; você vai apoiar os pés na parede e deslizar a corda para cima, como um cadarço, vai ser como o Homem-Aranha. Estaremos segurando você daqui e outros instrutores esperam lá embaixo.

Não parece tão difícil. O cinto que estou usando é como se fosse uma cadeirinha, porque também prendeu minhas pernas. Eu me agacho como o instrutor manda e me posiciono, ele me mostra os freios e os mosquetões para eu fazer a ancoragem.

Tudo parece no lugar e, de repente, não sinto medo algum. Estou segura por uma boa equipe e sempre fui a favor de aventuras radicais. Estava nervosa por alguém, talvez, descobrir que menti no formulário, mas acho que consegui enganar.

O instrutor me dá um joinha, e eu começo a descer. Meu peso deixa a descida mais suave e eu simplesmente ando pelas paredes da caverna. Olho para baixo e vejo que Dante está quase completando o percurso, quero chegar logo no chão para comentar com ele sobre a sensação de adrenalina.

Alana e Madu batem palmas quando estou chegando ao chão e Dante parece estranho. Um instrutor tira meus equipamentos e me entrega um traje de banho, mas sou tomada pela mágica do lugar e não presto atenção em nada que não seja o Abismo Anhumas.

Meus estudos em biologia me dizem que a caverna foi formada pela dissolução de rochas carbonáticas da região; ninguém imagina o tamanho da gruta ao ver de cima. O lugar deve ter o tamanho de um estádio de futebol e o lago cristalino que cobre a maior parte é tão profundo que calculo uns oitenta metros de altura.

— Meu Deus — me escuto no eco —, olhem para este lugar!

— Pois é — Madu diz e suspira em cima do deque de apoio.

— E agora vamos flutuar — Alana anuncia.

Neste frio? Do lado de fora, Bonito estava pegando fogo, mas o sol não chega aqui embaixo, então a temperatura deve estar nos dezessete graus. Visto o traje de banho como Madu e Alana e observo Dante fazer o mesmo com a cara fechada. O que houve com o seu bom humor de dez minutos atrás?

O instrutor nos dá máscaras de mergulho e *snorkel*, e não perco tempo. Pulo no lago e mergulho até o nível mais profundo que alcanço. A pressão da água é tanta que meus ouvidos são tampados, então volto para a superfície. Não há peixes nem vegetação na água, somente cones gigantes feito de rochas acinzentadas. É surreal.

Dante se aproxima. Ele ainda não adicionou nenhuma palavra, mas parece relaxado quando mergulha ao meu lado. Estou encantada com a luz natural e a água transparente. Respiro pelo *snorkel* e minha máscara embaça às vezes com o ar quente na água fria. Dante pega minha mão e mergulha para o fundo, eu sigo suas pernas batendo na vertical pelos reflexos azuis e verdes. Essa é, de longe, a melhor experiência que já tive na vida.

A hora passa depressa e quando me dou conta já estou tirando o traje de banho ao lado dos outros. Entregamos para o instrutor e vestimos os equipamentos de rapel novamente. Depois de Madu, Alana e Dante, me sento na cadeirinha feita de cintos e ando pela parede, fazendo força desta vez para subir.

O calor que me atinge quando saio pela fenda é acolhedor e estou sorridente. Acho que nunca mais terei uma aventura como a que tive agora.

— O que acharam? — pergunta o homem da agência de turismo.

— Perfeito! — exclamo.

Madu e Alana concordam e, apesar do tempo de mergulho ao meu lado, Dante não reage. Não sei o que poderia fazê-lo mudar seu temperamento tão rapidamente, mas no momento estou mais interessada em repassar todos os momentos dentro do Abismo Anhumas em minha mente para que eu jamais me esqueça.

20

DANTE

Virgínia me tira do sério. Ela consegue se safar de qualquer enrascada. Mas o que mais eu poderia esperar de alguém contratado por Theo Soares?

Quando a vi descendo de rapel mais cedo, meu sangue gelou e esquentou ao mesmo tempo. Gelou porque estava animado por vê-la se contradizer em rede nacional, mas esquentou porque ela é boa em tudo o que faz. E isso me mata porque tenho certeza de que eu não estaria tão perdido se Virgínia fosse uma mulher comum.

Ela está com os joelhos apoiados no banco da van enquanto conversa com Madu e Alana sobre suas "outras experiências de alpinismo". Nenhuma das duas assessoras sabe que ela está mentindo descaradamente – mas consigo perdoá-las porque provavelmente não perceberam que quando Virgínia mente a pontinha de seu lábio inferior sobe. O corpo dela está esticado sobre o encosto e meu rosto está tão próximo de seus seios que sou obrigado a me virar para a janela.

A estrada de terra é cheia de cascalhos e estamos descendo por uma serra curvilínea. Encosto a cabeça no vidro para observar a paisagem enquanto ouço a conversa dessas mulheres que me chamam de robô o tempo todo – não dou a mínima se acham que sou antissocial. Quero chegar no resort o quanto antes e descarregar minha raiva em alguma coisa.

– As Cataratas do Iguaçu? – Alana pergunta, chocada, mesmo sabendo que Virgínia é o meu alvo principal.

— Quantos metros? — Madu reage.

Sinto o corpo de Virgínia hesitar ao meu lado e sei que ela está pensando na próxima mentira.

— Hum... Vinte metros apenas — ela diz. — Fiquei encharcada.

Mentir em um formulário de inscrição tão importante quanto o que preenchemos requer que você sustente a narrativa, mas o que Virgínia está fazendo é abusar da sorte. Eu deveria levantar e a expor, mas minha mente só consegue formar imagens de ela molhada nas cataratas.

— Isso é surreal — Madu diz e suspira.

Coloca *surreal* nisso.

— Por onde mais você esteve, Vi? — Alana questiona, e eu não acredito que ela esteja tão interessada.

— Acho que... Hum... — Virgínia joga o peso do corpo sobre o joelho esquerdo, que acaba prendendo minha coxa. — A Serra do Ci...

A van passa voando sobre a lombada em frente ao resort e a última mentira de Virgínia se perde no ar, junto com meu fôlego. Ela se desequilibra e cai em cima de mim, o quadril sobre minha pélvis. Nossos olhos se encontram, e eu arfo sem querer. Envolvo sua cintura e prendo seu corpo para que ela não se solte.

— Você disse que nunca mais cairia no meu colo.

Virgínia arregala os olhos e solta um gemido que eu pagaria para ouvir novamente. No entanto, ela não responde. Esquiva-se do e fica em pé enquanto espera Madu puxar a porta da van.

O ar quente gruda em minha pele e me faz suar enquanto andamos de volta para os aposentos; não sei se é uma boa ideia me prender em um quarto de hotel com Virgínia na situação em que me encontro, por isso pego minha mochila e vou direto para o banheiro.

A raiva que sinto é ainda maior agora. Eu sei que Virgínia está mentindo e mesmo assim me sinto atraído por ela. Quanto mais tempo eu passar longe dela, mais seguro estarei, mesmo que tenha de me trancar no banheiro para sempre. Alguém precisa ser forte aqui.

Digito algumas palavras no notebook e só percebo que estou rascunhando um enredo quando ouço Virgínia atender o interfone do quarto. Ela responde com "sim" e "que legal, estaremos lá" e fico ansioso para saber qual será a nossa próxima programação de lua de mel para que eu volte a trabalhar.

Cogito sair do banheiro, mas ainda não quero ficar sozinho com Virgínia, então agradeço mentalmente quando ela fala perto à porta:

— É melhor terminar logo aí. Temos uma festa em duas horas e eu quero tomar um banho.

A festa de reencontro com os outros participantes está marcada em nosso cronograma. Vou finalmente ter algo para postar no jornal e Olga vai parar de encher o meu saco, então me concentro. Não preciso me preocupar com o São Paulo 24hrs até o amanhecer, por isso volto a ideia do possível livro que ronda minha cabeça desde o início do reality. É sobre uma mulher sem identidade que decide mentir para esconder seus crimes do passado.

VIRGÍNIA

Ler outras 27 mensagens

Mafê ♡: Entendeu? Ela tá vivendo essa vida perfeita
em um resort chique e esqueceu que a gente existe

Leo 😼: eu disse que a fama ia subir pra cabeça

Mafê ♡: A gente só fica aqui assistindo pela TV
e defendendo a honra dela no Twitter

Leo 😼: tenho certeza que ela tá se
pegando com o dante agr mesmo

Eu: Não estou me pegando com o Dante.

Leo 😼: quem é vivo sempre aparece

Leo 😼: pq não respondeu nossas mensagens?

Mafê ♡: EU VOU TE MATAR

Mafê ♡: Só sabemos que vc está viva pq estamos te vendo na TV

Mafê ♡: Não podia mandar nem um "oi"?

Eu: Desculpa. Isso aqui é uma loucura, até esqueço do celular.

Mafê ♡: Vc simplesmente está mitando na internet e não pega o celular pra ver?

Eu: Esqueceram que meu celular tem o sistema de segurança do reality? Não posso conferir as redes sociais, até as mensagens de vcs são filtradas

Leo 😼: ah é

Leo 😼: bom, vc tá um espetáculo

Leo 😼: como vão as coisas como o dante? (no quarto)

Eu: Quase não o vejo quando estamos no quarto. Acho que deve ter algum problema de intestino, ele fica preso no banheiro. Isso aqui está cada dia mais difícil. Tive que fazer rapel hoje! Porque vocês me deram ótimos conselhos quando preenchemos o formulário.

Leo 😼: putz, que legal. acho que vamos ver a cena do rapel no programa de hoje a noite então.

Mafê ♡: Sim, tô organizando um mutirão para subir seu nome no TT

Eu: Meu Deus, por que?

Mafê ♡: Pq o fã-clube da Letícia está atacando o nosso

Leo 😼: e eles jogam sujo! contrataram assessores de imprensa e mídia social

Leo 😼: sem contar os bots que ativaram para deixar o nome dela hypado

Eu: Temos uma festa hoje para reencontrar os casais que noivaram, não sabia que ela estava no meio

Mafê ♡: Ela disse "sim" pro Rafael

Leo 😼: mas o fandom ainda é forte para que ela fique com o dante, então se liga

Leo 😼: eu sei que vc vai casar com ele, mas tem talarica no meio

Mafê ♡: kkkkkkkkkk o jeito que você fala

Mafê ♡: Fica tranquila, Vi, a gente tá fazendo o melhor pra proteger sua imagem aqui

Mafê ♡: E o Dante só tem olhos para você. O marido é seu

Eu: Eu não vou me casar.

É por isso que não costumo ler as mensagens dos meus amigos. Eles acabaram de tirar o pingo de coragem que eu ainda tinha no corpo. As informações de fora do reality não me ajudam e saber que Letícia me odeia (que está com Rafael e ainda visa Dante) me abala.

A produção aparece no quarto com Madu. Eles me colocam em uma saia esvoaçante, prendem meu cabelo, fazem uma maquiagem leve e vão embora. Fico nervosa porque Dante ainda está no banheiro desde que chegamos do Abismo Anhumas e não pude tomar um banho decente (tive que usar a ducha gelada da varanda, que serve para tirar os resíduos de cloro da piscina que ainda nem usei).

Não sei porque ele é tão estranho. Só hoje encontrei quatro personalidades nele e não sei qual é a verdadeira. Ele acordou bem-humorado, se calou no rapel, usou uma frase assanhada na van e agora está me evitando.

A gente nem se conhece, então não tenho nenhum tipo de intimidade para cobrar alguma coisa. Talvez seja melhor assim. É por isso que aguardo, paciente, até que ele saia do banheiro. Espero receber algum cheiro desagradável que comprove que Dante não me odeia e estou surtando à toa.

Nunca quis tanto sentir o cheiro de cocô e fico um pouco chateada porque não sinto nada vindo do banheiro e não me lembro de qualquer ação da minha parte que possa ter ferido o ego de Dante. Quero saber por que ele está me evitando e não tenho coragem de perguntar.

— Já está pronta?

Dante me olha dos pés à cabeça. Cruzo os braços.

— Você ficou duas horas no banheiro.

Ele ergue a sobrancelha, como se não tivesse percebido o tempo passar.

— Ah, desculpe — fala, guardando o notebook na mochila. Dante me fita novamente e passa a mão pelos cabelos, parece bravo por alguma razão. — Você está muito bonita.

Congelo. Não era o que eu esperava ouvir. Ainda mais com o semblante que estampa seu rosto.

— O que faz tanto nesse banheiro?

Dante caminha para perto e eu dou dois passos para trás.

— Eu estava escrevendo.

Isso me pega de surpresa. É isso que os escritores costumam fazer, escrever no banheiro? Não consigo formular nenhum tipo de resposta, então apenas o observo enquanto tira a camiseta para vestir a roupa que a produção separou.

Sento-me na cama para assistir. Não importa o quanto eu me sinta ofendida com sua distância, Dante ainda é muito bonito e meus olhos estão grudados no v que entra pelo cós da cintura.

Ele abotoa a camisa (que tem mangas curtas e uma estampa feia de flores havaianas) e me encara. Não consigo desviar minha atenção, então sustento seu olhar enquanto abre o botão da bermuda. Meu coração está descompassado e sei que Dante consegue ouvir minha respiração entrecortada. Sinto minhas bochechas pegarem fogo quando ele desce os shorts pelas pernas.

Não pretendo parar de olhar, mas parece que estou passando dos limites, então me esforço para abaixar a cabeça. Quero fingir que estou conferindo meu celular, mas não dura muito tempo.

Dante veste a calça deixada pela produção e depois calça os tênis. Ele se olha no espelho, confere a aparência e depois volta a atenção para mim.

— O que achou da camisa? — pergunta.

Os olhos dele estão faiscando e sei que está brincando comigo.

— É muito feia — respondo ao me levantar. Caminho em sua direção e me posiciono para caber ao seu lado no espelho. — Mas parece razoável.

— Razoável está bom.

Ele passa a mão por minha cintura e nossos olhos se encontram no reflexo. Estou quente como nunca estive antes.

21

DANTE

Não posso beber nem uma gota de álcool. Fiz mais do que devia com Virgínia todas as vezes que estive entorpecido.

No entanto, quando chegamos à festa, álcool é tudo o que compõe o ambiente. A plataforma de vidro está novamente sobre uma das vinte e sete piscinas e há sofás, mesas com comida, bar, luzes coloridas e música.

Virgínia corre para abraçar Brenda e Dora, que estão sentadas em um dos sofás, e eu caminho na direção de Joaquim e Eduardo no bar.

– E aí, cara?

Joaquim ergue a mão para eu bater.

– Como está a lua de mel, hein? – Eduardo parece estar bêbado.

Eu gosto dos dois, então deixo uma risada surgir.

– Está legal.

– Legal? – Joaquim franze o cenho. – A Virgínia não é como você esperava?

Ela é bem mais.

– Já partiram para os finalmentes?

Eduardo me dá uns soquinhos no ombro.

– Ela é como eu esperava, sim – *gostosa e traiçoeira*, quero dizer.

– É *bem* bonita – aponta Eduardo e, apesar de eu saber que está bêbado, tem algo aqui que não me faz gostar do jeito com que ele a olha. – Vai beber o que?

Pego uma água na mesa e recuso o copo com uísque que ele tenta me oferecer.

— E vocês? — Quero sair do foco. — Como estão indo?

Joaquim tira os olhos de mim e fita Brenda. Daqui só consigo enxergar que é bem magra e tem cabelo curto e loiro — mas eu já sabia disso, vi a foto de todos os participantes na pasta de Olga.

— Nossa. — Suspira ele. — A Brenda é perfeita. Nunca conheci nenhuma outra mulher que me entendesse tão bem. Somos iguais em tudo!

— Só não no time de futebol — brinco e Joaquim dá risada.

— Pensei que seria um problema, mas até estou gostando das nossas brigas por futebol, acredita?

— Já estão brigando? — Quero recolher informações. — Só estamos no segundo dia de lua de mel.

Joaquim bebe um gole da bebida e me encara.

— A gente brigou porque eu disse que o time dela não venceu o campeonato mundial, como dizem — ele dá de ombros —, mas aí transamos e fizemos as pazes.

— Brigar por futebol é melhor do que brigar por algo que você não sabe que fez — Eduardo sugere. — Eu e Dora não brigamos ainda, mas parece que ela não concorda com nada que eu falo. Eu pergunto o que a está incomodando e ela fala: "nada".

Eu e Joaquim rimos de verdade com a voz fina que Eduardo usa na palavra "nada".

— É coisa de mulher. — Joaquim bebe mais. — Continua perguntando o que ela tem, uma hora ela fala.

— Eu perguntei sete vezes o que ela tinha quando ficou em silêncio no nosso encontro e ela continuou brava. — Eduardo joga os braços para cima. — Aí eu desisti e quando voltamos para o quarto, ela falou que teria respondido se eu tivesse perguntado uma oitava vez.

— Mas como você saberia disso se ela não respondeu das outras sete vezes? — questiono, tentando entender porque todas as mulheres se parecem.

— Exatamente! — exclama. — No fim ela disse o que era. Dora ficou brava porque eu como me curvando sobre o prato.

— Só por isso?

Joaquim explode em uma risada.

— E porque eu arrotei sem querer.

Minha barriga está doendo de tanto rir quando Joaquim para e acena para alguém fora da roda.

— E aí?

Rafael fecha o punho para nos cumprimentar com soquinhos.

Descobri que Rafael pediu Letícia em casamento pelo Twitter, então não me surpreendo como os outros. Ele me olha de um jeito estranho e eu sei que ainda está ressentido por Virgínia, mas não ligo para os seus sentimentos.

— Nossa, cara — Eduardo o abraça —, que bom que você está aqui. Eu estava falando agora que a Dora ficou puta comigo porque eu arrot...

— Como está a Vi? — Rafael ignora o amigo e me encara de frente ao perguntar.

É sério que ele vai querer jogar dessa forma? Eu odeio o seu tom.

— Está ótima.

— Será mesmo? — Ele pisca. — Estou doido para ir perguntar a ela pessoalmente.

Mantenho meu rosto impassível.

— Vai lá. — Aponto com a cabeça, não vou dar o entretenimento que quer. — Ela está falando com a sua noiva agora.

Letícia está com a mão apoiada no ombro de Virgínia, mas não consigo ver as suas expressões porque uma câmera está cobrindo minha visão.

Rafael murcha um pouco e volta para Eduardo, que começa a contar a história do arroto como se não tivesse sido cortado há pouco. Joaquim me lança um olhar que diz que desaprova a fala de Rafael e eu balanço a cabeça para mostrar que está tudo bem.

Mas está tudo bem? Sei que Virgínia estava pronta para aceitar o pedido de Rafael antes de eu jogar tudo para o ar e ficar de olho nela. E se ela decidir virar a casaca e focar em alguém mais interessante para vazar as informações polêmicas que Theo provavelmente quer? Terei de ficar mais atento do que achei que precisaria.

Saio da roda para analisar o que há na mesa. Vou precisar daquela bebida.

VIRGÍNIA

Não sei o que é pior: a luz branca da câmera que está queimando minhas retinas ou o fato de Letícia não se cansar de querer brigar comigo.

— Você fez de propósito! — exclama pela segunda vez, me fazendo revirar os olhos. — Sabia que eu estava namorando com o Dante e o roubou de mim.

Meu coração se aperta porque alguns segundos atrás vi que Rafael chegou entusiasmado à roda dos homens. Ele tem uma aparência normal, mas é todo sorrisos e está falando com o homem que Dora apontou ser Eduardo. Duvido que saiba que a sua noiva está pensando em outro homem.

— O Rafael é um cara legal, Letícia — digo. — Você não deveria estar feliz?

Letícia desvia os olhos e melhora a compostura. Está mais do que bêbada, e nada que faça vai esconder isso.

— Estou muitíssimo feliz, querida, eu amo o Rafa — explica, mas dá para ver que é mentira. Pobre Rafael, se apaixonou por uma cobra. — Mas estou cobrando outra dívida de você.

— Dívida? — Dou risada. — Eu já tenho boletos demais para pagar.

— Sim, você sabia que eu estava namorando com o Dant...

— Ele pediu você em namoro? — Aponto para o peito dela, não aguento mais toda essa cena. — Ele disse aquele negócio coreano de contar dias e tal?

— Contar dias? — Letícia franze o cenho. — Não, mas...

— É isso, você não namorou com o Dante. — Minha voz é calma e compreensiva, às vezes ela só tem alguns neurônios a menos e eu preciso explicar o óbvio. — Eu namorei, me apaixonei e ele pediu a minha mão.

— Você se apaixonou?

Dora bate palmas, animada, interrompendo a discussão.

— Isso é tão lindo — sussurra Brenda, fingindo secar uma lágrima.

Pronto, agora vou ter que fingir que estava apaixonada por Dante nas cabines.

— Sim. — Sinto minha boca tremer. — E eu pretendo me casar, então seria ótimo se a Letícia superasse esse caso e fosse viver a lua de mel dela.

— Pense no Rafael, Lê — Brenda passa a mão nas costas dela, é a apaziguadora do grupo, enquanto Dora está doida para ver o circo pegar fogo. — Não o humilhe assim em rede nacional.

Letícia não responde. Ela funga, murmura algo que não entendo e pisa forte sobre a plataforma de vidro. Brenda a puxa para se sentarem no sofá e as duas conversam baixinho.

— Ah, que droga. Agora vou ter que esperar até a próxima treta para me divertir. — Dora bufa. — Venha, vamos dançar.

Não consigo deixar de rir. É uma humilhação participar de qualquer desentendimento dentro de um *reality* e eu estou bem no olho do furacão.

Pego minha taça de gin e sigo minha amiga até o meio da plataforma de vidro. A música é brasileira e agitada, nós duas começamos a nos mexer e rir uma para a outra. Eu sou péssima em qualquer tipo de atividade física, mas dançar está no topo da lista do que eu não deveria fazer em um *reality show*.

Brenda completa o trio e acabo ficando meio triste por Letícia estar sozinha no sofá. Nós três estamos dançando juntas agora e acho que, de duas, uma: ou eu estou aprendendo a dançar ou já estou ficando alegre com a bebida. Uma das opções é mais realista do que a outra.

Adoro saber que tudo isso ainda está longe de acabar. Brenda e Dora são ótimas colegas, a comida e o cenário do resort são incríveis, e Dante está me olhando de uma forma que me diz que está com fome. Eu gosto de causar isso nele.

Ao lado de Dante, vejo Rafael, que acabou de virar o copo de uísque. Os dois se entreolham e há alguma coisa ali que não compreendo de longe. Dante diz algo para Rafael e caminha pela plataforma até mim a passos rápidos e pesados. Sinto o chão tremer e meus pulmões falharem.

Um sorriso preenche meu rosto e Dante para a dois metros de distância, como se tivesse se arrependido de me alcançar. Ele balança a cabeça para os lados. Então enlaça minha cintura e a nuca com força, fazendo nossos corpos colidem. Acho que vou derreter.

— Oi — ele diz. Engulo em seco, tentando acalmar meu coração. — Vou dançar com você.

— Eu... eu não sei dançar.

Dante mexe o corpo no ritmo da música e eu o acompanho, mas estamos tão colados que tenho certeza de que os movimentos não estão fazendo sentido. Ele coloca uma perna entre as minhas e me balança.

— Pode não saber dançar, mas com certeza sabe provocar.

— Eu não estava provocando ninguém.

— Ah, estava — sussurra Dante, voltando para cima. Ele encara minha boca e depois sobe para meus olhos. — E você não precisa da atenção de nenhuma outra pessoa além da minha.

Arregalo os olhos. Foi sobre isso que Dante falou com Rafael antes de me cobrir com o seu corpo? É isso que ele está fazendo, me cobrindo?

Ele passa os dedos em minha nuca e os prende em meu cabelo. Nunca vi esse tipo de música ser dançada desta forma: nossos corpos estão remexendo na mesma sintonia e sinto descargas elétricas até o pé.

Outra música começa e noto Eduardo e Joaquim dançando com minhas colegas, mas não sei mais onde estão Rafael e Letícia.

Dante ainda me tem e pretendo continuar aqui pelo máximo de tempo possível.

22

DANTE

Tento focar na dança, mas nossos rostos estão tão perto que posso sentir a respiração dela em minha bochecha toda vez que ela expira. E ela começa a expirar muito. Eu abaixo a cabeça e respiro na curva de seu pescoço, o corpo de Virgínia enrijece.

— Você está cheirosa. — Eu me pergunto para onde foi o resto da minha voz.

Os dedos de Virgínia em meu ombro são quentes como um ferro em brasa, o que me faz pensar como esse toque seria se não houvesse uma camada de roupas entre nós. Nossos olhares se encontram por dois segundos, e eu o desvio para o busto dela. Virgínia encara seu próprio busto e depois volta para mim. Estou fazendo o melhor que posso para ignorar o jeito como ela está respirando, mas a minha respiração também está descompassada.

Inalo novamente e tento focar nos passos de dança. Posso chamar isso de passos de dança? Eu não consigo. O que ela faz comigo é de propósito, só pode. Seu toque não é acidental, está me tocando porque quer me tocar tanto quanto eu quero. Minha mão desliza por sua perna e eu a aperto. Que tortura.

— Dante — Virgínia sussurra e acaba comigo; ela diz meu nome tão dolorosamente, então eu paro de me mexer e espero que ela diga onde dói, mas ela não diz.

A mão dela desliza por meus ombros e param em minha nuca. Ela me puxa para perto e começa a levantar a cabeça lentamente. Preciso fechar os olhos porque olhar para Virgínia me deixa nervoso. Eu a aperto com mais força, não sei por que. Não sei de nada agora, só sei de Virgínia.

— Vamos sair daqui. — Quase não reconheço minha voz.

Virgínia assente, inerte, está tão mole em meus braços que penso em carregá-la até o quarto.

Não ligo para a música, para o reality, para os participantes à nossa volta ou para as câmeras. Puxo Virgínia pelo braço e saímos da plataforma da piscina sem nos despedir de ninguém, também não olho para trás para saber se alguém se incomodou com nossa saída.

Desde que chegamos ao resort, a caminhada até o quarto nunca foi tão lancinante. Eu estico o cartão para a maçaneta eletrônica e a luz fica vermelha. Xingo baixinho e passo o cartão de novo. A luz fica verde e a porta se abre.

Deixo Virgínia entrar primeiro, ela dá dois passos lentos. Eu, por outro lado, estou com pressa. Sinto-me faminto. Não espero por seu aval, não pergunto o que pode acontecer, só pressiono o seu corpo contra a porta, que se fecha com o impacto; Virgínia está encurralada.

A mão dela trilha um caminho por minhas costas até tocar atrás do meu pescoço, e eu sinto como se estivesse deixando marcas em cada parte do meu corpo. Avanço sobre seu rosto, e então ela me mata. Ou me beija. Não posso dizer qual porque tenho certeza de que ambos me fariam sentir do mesmo jeito.

VIRGÍNIA

Estou perdida. A boca de Dante é tão possessiva, sinto que sou inteiramente dele.

Sua língua está acariciando a minha e eu não me lembro como aconteceu, mas estou bem com isso. Ele gira meu corpo e começa a me empurrar pelo quarto sem afastar nossas bocas, dou passos cegos para trás até sentir minhas panturrilhas grudadas ao pé da cama. Seus dedos estão desesperados de novo, procurando o meu quadril. Dante levanta minha perna e a envolve em torno dele, então se aperta em mim tão gostoso que eu gemo em sua boca.

Cada parte restante de mim que ainda não tinha derretido agora deixou de ser. Tento me lembrar do tempo quando a boca de um homem pareceu tão bem contra a minha, mas não encontro nenhuma recordação. Eu amo a boca de Dante.

Ele me coloca na cama e fica sobre mim. Estou a um passo de um ataque cardíaco. Dante distribui beijos por toda minha clavícula e encontra a alça da minha blusa. Ele me lança um olhar furtivo e desce as alças por meus ombros. Eu aproveito para desabotoar alguns botões da camisa dele, estou louca para tocar em sua pele.

Um som brutal escapa da garganta de Dante, como se estivesse com raiva. Ele se ajoelha na cama e arranca a camisa que eu estava abrindo. Minha boca se abre, acho que não vou conseguir superar este momento pelo resto da minha vida. Nunca fui tão absorvida pelo desejo. Ele se joga em cima de mim novamente, e eu toco as linhas definidas de seu abdômen. Estou tremendo.

Não sei em que momento Dante tirou minha blusa, mas só me sinto exposta quando ele para de me beijar para me observar. Meu coração está descontrolado e só sossega quando Dante envolve meus seios nas mãos. Ele volta a me beijar e morde meu lábio, sua língua preenche toda minha boca. Há uma urgência entre nós.

Desfaço o nó que prende minha saia e Dante joga o tecido para fora da cama. Eu escondo meus dedos em seu cabelo. Deus, quero tanto isso! Ergo meu quadril para senti-lo e desço as mãos para abrir seu zíper. Ele me ajuda a tirar seu cinto e desce um pouco o tecido da calça, me permitindo tocar no v.

— Você tem... — sussurro, sem fôlego. — Você tem camisinha?

Dante afasta o rosto e me encara como se eu tivesse dito algo errado. Ele solta minha perna e a palma da sua mão bate no colchão acima da minha cabeça como se precisasse de apoio. Seus olhos estão fechados com força. Ele abre a boca e fecha duas vezes, parece que está selecionando as palavras que quer dizer.

— Não me deixe fazer isso de novo — ele diz, a voz é dura como metal.

Quero perguntar por que há tanto arrependimento em seu olhar, mas tenho medo da resposta, então continuo calada. Dante ergue o corpo e sinto o calor deixando minha pele. Ele fica em pé ao lado da cama e me olha de uma forma que nunca me olhou, é algo entre vontade e remorso.

— O que aconteceu?

Minha voz evapora, fraca. Ainda estou deitada, não consigo me mexer, meu corpo sente saudade dele e parece que nunca mais vou conseguir me levantar.

— Você faz com que seja difícil respirar. — Dante abotoa a calça e vira as costas para mim, todo o desejo que sentia ao me olhar trinta segundos atrás sumiu. Sua voz é dura e ele parece bravo. Me sinto envergonhada da minha nudez e me cubro com o edredom da cama. — Não consigo ficar perto de você.

As palavras me consomem e preciso limpar uma lágrima sorrateira. Um nó sobe pela minha garganta, mas eu o obrigo a descer.

Dante ainda não se virou para me ver. Acho que nunca mais vai olhar para mim. Ele pega sua mochila e se tranca no banheiro. Ouço a torneira sendo ligada e um longo suspiro ecoa pelo quarto.

Me levanto para vestir um pijama, pego minhas roupas jogadas no chão e as guardo no armário depois de desenroscar uma alça de vestido que prendeu em minha aliança. Ainda consigo sentir os dedos de Dante sobre minha pele, parece que meu peito vai explodir. Nunca me senti tão humilhada.

Volto para debaixo do edredom e fecho os olhos. Quero estar dormindo quando Dante sair do banheiro, não acho que conseguirei encará-lo novamente.

DANTE

Eu sou um idiota. Virgínia me consumiu.

Não posso tocá-la nunca mais. Um único olhar me faz querer coisas impossíveis e eu sei que, se fosse além do que fui, me viciaria. Em verdade, já estou viciado. Não posso me aproximar dela; achei que seria mais forte do que isso.

Ela não protestou e eu provavelmente a magoei, mas sou incapaz de viver como um refém. E é exatamente assim que me sinto quando estou com ela: preso em meus desejos.

Não serei capaz de olhá-la agora, então continuo no banheiro. Estou fazendo o papel de maior idiota do mundo aqui, eu sei disso, mas sei também que nada neste momento poderia reverter a situação. Meu reflexo me diz que sou medíocre e sei que minha consciência vai me aterrorizar durante a noite inteira, por isso abro o notebook e escrevo.

A festa de hoje só irá ao ar no programa de amanhã, então posso criar conteúdos exclusivos para o SP24. Escrevo sobre as brigas por futebol entre Brenda e Joaquim e uma matéria de boas maneiras na mesa com as citações de Eduardo e Dora. Digito também uma nota exclusiva sobre Rafael, que não parece inteiramente satisfeito com sua noiva, em vez disso só tem olhos para a minha.

Virgínia.

Tenho certeza de que ela vai me odiar pelo resto da vida pelo que fiz há algumas horas. A nossa conexão parece verdadeira, mesmo se ela for a infiltrada de Theo. Não há como negar que, em outras circunstâncias, ela seria perfeita para mim.

Envio os textos para aprovação de Olga e encaminho um e-mail com sugestões de pautas para a minha estagiária. Meus olhos estão pesados e sinto o cansaço de todo esse caos tomando conta do meu corpo, mas não posso voltar para a cama.

Penduro a calça jeans em um gancho no banheiro e abro a porta. Já estamos na metade da madrugada e Virgínia deve estar dormindo há horas; está coberta até a cabeça. Ela nunca irá me perdoar. Coloco minha mochila no lugar e pego meu travesseiro na cama.

Talvez seja melhor se eu dormir no sofá. Ele é pequeno e desconfortável, então provavelmente acordarei mais cedo que Virgínia e estarei armado quando ela for me enfrentar. E eu vou ter que caprichar, porque não sei se uma armadura simples poderá me proteger.

23

VIRGÍNIA

A primeira coisa que vejo ao acordar é Dante. Ele está dormindo no sofá de dois lugares que serve mais como decoração do que móvel. Fico pensando no tipo de repulsa que ele possa sentir de mim que o faça preferir dormir num sofá minúsculo a ficar ao meu lado.

Mas quer saber? Não posso parar a minha vida porque um cara me rejeitou. Todos os beijos que Dante me deu até agora foram os melhores da minha vida? Sim, mas isso não é motivo para me lamuriar.

Meu banho é rápido e eu visto minhas roupas dentro do banheiro para não correr o risco de Dante ter acesso a qualquer pedaço da minha pele à mostra. Quando o ar gelado do quarto me pega, noto que não tem mais ninguém dormindo no sofá. Dante não está mais aqui e eu me pergunto se ele desistiu do reality.

Ele não pode fazer isso. Posso perder o dinheiro para a pesquisa se Dante desistir do noivado. Esse é o maior dos meus problemas, bem maior do que essa atração louca que sinto por ele. Por isso, termino de me arrumar rapidamente e desço de elevador até a recepção do hotel, onde a produção combinou de encontrar os participantes para o passeio do dia.

Estou bolando um plano para caso alguém pergunte onde foi parar o meu noivo. Posso falar que ele não acordou bem e que preferiu que eu fosse à trilha sozinha, ou talvez que ele não é muito chegado em cachoeiras. Vou inventar alguma coisa e manter a história o máximo que eu puder até conseguir reverter a situação.

No entanto, sou surpreendida com a imagem de Dante quando chego à recepção. Ele está numa conversa animada com Joaquim e Eduardo, enquanto Brenda, Dora e Letícia preenchem alguma coisa no guiché.

— É bom finalmente conhecer você, Vi.

Olho para trás para reconhecer o dono da voz e encontro Rafael. Uma risada quase me escapa ao ver que ele veste bermuda e camiseta térmica, é bem brega. Talvez fosse bem mais fácil se eu tivesse aceitado um pedido de casamento vindo dele, com certeza eu não estaria passando pelo que estou passando com Dante.

Dante é só um cara, é o que eu tento dizer para mim, mas eu sei que é uma mentira. Ele me faz vibrar, tem algum tipo de poder sobre mim. Precisarei lidar com ele, mesmo que tenha me magoado. Pelo menos não parece ter desistido do programa... Posso sugerir uma trégua ou algo do tipo para que consigamos completar as etapas do reality.

— Ah, claro — respondo sem parar de andar.

Ele me segue, meio sem jeito.

— Sabe — chama minha atenção —, eu ia pedir você em casamento nas cabines no dia que você passou mal. — Me esforço para lembrar da situação e nada além dos meus encontros nas cabines com Dante e aquele maldito pedido dele vem à minha cabeça. — Lembra? Você disse que ia sair mais cedo porque estava enjoada.

— Sim, me lembro — minto.

Estou andando depressa, mas parece que a recepção é do tamanho de um campo de futebol e nunca vou conseguir chegar ao grupo.

— Bom, mas e então?

— E então o quê? — questiono, franzindo o rosto.

— Você teria dito "sim"?

Tusso, surpresa. Por que Rafael está trazendo este assunto de volta? Ele não pediu Letícia em casamento?

— Eu... — Tento organizar meus pensamentos. — Eu aceitei o pedido do Dante.

— Isso é óbvio. Mas eu nem cheguei a propor. Você teria aceitado?

Viro a cabeça em sua direção, horrorizada com a cara de pau desse homem. A noiva dele está a alguns metros de distância. Quero falar algo à altura para ele, mas trombo em uma parede.

— Ai! — reclamo de olhos fechados.

Rafael se aproxima para tocar em minha testa, onde bati.

— Tudo bem? — Dante me pergunta, segurando-me pelos braços.

Ué, era ele a parede? Ele me afasta de Rafael.

A proximidade com Dante me deixa em conflito e a maneira como me olha me aflige. Me desprendo de suas mãos e desvio o olhar para Rafael, que está encarando Dante como se quisesse matá-lo. Bom, eu penso nessa descrição até notar o olhar de *Dante* para Rafael. É cem vezes pior, é como se estivesse mandando um recado mental para o outro, dizendo que se Rafael der mais um passo será torturado antes de morrer.

— Eu trombei em você, desculpe — digo, querendo acabar com o embate.

— Eu vi — responde Dante, sem tirar os olhos de Rafael.

— Não devia deixar a Vi sozinha, tive que acompanhá-la.

Rafael não arrega. Não gosto de como o meu apelido soa na voz dele.

Dante me prende com as mãos novamente e me tira do meio dos dois. Ele dá um passo na direção de Rafael, e os dois ficam cara a cara. Dante é uns quinze centímetros mais alto e Rafael precisa dobrar o pescoço se quiser continuar com o contato visual.

— Não encoste na minha noiva nunca mais — vocifera Dante, erguendo o punho em câmera lenta.

Meu corpo inteiro vibra.

Rafael abre a boca para responder, mas Joaquim e Eduardo chegam para afastá-los.

— Opa, opa, opa — Eduardo diz em tom brincalhão, mas está nervoso, tentando disfarçar.

— Vamos relaxar, pessoal, este não é o momento.

Joaquim aponta as câmeras e Dante desiste do que quer que tenha pensado em fazer quando abaixa o punho.

Ele dá alguns passos para trás e me fita com as pupilas dilatadas. Não sei porque esse olhar mexe tanto comigo. Joaquim dá um tapa forte nas costas de Dante, que suspira, enquanto Eduardo acompanha Rafael até as meninas, que assistiram a toda a cena do guichê. Não consigo encarar Letícia.

— O que foi isso? — sussurro para Dante quando Joaquim nos deixa.

Ele não me responde. E toda a raiva que eu estava guardando dentro de mim desde ontem se aflora. Dante não deveria me dizer que não quer ficar perto de mim *e* achar que pode me tratar desta forma.

DANTE

Mesmo quando eu tento fugir, Virgínia me dilacera. Mas o que eu poderia fazer, como eu poderia agir? Os dedos de Rafael na testa dela me enjoaram e eu precisava mandar um recado.

Virgínia não fala nada até chegarmos no Eco Park. Ela trocou olhares carinhosos com Dora e Brenda, mas foi só isso. Respondi uma pergunta idiota de Eduardo e me mantive calado durante todo o trajeto também. Alana me puxa pela manga quando desço da van e eu fico horrorizado com o sentimento que cresce dentro de mim. Não quero tirar meus olhos de Virgínia, quero protegê-la de Rafael e estar ao seu lado o tempo todo, então me apresso com a assessora:

— O que foi?

— Como assim "o que foi"? — Ela ergue os ombros. — Você quase entrou em uma briga hoje. Quer ser eliminado?

— Você viu como ele a tratou?

Mexo o corpo para ver onde está Virgínia.

— Não interessa. O programa tem regras e você precisa segui-las, nada de violência — diz Alana. — Esfrie essa cabeça. Não era para você estar todo nervosinho, não deveria ter se apaixonado por ela. — Congelo. Não é o que está acontecendo. — Você tinha que investigar a infiltrada. Agora está defendendo a honra dela, é isso?

— Preciso manter as aparências de um bom noivo.

Limpo a garganta, recusando-me a acreditar no que — puta merda! — está óbvio.

Alana começa a andar, e eu a sigo em direção ao grupo. Cruzo meus olhos com os de Virgínia bem quando a assessora conclui:

— Você não engana ninguém. É melhor se concentrar.

Quando me posiciono ao seu lado, Virgínia cruza os braços e funga. Parece irritada, então me concentro nas instruções do agente de turismo. Ao que parece, vamos fazer uma trilha de dois quilômetros até uma cachoeira para navegarmos de bote.

— Estão todos agasalhados? — pergunta o agente.

— Neste calor? — Rafael protesta, e eu tento evitar o sorriso; é o único que veste bermuda.

— Vamos passar pela mata alta e pedimos que viessem agasalhados para evitar possíveis ataques — explica Roberto. Decido que o agente de turismo é meu novo melhor amigo. Acabei de ler seu nome no crachá. — Bom, boa sorte com as pernas. Vamos começar pessoal? Me sigam.

Todos gritam, empolgados, menos Virgínia. Ela ainda está impassível. Rafael também não se alegra tanto, e eu espero que ele seja picado por uma cobra venenosa.

VIRGÍNIA

Mato um pernilongo que pousou em meu pescoço com um tapa ardido. Estou suada, meu cabelo está totalmente embaraçado e não aguento mais subir esta serra. Quem diria que dois quilômetros de trilha me fariam querer desistir de tudo isso? De repente não quero mais estar no *Quer casar comigo?*, não ligo mais para o dinheiro e não estou nem aí para essa cachoeira que estamos tentando encontrar há um tempão.

Não sei se a trilha é o verdadeiro motivo por eu estar de saco cheio. Talvez seja Dante, que caminha sem nenhum esforço ao meu lado. Nós não conversamos, eu nem mesmo me atrevo a olhar em sua direção. Porque ele fica bem bonito praticando exercícios. A camiseta dele está grudada nos músculos dos braços e tórax e eu me lembro de como foi tocar em seu abdômen ontem à noite.

"Não consigo ficar perto de você."

As frases de Dante ainda ecoam por minha mente, mesmo quando tento enxergar as coisas com mais clareza. Sei que será muito mais fácil para mim se eu chegar à final sem nenhum tipo de envolvimento com ele. O "não" vai sair sem dificuldade no altar e eu poderei completar minha pesquisa. Mas, enquanto subo esta maldita trilha ao lado dele, só consigo pensar no calor de suas mãos pelo meu corpo.

– Olhem, uma cobra trocou de pele por aqui.

Dora aponta para alguma coisa entre as árvores. Todos olham de perto, mas eu continuo onde estou. Uma das coisas que mais vi durante os últimos anos no laboratório foi pele morta.

– Nossa, Virgínia, está jogando suas roupas no chão agora? – Ouço a voz de Letícia.

Dante enrijece ao meu lado e tento ignorá-la. Fecho os punhos e respiro fundo. Letícia não vale a pena, então continuo andando. Presto atenção nas paisagens, na vegetação e no clima, captando o máximo que posso da ciência presente no lugar.

Sei que Dante está me olhando. Foi só o que ele fez desde que o encontrei na recepção. Não entendo porque está tão interessado pela forma como me sinto se foi ele que me quebrou.

Um som suave preenche meus ouvidos e a calmaria me relaxa. Uma muralha de rochas se forma diante do grupo e o agente avisa que chegamos. O céu está azul e há pássaros cantando em todas as árvores, é o melhor lugar do mundo. O barulho da água caindo é lindo e fica mais alto a cada passo.

Não me seguro e acabo encarando Dante com um sorriso no rosto. Ele me olha com um certo tipo de curiosidade e um v se forma em sua testa. Parece que está sentindo tanta dor quanto eu.

— Vistam os coletes salva-vidas e escolham dois integrantes do grupo para ficarem responsáveis pelos remos — diz Roberto, o agente.

— Eu posso ficar com um — Rafael diz erguendo a mão.

Não aguento mais a voz desse cara, precisei aturar quase quarenta minutos de reclamações sobre pernilongos e insetos em suas pernas.

— E o outro? — O homem se dirige a Eduardo e Joaquim, que negam com a cabeça.

Parece que ele recusa a ajuda das mulheres sem nem perguntar se alguma delas se interessa e me entrega o remo. Só percebo que o bote é grande quando todos se sentam. A queda da cachoeira acontece logo após um riacho, e estou me preparando para guiar o barco de plástico quando Virgínia se prende ao meu braço. É a melhor sensação de todas.

Posiciono o remo na água para bloquear uma árvore caída, estamos chegando à cachoeira. Dora, Brenda e Letícia estão gritando, animadas, mas não Virgínia. Ela tem olhos encantados e parece vidrada no que virá a seguir. É assim que eu me sinto em relação a ela: paralisado pela beleza do que temos, mas apenas esperando por nossa queda.

O bote corre rápido pelo riacho e eu vejo o fim da linha no horizonte. Pendemos no penhasco e então caímos. Parece que Virgínia quer entrar em mim pelo modo como me abraça. Senti falta do seu toque e fico contente por ela estar tendo um momento feliz depois do que fiz ontem. Eu a seguro firme, desejando que algo aqui possa ser real.

24

VIRGÍNIA

Quando chegamos ao resort, Madu me direciona para um almoço com as meninas. Letícia se recusa a comer em minha presença e eu acabo entendendo. Acho que também ficaria brava se a situação fosse oposta, no entanto não tenho culpa da falta de caráter de Rafael (ele deveria estar curtindo a lua de mel com ela, e não tentando causar algum tipo de ciúme em Dante).

O almoço com Dora e Brenda é perfeito, ele serve para o programa exaltar a região mato-grossense, então comemos caldo de piranha, galinhada, e furrundu como sobremesa. Estou bebendo um drinque chamado Varandas, com capim-santo e tereré, e acabo ficando com um pouco de inveja da culinária do Pantanal, que é muito mais saborosa que a paulista.

— Tá, mas calma aí, deixe eu ver se eu entendi — falo, um pouco alegre com o álcool —, você ficou nervosa porque ele arrotou?

Dora revira os olhos.

— Não! Bom, sim. — Cruza os braços e come um pedaço de furrundu. — As pessoas deveriam ter mais educação na mesa.

— Tem certeza de que não foi sem querer? — Brenda pergunta.

— A primeira vez, sim, mas ele arrota toda vez! — Dou risada. Ninguém gosta de arrotos, mas não é para tanto. — Não posso me casar com ele — ela choraminga —, o que ele tem de bonito, tem de nojento.

— Você já falou pra ele o que sente? — questiono. — Às vezes ele pode aprender a se portar.

— Um curso de etiqueta, talvez — completa Brenda.

— Por favor — Dora cobre o rosto com a mão —, vamos pular esse assunto. Não quero pensar no Edu agora.

— Eu tenho uma novidade pra vocês — Brenda comenta. — Adivinhem.

Eu e Dora ficamos caladas, não sei se porque não conseguimos pensar em nada novo na vida de Brenda ou se porque nós duas estamos desiludidas com nossos noivos.

— Eu e o Joaquim finalmente fizemos sexo.

— "Finalmente"? — pergunto.

Foram três dias de lua de mel, não é como se ela estivesse na seca por anos.

— Sim, eu pensei que ia rolar na primeira noite, mas só aconteceu ontem.

— Uau, então você esperou dois dias, uma guerreira celibatária — Dora diz rindo.

Brenda ergue a sobrancelha e acaba rindo.

— Você foi no primeiro dia, pensei que eu tinha sido a que mais resistiu por mais tempo aqui — ela aponta para Dora em tom de acusação.

— E eu me arrependo! Quer dizer, foi muito bom, mas agora fico lembrando de arrotos toda vez que ele quer me beijar e eu fujo.

Termino meu drinque e não contenho a risada. Tenho duas novas amigas esquisitas.

— E você, Vi? — Brenda se vira para mim. — Quando foi?

Nego, não quero me expor de forma alguma, mas também não tenho o que esconder.

— Não foi — respondo.

"Não consigo ficar perto de você."

"Não deixe eu fazer isso de novo."

"Você faz com que seja difícil respirar."

— Nossa, vocês são o casal mais apaixonado e estão se guardando?

Dou de ombros. Não quero que nenhuma delas saiba sobre mim e Dante. Nem mesmo eu entendo o que está acontecendo.

— O casal mais apaixonado, é?

— Sim, eu diria que sou quarenta por cento apaixonada por Eduardo — Dora pontua.

— Então eu sou sessenta por cento por Joaquim. — Brenda encara o resto de sua bebida. — Eu me casaria com alguém que amo sessenta por cento.

Não quero fazer as contas, então mudo de assunto.

Depois do almoço vou para o quarto. Dante ainda não voltou do churrasco de chão dos meninos, então me jogo na cama e, sem perceber, caio no sono. Sonho que uma cachoeira gigante me engole porque Dante não me segurou quando precisei.

Tem algo incomodando meu rosto, então abro os olhos. A claridade incomoda minha vista e eu pisco diversas vezes para conseguir enxergar. É Dante, acho que ainda estou sonhando.

— Você devia ter me segurado — balbucio, sonolenta.

— O quê? — A mão dele está acariciando minha bochecha, e eu me aninho no edredom para que ele não pare nunca de me tocar. — Tenho uma surpresa pra você.

Pisco mais. Isso não faz parte do sonho? Curvo a cabeça e percebo que estou no quarto do hotel e que Dante está mesmo com a mão em minha bochecha, tentando me acordar.

Me afasto. Não posso deixar que ele encoste em mim nunca mais.

— E então? — pergunta, e seus olhos estão curiosos. Franzo o cenho. — Mario está vindo nos buscar para a surpresa que preparei. — Não entendo por que Dante organizaria uma surpresa para mim, uma vez que me detesta. Acho que ele percebe meu olhar desconfiado, então completa: — Quero me desculpar. Por ontem.

— Não quero desculpas — falo ao me levantar da cama.

Eu deveria me esconder no banheiro, como ele sempre faz. Talvez percebesse como é horrível ficar do lado de fora.

— Então quer terminar comigo? — Isso me paralisa. Eu não posso terminar com Dante. Preciso conseguir o dinheiro. Uma batida na porta avisa que Mario chegou. — Ele está com câmeras lá fora. Se quer terminar, me fale antes para evitarmos uma cena.

Odeio o fato de ele conseguir me tratar com tanta frieza.

— E por que acha que eu faria uma cena? — Bufo. — Vamos logo.

Ainda tenho um bom tempo de lua de mel para socializar com Virgínia e, apesar de todos os meus desejos carnais, isso aqui ainda é um trabalho. Preciso criar algum tipo de amizade com ela – uma que não envolva toque físico. Foi por isso que pedi um favor a Mario após o almoço.

– Spa? – Virgínia murmura quando chegamos na área que Mario preparou.

– Os pombinhos vão amar – ele comemora. – Vou deixar vocês aos cuidados de Ângela e volto mais tarde com o jantar.

– Vamos ficar aqui até o jantar?

Consigo perceber o caos dentro de Virgínia. Ela não quer minha companhia.

– Vai ser muito bom. – Ângela se apronta. – Podemos começar com uma sessão de massagem pra que relaxem.

Assinto, guiando Virgínia pelos ombros pelo caminho para o qual a mulher aponta. Mario já saiu de cena e somente duas câmeras nos seguem, o que ainda me incomoda, embora esteja me acostumando.

– Tomamos a liberdade de pegar seus pertences no quarto – diz Ângela, mostrando para uma porta. – No vestiário, vocês encontrarão roupas de banho para aproveitarem a massagem e a hidro.

O vestiário é pequeno, mas há um biombo para fazer a divisão. Virgínia se esconde atrás da madeira e eu ouço quando o zíper do vestido que ela está usando se abre. Os pelos do meu braço se eriçam e eu visto meus shorts o mais rápido que posso. Estou saindo do vestiário quando ouço:

– Você pode me ajudar a fechar?

Engulo em seco. A voz de Virgínia é tão doce quanto tentadora. Viro-me para observá-la atrás do biombo. Há uma toalha branca cobrindo a parte da frente do corpo, mas dá para notar que há um biquíni verde por baixo.

– Não consigo dar o nó sozinha – ela não me olha, parece que está engolindo o orgulho.

– Claro.

Limpo a garganta e me posiciono atrás de seu corpo; não há toalha alguma deste lado. Consigo ver perfeitamente sua pele exposta e o biquíni acentuando suas curvas. Pego as duas pontas para amarrar em suas costas, mas o calor que Virgínia emana acaba comigo e eu preciso respirar fundo algumas vezes porque o meu desejo é arrancar o resto deste tecido para que eu possa ver todo tudo.

Meus dedos tocam sua pele e percebo quando ela enrijece. Termino o nó, mas não saio do lugar. Essa calcinha verde é simplesmente perfeita e de onde estou tenho a melhor visão do mundo. Virgínia também não se move, consigo ouvir sua respiração pesada e sinto meu coração galopar contra as costelas. Desço as mãos por sua cintura e decido experimentar o máximo que puder. Meus lábios tocam seu ombro exposto e sinto quando Virgínia perde o fôlego, mas se afasta.

— Você... conseguiu?

Não sei. Pisco com força e a solto.

— Sim — digo quando começo andar.

Preciso sair daqui. Não olho para trás, em vez disso saio do vestiário e a espero do lado de fora.

VIRGÍNIA

— Dante — Ângela o chama quando paramos em frente à maca —, você está aqui pra aprender a massagear sua futura esposa.

Meu Deus, não tem como piorar. Se um único toque já me fez entrar em combustão no vestiário, o que farei com uma massagem de Dante? Quero ir embora, não sei lidar com meu corpo.

— Tudo bem — é claro que é o que ele diz!

— Prefere uma massagem terapêutica ou tântrica, Virgínia?

Tusso com a fala de Ângela. Dante não me mexe, os olhos estão fixos na maca.

Nem massagem eu quero!

— Terapêutica.

Balanço a cabeça, confiante, enquanto imagens tântricas perseguem minha mente. Percebo Dante relaxando.

Ângela pede para eu me deitar de bruços e tira a toalha do meu corpo. Me sinto exposta mesmo com o biquíni e não consigo relaxar. Tenho certeza de que meus ombros estão duros como pedra de tão tensos.

Talvez se eu ignorar tudo à minha volta, minha mente acredite que a massagem vem de Ângela, e não de Dante, então fecho os olhos e não presto atenção nas dicas que a mulher dá a ele.

Meu pensamento cai por terra, no entanto, quando sinto as mãos grandes de Dante em minhas costas. Ele desfaz o nó que deu mais cedo na parte de cima do meu biquíni e pinga um pouco de óleo corporal. O cheiro de camomila alcança minhas narinas e eu quero focar nisso, não quero perceber os movimentos de Dante, não quero.

Ele desliza as mãos até meus ombros e os massageia perto da nuca; preciso obrigar um gemido a permanecer na garganta. É muito bom. Posso detestar Dante, mas com certeza amo suas mãos. Ele aperta alguns pontos estratégicos que Ângela está indicando e me causa calafrios. Me toca com tanta delicadeza que mal sinto, apesar de sentir falta do peso de seu corpo sobre o meu.

Minha cabeça está nas nuvens e tudo, todo os toques voltam com tudo. As melhores sensações que já tive foram marcadas pela presença deste homem e tenho muito medo de nunca mais sentir nada parecido quando isto acabar.

DANTE

Ela é tão atraente. Esse é o trabalho mais difícil para o qual já fui designado.

Depois da massagem e dos muitos toques em Virgínia, hesito em conferir meu pulso. Se estou em pé é porque não morri. Amarro o biquíni novamente e Virgínia se senta quase que imediatamente. Pelos sons que soltou, sei que foi difícil para ela tanto quanto foi para mim.

— Podem ficar à vontade na hidromassagem — Ângela se despede. — Deixarei toalhas limpas aqui no deque.

Nenhum de nós responde verbalmente. Somos só acenos de cabeça e sorrisos educados enquanto toda a produção do reality sai do local. Sou o primeiro a entrar na banheira — quero esconder o que há de evidente em minha bermuda. Virgínia tem um olhar matador quando se levanta da maca, e eu o sustento conforme ela caminha na minha direção.

Não sou forte o bastante, acabo secando todo o corpo dela com os olhos.

Ela percebe. E revira os olhos.

— Acho que precisamos de uma trégua. — Virgínia mergulha o corpo na água quente. Ela nota que não entendi a colocação e explica, como se fosse nítido: — Você não pode falar que não consegue ficar perto de mim e depois organizar encontros assim.

— O que tem de errado em um SPA? — questiono, mas sei a resposta.

— Tem muito contato... físico.

— E por que precisamos de uma trégua?

Virgínia suspira, parece que a água está pegando fogo.

— Estamos numa lua de mel de um experimento televisionado. Eu entendo que você tem seus motivos para estar aqui, eu também tenho os meus, mas, se você me detesta tanto a ponto de me rejeitar, então não deveria me tocar como se realmente quisesse. Isso me confunde. — Todas as palavras saem tão depressa da boca dela que preciso me concentrar para prestar atenção. — Uma trégua será boa para nós.

Eu não a rejeitei, tentei me proteger. E, espere, Virgínia acabou de dizer que tem seus próprios motivos para estar no reality? Eu estava certo, não estava? Ela é mesmo a infiltrada de Theo. E, não bastasse isso, ela provavelmente sabe que eu sou o de Olga, caso contrário não teria dito que sabe que eu tenho os meus próprios motivos.

Uma trégua seria ótimo. Poderíamos continuar fazendo o nosso trabalho no reality, mesmo que rivais. Contanto que ela não estrague minhas matérias, tudo bem por mim.

— Eu não a detesto, Virgínia — diz Dante.

A voz dele arrepia todos os pelos do meu corpo mesmo embaixo d'água.

— Mas você não quer se casar comigo, quer?

Não sei porque minha pergunta me deixa tão ansiosa. Que tipo de resposta espero receber? Dante fecha os olhos e respira de maneira pesada. Ele limpa a espuma das mãos na água e me encara, sério.

— Não.

A palavra me atinge como um soco.

Por que estou triste? Eu também não quero me casar com Dante...

— Ótimo. — Minha voz sai firme, apesar de tudo. — Posso saber então por que está no reality? — Ele nega com a cabeça, o semblante fechado. Não posso julgá-lo. O que ele diria se descobrisse que estou aqui somente pelo dinheiro? — Quero chegar à final, não importam as circunstâncias.

Dante assente.

— A solução será manter as aparências.

— E podemos ser mais honestos um com o outro — aponto. — Não espero saber o seu motivo pra estar aqui, também não contarei o meu, mas como seremos amigos a partir de agora...

Dante cruza os braços atrás da cabeça, e eu sou tomada por uma energia fora do comum ao observar seus músculos.

— Você sabe que amigos não olham para amigos como está me olhando agora, não sabe? — Ele tem um sorriso presunçoso nos lábios. Sinto minhas bochechas arderem. — Gosto dessa parte. Sermos honestos na medida do possível.

— Eu também. O que você tanto faz naquele banheiro?

Dante ri.

— Escrevo — não acho que seja mentira, mas o olhar dele muda quando completa: — e fujo de você.

Encaro a água tentando relacionar as coisas, mas é difícil de respirar porque Dante se aproxima um pouco e nossas cabeças estão na mesma altura. Me sinto inebriada por ele.

— Precisamos manter isso aqui — ele aponta para o meu peito e depois para o dele —, e eu não vou conseguir, não se me deixar levar.

Nossas respirações se misturam nesta distância e eu quero muito beijá-lo, quero muito que Dante coloque as mãos sobre meu corpo... Mas é isto: somos amigos agora.

— Você mentiu em que outra parte do formulário? — ele pergunta quando eu me afasto para a outra ponta da banheira.

— Quase tudo. — Seremos honestos, não é? — Nunca escalei uma montanha.

— Não me diga...

— E não medito — tento me lembrar dos outros itens no formulário —, também não cozinho.

Dante sacode a cabeça, rindo à toa. Ele fica tão lindo quando relaxa. Tem uma covinha muito discreta em sua bochecha e, toda vez que sorri, algumas ruguinhas se formam nos olhos achatados.

— Você é inacreditável — ele diz.

Dou de ombros. Mais inacreditável que minhas mentiras é o fato de que Dante consegue ficar cem vezes mais sexy dentro desta banheira. Não consigo me concentrar, tudo o que eu quero fazer é me jogar e esperar que ele queira o mesmo que eu. Pela forma como me olha, ele quer.

Eu me levanto e saio da hidromassagem. Não vou permitir que nosso desejo atrapalhe meus objetivos. Preciso me afastar e esperar o jantar fora desse círculo de perversão em bolhas. No entanto, faço questão de me virar e descer a coluna mais do que preciso para alcançar a toalha, dando a Dante uma visão e tanto. Não sou de ferro e espero que os próximos dias não sejam fáceis para ele.

25

DANTE

Minha coluna está doendo após mais uma noite dormindo neste sofá ridículo. Virgínia ainda está dormindo quando entro no banheiro. Escrevo sobre o que ela me contou ontem no jantar do SPA – aparentemente Dora tem nojo de beijar Eduardo e Joaquim não perdeu tempo com Brenda. Sinto que estou roubando as pautas que seriam vendidas para Theo, então não me sinto um idiota.

Ainda não sei se Virgínia é mesmo uma jornalista ou se apenas foi contratada. Em qualquer uma das opções, nós dois decidimos que vamos manter uma amizade saudável para alcançar nossos objetivos. Eu ainda tenho de ficar de olho nela, mas é bem mais fácil agora.

O café da manhã é ótimo. Virgínia está vestindo uma camiseta preta com uma fórmula que não conheço estampada.

– O que é isso?

Ela olha para a própria camiseta. Deve vestir tantas estampas científicas que provavelmente não dá o valor que cada uma requer.

– Ah! – Ela sorri. – É a fórmula de um composto químico, o resveratrol.

– E...?

– É a molécula do vinho tinto.

– Acho legal como você pode estampar qualquer coisa que goste em suas camisetas sem que ninguém saiba.

Se Virgínia for mesmo apenas contratada pelo Theo, é compreensível que seja mesmo uma biomédica. Ela não parece mentir quando fala sobre ciência; o lábio dela não treme.

— É a beleza da ciência. — Sorri. — Estava usando uma com os elementos da tabela periódica esses dias atrás, mas quase ninguém percebeu porque Bário, Cobalto e Nitrogênio formam a palavra "bacon". — De repente meu maior sonho é ver Virgínia vestindo essa camiseta. — O jornalismo não tem isso, tem? Ou prefere que ninguém saiba que é um repórter investigativo? — ela sussurra a última palavra.

— Ainda não sou do Investigativo — defendo-me após comer um pedaço de pão.

— Você disse na cabine que estava investigando um furo.

Decido menear a cabeça. Não sei como sair dessa, mas, graças a Deus, Dora e Eduardo aparecem ao lado de nossa mesa.

— Não temos atividades em grupo hoje — Dora fita Virgínia com um olhar nervoso. — Querem se juntar a nós na piscina?

— Claro — responde a amiga. — Vamos, Dante?

Adoro o meu nome na voz dela. Não era o que eu tinha planejado fazer hoje — tinha planejado dar espaço a Virgínia, só assim vamos manter nossa amizade —, mas aquiesço.

Eduardo me encara com olhos agradecidos e, quando se vira, Dora envia um "obrigada" sem som para Virgínia.

— Nossa, eles não se suportam.

— Eu vi. — Faço uma anotação mental para escrever sobre isso mais tarde. — Acha que deveriam desistir?

— Não — ela responde. — Acho que deveriam tentar mais. Em todo caso, o programa precisa de um "não" no altar.

— Pensei que seria o nosso. — Arrependo-me da frase assim que ela sai.

Não porque é verdade, mas porque Virgínia perde a graça que havia em seu rosto. Ela fraqueja por meio segundo, mas volta ao semblante comum.

— Espero que Rafael e Letícia, ou Joaquim e Brenda digam "sim" — diz após um tempo em silêncio. — O experimento perderia toda a credibilidade.

— Ele já não tem qualquer credibilidade — comento. — Acha mesmo que existe amor às cegas?

Virgínia dá de ombros. Queria voltar alguns minutos no tempo, quando ela ainda parecia feliz.

— Acho.

— Eu não. — Até porque sei da beleza de Virgínia desde antes de conversar com ela. Quero deixar o clima mais leve, então pergunto: — Quer ver se tem mesmo vinte e sete piscinas por aqui?

VIRGÍNIA

A piscina que escolhemos está menos cheia do que a em que Dora queria estar, mas, ainda assim, é difícil garantir um lugar em um deque com guarda-sol. O calor faz com que minha pele grude com o suor e não vejo a hora de tirar esta canga. Ao meu lado, Dante veste uma camiseta branca e shorts de piscina (é tão bonito). Escolhemos uma mesa com quatro espreguiçadeiras, mas não temos nada que nos proteja do sol, então tiro o protetor solar da bolsa e começo a besuntar meus braços.

— Vá com calma, é só o sol — Dante diz com os olhos arregalados.

Me olho no reflexo dos óculos de sol jogado na mesa e percebo que é uma imagem feia, mas não posso fazer nada. Faço questão de ficar completamente branca com o creme.

— Você se lembra do que eu disse na cabine? — pergunto. — Sobre a minha pesquisa.

— Sobre lúpus — ele assente.

— Não é hereditário, mas há uma probabilidade bem grande de pessoas da mesma família adquirirem, então sempre tomei muito cuidado com a exposição solar. — Não sei porque falo sobre minha pesquisa de maneira tão aberta com Dante. Jogo o frasco do produto sobre ele, que está deitado em uma das espreguiçadeiras. — Você deveria passar também.

— Não gosto de nada grudento na minha pele.

— E eu não gosto de lesões solares — rebato, pegando o frasco, que caiu no chão.

— Não vou passar, Virgínia.

— Vai, sim. — Dante nega com a cabeça, os braços cruzados. — Tire a camiseta. — Ele me olha com o rosto atento, e eu recuo um pouco. — Vai, somos amigos, lembra? Vou passar em você.

Ele suspira e me obedece. Quase ofego quando a camiseta é jogada no chão. Mas eu sou forte, então fecho os olhos e passo as mãos pelos ombros e costas de Dante, que se arrepia por baixo dos meus dedos; adoro que esteja sendo complicado para ele.

— Pronto.

— Não. — A voz é grave. — Acho que também não posso pegar sol na parte da frente.

Até parece que vou passar protetor solar no abdômen de Dante Moon--Choí. Jogo o frasco no peito dele e me sento em minha espreguiçadeira.

— Essa é com você.

— Justo — comenta, um sorriso nos lábios.

O som das crianças brincando me aconchega e acho que poderia dormir aqui se não fosse por Dora e Eduardo, que não param de brigar. Eles estão discutindo sobre o que vão pedir no quiosque de petiscos desde que nos sentamos.

— Eu não gosto de camarão sujo!

Minha colega bate o pé no chão.

— É só tirar a cabeça — Eduardo rebate. — O rabo não é sujo, é crocante.

— Tem cocô na cabeça deles — ela geme. — Vamos pedir já limpos.

— Mas eu gosto de fazer eu mesmo. — O homem joga o cardápio na mesa e se levanta. — Eu limpo os seus.

Eduardo sai andando a passos duros até o quiosque.

— Viu como ele é chato, Vi?

Ergo a cabeça. Não quero participar disso.

— Peça também uma porção de camarões limpos — digo. — Tudo aqui é de graça.

— Excelente ideia! — Dora abre um sorriso ao se levantar. — Espero que ele fique zangado.

Fico sozinha com Dante pela primeira vez em meia hora e ele me encara quando Dora sai de nosso campo de vista.

— Você prefere camarões limpos ou inteiros?

— Prefiro não comer camarão algum.

Um calafrio escala minha espinha.

— Você tem paladar infantil. — Dante se senta. — Deve gostar apenas de batata frita. — *E qual é o problema?* — Vai certamente mudar de opinião quando provar a comida da minha mãe.

— Vou provar a comida da sua mãe? — questiono, receosa.

— A próxima fase do reality é para isso, certo? Vamos morar juntos e conhecer nossas famílias — Dante fala como se tudo isso fosse extremamente comum, como se ele levasse a sério. — Aponta para longe e me mostra uma câmera, então se estica em minha direção e sussurra em meu ouvido: — Tudo bem amigos conhecerem a família um do outro, mas precisamos manter a conversa para os meus pais, eles não aprovariam uma mentira dessas.

— E por que não?

Meus pais ficarão muito chateados quando descobrirem que não vou me casar de verdade. Dante dá de ombros, voltando para o lugar.

— Meu pai não é fã de reality shows, ele não sabia que eu entraria nisso até me ver na televisão. E estou pensando no que ele vai me dizer quando eu chegar em casa com você. É provável que minha mãe fique contente, mas quem sabe o que a boca aberta da minha irmã disse pra eles?

— A irmã que organizou o meu pedido de casamento? — Dou risada. Não acredito que Dante é um cara tão familiar. — Como ela é?

— Hana é engraçada e metida à besta. — Sorri, orgulhoso. — Quando chegou de viagem, encontrou meus pais sem respostas sobre mim e eu sei lá o que ela pode ter dito. — Cochicha de novo: — Devem estar achando que eu procuro uma noiva.

— Você não precisa reafirmar toda hora que não está aqui porque quer. — Cruzo os braços. — Está mais que claro pra mim. E uma hora alguém vai ouvir.

Ele assente.

— Desculpe.

— Hana viaja muito? — pergunto a primeira coisa que vem à minha cabeça quando noto um cara da produção aproximando o microfone de onde estamos.

— Sim, ela é gamer. Estava em um campeonato mundial na Coreia do Sul na última semana.

— Uau! — exclamo. — Isso é... nossa!

— Sim. — Dante ri. — Ela é boa.

— E vocês a acompanham? — Quero saber. — Tipo, ela foi para a Coreia. Vocês não sentem falta, ou visitam sempre que podem?

Dante congela. Ele desvia o olhar e pressiona os lábios.

— Somos da Coreia do *Norte* — fala, seco. — Meu pai não pode voltar.

Não entendo o peso de suas palavras, mas com certeza há algo sério nessa constatação.

— Por que não?

— Política não é assunto para um reality, lembra?

Dante pisca.

— Mas o que isso tem a ver?

Ele suspira, aliviado, quando Eduardo e Dora voltam com as porções de camarões e duas latinhas, no entanto não é como se eu fosse esquecer o assunto.

— Ah, meu Deus — Dora chega gritando —, não vão acreditar no que eles têm aqui!

— O quê?

— Vinho em lata! — Eduardo comemora. — É tão bom.

Olho para Dante, que faz uma careta.

— Vou pegar pra gente.

Nenhum de nós gostou da bebida e eu sei que Dante só está se levantando para fugir das minhas perguntas sobre sua família.

Virgínia não me odeia mais. Ela parece gostar da minha amizade porque entendemos que temos que chegar à final a qualquer custo. Não vamos mais nos tocar, então tudo bem, eu aguento isso. Afinal, o plano finalmente está dando certo. Escrevi várias notícias para o SP24 e, pelos tuítes que li mais cedo, estamos com a popularidade alta — tanto fora quanto dentro do programa.

O jantar é em grupo hoje, é o último evento antes de irmos embora amanhã de manhã e parece que o único casal que está ansioso para a fase de morar juntos é Joaquim e Brenda, que não se desgrudam. Eu e Virgínia nos sentamos entre eles e Eduardo e Dora, que, pela primeira vez, não brigam em público. Rafael e Letícia estão à nossa frente na mesa; conseguem fingir bem, trocam algumas carícias, mas é nítido para mim que estão mentindo.

— Minha tia vai adorar — Rafael solta uma risada, completando o assunto de Brenda sobre quando formos apresentar nossos cônjuges aos parentes —, ela fica me oferecendo pra qualquer mulher com menos de trinta anos, não vê a hora de eu sossegar.

— Nossa, você é tão baladeiro assim? — Dora parece impressionada com o homem que não é seu noivo. — Não sabia que advogados podiam ser tão... livres.

— Ah, sabe como é... — Ri mais e olha para Letícia, que força um sorriso. — Mas agora estou preso, não é, amor?

— Pra sempre — comenta, direcionando os olhos para mim antes de beber de sua taça.

Sinto algo subindo pelas minhas pernas. Encaro Virgínia, mas ela está mais interessada na comida, então ergo a toalha da mesa para localizar o que está me causando cócegas. É o pé descalço de Letícia, que me observa por trás da taça.

Afasto a cadeira para que ela não consiga mais me tocar.

— Acho que minha mãe vai adorar o Jô. — Brenda bate palmas. — Ele é o tipo dela.

Todos riem.

— O Rafa não faz muito o estilo da minha mãe — Letícia solta, rindo entre os dedos. Ela desliza o corpo para baixo para que seu pé encoste em meu joelho novamente. — Ela ia gostar mais do Dante, certeza — diz, cheia de humor, como se fosse uma piadinha qualquer.

Virgínia se remexe ao meu lado.

— Sua mãe vai adorá-lo, não é, Vi? — Dora limpa a garganta e diz para dispersar o momento.

— Ela vai amar quem quer que eu ame — diz Virgínia. A ideia de tê-la me amando é tão convidativa que me traz um certo tipo de ansiedade. — Uma coisa que eu acho que a tia do Rafael não vai gostar é o fato de você ter gastado os últimos minutos roçando esse pé em alguém que não é seu noivo.

— O quê? — Rafael grita.

Letícia arrasta a cadeira na plataforma de vidro ao se levantar com agilidade.

— Como ousa me ofender assim?! — grita, histérica, e aponta o dedo para Virgínia.

— Olha, me diga você — Virgínia é calma, como sempre, e aponta para mim —, ele é o *meu* noivo.

Algo em mim se remexe. Não sei o que é.

Letícia abre a boca, mas não sai nada. Rafael está a um passo de explodir de tão vermelho.

— Você já comeu? — eu pergunto para ela, que aquiesce. — Então vamos sair daqui.

Ando a passos largos, minha mão entrelaçada na de Virgínia.

VIRGÍNIA

Dante está escrevendo desde que voltamos do jantar. Fico feliz porque ele não está escondido no banheiro desta vez. Acho que o fato de nos considerarmos amigos agora o faz abaixar a guarda. Queria ler o que ele está digitando, mas tenho medo de parecer intrometida. Sei que é um livro e espero que seja tão bom quanto *A casa da rua de baixo*.

O meu relógio diz que é quase meia-noite, mas o sono não vem. Preciso encontrar algo para fazer, porque Dante parou de digitar e guardou o notebook. Ele está no sofá e começou a ler um livro (não é nada de biomedicina, acho que finalmente confia em mim), mas seus óculos me prendem. Nunca pensei que fosse possível alguém ficar sexy usando óculos para leitura. Então abro no grupo com os meus amigos para fazer algo que não seja ter pensamentos sórdidos.

Ler outras 32 mensagens

Leo 😼: ok, vamos falar sobre massagens?

Mafê ♡: Virgínia, por que não escolheu a tântrica?

Leo 😼: uma oportunidade dessas e você querendo parecer santa?

Mafê ♡: Ela não é louca pra fazer isso em rede nacional

Leo 😼: acho que eu vou pedir uma para vc quando chegar em casa

Eu: Chegar em casa????

Eu: Você está MORANDO no nosso apartamento???

Mafê ♡: KKKKK

Leo 😼: sim

Leo 😼: pq só vc pode se divertir?

Eu: Não estou me divertindo!

Leo 😼**:** vc fez rapel, trilha, conheceu cachoeiras e nadou numa gruta. eu não posso nem dormir na mesma casa que minha namorada?

Eu: SUA O QUÊ?

Mafê ♡**:** Surpresa!

Eu: MARIA FERNANDA!

Mafê ♡**:** Oi

Eu: Isso é sério?

Mafê ♡**:** Sim

Leo 😼**:** com direito a rosas e chocolate

Mafê ♡**:** Podemos fazer encontros duplos e o Sex on the drunk ainda pode ter o mesmo nome

Eu: Mas eu não namoro!!!

Leo 😼**:** essa sua defensiva já tá ficando cansativa

Leo 😼**:** vamos te deixar de castigo pra pensar nas suas ações

Leo 😼 *tirou você do grupo*

Saber que meus melhores amigos se assumiram como namorados me divide. Adoro a ideia dos dois felizes, mas sei que, a partir de agora, não seremos os mesmos. Contanto que eles nunca terminem, ficarei feliz para sempre.

E por que eles sempre insistem que estou me divertindo? É claro que estou aproveitando (eu não sou boba nem nada), mas com certeza não é algo que eu estaria fazendo por livre e espontânea vontade. Ainda mais acompanhada por Dante, que agora guardou o livro e os óculos. Ele apagou a luz também e está se remexendo no sofá pequeno, tentando arrumar uma posição para dormir.

Vamos embora amanhã e, se continuarmos assim, tudo dará certo. Ele tem sido compreensivo comigo, não me perguntou porque quero tanto chegar à final e está me dando o espaço que pedi antes. Nós conversamos como amigos, temos nossas próprias piadas e conseguimos enganar bem o público.

Eu seria uma má pessoa se o deixasse dormir nesse sofá em nossa última noite de férias.

— Ei. — Dante ergue a cabeça no escuro. — Você está desconfortável aí?

— Não é como se esta poltrona fosse uma king size — responde, jogando uma almofada em mim; ele não acerta.

É o que um amigo faria. Não é? Jogar uma almofada. Eu sou uma boa amiga, então pergunto:

— Não quer dormir aqui? — Ignoro o sentimento que cresce em meu peito e me explico: — Tem bastante espaço.

Dante se levanta quase imediatamente, mas hesita quando chega perto de mim. Ele me olha com um semblante tão censor, como se estivesse me culpando por qualquer coisa que possa acontecer. Quero erguer minha mão direita para prometer inocência, mas não sei se seria mentira.

— Tem certeza de que não tem problema? — Assinto, menos segura da minha decisão agora. Sobra um metro de distância entre nós quando ele se deita. É mais do que seguro. — Então boa noite.

Ele vira o corpo para o outro lado, sem esperar por minha resposta. Não sei se quero mesmo responder, acho que minha voz falharia agora que estamos tão próximos.

26

DANTE

A esta altura, conheço todos os fios de cabelo da nuca de Virgínia. Quando acordei algumas horas atrás, ela estava virada para o lado oposto ao meu, e decorei cada caminho que o cabelo trilhava pelo lençol. Fiz questão de memorizar suas curvas quando o edredom descobriu seu corpo e, Deus, como eu amo esse pijama que não é azul.

Ela se virou para mim há alguns minutos, e eu não consigo desviar minha atenção nem me forçar a pregar os olhos. Virgínia é linda. Eu quero saber o que está acontecendo em seu sonho e por que seus lábios se movem sem som. Adoro que ela esteja com a cabeça apoiada em um dos braços enquanto envolve o travesseiro, parece uma criança abraçando um ursinho de pelúcia. Adoro que nossa respiração esteja sincronizada, adoro tudo nela.

Meu corpo inteiro coça porque quero muito tocá-la, mas me obrigo a permanecer imóvel. Eu não sou assim. Não importa que Virgínia seja a mulher mais interessante que já conheci, eu tenho um propósito.

Vou apenas assistir ao espetáculo até não poder mais.

Dante está me encarando quando abro os olhos e a primeira sensação que tenho ao acordar é de perigo. O olhar dele é arriscado, e meu corpo todo vibra. Não desvio o olhar, porque não sei se ele dorme de olhos abertos ou se estamos trocando farpas inaudíveis. Ele não mexe nenhum músculo do rosto, e eu gosto de como estamos posicionados. O espaço grande que havia ontem diminuiu e só alguns centímetros nos separam. Consigo sentir sua respiração tocar em minha bochecha.

Sustento o olhar de Dante. Acho que jamais fui analisada com tanta intensidade. E gosto de ser vista dessa forma, como se fosse única. Há um brilho nas pupilas dele, e eu decido que essa cor, o castanho-escuro de suas íris, virou a minha favorita.

Os olhos dele mudam. Eles passam de intimidadores para curiosos, depois ternos e simpáticos. Dante me olha em um tom divertido agora, e eu o imito. Estamos brincando para ver quem pisca por último sem precisar combinar verbalmente. É como se eu pudesse entendê-lo somente pelo olhar. Que momento bom. Quero abraçá-lo, quero tocar nem que seja em uma das pontas do seu cabelo. Quero qualquer coisa que venha dele.

— Você perdeu — ele diz numa voz pesada. Pisco várias vezes e sorrio, me espreguiçando, parece que acabei de acordar de um sonho muito, muito bom. — Você é tão bonita...

Um, dois, três, quatro. Conto as palavras que recolhem todo o ar dos meus pulmões. Então procuro um lugar para guardá-las em meu coração para sempre. Quero guardar em um arquivo dentro do meu cérebro para me lembrar quando tudo isto acabar.

— Você não pode me dizer isso — sussurro.

Dante aquiesce, concordando. Por que ele me olha com tanto desejo quando diz que não consegue ficar por perto?

— Eu não entendo — acabo choramingando, sinto minhas sobrancelhas vincando.

Dante entende cada palavra que eu digo, porque está pensando sobre o mesmo assunto que eu. Por que não podemos nos render só por um momento?

— Me diga — peço. — Por que você não quer me tocar?

Sei que vou me arrepender das minhas palavras mais tarde, mas não ligo para o meu orgulho agora. Eu só quero saber por que ele me quer, mas não o faz.

Fico sozinha na cama quando Dante se levanta para tomar banho. Ele não olha para trás, e eu quero chorar. Por que ele me consome tanto?

Arrumo minha mala enquanto escuto o som do chuveiro. Canto uma música em silêncio porque não quero me entregar à tristeza, e, quando a porta do banheiro se abre, é a minha vez de me esconder. A água morna limpa toda minha mente, e eu sei que posso conviver com isso, posso sobreviver às recusas de Dante. Não estou aqui por mim. É por minha irmã, farei isso por ela.

Visto meu pijama novamente porque esqueci de pegar minhas roupas quando me escondi com pressa. Camuflo meus sentimentos ao abrir a porta, mas Dante impede minha passagem. Não quero ter que olhar para ele agora, mas ele é só o que consigo ver.

— Licença. — Meus olhos estão em seus pés descalços, não vou me atrever a olhá-lo nos olhos. — Vou pegar minhas roupas.

Tento passar por ele, que me segura pelos braços e me obriga a fitá-lo. Meu coração desacelera só para acelerar de novo quando nossos olhares se cruzam. Estou tão perto do seu rosto que sinto meu corpo levitar.

— O que eu mais quero é tocar em você, Virgínia.

São dez palavras desta vez, e elas acabam comigo. Não consigo reagir.

— Não consigo pensar em nada que não seja tocar em você. — Ele me coloca no chão. Ah, então eu não estava levitando. — Faz muito tempo desde que quis algo tanto assim.

Dante se afasta e passa a mão pelos cabelos. Eu queria fazer isso por ele. Dou um passo em sua direção, mas estou tão mole que preciso olhar para trás para verificar se meu corpo ainda está no lugar que o deixei um segundo atrás.

— Não estava preparado pra conhecer você. Achei que estivesse, mas como eu poderia saber que sentiria tudo isto? — Cada palavra que sai da boca de Dante se torna a minha favorita. — Nunca conseguiria me preparar para você, Virgínia.

Meu nome dança em sua língua. Estou derretida e me encosto na parede para não cair no chão. Ele se curva sobre mim, e eu perco o ar.

— Você entende isso? Nunca desejei tanto alguém. — Dante aponta para mim, parece encabulado. — E tudo porque não posso ter você.

— Você... pode me ter. — Minha voz sai arranhando minha garganta.

Dante caminha até mim, alcança meu rosto e inclina a cabeça para me observar. Ele me olha daquele jeito de novo, como se só eu existisse no mundo inteiro. Há tanta raiva em seu rosto que eu não consigo entender suas ações.

— Se eu fizer o que quero fazer com você, vou acabar me viciando. — Solta um grunhido. — Se eu me viciar, não vou conseguir largar mais você. — É só o que eu quero. Que ele nunca mais me solte. — Não posso fazer isso com você — Dante diz, tão próximo da minha boca; está pedindo permissão para fazer o que quer comigo.

Confirmo com a cabeça, certa de que posso me magoar só pelo peso que há em sua voz. Há alguma coisa que eu ainda não entendo que faz com que Dante veja um impedimento entre nós. Aceito que ele se vicie em mim porque também sinto que vou me viciar, mesmo que não duremos muito.

Dante não invade somente minha boca, ele invade tudo.

DANTE

Ela é irresistível.

Talvez Virgínia achasse que eu fosse esperar mais um pouco antes de sentir seu gosto — espero que esteja sentindo o mesmo que eu, mas ela certamente age como se estivesse gostando. Estou a puxando para mim, beijando-a e fazendo o meu melhor para me infiltrar nela. Ela se afasta para pegar fôlego e dizer:

— Eu quero muito isso.

Eu amo o som que ela emite quando pressiono meu corpo contra o dela na parede. Virgínia me quer. E quer que eu saiba disso. Puxo-a mais para perto e, por um segundo, seu corpo enrijece, mas quase imediatamente suspira e relaxa. Eu entendo seu conflito.

A maneira como Virgínia está inspirando um pouquinho de ar pela boca enquanto a beijo está me deixando louco.

Ela pega minha mão e a guia por baixo da camiseta do pijama, e eu agarro seu seio enquanto ela enrosca uma das pernas ao redor da minha cintura. Deslizo a outra mão pela perna que me envolve e sinto sua pele arrepiada.

Virgínia toca em todas as partes do meu corpo, ela não sabe o que quer experimentar primeiro. Seguro as costas de sua coxa e a ergo, e ela contorna minha cintura com a outra perna para que eu a carregue até a cama. Olha para mim do colchão, e eu cubro seu corpo com o meu, beijando sua boca, seu pescoço e todos os pedaços de pele que estão à mostra.

Seguro a bainha de sua camiseta e a levanto até o pescoço. Beijo sua barriga e vou subindo até encontrar o que quero. Os cabelos de Virgínia estão espalhados pelo travesseiro e suas mãos arranham minhas costas; não me lembro de ter tirado a minha própria camiseta.

Mergulho entre o queixo e o ombro de Virgínia e tracejo um caminho longo por todos os cantos. Ela prende os dedos no meu cabelo, e eu amo a sensação. Estou um pouco perdido com meus movimentos, porque quero tudo ao mesmo tempo. Quero beijá-la e preenchê-la ao mesmo tempo que quero olhar para seu corpo e admirá-la.

Sinto que será sempre assim com ela. Nada será o bastante.

VIRGÍNIA

Me sinto inexperiente. Mas não estou reclamando. Não mesmo.

Levanto os meus braços quando Dante tenta tirar a minha camiseta. Ele a joga no chão atrás de mim, e seus lábios voltam para os meus enquanto suas mãos trabalham em meu sutiã. Seus dedos deslizam entre as alças e eu o ajudo a abrir o fecho.

— Obrigado — ele murmura em minha boca e se afasta para me olhar.

Mordo o lábio para evitar o sorriso e Dante pega meu rosto com as mãos. Ele beija minha boca e morde o mesmo lugar que meus dentes seguravam antes.

— Não morda assim de novo. Gosto de ver você sorrir.

Tenho certeza de que não passo de uma gelatina. Tudo nele me arrepia, a voz grave, o cabelo bagunçado, nossas peles colando. Experimento cada centímetro de sua pele e beijo seu pescoço.

— Aí você pode morder.

Com certeza eu mordo. Dante pressiona as mãos em minhas costas, me fazendo sentar. Ele mergulha entre meus seios e desliza a língua sobre o meu mamilo. Eu gemo, e ele o cobre totalmente com a boca.

Dante se curva sobre o meu corpo e empurra o tecido do meu short pelas minhas pernas. Me dobro para ajudá-lo e me ajoelho para abrir o cinto da sua calça. Meus dedos estão tremendo, então deixo que ele o faça sozinho. Só assisto e contemplo cada linha do corpo dele.

Ele me conduz para seu colo ao encostar as costas na cabeceira. Pressiono as coxas em seu quadril e o observo arquejar. Dante se curva sobre mim, puxando minha calcinha com os dedos enquanto invade minha boca com a língua. Só sei existir neste momento, então me seguro em seus ombros. Ele fica sobre mim de novo, me beija e se afasta para fora da cama; ainda está vestindo a calça jeans.

Estou deitada na cama, quase toda exposta, precisando que ele acabe o que começou. Dante vira o corpo e suspira pesadamente, depois me olha de novo. Ele respira com dificuldade e parece estar em conflito.

— É demais — ele murmura depois de morder os nós dos dedos no punho.

Por um momento, acho que Dante vai desistir do que estamos fazendo e fecho os olhos para me preparar para ser rejeitada novamente, mas não é o que acontece. Abro os olhos a tempo de vê-lo avançar sobre mim. É tão depressa que solto um gritinho de susto. O corpo dele está colado ao meu e ele começa a descer, beijando e lambendo todo o meu corpo até chegar na minha calcinha.

Ele a afasta com os dedos, mas depois desiste e a tira por completo.

— Você tem uma tatuagem.

Abro os olhos para visualizá-lo e balanço a cabeça para confirmar. Minha voz não está firme agora para explicar que fiz uma tatuagem na virilha por perder uma aposta com Mafê na faculdade.

Sinto Dante beijar a estrelinha. Depois, dois dos seus dedos entram em mim. Deixo minhas mãos caírem acima da minha cabeça e não me importo se o andar inteiro ouvir o que estou sentindo.

Ele abaixa a cabeça e sua língua me encontra, fazendo minhas costas arquearem. Minhas pernas começam a tremer quando seus dedos encontram o caminho de volta para dentro de mim. Tenho quase certeza de que nunca estive aqui antes. Sou consumida por inteiro e, enquanto meu coração acelera, concluo que nunca cheguei a este estado. Nenhum outro homem jamais me trouxe aqui.

Quando estou derretida na cama, Dante arranca o travesseiro do meu rosto (eu o coloquei ali?). Espalha beijos por todo o meu corpo, e eu uso os pés para abaixar o cós de sua calça. Dante não para de me beijar nem quando me ajuda a tirar a peça de roupa, mas ele sai da cama e volta em questão de segundos. Nem sequer consigo abrir os olhos, mas ouço quando a embalagem é rasgada. Ele cola nossas testas e entra em mim. De todas as formas possíveis.

Seus dedos estão entrelaçados nos meus e os sons que ele faz me queimam. É devagar, para experimentarmos todas as sensações, mas depois é rápido e ficamos longe e perto, com frio e com calor, famintos e saciados.

— Dante — sussurro em seu ouvido e ele urra, acelerando.

Meu Deus, este momento não pode jamais terminar. E, quando percebo que estamos próximos do fim, me divido entre a deliciosa expectativa de permitir que alcancemos nosso objetivo ou deixar que isto se arraste, de preferência pela eternidade.

Dante inclina sua cabeça e beija, me invade, vai mais fundo, me completa, me fazendo concluir que, sim, vou me entregar para a explosão que se aproxima. A sensação intensa se inicia assim que sua língua se arrasta por todo meu pescoço, e aos poucos vai irradiando para todos os lados, para tudo em mim.

— Sim — eu o aviso, pois, se ele não estiver em sintonia com meu orgasmo, é melhor que se apresse.

Ele entende o meu recado e, quando encaixa a mão na minha nuca, trazendo meu rosto para mais perto do seu, percebo que ele estava até agora se segurando, esperando que *eu* me sintonizasse a ele. Me pega de surpresa ao percorrer os dedos pela minha coluna, agarrando minha cintura e me descolando do colchão. De joelhos, ele me equilibra em seu colo e, antes que eu possa começar a me mexer para não perder o que se anuncia, seu braço faz o trabalho por mim, me subindo e descendo, impulsionando com o quadril.

Deixo escapar um gritinho ao notar que nesta posição ele consegue me preencher ainda mais. Agora eu entendo do que ele estava falando sobre se viciar. Depois disso, tenho certeza de que terei uma crise de abstinência.

Nossos corpos se movimentam no mesmo ritmo apenas mais um pouco, e eu me seguro em seus ombros, pronta. Completamente consciente da reação que cada nova estocada causa em mim, Dante sobre uma mão e segura o mesmo rosto.

— Olhe pra mim — pede, e é quase uma súplica.

Eu não sou louca de negar um pedido deste homem e... Nossa! Me afogar nesse olhar era o que faltava para eu me desfazer, mas, ainda assim, ele morde meu queixo com a intensidade certa, causando uma dor gostosa. A explosão vem com tudo e, desobediente, aperto os olhos, sentindo a mistura de formigamento, tremores, arrepios... tudo junto. Sinto meus músculos se repuxando, se apertando, é uma tortura deliciosa. Me agarro ainda mais a ele, liberando um som que começa soando um tanto angustiado, mas assume um tom de pura satisfação no final.

Dante aperta minha cintura e me afunda em seu colo, me puxando para tão perto que sinto que vamos nos unir numa coisa só. Ainda estou tremendo quando ele afunda o rosto no meu pescoço e solta bem perto do meu ouvido um som... violento. Eu adoro. Não, eu amo. Meu novo objetivo de vida é fazer Dante emitir esse som todos os dias, bem aqui, no meu ouvido, só para mim.

Apenas o som das nossas respirações preenche o ambiente, e eu não faço ideia de quanto tempo se passou quando sinto os lábios dele acariciando a pele bem abaixo da minha orelha. Finalmente alivio o aperto em seus cabelos, sentindo com detalhe cada dedo dele dançando pela minha cintura, subindo pelas minhas costas. Nem me esforço para reprimir o gemido baixinho; minha pele é assim, tão sensível, ou os dedos dele realmente fazem milagres?

O nariz de Dante vai e vem no meu maxilar. Ele tenta se afastar um pouco, levando os ombros para trás, e eu imediatamente o trago de volta, deixando claro que, pelo menos por enquanto, ele não vai a lugar nenhum. Sinto seu sorriso no meu pescoço antes de escutar o som.

Dante move apenas o pescoço agora, e eu permito que seu rosto encontre o meu. Ele está mais lindo do que nunca com esse olhar... adorável? Não consigo pensar na palavra certa, e não estou nem aí. A mão dele alcança meu rosto e seu polegar faz um carinho gostoso na minha bochecha. É tão bom que meus olhos se fecham sozinhos, e eu perco sua aproximação, sentindo esses lábios me beijando devagar.

Com cuidado, ele se movimenta e me apoia na cama, ficando por cima de mim.

— Virgínia...você será a causa da minha morte.

Seguro o sorriso, mas ele não percebe porque já enterrou a cabeça em meu pescoço. Seu peso sobre mim quase me machuca, e eu adoro. Estou tão mole que não reajo quando Dante se deita ao meu lado, passando o braço por baixo da minha nuca. Eu me aninho, tentando cobrir ele todinho com meu corpo, ciente de que é impossível.

Sei que não há muito tempo, mas o carinho que ele faz nos meus cabelos me deixa sonolenta. Depois de explorar bastante seu peitoral com os dedos, subo até seu rosto ao mesmo tempo que ergo o queixo. Seus lábios se entreabrem, e eu acho que ele está prestes a dizer algo, mas não consigo resistir a essa boca. Me arrasto um pouco sobre ele, um pouco sobre o colchão, até que consiga beijá-lo. Não era minha intenção, mas agora estamos nos beijando com tanta vontade que acho que vamos começar tudo de novo.

É então que meu o despertador do meu celular toca, avisando que precisamos nos apressar. Dante se estica para alcançar o aparelho e encerrar o toque irritante. Na volta, me envolve entre os braços e me abraça. Quero guardar a sensação para me lembrar pelo resto da vida que um dia estive nos braços deste homem.

— Acho que vou precisar de outro banho agora. — Ele sorri. E eu quero negar porque não sou capaz de sair do lugar no momento. — Eu a convidaria — Dante afasta o corpo, e eu consigo contemplar a melhor vista de todas —, mas aí perderíamos o voo.

27

VIRGÍNIA

Ainda estou anestesiada quando pousamos em São Paulo (não tanto quanto Dante, é verdade; ele pediu por meus relaxantes musculares para ignorar a fobia do avião, e tomou apenas um desta vez). Apesar de a volta ter sido com todos os outros casais, fui incapaz de dialogar com qualquer pessoa durante toda a viagem.

Só consegui pensar em Dante. Ainda estou pensando nele. Na forma como me tocou, como me olhou e como me beijou. Estou obcecada pelo que senti algumas horas atrás, e quem sabe o que eu faria para sentir tudo aquilo de novo?

— Está ansiosa?

Madu aparece ao meu lado para esperar nossas bagagens na esteira.

Ansiosa? Estou mortificada com a ideia de passar os próximos quinze dias morando com Dante Moon-Choí. Tudo vai bem demais para parecer certo.

— Eu...

— Ela não vê a hora — é a fala embriagada de Dante para a minha assessora.

Ele está com a cabeça apoiada em meu ombro agora que paramos de andar, mas não consegue se locomover sozinho, mesmo que sonolento. Nada a ver com a última vez que estivemos em um aeroporto.

Não consigo reprimir o sorriso. É basicamente verdade.

— Vocês vão se dar bem — diz Madu ao pescar sua mala verde de rodinhas. — O apartamento é cem por cento luxuoso e todos os participantes vão morar no mesmo edifício.

— Eu não sabia que seríamos vizinhos. — Penso em voz alta.

— Assim é mais fácil para a produção conseguir as imagens de uma vez — explica ela. — Vocês ainda terão alguns compromissos em grupo, mas a maior parte dos próximos dias serão bem normais. Vocês voltarão ao trabalho, vão reencontrar os amigos e a família.

— Família... — Dante murmura para si perto da minha orelha.

— E, claro, tudo isso enquanto vocês organizam o casamento! — Madu vibra, ignorando o protesto silencioso apoiado em meus ombros. — São apenas quinze dias pra escolher o lugar, a decoração, o buffet, o bolo, o vestido, as flores, os...

Ela fala por quase três minutos sobre a lista de afazeres de um casamento, mas não consigo ouvir. Há alguma coisa apitando dentro do meu cérebro e tudo o que eu ouço é *casamento, casamento, casamento*.

Não achei que conseguiria chegar tão longe no reality e fico feliz por estar cada dia mais próximo do dinheiro para a pesquisa, mas não imaginei que uma cerimônia de casamento fosse parecer tão importante para mim. Antes era simplesmente mais um obstáculo para eu passar por cima. Agora me parece um pouco falso, um pouco triste.

Talvez essa minha mudança seja por conta de tudo que Dante me fez experimentar hoje de manhã. Como dizer "não" para alguém que já levou você aos céus?

É nisso que eu penso enquanto Madu e o resto da produção aprontam nossas coisas. Cada casal está fechado em sua própria bolha quando os carros chegam, e eu amo o fato de estar fechada na bolha de Dante.

Não estou mais grogue quando entramos no apartamento. Há duas câmeras nos seguindo e pelo menos três staffs carregando nossas malas até o quarto. Virgínia está mais quieta do que de costume, mas não parece estar irritada, o que me anima. Só fazem algumas horas, mas não sei quanto tempo conseguirei esperar até poder deitá-la no sofá para o qual estou olhando agora.

Mantenho minha boca fechada enquanto as câmeras filmam algumas partes do lugar. Eles pegam cenas de objetos e até da paisagem que nasce na varanda. Não gosto da decoração do apartamento, as paredes são coloridas e há muitos tapetes, nada parece confortável.

— Ah, estamos perto do metrô. — A voz feliz de Virgínia vem da varanda. Ela está apontando para um terminal de ônibus ao lado da estação. — Será fácil ir pra universidade.

— Você não tem carro?

Junto-me a ela ao lado de fora e uma brisa úmida nos envolve.

— O Capeta. — Minha testa vinca tanto que preciso passar a mão sobre ela. Virgínia gargalha. — Meu pai me deu um carro destruído quando eu entrei na faculdade. Era de um primo dele antes. Chamamos de Capeta porque inferniza a nossa vida. Está sempre quebrando e nos fazendo passar vergonha. Ah, e ele é vermelho!

Uma risada me escapa.

— Para uma pessoa que não crê em Deus, você tem muitas crendices religiosas.

Virgínia coça a cabeça e me encara.

— Eu não disse que era ateia. Falei que sou mais da ciência.

Os olhos dela se entristecem de uma hora para outra. Guardo o assunto em minha cabeça com muito cuidado. Quero voltar nesse tópico mais tarde.

— Você não precisa andar de metrô. — Mudo de assunto. — Posso levá-la até a redação de moto.

— E a redação fica próxima da universidade?

— O que tem a ver a universidade?

— É onde eu trabalho. — Ela ri e faz uma voz engraçada ao dizer: — Lembra? Sou professora de biomedicina e tenho uma pesquisa...

Virgínia não trabalha na redação de Theo Soares?

— Ah! — Limpo a garganta. — Sim, sim. Eu me lembro.

Quero perguntar como ela faz para passar as informações a Theo. Ela envia os furos por e-mail? Acredito que deixamos claro na hidromassagem que estamos no reality por objetivos claros. Virgínia não usou palavras certeiras, mas deu a entender que era a infiltrada de Theo. Assim como ela sabe que sou o informante do SP24.

— Então você tem uma moto? — Ela preenche o vazio da minha confusão e o espaço entre nós. — Não combina com a sua personalidade.

Virgínia pousa a mão em meu peito e eu expiro devagar para não fazer nada de que eu me arrependa.

— O que tem a minha personalidade?

— Você é um desses caras que dirigem carros esportivos, não motos.

— Estamos em São Paulo — rebato, inclinando a cabeça em sua direção; preciso de apenas três centímetros para alcançar seus lábios. — Se eu tivesse um carro esportivo, não chegaria a lugar algum.

Virgínia sorri, mas acho que não é um sorriso para a minha fala. Ela sempre adoça o rosto quando me olha de perto, nem deve saber que faz isso com frequência.

Espero que eu não tenha nenhum tipo de reação corporal visível para ela. Seria fácil perceber que estou totalmente rendido.

VIRGÍNIA

Me sinto no *Big Brother* com todas essas câmeras. Acho que já estou acostumada com a sensação, mas, no momento, quero muito que esses dois caras terminem o que estão fazendo para eu e Dante fazermos algo melhor longe dos alcances das lentes.

Ele nem me beijou quando estávamos na varanda, e eu sei que é porque Dante é mais fechado. Ele não gosta de exposição, ainda mais de forma tão íntima. Eu também não gosto, mas ignoraria por um beijo.

A produção permanece em nosso apartamento por mais duas horas. Precisei me distanciar do meu noivo de mentira para não pular sobre ele. Há alguma coisa animalesca dentro de mim, é até embaraçoso. Por isso, me ocupo desfazendo as malas até o entardecer.

Quando coloco a última peça de roupa no lugar, meu celular vibra com uma mensagem de Madu.

Madu Reality: Temos um cronograma pra vocês, ok?

Madu Reality enviou um anexo.

Passo os olhos pelo documento e descubro que eu e Dante devemos assistir ao vídeo deixado pela produção após um "delicioso jantar caseiro". O quê? Vou precisar cozinhar?

— Eles foram embora — Dante aparece no batente da porta.

Ele parece animado e cansado ao mesmo tempo.

— Viu isso aqui? — Estendo o celular. — Temos que cozinhar hoje.

Dante solta uma gargalhada.

— Não, aqui diz que *você* deve cozinhar hoje.

— É, mas eu não sou muito boa com o fogão. — Suspiro. — Foi outra mentira no meu formulário.

Os olhos que me encaram se alegram ainda mais. Por que ele está se divertindo tanto com o meu fracasso?

— Que tal um risoto? — pergunta.

— Você está brincando comigo? Eu disse que...

— Que bom. — Dante diminui o espaço entre nós mais uma vez e acho que desta eu não passo. — Eu não comeria nada que você cozinhasse sem que alguém experimentasse antes.

— Caso não se lembre, quem tentou me envenenar foi você.

— Isso, ótimo, vamos pedir sua comida favorita.

Dante tem um semblante provocante quando se afasta.

— Não! — protesto, seguindo-o pelo corredor. — Você não pode pedir mais sashimi!

— Eu disse *comida favorita* — ele para de andar para me olhar. — Hambúrguer.

Ah.

Enquanto ele abre o aplicativo, não sei se fico mais animada porque vou finalmente comer algo gostoso ou se porque Dante sabe qual é a minha comida favorita de verdade.

DANTE

A comida chega junto com as câmeras e eu preciso me convencer a não expulsá-los. Eles nos filmam enquanto assistimos ao vídeo de Domitila e Marcos, os apresentadores do *Quer casar comigo?* São apenas instruções sobre o que faremos durante os próximos dias. Além de organizar um casamento, precisaremos conhecer a família um do outro e os amigos mais próximos, além de frequentar os eventos realizados pelo reality e tentar conciliar tudo isso com a vida real.

Virgínia nem pisca. E não é por causa das falas dos apresentadores, mas porque é, de fato, apaixonada por x-bacon. Ela fez questão de vestir aquela camiseta com os elementos químicos da tabela periódica formando a palavra *bacon*. Em baixo, ela está usando aquele short vermelho do pijama e está me deixando doido.

Quando o vídeo acaba, as câmeras fazem apenas mais alguns *takes* de nós dois dividindo as batatas fritas e vão embora. Eu quero jogar todos esses lanches no chão e colocar Virgínia sobre a mesa, mas ela está tão concentrada no picles do hambúrguer que sou incapaz de tirar algo tão precioso de suas mãos.

Eu me levanto e organizo os lixos na cozinha. Minha cabeça não consegue focar em nada que não seja Virgínia, então preciso me ocupar até que ela acabe o jantar. Jogo os copos de isopor na lata e guardo o resto do meu lanche na geladeira — não vou conseguir comer até esvair a mente.

— Buh! — Virgínia está atrás da porta da geladeira quando a fecho. Eu não tomei nenhum tipo de susto, mas meu coração está acelerado e minha respiração ofegante. Ela muda o cenho e me pergunta: — O que foi?

Eu encontro o seu olhar, e no segundo que faço isso minha boca fica seca. Ela também está concentrada em mim, mas há espaço demais entre nós dois.

— Venha aqui.

Dou um passo. Percebo que Virgínia hesita, mas não recua. Meus dedos descem e envolvem os dela. Adoro como qualquer parte do corpo de Virgínia é quente. Meu pulso está sendo ridículo. São só dedos. Não posso me afetar desta forma só por tocar os dedos dela.

Puxo sua mão para atrás de minhas costas e uso todo o meu esforço para cruzar a cozinha até a sala. Ela me segue sem dizer nada e nossos passos são tão certos que sei que estamos pensando sobre a mesma coisa.

— O que está fazendo? — ela me pergunta quando me sento no sofá.

Eu não sei, quero responder. Mas não respondo nem ao meu corpo, como faria para responder a ela?

Deslizo as mãos por seus ombros e vou descendo. Virgínia está entre meus joelhos e minha cabeça está na altura de seus seios.

— Pensei que agora que sabemos um do outro... — O resto da minha fala está esquecida em minha garganta.

Queria dizer que podemos fazer o que quisermos, já que conhecemos os objetivos profissionais um do outro, que não há empecilho em nos aproximar se não atrapalharmos os avanços jornalísticos de cada redação. Mas como eu falaria tudo isso com os olhos dela me fitando desta forma?

— Sabemos o que um do outro?

— *Nada a declarar.* — Me esforço para abrir a boca, que parece não ver água há meses.

Virgínia treme e ri ao se inclinar sobre meu corpo.

— Você ainda está chapado do relaxante?

É como me sinto. Minha cabeça forma frases e minha boca solta palavras aleatórias.

Virgínia me amortece.

VIRGÍNIA

Ele encontra meus lábios com os dedos.

— *Shh* — sussurra, sorrindo para mim.

Paro de sorrir. Não porque não acho mais engraçado o fato de ele não falar coisa com coisa, mas porque esqueci como se faz para sorrir com os seus dedos pressionados contra os meus lábios.

Eu esqueço de tudo.

Agora mesmo, a única coisa em que consigo focar é no seu dedo deslizando lentamente pela minha boca e queixo. Seus olhos seguem a ponta do dedo enquanto ele continua se movendo, seguindo gentilmente até minha garganta. Dante vai descendo todo o caminho até minha barriga.

Finalmente consigo olhar para ele de novo, e seus olhos ainda estão focados no seu dedo quando ele para no cós do meu short. Ele nem fez contato com a minha pele, mas meu pulso está tão descompassado que penso se isso é normal. Nunca me senti assim antes; por que só um toque de Dante faz eu me sentir desta forma? Todas as outras mulheres que ele tocou se sentiram assim?

Ele abre a palma da mão para me tocar e contorna minha cintura por cima da camiseta. Dante agarra meu quadril e me puxa para frente, me segurando contra ele. Os olhos dele se fecham brevemente, e quando se abrem novamente não está mais seguindo seus movimentos. Está olhando diretamente para meus olhos.

— Estou esperando para beijar você desde que entramos neste apartamento.

Sua confissão me faz sorrir.

— Você tem uma paciência incrível.

Dante balança a cabeça em desacordo e traz as mãos para a minha nuca, tocando meu cabelo. Cada parte do meu corpo está arrepiada.

— Se eu tivesse uma paciência incrível, você não estaria comigo agora.

Quero descobrir o significado das suas palavras, mas, no segundo em que os lábios dele tocam os meus, não estou mais interessada. Só quero saber de sua boca e sobre como ela me faz sentir quando invade a minha.

Empurro meu corpo contra o de Dante e, de repente, estamos encaixados. As costas dele estão coladas no sofá e minhas coxas estão uma de cada lado de seu quadril. Minhas mãos sobem por seus ombros e se enroscam em seu cabelo. Quero provar cada pedacinho dele. Contra a minha vontade (ou, talvez, por muita vontade), meu corpo começa a fazer movimentos de vai e vem em cima de Dante, e a fricção que eu consigo com isso traz um efeito bem melhor do que eu esperava.

Ele prende minha nuca com uma das mãos e posiciona a outra em meu quadril, me obrigando a parar de me mexer. Nossos lábios são rápidos, e mesmo assim Dante encontra espaço para me dar mordidinhas que me fazem flutuar. É como se não houvesse nada dentro de mim, mas um grande vácuo que sempre se arrepia quando sente o seu toque. Trato de aproveitar cada segundo deste beijo, tentando desvendar cada sensação que me é concedida.

Mas então nos afastamos no momento em que a campainha toca. Estamos sem ar e descabelados. Quero continuar em silêncio para que, seja lá quem for, se toque e vá embora. A produção do reality precisa mesmo de tantas imagens de um apartamento?

Em vez de se afastar e levantar para atender a porta, Dante traz suas mãos para o meu rosto e o segura enquanto olha para mim por vários segundos. Seus polegares acariciam levemente o meu queixo, e ele solta uma respiração suave. Suas sobrancelhas se abaixam e ele fecha os olhos, tenso de repente. Dante pressiona sua testa na minha, ainda segurando o meu rosto, e eu posso sentir sua luta interna.

– Virgínia – ele diz calmamente num suspiro, os olhos estão opacos –, eu gosto muito de beijar você.

Não sei porque essa frase é, de certa forma, dita com dor. Não entendo porque Dante parece arrependido quando me tira de seu colo para se levantar.

Quero que ele despiste o cara da câmera, que invente que estou me sentindo mal com todos aqueles hambúrgueres e volte para mim. Quero que Dante me conte o que o afligiu no meio do nosso beijo e por que ele odeia gostar de me beijar.

Meu corpo está jogado na mesma posição que Dante me deixou quando ele abre um pouquinho a porta. Mas então a voz que preenche o apartamento irradia por todo o meu corpo e eu pulo de felicidade, ignorando toda aquela confusão de sentimentos de dez segundos atrás:

– Quarta-feira é dia de *Sex on the drunk*, queridos!

Mafê irrompe pela porta.

– E eu trouxe tequila.

Leonardo ergue uma garrafa transparente antes de parar para abraçar Dante, que não sabe reagir.

Eu não o culpo. Também não sei reagir aos meus amigos.

28

VIRGÍNIA

Minha cabeça pesa um milhão de quilos quando abro meus olhos. Eu odeio tequila! O gosto amargo ainda está em minha boca e não consigo me lembrar de como as coisas acabaram ontem. Meus amigos apareceram e Dante não soube reagir... Meu Deus, Dante!

Ao meu lado, meu noivo postiço está com o peito nu. Ele dorme mesmo sem camiseta toda noite? Acho que eu não resistiria se fosse uma realidade para mim. Como agora, em que acabo de esquecer tudo o que incomodava minha mente há cinco segundos.

Dante se remexe no travesseiro e abre os olhos, como se soubesse que estou o observando. Ele sorri imediatamente. Qual é?! Ninguém acorda bem-humorado assim, principalmente ele. Acho que posso perguntar o que aconteceu ontem, mas ele começa rir de verdade (alto), então escondo meu rosto no edredom. É pior do que eu imaginava.

A risada de Dante fica cada vez mais gostosa e eu gostaria de sair debaixo deste edredom para olhar para o rosto dele, mas sou incapaz. Acabo de descobrir que estou pelada. Eu estou pelada. Eu estou pelada. Pelada! Por que eu estou pelada?

Meu Deus, e se eu fiquei bêbada a ponto de... Será que Dante...

— Virgínia — Dante está se acabando numa risada —, você tinha que ver sua cara quando o Leonardo a fez beber a nona dose.

Tiro só um pouquinho do edredom e coloco minha cabeça para fora. Meus dedos estão segurando as beiradas perto do queixo com o máximo de força possível. Mesmo assim me sinto exposta.

— O que... — tento falar. — O que aconteceu?

— Você não se lembra de nada?

— Só que a Mafê e o Leo apareceram com uma garrafa de tequila — meu corpo se arrepia ao lembrar do sabor —, eles queriam conhecer você. Eles embebedam as pessoas para conhecê-las porque dizem que a verd...

— A verdade está no vinho — ele me interrompe. — Vocês disseram isso umas quinhentas vezes ontem. Mas eu não fiquei bêbado, então nenhum tipo de verdade escapou.

Dante pisca, como se estivesse me garantindo algo. Seja lá o que for...

— Mas — estou com medo de perguntar, só que, julgando pela falta das minhas roupas... — e depois?

Dante apoia as costas na cabeceira da cama e cruza os braços, o sorriso ainda está ali. Eu ficaria muito triste se nós fizéssemos alguma coisa sexual enquanto eu estivesse bêbada. É claro que me sinto completamente atraída pelo homem que está zoando minha cara neste exato momento, mas eu gostaria de me lembrar de algo assim e ter controle do meu corpo.

É oficial. Nem mesmo uma gota de álcool descerá por minha garganta a partir de hoje.

— Nós brincamos — Dante pisca de novo. — Depois bebemos, conversamos...

— Meu Deus, fale logo!

— Até você vomitar.

— O quê?!

— Muito, parecia uma torneira. — As gargalhadas voltam. — Você começou na sala, vomitou mais na cozinha e depois na sala de novo. A Mafê deu um banho em você depois de mais cinco litros saírem do seu corpo.

Eu quero me matar.

— E você... Você fez sexo comigo mesmo depois disso tudo? — Ele é tão nojento assim? Os olhos de Dante se arregalam, confusos. — Estou pelada aqui embaixo!

— Ah! — Ele ri de novo. — Apesar de você querer, não, eu não toquei em você.

— De eu querer?

Meu coração quer sair do corpo. Dante se espreguiça, ele está amando toda a situação.

— Depois do banho, Mafê não conseguiu vestir você. Ficava se mexendo e gritando que tinha uma barata dentro do pijama — a cada palavra, me enfio cada vez mais dentro do edredom —, então Mafê desistiu. Ela e o Leonardo me ajudaram a limpar tudo e foram embora.

— Só isso? — Ouso perguntar, porque não tem como piorar.

— Bom, eu achei que você estivesse dormindo, então fui tomar um banho. Quando eu saí, você estava em pé no corredor, na frente do banheiro, totalmente... — percebo quando a respiração dele fica mais pesada; talvez a lembrança de me ver tão exposta tenha o traumatizado — sem roupa.

— Meu Deus — murmuro —, pare, pare de contar. Não quero mais saber.

— Você precisar saber. — Dante sorri, entretido. Ele se aproxima de mim, mas eu continuo usando o edredom como escudo. — Queria *muito* que eu beijasse você ontem, me disse isso. Queria que eu fizesse outras coisas com você.

Um suspiro é tudo que sai por minha boca quando Dante cola a testa na minha. A respiração dele me alcança e eu quero tanto tirar este edredom daqui.

— E você não quis?

E daí que eu estava bêbada? A parte moral do meu cérebro acabou de desligar.

— Eu *quis*. — Essa voz grave dele faz cócegas em minha bochecha. Dante passa os dedos por meu cabelo e depois volta para o seu lado da cama, parece vencido. — Mas nada aconteceu.

Sinto falta dele imediatamente e quero pedir que volte.

Nenhum de nós fala nada. Não sei direito o que estou pensando. Um olhar de Dante já me faz entrar em combustão. Apesar da humilhação de ontem, estou feliz porque não havia nenhuma câmera.

Olho para o relógio: 7h30. Estou atrasada.

— Droga!

Um dos meus seios escapa pelo edredom e me apresso para cobri-lo novamente. Me viro para trás para conferir se Dante me flagrou. A julgar por seus olhos famintos, ele viu. Me enrolo no acolchoado e corro pelo quarto.

— Por que está com tanta pressa?

— Tenho uma aula eletiva de neurociência em quarenta minutos.

A vida normal está de volta, mas duvido que seja como antes.

DANTE

Uma rolha de champanhe voa pela redação quando saio do elevador, acompanhado por uma salva de palmas. Não sei onde enfiar minha cabeça. Olga entrega a garrafa para um estagiário e corre para me abraçar.

— Eu mandei pendurarem uma faixa, mas não deu tempo — ela se desculpa, como se o meu sonho fosse uma festa de boas-vindas. Foram apenas duas semanas e meia. — Como você está? Você precisa contar tudo pra gente!

— Estou bem. — Limpo a garganta. — Obrigado.

— Champanhe? — o estagiário pergunta.

Eu nego. Não são nem 9h.

— Pessoal — Olga ergue a mão para pedir silêncio —, graças ao trabalho incansável de Dante no reality, conseguimos mais de quinhentas mil assinaturas, trezentos e cinquenta mil seguidores e, o melhor, patrocínio.

— Incansável mesmo! — Um dos repórteres de Esporte cutuca o colega, que gargalha. — Nada melhor do que ficar com aquela *delícia* em troca de uma promoção.

Meu sangue ferve. Como esse cara se chama... Bruno? Por que ele acha que pode *pensar* em Virgínia? Dou um passo, meus dedos já fechando em um punho pesado, mas Olga me impede quando joga um braço em meu peito com força. Lanço um olhar para ela, como se estivesse dizendo que preciso dar um soco nesse idiota, mas ela me faz segurar uma taça de champanhe e sorri com os dentes. Olga é mestre em ler minhas expressões.

— Dante irá preencher o antigo cargo de Cláudio, que se aposentou na última semana, e agora preenche a vaga de repórter investigativo. — Olga puxa mais palmas e pousa uma mão em meu ombro. Eu só consigo pensar em quebrar a cara de Bruno, não estou nem aí para a droga da promoção. — É por causa de Dante também que agora teremos impressões quinzenais.

Isso chama a minha atenção. Não achei que Olga fosse levar em consideração meu pedido pela volta dos impressos. Imagino que não será como antes, nada nunca voltará ao que era antes da internet, mas com certeza é melhor do que nada.

— Reuniremos as melhores matérias da quinzena e distribuiremos somente em São Paulo por enquanto — ela explica. — Temos que medir o público. Diga alguma coisa, Dante. — Minha chefe olha para o público e dá de ombros; ela faz uma concha com as mãos e sussurra alto como se eu não estivesse ali: — Ele é tão quietinho.

— Obrigado — digo. Os olhos que me encaram esperam por mais que isso? — Foi... muito divertido. — Olga bate em minhas costas, instigando-me a comentar mais. — Encontrar a infiltrada de Theo Soares foi muito difícil, mas acho que entramos em um acordo. Foi tudo muito profissional.

Sinto cada mentira pesando em minha garganta. O que fiz com Virgínia foi profissional? Não acho que lembrar dela nua na porta do meu banheiro seja ocupacional, mas é tudo com o que estou comprometido a fazer hoje — pelo menos até chegar em casa e poder, finalmente, acabar com essa tentação.

O que mais eu poderia pedir? Tenho o melhor cargo da redação, poderei ver meus textos impressos e, finalmente, vou honrar o meu pai. Eu tenho tudo. De certa forma, também tenho Virgínia.

O reality ainda tem catorze dias pela frente, mas conviver com ela nunca foi tão fácil. O que eu senti ontem no sofá, antes de Mafê e Leonardo chegarem, assustou-me, no entanto. Eu me senti, pela primeira vez, preenchido enquanto a beijava. Era como se só Virgínia existisse, como se nem eu pudesse existir se não estivesse ali com ela.

Caminho para minha mesa quando Olga espanta a multidão de jornalistas. João Paulo está sentado na mesa de Cláudio e me recebe com um soco nas costas. O olhar do meu amigo é desafiador e parece que está pronto para me detonar em apenas uma frase.

— Sabe que agora essa mesa é minha, não sabe?

— Às quintas, ela é minha — João responde. — Agora pode ir falando a verdade.

Uma frase e um nocaute.

— Por aqui — diz Valdemar, o segurança, enquanto me conduz pelas escadas até meu laboratório.

Queria estar em minha aula eletiva agora, estou com tanta saudade de estudar. Não achei que seria tão complicado voltar para a universidade. Achei um exagero quando o reitor mandou três seguranças me acompanharem por todos os lados, mas aí eu entendi.

Consegui avançar apenas dois metros no campus, porque uma multidão se aglomerou em frente à sala em que eu teria aula. Como tiveram acesso à minha grade? Eram centenas de pessoas; gritavam meu nome, cantavam rimas e até ergueram cartazes.

Nunca imaginei algo parecido. Valdemar e os outros dois seguranças criaram um escudo em volta do meu corpo e me levaram até as escadas de emergência.

— De onde saiu esse tanto de gente? — pergunto.

— Estavam se organizando para a sua chegada há dias — responde o segurança mais alto, não consegui ler seu nome no crachá.

— Eu deveria ir até lá? — Não sei se quero mesmo fazer isso, mas será que devo? — Quer dizer, eles gostam de mim.

— A maioria, sim — o segurança baixinho murmura e recebe um olhar fulminante de Valdemar, que parece ser o líder.

— Estamos aqui para garantir a sua segurança — diz Valdemar. — Quando for seguro se envolver com a multidão, conduziremos você pra lá. Por enquanto, estará protegida em seu laboratório.

O segurança baixinho entra no laboratório primeiro, verifica os cantos e acena para entrarmos. Precisa de tudo isso mesmo?

— O que quis dizer quando disse que a maioria gosta de mim? — pergunto para ele.

O mais alto limpa a garganta para dizer:

— Estaremos aqui fora se quiser alguma coisa.

Valdemar empurra o segurança baixinho para fora e eu fico sem minha resposta. Será que tenho *haters*?

Ligo o computador do laboratório e acesso o e-mail primeiro. Tenho cento e vinte e quatro e-mails não lidos. Finalmente estou livre do plug-in do reality (Madu me disse que nessa fase podemos encarar a opinião do público), então me divirto até mesmo com os spams.

Depois de vinte minutos lendo, chego à conclusão de que sou relativamente famosa. Pelo visto tenho cento e cinquenta mil seguidores e muitas propostas de publicidade. O que mais tenho na caixa de entrada são mensagens para confirmação de recebimento de entrega. Ganhei roupas, acessórios, maquiagens, produtos de higiene, vinhos, comidas e muitos outros presentes. É incrível, considerando minha conta bancária (ainda) precária.

Há um e-mail que não abri por conta do que está escrito no assunto. Preciso de muita coragem para clicar, mas minha curiosidade é maior que o receio.

Segunda-feira, 10:20

DE: anaealicevaz@gmail.com

PARA: loyolavirginia@gmail.com

ASSUNTO: Sua pesquisa poderia ter salvado minha filha

Olá, Virgínia. Como anda?

Meu nome é Ana e é claro que você não me conhece. Eu também não a conheço. Tudo o que eu sei sobre você é o que vem contando no *Quer casar comigo?* nos últimos dias.

Em uma de suas conversas com o Dante, você deixou escapar que está trabalhando em uma pesquisa para descobrir um diagnóstico precoce em pacientes com LES.

Eu pesquisei sobre você nesse dia. Fora as inúmeras matérias sobre o reality do Canal 4, encontrei artigos científicos sobre a pesquisa. Não quero parecer dramática aqui, mas eu chorei quando li sobre o seu projeto. Chorei por horas.

Minha filha tinha dezesseis anos quando descobrimos o lúpus. Ela morreu aos dezessete. Tivemos apenas um ano de tratamento porque, você sabe, o diagnóstico aconteceu quando os órgãos já estavam debilitados.

Você tem preenchido minhas orações depois que a vi no programa e li sobre a pesquisa. O meu maior desejo é que você conclua o experimento e traga mais dias para os pacientes de LES e suas famílias. Só Deus sabe como eu gostaria de ter descoberto a doença de Alice antes, teríamos remediado muitas coisas e talvez ela ainda estivesse aqui.

Alice nos deixou há cinco anos. Estou enviando em anexo algumas fotos. Lembre-se dela quando estiver pensando em desistir. Sei que está fazendo isso por sua irmã, mas pense também em todas as pessoas que se foram.

Você é uma mulher brilhante, Virgínia. Fico imensamente feliz em saber que você salvará vidas.

Obrigada por isso.

OBS: Estou torcendo para que diga "sim" a Dante. Vocês são lindos juntos!

Minha vista está embaçada quando acabo o texto. Não respondo Ana porque não tenho o que falar no momento, então clico nas fotos anexadas. Alice parece ter sido uma jovem feliz e cheia de vida, assim como Lívia foi um dia. Saber que minha pesquisa poderia ter salvado a filha de alguém ou minha irmã me coloca em uma posição difícil, mas não deixa de me dar esperança quantos aos pacientes que ainda podem ser salvos.

Os últimos dez e-mails são uma mistura de tudo: outros relatos sobre pacientes com lúpus, sobre pais e irmãos que estão sofrendo pelo luto e de entusiastas da ciência que estão cedendo seus corpos como cobaias (é cada coisa!).

Também confiro minhas outras redes sociais. Minha conta no Twitter não tem tantos seguidores quanto o Instagram, mas foi mencionada muitas vezes nas últimas duas semanas.

Theo Soares @nadaadeclarar

AGORA: Os participantes do Quer Casar Comigo? estão vivendo a etapa final do reality. Será que nossos favoritos dirão "sim" no altar? Tudo dependerá da experiência de morar juntos. Após o hiato de três dias, o novo episódio do programa será exibido hoje, às 21h, no Canal 4.

Kylie @kyliejennerpobre
Respondeu a @nadaadeclarar

acho que de hoje eu não passo. só tô vivendo pelo programa de hoje. tô há três dias sem tomar banho, só pensando em ver como estão as coisas entre a virgínia e o dante!!!

Gato preto @tenhosetegatosfofos
Respondeu a @kyliejennerpobre

Deveriam fazer uma lei para proibir qualquer reality show que tenha hiato entre os episódios #hiatosmatam

Kah @kabiscoiteira
Respondeu a @tenhosetegratosfofos

espero que a vida real não separe o meu casal.

nina @somostodastraumatizadas
Respondeu a @kabiscoiteira

se o programa começar hj e a virgínia e o dante estiverem brigados de novo um com o outro, eu paro de assistir

Não fazia ideia de que eu e Dante éramos tão amados pelo público. Mafê chegou a me contar que estávamos indo bem, mas não sabia a proporção disso tudo. Temos até fã-clubes!

Se o público não aguenta nem três dias sem atualizações sobre nós, o que vão fazer quando o programa acabar? Meu Deus, o que vão pensar quando eu e Dante não nos casarmos?

Há alguma coisa dentro de mim que faz com que eu me sinta mal. Não tem nada a ver com o público. Sou eu. Apesar de todas as minhas esquivas, não imagino como será a minha vida daqui duas semanas, depois do casamento. Eu para um lado e Dante para o outro? E tudo o que vivemos até aqui? Se é que o que estamos fazendo é viver...

Não entendo os meus sentimentos, mas sei que sinto algo. Sei que Dante também sente, do contrário ele não me olharia da forma como olha, não me tocaria como costuma me tocar. Estamos nós dois investindo em algo que nem mesmo conhecemos.

Se vivesse num mundo fantástico e colorido, onde todas as minhas decisões não impactassem diretamente minha vida, eu sei qual resposta daria a Dante no altar. Um grande e demorado "sim".

29

DANTE

Há uma câmera me encarando quando me sento no sofá do loft. Odeio este lugar. Por que não podemos simplesmente gravar em meu próprio apartamento? Eu não teria problema com Virgínia alojada em minha casa. Teria?

Direciono os olhos para o homem que administra a câmera. Ele está aqui para gravar depoimentos sobre meus sentimentos por Virgínia e sobre os dela por mim. Preciso fingir que ele não existe, mas como se ele não para de fungar? Quero falar que também não estou feliz com o atraso de Virgínia. Não ligo que ela esteja atrasada para o depoimento; ligo que esteja atrasada e eu não possa vê-la tão depressa quanto quero.

E isso me corrói. Eu não deveria estar tão obcecado por ela, mas, na situação em que me encontro, já desisti de reprimir o que sinto. Nunca conheci alguém como ela, tão espontânea e natural, tão delicada e inteligente. Ela faz os comentários certos nas horas certas e me arrebata de tantas maneiras que não sou capaz de controlar meu próprio corpo. Eu deveria ser mais resistente, mas e daí se ela for a infiltrada do jornal rival ao meu? Isso é um problema para a Olga resolver com o próprio Theo. Agora que tenho tudo para alavancar minha carreira, não preciso sonhar com mais nada que não seja Virgínia. É só o que faço. Sonhar com ela. Quase bati a moto ao sair da redação mais cedo pensando em como queria chegar logo em casa para tocá-la.

Mas estou sozinho com o fungador da câmera.

— Eu tenho horário, cara — ele diz, virando o boné para trás.

Cruzo os braços. Tecnicamente eu também tenho. Marquei de treinar com o João mais tarde.

— Se ela não chegar em dez minutos, eu...

— Desculpem o atraso. — A voz de Virgínia preenche o ambiente depois que a porta se fecha.

— Graças a Deus — sussurro.

Só não sei se o faço porque não precisarei ouvir mais reclamações do técnico da câmera ou se porque estou me sentindo muito melhor agora que Virgínia está no mesmo lugar que eu.

Eu não me movo. Tenho medo do que posso fazer se me concentrar no rosto dela.

— Oi — Virgínia me diz, e eu ergo a cabeça com cuidado.

Um sorriso se atreve a aparecer em meu rosto. Eu sou mesmo um perdedor.

— Você demorou.

— Eu fui buscar alguns presentes que recebi em meu apartamento — explica, sentando-se ao meu lado no sofá. O espaço entre nós é grande demais. — Sabia que somos famosos?

— Sim. — Meu sorriso abre mais. — Você não?

— Bom, tinha esse lance do plug-in de segurança, então não tinha entrado no Twitter até hoje.

Luto para manter minha expressão no lugar. Por que instalaram o plug-in no celular de Virgínia mesmo sabendo que ela é uma infiltrada como eu? Theo Soares é asqueroso a ponto de mentir até mesmo para a produção?

Se Virgínia não sabia até hoje que somos os preferidos do público, então sempre tive vantagem sobre ela.

— Vamos começar? — pergunta o câmera.

Virgínia se ajeita no sofá, e eu entrelaço os meus dedos nos dela. Ela fita nossas mãos unidas em meu colo e depois me encara. Há uma mistura de alegria com incerteza em seu rosto.

A luz branca se acende e o câmera faz um joinha para sinalizar que podemos começar quando quisermos.

— É tudo tão perfeito. — Virgínia vibra ao olhar para a lente da câmera. — A lua de mel foi espetacular, nós participamos de todas as atividades e aproveitamos muito! O que você achou, Dante?

Ela me lança um olhar para que eu continue.

Não sei até que ponto posso falar a verdade. A lua de mel, depois de nossa trégua, foi incrível. Tudo é bom depois que baixamos a guarda sobre nossos objetivos.

— Deu tempo de nos... envolver. — Virgínia aperta meus dedos e eu observo sua bochecha enrubescer. — Foi muito bom — pontuo.

— E agora temos quinze dias pra morar juntos e ver se é isso mesmo que queremos — ela continua. — Vamos nos conhecer mais e pensar bastante no futuro.

Essas frases são como flechas em meu estômago. Não sei o que penso sobre isso. O que eu quero para o futuro?

— É o que você quer? — pergunto após tirar os olhos da câmera para a encarar de perto.

Virgínia abre a boca, um pouco confusa. Adoro seus olhos brilhando. Ela franze o cenho, tentando entender o que perguntei. Nem mesmo eu sei o que perguntei.

— Eu... — Ela limpa a garganta. — Eu acho que... é.

Aquele traidor do meu sorriso aparece novamente, e eu tento me fazer impassível, mas é impossível. Virgínia está admitindo que quer ficar comigo de verdade? Por que meu coração está tão acelerado?

Olho para a frente, de volta para a câmera.

— Serão duas semanas e tanto — digo, e aí a luz apaga.

Eu não consigo dizer nada, nem mesmo me movo. Virgínia é como eu, acho que até parou de respirar. Nós só existimos enquanto o técnico de imagem guarda os equipamentos.

— Boa noite — ele diz ao fechar a porta e nos deixar a sós.

Virgínia suspira e descruza as pernas. Solto seus dedos devagar.

Acabei de perguntar se vamos ficar juntos e ela disse que sim. Não sei reagir. O que posso falar agora? Não sei nem nomear o que sinto. Por que sou tão ruim com as palavras?

— Mas que roupa é essa? — Ela me tira dos meus pensamentos.

— Meu uniforme do muay thai.

— Que coisa horrível. — Gargalha. — É um minisshort.

— Mas você ama as minhas pernas — provoco.

É mesmo bem curto.

— Quem disse que amo suas pernas?

— Você disse. — É mentira. — Falou: "eu amo as suas pernas de lutador" quando estava bêbada ontem.

Virgínia cobre o rosto com as mãos.

— Não me lembre do pior dia da minha vida!

— Não posso esquecer do melhor da minha.

— O melhor da sua vida? — Ela ri, o rosto está vermelho e os cabelos claros estão soltos hoje. — O dia que me viu vomitar tequila?

— O dia que saí do banho e encontrei você sem roupa no corredor.

— Você é muito direto — murmura ao se levantar do sofá. — Venha, vou mostrar o que recebi das empresas que aparentemente querem fechar publicidades comigo.

— Estou atrasado.

Virgínia me olha de onde está. Há pelo menos sete sacolas em seus pés.

— Você vai sair?

— Vou treinar.

Ela abaixa o olhar e mexe nos embrulhos das sacolas, sem muita intenção. Parece magoada por alguma razão.

Não é o que pretendo, mas uma fala sai quase que obrigatoriamente:

— Você quer ir comigo?

Um sorriso enorme ilumina o rosto de Virgínia.

Não acredito que estou na Elite. Como é possível o mundo ser tão pequeno assim?

— Você sabia que o Leo trabalha aqui? — pergunto para Dante quando passamos pelas portas. — Ele está de folga hoje, mas, nossa, isso não é estranho?

— O que é estranho?

— Que, indiretamente, frequentamos os mesmos lugares, mas não nos encontramos nenhuma vez antes de um experimento às cegas.

— Não foi às cegas.

Ele ri. Dante está segurando minha mão e acho que estou delirando. Dou risada. *Ué?*

— Olha quem chegou! — Escuto uma voz ecoando pelo circuito de artes marciais da academia, mas não vejo ninguém. — Vou finalmente conhecer a minha cunhadinha.

Viro o corpo e encontro um homem gigantesco atrás de um dos ringues. Ele está correndo em nossa direção. Nunca vi um cara tão alto!

— Esse é o João — Dante apresenta. — Ele é o dono da Elite e colunista no jornal.

— E seu irmão?!

Dou risada, sabendo que é brincadeira.

— De coração. — João me abraça. — Que bom conhecer você! Veio aprender a lutar pra bater no Dante? Ele já está irritando tanto assim?

— E como! — Reviro os olhos e fecho os punhos para fingir socar o peito de Dante. — Acho que posso aprender uns golpes.

— Então vou deixar vocês praticarem sozinhos. — João dá um soco no ombro de Dante e pisca para mim: — Minha esposa está grávida e disse que tem uma surpresa.

— Uau, parabéns!

Bato palmas.

— Já está tarde também, a academia fecha daqui quarenta minutos — ele diz. — Aproveitem, mas não façam nada de errado, hein? Eu assisti a vocês!

Meu rosto todo esquenta e quero me esconder entre os sacos de pancada, mas isso ficaria muito nítido, não ficaria?

— Vamos só treinar e ir pra casa — Dante resmunga e empurra João para fora do tatame.

Quando ficamos sozinhos novamente, ele me encara.

— Deveríamos ter tido mais pudor na lua de mel?

— Nossa, quem é que fala "pudor"? Considerando que nossas famílias estavam assistindo, sim.

Dante lança sobre mim duas faixas de tecido, que caem no chão.

— São as bandagens, vou ensinar a colocar.

Eu o espero enrolar as dele nas mãos e aproveito para observar seu corpo. Esse short curto é realmente muito... agradável. Acho que nunca disse que acho suas pernas bonitas como insinuou mais cedo, mas poderia dizer agora.

Ele se aproxima e pega minhas bandagens no chão. Meu corpo não sabe se comportar em sua presença, então vibra enquanto Dante costura meus dedos com as faixas. Ele cobre minha aliança de safiras com o tecido e fecho os olhos para me concentrar e tento acalmar minha respiração.

— Agora as luvas e as caneleiras. — A voz dele é tão... presente, espaçosa; de olhos fechados, me lembro de ouvi-la na cabine do reality.

Dante se agacha entre minhas pernas, e ouço o som do velcro de abrindo. Ele contorna minhas panturrilhas com as mãos e prende o equipamento. Graças a Deus estou vestindo leggings, não sei se estaria firme se Dante estivesse tocando minha pele nua, e ele faz questão de deslizar os dedos por minhas pernas várias vezes. Meus olhos se abrem com curiosidade. A caneleira é como uma bota na parte da frente e agora Dante está fazendo o mesmo procedimento na outra perna. Ele está de joelhos em minha frente e eu sinto sua respiração em minha barriga.

— Sabe de uma coisa? — ele me pergunta. Não existe voz dentro de mim, então só espero que continue. — Eu gostei de não ter tido pudor.

Dante ergue a cabeça e me fita de baixo. Encara o meu top esportivo e sorri. Parece que esta é a primeira vez que sorri na vida. Eu amei. Dante está sorrindo apenas para mim. Só eu existo.

— Por que está sorrindo?

— Porque estou com saudade de treinar há dias, mas estou gostando muito mais de olhar pra você nessa roupa.

Um suspiro escapa por seus lábios e eu acabo sorrindo também. O equipamento me imobiliza e eu me sinto como um robô, mas, de alguma forma, Dante continua me achando bonita. Meus olhos estão fixos nele enquanto se levanta e minha cabeça precisa pender para trás para seguir seu rosto.

— Sabe de outra coisa? — questiono. Dante levanta as sobrancelhas, querendo saber. — Aqui não tem câmeras.

— Na verdade tem as de segurança. Mas quem se importa?

Bom, eu deveria me importar. No entanto, assim que esse pensamento passa pela minha mente, mãos quentes encontram o meu pescoço e deslizam para a minha nuca, roubando a força dos meus joelhos e o ar dos meus pulmões. Quer saber? Tenho certeza de que a altura dele está me protegendo de qualquer câmera escondida agora.

Seus lábios cobrem gentilmente os meus e eu me pego pensando se existe algo melhor que eu já tenha experimentado nesta vida. Não, nada algum dia foi tão bom. Se todos os meus vinte e seis anos estivessem sendo representados em um gráfico, este momento seria o ápice da curva.

As mãos de Dante estão agarrando minha cintura e as minhas estão nos ombros dele. Ele murmura algo que eu não entendo contra minha boca. Quero bagunçar o cabelo dele, mas também tocar em seu pescoço ao mesmo tempo que sinto que preciso apertar seus braços. Eu quero tudo de uma vez.

Estou ofegante quando Dante se afasta e dá vários passos para trás. Ele está me olhando como se eu tivesse culpa de alguma coisa.

— Vamos treinar. — Ele corre duas mãos frustradas pelo rosto e solta um suspiro profundo antes de sussurrar: — Tem um faxineiro muito interessado em nós ali atrás.

Viro meu corpo a tempo de encontrar o homem de meia-idade fingir empurrar um carrinho com vassouras e rodos. Ele some do meu campo de visão e eu consigo ouvir um assovio se afastando.

— Por acaso você estava me beijando de olhos abertos?

— Estava tentando não esquecer de onde estou.

Tudo bem, calma aí. Não sei o que é mais difícil de digerir: o fato de Dante me beijar de olhos abertos e nem tentar protestar sobre isso, ou ele gostar tanto de me beijar a ponto de se sentir desorientado. Quem sou eu para julgar? Eu me sinto completamente anestesiada quando ele pega em minha mão, imagine um beijo!

— É melhor você me ensinar a lutar.

Dante balança a cabeça em concordância. Ele caminha na frente e sobe a pequena escada de madeira do ringue. Eu o sigo, como tenho feito há semanas. Estamos descalços e o material que cobre o ringue é gelado contra as solas do meu pé.

— Você já lutou antes? — Dante está colocando a luva na minha mão direita. Nego com a cabeça. — Ótimo. É melhor que eu ensine.

— Por quê?

— Não gosto da ideia de outro homem fazendo o que vou fazer — ele fala com tanta naturalidade, tão casualmente que acho que o problema está em mim.

— Isso é ciúme, Dante?

Respire fundo, Virgínia, finja que está tudo bem.

— É, sim. — Os olhos são tão sinceros que eu me encolho. Dante acaba de prender minha outra luva e ele aproveita para escorregar seus dedos por meus braços com muita paciência. — Não confio em nenhum homem que já pensou em tocar você.

— Por que eu confiaria em você então?

— Porque sou seu noivo. Eu posso tocar em você. — Ele pisca e ergue meus braços em frente à minha cabeça. Que bom que meu rosto está coberto, assim consegui esconder minha reação à palavra "noivo". Eu não a odeio mais como costumava fazer até alguns dias atrás. — Temos que deixar sua guarda levantada.

Sinto meus punhos fechados dentro da luva, mas meus braços têm a consistência de manteiga. Levantar a guarda? Parece que nunca fiz isso para Dante.

Ele coloca as próprias luvas e soa como se estivéssemos em igualdade no ringue (se eu ignorar seu peso e altura). Observo que Dante balança o corpo de um lado para o outro, a guarda levantada como me ensinou fazer. Copio seus movimentos, mas tenho total convicção de que não sei nem mesmo um por cento do que ele sabe. Dante dá alguns passos em minha direção e eu não acho que precise me afastar; o que ele vai fazer, me bater?

— A gente devia começar com um aquecimen... Ah!

Minhas costas batem no chão do ringue e eu não consigo entender como vim parar aqui. Olho para Dante, que ainda balança, e eu me esforço para me levantar.

— O que acabou de acontecer? — pergunto, incrédula. — Você me passou uma rasteira? Não disse que ia me tratar diferente dos outros homens?

Dante não consegue segurar a risada atrás da luva.

— Não coloque palavras na minha boca — ele diz. — Falei que não queria nenhum homem tocando você, mas também disse pra deixar a guarda levantada.

Não respondo. Tento copiar seus movimentos mais uma vez, mas com os braços levantados não consigo ver onde está Dante, então ele chuta a lateral da minha coxa de leve.

— Você é destra? — pergunta, abaixando as mãos. Eu confirmo com a cabeça. — Está explicado. Coloque a perna esquerda para a frente e aí a direita terá mais força e equilíbrio. É a sua base.

Posiciono meu corpo como ele sugeriu. Sinto mais firmeza em minha postura.

— Quando você perceber que quero atacar com um chute, erga os joelhos para se defender com a canela — explica Dante. — Vou mostrar.

É sempre igual: pés rápidos, guarda alta e chutes laterais com uma leve inclinação. Peguei! Dante avança e gira o corpo para me atingir com um chute, mas então subo o joelho como me ensinou e bloqueio o golpe.

— Ah! — Dou um gritinho. — Que legal, deu certo!

— É claro que deu. — Ele se gaba. — Agora você pode aprender a chut...

Interrompo a fala de Dante com um soco. Não usei muita força, mas meu punho atingiu bem o centro do seu rosto. Sei que não doeu de verdade, ele está acostumado a lutar com caras bem maiores que eu, mas não deixo de me sentir culpada.

— O que você...

— Você abaixou a guarda.

Dou de ombros, tentando parecer segura do que acabei de fazer. Dante torce o nariz e curva a cabeça.

— Justo.

— Você pode me ensinar a chutar agora.

Ele revira os olhos e tira as luvas. Faço o mesmo (até a parte do revirar de olhos).

— Você vai se posicionar em sua base. Pé esquerdo na frente. — A voz de Dante é exigente, e eu obedeço aos comandos. — Então vai girar o tronco e mirar sua canela no alvo. As mãos devem acompanhar o movimento da perna, como se você tivesse um chicote.

Chicote, canela, girar o tronco. Entendido. Acho que sou capaz de chutar um saco de pancadas. As mãos de Dante cercam minha cintura quando me posiciono, e aquele fio de tensão que perpassa meu corpo a cada toque de Dante aparece. Ele me mantém equilibrada quando acerto o saco com minha perna e o barulho seco do golpe ecoa por todo o ringue. Adoro a sensação. Tento me concentrar para acertar mais chutes, mas estou imersa pelas mãos grandes em minha cintura.

Dante desliza os dedos em minhas costas quando minha perna cai de volta no chão. Estou toda arrepiada, por isso continuo virada para o saco. Não sei o que posso fazer se encontrar o rosto de Dante agora. No entanto, sinto que ele inclina seu corpo em minha direção e apoia o queixo na curva do meu ombro.

Quero reagir, mas não dá tempo. Dante gira meu corpo e me invade. Uma mão está em minha nuca, subindo para soltar o meu cabelo, e a outra brinca com o meu top. Eu sou totalmente dele aqui, não sei nem mesmo orquestrar meus movimentos. Me sinto ridiculamente consciente de que estou no meio de uma academia e de que estou sendo beijada intensamente. Nunca fiz algo assim antes. Eu nunca realmente tive vontade de fazer algo assim antes. Eu amo como nós nos queremos desesperadamente agora mesmo.

Esse barulho que estou ouvindo é do meu coração galopando contra as costelas? Jesus! Desde quando Dante é tão indiscreto? Até poucos dias atrás, estávamos lutando por espaço. Agora parece que ele quer me dilacerar.

Dante está em todos os lugares. Em meus lábios, em meus braços, em minhas pernas. Ele me beija com força e me aperta entre seus dedos. Nós dois estamos ofegantes e nós dois queremos mais.

— Virgínia — ele sussurra com esforço —, vamos pra casa.

"Casa." Eu não moro naquele loft, mas estou começando a sentir como se pudesse me adaptar a qualquer lugar, desde que Dante esteja comigo. É por isso que assinto.

DANTE

Sinto-me em um cubículo sem oxigênio dentro deste carro com Virgínia. Eu quero, mais do que nunca, tê-la.

Eu faria isso se não fosse pelo motorista. Ainda não me acostumei com a ideia de ter um. O reality cedeu um carro para todos os casais e podemos nos locomover para qualquer lugar, mas não vejo a hora de buscar minha moto amanhã. Motos são mais dinâmicas, em motos não há toda esta tensão que estou sentindo agora.

Virgínia também não está nada bem. Ela tamborila os dedos no apoio de braço entre nós e os joelhos estão tremendo. Por que nós dois nos sentimos desta forma? O que há de diferente em nossa relação que nos faz ser tão dependentes do toque um do outro?

Não estou pronto para responder minhas próprias perguntas, então agradeço a Deus quando o carro para no meio-fio e o motorista destranca as portas. Virgínia sussurra um "obrigada" para o homem e se joga contra mim para sair do veículo.

Nós andamos rápido até o hall e meus dedos estão apertando o botão do elevador há dez segundos. Estou torcendo para que isso ajude com a demora. Tudo está tão demorado. As portas se abrem e encaro meu reflexo no espelho. Meu semblante é de dor. Virgínia pousa a mão em meu ombro e me fita de baixo. Eu não aguento mais.

Empurro o seu corpo até a parede de metal e a beijo. Virgínia arfa entre meus lábios e enrosca os dedos em meu cabelo. Preencho todo o espaço que há entre nós e tenho certeza de que posso carregá-la no colo até nosso quarto. Passo um braço por suas costas e a puxo com o outro para o meu colo. Ela solta um gritinho risonho, é a coisa mais linda que já ouvi na vida.

Eu amo como Virgínia abraça meu pescoço sem desgrudar os lábios dos meus. O elevador apita e eu abro os olhos para ver por onde ando quando as portas abrem.

— *Yasu!*

Meu coração para.

— O que... — Virgínia afasta o rosto do meu, mas não a coloco no chão porque meus braços congelaram. Ela olha para onde estou olhando e seu corpo enrijece de imediato. — Ah, meu Deus. Nossa, é... Dante, me coloque no chão. — Eu encaro Virgínia. Não sei porque não consigo me mover. — Dante, me coloque no chão.

Seus olhos estão arregalados.

— Caramba, *oppa!*

Hana está gargalhando.

— Nós pensamos em fazer uma surpresa — diz minha mãe.

— Dante! — Virgínia implora em meus braços.

Estremeço ao encontrar os olhos de meu pai. Ele está com a mão no vão do elevador para que as portas não se fechem, mas é tudo o que eu queria que acontecesse agora.

Coloco Virgínia no chão e a ouço limpar a garganta. Ela arruma o cabelo e dá um sorrisinho.

— *Annyeonghaseyo* — meu pai inclina o corpo para Virgínia.

— Oi — ela responde, tímida.

— Você é linda — minha mãe a abraça forte —, linda! Ela não é linda, Lee?

Meu pai concorda com a cabeça.

— O que vocês estão fazendo aqui? — Encontro a minha voz.

— Por que não nos contou que participaria de um reality? — questiona minha mãe, ainda agarrada à Virgínia.

Atravesso o hall e abro a porta do loft. A última coisa que quero é que alguém da produção nos veja. Meu pai entra primeiro no apartamento e Hana o acompanha. Estou com a porta aberta, querendo salvar Virgínia das garras de minha mãe, mas é impossível. Ela está viciada em apertar minha noiva.

— Foi tudo muito rápido, eu não...

— Queríamos conhecê-la — meu pai aponta quando minha mãe entra no apartamento arrastando uma Virgínia sorridente.

Gosto que ela leve tudo com tranquilidade.

— Eu tentei detê-los — Hana sussurra perto de mim —, mas a *eomma* estava surtando.

— E o *appa*?

— Ele não falou muito sobre isso.

Observo meu pai abraçar Virgínia, e minha mãe roubá-la de volta logo depois. Ele não parece bravo, mas sei que passou todos esses dias pensando que me rendi à mídia do entretenimento fútil. Quero ter um momento a sós com ele para falar que é tudo uma encenação, que só aceitei tudo isso para concluir minha matéria sobre liberdade de expressão como um repórter investigativo de verdade.

— Trouxemos comida.

Hana bate palmas.

— Ah, querida, nas cabines o Dante falou sobre o meu *chikin*, mas não deu tempo de fazer — minha mãe diz acariciando a cabeça de Virgínia.

— Não tem problema — ela diz.

— Mas nós compramos em um restaurante aqui perto — Hana intervém, sacudindo a embalagem de papel —, só não é tão bom quanto o da *eomma*.

— Trouxe *soju* — meu pai me olha —, não achei que a produção teria pra providenciar.

— É, não tem — admito.

E eu sei que meu pai só falou isso para provar que ninguém da produção conhece qualquer tradição gastronômica coreana.

— Vamos comer — anuncia minha mãe, puxando Virgínia até a cozinha.

Hana as segue e daqui consigo ouvir que as três estão conversando alegremente.

— *Appa* — chamo —, eu posso explicar.

— Não precisa explicar nada. — Estamos sentados no sofá e ele me olha no fundo dos olhos ao falar: — Você podia ter dito que queria se casar.

— Eu não quero me casar — digo. — Isso foi ideia da Olga, ela precisava de...

— Mas a Virgínia parece ótima. — Meu pai cruza os braços, ignorando-me totalmente. — Você tem trinta anos, precisa mesmo se firmar com alguém. Não gosta dela?

Eu gosto. Mais do que deveria, quer dizer. No entanto, nós dois estamos aqui por interesses terceiros.

— Isso é trabalho. O jornal precisava de um infiltrado para conseguir furos e...

— O quê? — Os olhos do meu pai quase saltam para fora. — Você escreve fofocas agora?

— Não. Sim.

— Não acredito que todas aquelas matérias idiotas sobre os times de futebol de cada participante saiu da sua cabeça. — Ele bate o punho no joelho. — Fofoca, Dante!

— *Appa* — quero pedir calma —, não é o que o senhor está pensando. Eu precisei fazer isso porque...

— Ela sabe? A Virgínia sabe que a relação de vocês é uma mentira? — Aquiesço. Ela sabe. — Isso ultrapassa os limites da moral, Dante. Não criamos você pra ser um farsante. Não saí da Coreia pra adorar um deus de mentiras. Isso é demais.

Mentiroso. Durante todo esse tempo, julguei Virgínia como uma mentirosa. Ela mentiu no formulário de inscrição e eu refutei todos os seus gostos, ela não me contou verbalmente que é a infiltrada de Theo Soares e eu até mesmo escrevi notícias sobre suas mentiras e sobre sua má índole.

Ver meu pai me chamando de farsante me faz cair na real. Eu também menti, estou mentindo para todo o país, menti para Virgínia ao não contar que também sou um infiltrado. Por que me anulei da equação durante todo esse tempo?

— Eu não adoro um deus de mentiras — é tudo o que consigo responder.

— Não deveria — rebate meu pai. — Estamos aqui porque eu nunca pude adorar O da verdade no meu país.

Quero falar que concordo que estou errado, mas que fiz isso pela vaga no investigativo, que vou conseguir falar sobre liberdade em minha nova posição, mas minha mãe aparece no batente da porta da cozinha. Ela está radiante, seus olhos brilham e o sorriso jamais abandona seus lábios.

— Venham comer, meninos.

Meu pai se levanta primeiro e eu o sigo. Minha cabeça está girando porque parece que sou eu o errado nesta história toda.

Virgínia está sentada entre Hana e minha mãe, de modo que fico ao lado da única pessoa que parece me detestar nesta cozinha. Meu pai não me dirige a palavra, acho que nem mesmo a mereço, mas se esforça para conversar com Virgínia. Ela responde todas as suas perguntas com honestidade, diferente de mim.

— Eles moram em Ouro Preto — para quando minha mãe pergunta sobre seus pais. — Biomedicina, estou pesquisando um diagnóstico precoce para o lúpus — para quando Hana pergunta sobre a profissão.

São inúmeras perguntas, como se eu já não as tivesse feito antes. Virgínia é educada e amorosa ao responder cada uma delas. Eu amo isso, mas me mantenho calado durante quase todo o jantar. Finjo estar muito mais interessado no frango, mas a verdade é que não quero ter de enfrentar meu pai mais uma vez nesta noite. Precisarei encontrar outro momento para explicar sobre a vaga no investigativo.

Quando fico sozinho novamente com Virgínia, já passou da meia-noite. Estou mentalmente cansado e meio que agradeço por ela não fazer nenhum tipo de comentário sobre qualquer assunto. Tomo um banho demorado e quero continuar escondido no banheiro por mais um tempo, mas sou obrigado a sair quando ouço:

— Treinei muay thai e conheci seus pais hoje, Dante. É melhor você sair desse banheiro se não quiser morrer.

30

VIRGÍNIA

— Vamos pra sua casa antes da minha? — Dante pergunta após um gole de café.

É a primeira frase completa que ele me direciona após o jantar de ontem. Eu não o culpo. Sei que aconteceu alguma coisa entre ele e o pai durante o jantar e, pelo que concluí, Dante valoriza muito todas as opiniões de Moon-Choí Lee (Hana me ensinou que na Coreia usam o sobrenome antes do nome).

— Eu não tenho muitas outras roupas além das que trouxe — admito. — São basicamente muitas camisetas de ciências e All Star. Podemos passar somente na sua casa. — A expressão dele ainda é conflituosa. Ele não está bravo comigo, é mais uma coisa interna, mas não quero alfinetar. — Eu tenho aula em quarenta minutos — escolho uma bolacha na mesa de café da manhã posta pela produção —, vai ser rápido?

— Só preciso ver a Boki — ele diz como se eu soubesse quem é — e pegar minha moto. Posso deixar você na universidade.

Concordo com a cabeça e nenhum de nós abre a boca enquanto terminamos o café. O motorista abre a porta para mim quando descemos até o estacionamento do loft e eu tento não ligar para o fato de Dante estar mais interessado no celular do que em qualquer outra coisa. Eu não deveria me importar tanto, para onde quero que ele olhe, para mim? Apesar da tremenda atração que sentimos um pelo outro, não estamos aqui para nos casar ou para eu cobrar qualquer tipo de atenção.

O apartamento real de Dante não fica muito longe. É um prédio pequeno com arquitetura rústica. Ele mora no térreo, as câmeras do reality nos seguem pelo hall e filmam tudo enquanto Dante destranca a porta. Um cheiro de perfume floral preenche minhas narinas e acabo espirrando.

— Ah, oi — Dante cumprimenta alguém, mas sou incapaz de ver a pessoa porque estou atrás da grande muralha que são suas costas.

— Bom dia, Dan. — Ouço uma voz feminina. "Dan"?

Meu sangue parece esquentar, e eu deixo pra refletir sobre esse fato depois. Fico na ponta dos pés, mas ainda não enxergo nada. Por que tem uma mulher no apartamento dele? Odeio esse cheiro!

— Estava agora em seu quarto procurando por ela — diz a mulher. Não gosto do som da voz dela, e quem é que está no quarto dele?! Dante não se mexe quando o empurro, está atrapalhando toda a minha visão! — Como foi a viagem? Assisti a todos os episódios. Você estava arrasando lá, Dan!

É sério isso? O que essa mulher estava fazendo no quarto de Dante? Empurro as costas dele novamente, com mais força. Ele olha para trás, e finalmente se dá conta de que eu existo.

— O que foi? — pergunta.

Quero pedir que ele me deixe passar, mas tudo o que sai por minha garganta é um resmungo idiota. Cruzo os braços e bufo, tenho certeza de que meu rosto está vermelho como um pimentão. Não consigo pensar em outra coisa que não seja esse perfume doce e enjoativo.

Dante me dá espaço entre seu corpo e o batente da porta. Me arrependo na hora. Era melhor não saber que a mulher que deu um apelido brega a Dante é uma tremenda gostosa. Ela tem pernas longas, seios enormes e um cabelo de dar inveja! *Eu* estou com inveja.

Fico me obrigando a lembrar que eu e Dante estamos juntos por causa do reality. Tínhamos vidas antes disso tudo e voltaremos para elas quando o programa acabar, mas os últimos segundos parecem me aterrorizar por algum motivo. Ele podia ter me dito que tinha alguém. Ah, meu Deus, será que estou na posição de amante? Serei taxada como a maior talarica do país! Onde fui me enfiar?

— Oi — digo para ela, que acena com uma mão frouxa. — Você é a Boki?

Dante não me colocaria em uma posição tão delicada, não é? Ele teria dito se tivesse uma namorada ou algo assim, mas estremece atrás de mim. Isso foi uma risada?

— Eu... — tenta a mulher.

— Você *nos* assistiu em *nossa* viagem então?

Descruzo os braços. Não quero parecer tão nervosa, mesmo que meus olhos estejam querendo saltar. Posso estar sobrando neste triângulo, mas espero não sair como a errada.

Ela cobre a boca com as mãos.

— Virgínia — Dante desliza a mão por meu ombro —, essa é a minha vizinha, Karen. A Boki é aquela gata.

— O quê? — As palavras saem no exato momento em que uma gatinha preta aparece no corredor.

Gostaria muito que um buraco surgisse no piso de madeira do apartamento de Dante agora. Quero me esconder em algum lugar, mas não há muitos móveis por aqui.

— Eu estava cuidando da Boki enquanto vocês estavam fora — Karen comenta com um sorriso que parece simpático. Será que devo pedir desculpas por ter confundido a vizinha gostosa de Dante com a gatinha? — O Dan gosta que eu tome contas das coisas — ela completa dando de ombros, agora seus olhos são debochados. Não, não devo pedir desculpas. — Eu sei tudo sobre os gostos dele. Se quiser, passo uma lista.

— Pode deixar comigo a partir de agora. — Pisco, irônica. Cubro o nariz com os dedos — Que cheiro de velório é esse, gente? Parece que uma floricultura barata explodiu aqui dentro.

Dante traga o ar com força e acaba tossindo. Quero rir, mas me mantenho firme enquanto a observo torcer o nariz para o próprio perfume.

— A gata gosta bastante de mim, então talvez eu os visite em breve. — Karen sorri para mim, e eu sei que ela está tentando me provocar. — Ela é como uma filha para nós.

"Para nós"? Qual é o nível de intimidade entre os dois? E por que Dante não diz nada?

Boki caminha lentamente até mim e passa o corpo rechonchudo entre minhas pernas diversas vezes. Decido focar minha atenção na gata enquanto Karen pega uma sacola em cima da mesa e balança o molho de chaves na altura dos olhos de Dante. Ele pega as chaves de suas mãos e balança a cabeça para a mulher, como um "obrigado".

— Fedida — sussurro antes de a porta se fechar.

Espero que Karen tropece em alguma coisa no caminho até o seu apartamento, que fica há um metro de distância de onde estamos.

DANTE

— Como foi ficar nas garras daquela bruaca, hein, gatinha? — Virgínia usa uma voz fina para fazer a pergunta a Boki, que ronrona alto enquanto esfrega a cabeça para receber mais carinho.

É engraçado como, em apenas um encontro, Virgínia já formou opiniões tão fortes sobre minha vizinha, que sempre foi muito atenciosa comigo. Eu não sou bobo, sei que Karen espera que um dia haja algo entre nós, mas nunca esteve em meus planos, mesmo que ela seja uma mulher bonita.

Envolver-me com qualquer mulher nunca esteve em meus planos. Eu imaginava que um dia me casaria, claro, mas daqui muitos anos, e também nunca esperei me apaixonar verdadeiramente, somente consolidar uma família e pronto — encontrar tudo isso em Virgínia foi uma surpresa amarga. Não sei o que fazer com os meus sentimentos.

— Ela maltratou você, Bokizinha? — Virgínia me provoca. — Ficou sufocada com aquele cheiro horroroso?

Não consigo segurar a risada.

— Por que você detesta minha vizinha?

Virgínia pega Boki no colo e se levanta, seus olhos estão ardendo e sinto que querem me queimar.

— Ela trata você como se fosse sua ex. — Aponta a mão livre para mim. — Ela é sua ex?

— Não. — Dou risada. — É só a minha vizinha.

— Sua vizinha linda — comenta Virgínia, as chamas em seus olhos foram apagadas. —, que pelo visto sabe muito sobre o que você gosta.

— Ela não sabe nada sobre mim. — Diminuo o espaço que há entre nós, mas Virgínia continua acariciando Boki, a cabeça inclinada para baixo.

Levanto seu rosto com o dedo em seu queixo. — Você é a única pessoa que me conhece.

A boca de Virgínia se abre em um "o" e há um brilho tão lindo em seus olhos que quero passar o resto do dia contemplando essa visão. A honestidade em minhas palavras faz minha cabeça pesar. Por que, entre todas as pessoas do mundo, minha rival é a pessoa que me conhece verdadeiramente?

— Você está com ciúme?

Virgínia ri alto e solta Boki no chão para desgrudar os olhos dos meus. Parece surpresa e nervosa ao mesmo tempo.

— É claro que não!

Ela cruza os braços e faz beicinho. É lindo.

Eu amo que ela sinta ciúme, mesmo que não dê o braço a torcer. Isso quer dizer que ela também sente algo? Algo que não sabe nomear, como eu.

Quero tanto beijá-la. Não me importo com as câmeras, não sei nem mesmo onde estou no momento. Se Virgínia pode sentir ciúme, então talvez haja uma chance para nós. Podemos dar um jeito nisso tudo?

As costas da minha mão passam por sua bochecha e ela cobre meus dedos com os seus. Inclina a cabeça para aproveitar o toque, minha outra mão está em sua nuca e estou usando todo o meu autocontrole para não arrancar suas roupas agora. Eu adoro este momento, o que acontece antes de um beijo. Há expectativa, esperança e até insegurança entre nós, o que só comprova como estamos nas mãos um do outro.

A maioria das pessoas não consegue apontar o exato momento em que se apaixonaram.

Eu consigo.

Acabou de acontecer.

É neste momento de certeza e pavor que Virgínia escolhe para dizer:

— Estou atrasada para a aula.

— Quem pode me dizer as funções de uma organela animal?

Minha sala está lotada. Sei que a maioria dos alunos são somente curiosos que me viram na televisão, mas tento ignorá-los. Mesmo com o reality, precisarei continuar trabalhando. O dinheiro que vou conseguir será totalmente destinado para minha pesquisa, então (pelo menos até o hype cair) vou ter que me acostumar com isso.

Apenas dois alunos levantam a mão.

— Vamos, pessoal — cruzo os braços —, isso é matéria de Ensino Médio, vocês deveriam saber.

— Professora — a menina com a mão levantada me chama —, você vai se casar com o Dante, não é?

— Ele é tão lindo, professora! — outra aluna comenta. — E ele ama você!

Sinto meu rosto enrubescer. Quem dera Dante sentisse algo por mim! Sei que temos uma conexão sexual gigantesca, mas não acho que seja algo sentimental. Não sei qual é seu interesse como participante de um reality show, mas nós dois estamos fazendo isso para alcançar nossos próprios objetivos. Não vamos nos casar.

— Lisossomo, ribossomo, membrana plasmática, citoplasma... — Me viro para a lousa e escrevo os nomes com o giz. — Quais são as outras funções?

— Professora — uma voz masculina me chama e eu me viro para localizar o aluno —, já viu o que estão falando sobre você no Twitter?

Meu Deus, o Twitter. O esgoto da internet.

Não quero expressar qualquer reação, não quero conversar sobre minha vida pessoal. Quer dizer, minha vida não é mais só minha há algumas semanas.

— Não é nada de mais — comenta outro aluno —, não assuste ela!

— Só estão falando que você deveria chutar as bolas daquele Rafael na próxima vez que o vir, ele é um sem-noção!

— Retículo endoplasmático rugoso, peroxissomo, núcleo... — Fecho os olhos para me concentrar na lousa. Como vou lecionar uma aula se ninguém está interessado na matéria? — Gente, quais são as outras funções de uma organela?

— Aquela Letícia é outra! Ela fica colocando a culpa em você, mas a verdade é que ninguém a suporta, cara. — Uma menina chama a atenção dos colegas no fundo da sala. — Tipo, ela falou que a professora é interesseira e...

— Retículo endoplasmático liso, centríolo, aparelho de Golgi...

Respire fundo, Virgínia, conte até três. Um, dois, três...

— Pelo menos a prô não é iludida, ela nunca deitou para esses dois — outro aluno pontua. *Obrigada?* — O Dante também, sempre a defendeu.

— *E mitocôndria!* — grito.

Jesus Cristo!

Meu coração está acelerado e o giz escapou da minha mão e foi parar no fundo da sala. Os alunos estão me encarando com os olhos espantados e eu não os culpo. Estou uma pilha de nervos e nenhum desses comentários me ajuda.

— Olha, eu não quero ser rude — digo, acalmando minha voz. — Eu acho muito divertido que vocês gostem da minha participação no programa, mas é muito indelicado da parte de vocês ficarem trazendo esses assuntos para a aula. Tem alguém que está interessado em biologia aqui?

Só um aluno levanta a mão. Como eles têm a pachorra?

— Tudo bem. — Respiro fundo. — Eu vou cancelar esta aula porque vocês preferem fofocar do que se formar.

— Mas, prô — uma aluna chama quando começo a organizar meus materiais para ir embora —, a gente só tem uma pergunta.

— Por favor, só responda essa!

Ergo a alça da bolsa em meu ombro e encaro a turma. Parece que todos concordam que só existe uma pergunta que realmente importa. Suspiro, vencida.

— Qual?

— Vai ser "sim" ou "não"?

Engulo um grito e saio da sala. Não sei se o grito vem de raiva desses jovens fofoqueiros ou se pelo fato de que não gosto da resposta que eu estava prestes a dar. É sério que eu pensei em dizer "sim"?

DANTE

Essa é, provavelmente, a sexta-feira mais emocionante da minha vida. Finalmente me sento em minha mesa nova. Fiquei sabendo por um dos estagiários que Cláudio está usando o dinheiro da aposentadoria para comprar um barco, então não me sinto tão mal por ocupar sua antiga vaga.

Quero focar em meus escritos. Vou poder publicá-los em breve e estou ansioso para ver a reação do meu pai. Ele vai entender o meu envolvimento no reality após ler minha matéria sobre a liberdade de expressão ameaçada. Por isso, uso quase todo o expediente para responder as últimas mensagens das minhas fontes.

O caso de Júlia, que teve as redes sociais censuradas após organizar um protesto contra a universidade da Paraíba, só piora. Aparentemente ela e o irmão foram processados pelo Estado e, se perderem, precisarão pagar uma multa milionária. Tenho outras fontes que estão na mesma situação, uma delas foi, inclusive, condenada.

Acho que consigo terminar a matéria ainda na próxima semana e, com sorte, a repercussão fará com que o Estado entre em conflito com a mídia. O governo nunca quer parecer autoritário — mesmo quando é —, então quando for exposto talvez alguns casos sejam revertidos. A pressão da imprensa é sempre muito bem-vinda para alertar as pessoas.

— Dante — uma estagiária se aproxima de minha mesa quando estou organizando minhas coisas para ir para casa —, Olga pediu para eu conferir sua notícia do dia.

— Ah — franzo o cenho —, não escrevi nada.

Não temos muitas atualizações no reality no momento.

— O que eu digo a ela? — A estagiária parece nervosa. Ela olha para a sala de vidro de nossa chefe, que está gritando com outro funcionário. — Ela não está em um bom dia hoje. O Theo apareceu aqui mais cedo.

Cruzo os braços, tentando pensar em alguma coisa.

— Hoje teremos um jantar com os outros participantes do *Quer casar comigo?* — afirmo. — Escreverei alguma coisa amanhã. Acho que você pode postar algum dos que escrevi na lua de mel.

— Qual deles? — ela me pergunta quando aperto o botão do elevador.

Não gosto de nenhum dos textos que escrevi durante o reality. São todos bobos e genéricos. Nenhum deles importa.

— Qualquer um. Estão todas em uma pasta compartilhada na nuvem da redação — afirmo antes de as portas de metal se fecharem e eu ficar sozinho no elevador.

Meu celular vibra no bolso e eu me surpreendo com a notificação que aparece na tela. Preciso respirar fundo algumas vezes antes de abrir o e-mail. É uma mensagem curta, mas muito clara.

Sexta-feira, 17:20

DE: administracao@camaradosdeputadossp.com

PARA: moonchoidante@sp24hrs.com

ASSUNTO: VOTAÇÃO EXTRAORDINÁRIA HOJE

Uma votação extraordinária está marcada para ocorrer hoje, às 21h na Câmara. Os deputados votarão para aprovar um projeto de regulação de imprensa e mídia.

Você não foi convidado, mas deve estar aqui.

Minha cabeça junta as peças muito rápido. Acabei de receber uma mensagem anônima de dentro da câmara dos deputados de São Paulo para eu delatar um projeto de lei sobre censura. Se a votação foi marcada em cima da hora e de forma extraordinária, então quer dizer que o portal da transparência do país não lançou o aviso do evento para a mídia. Ou seja, ninguém sabe que isso ocorrerá esta noite, dando o pretexto certo para que aprovem a lei de maneira sigilosa.

Preciso fazer algo a respeito.

31

DANTE

— É obrigatório — Alana aponta para o restaurante do outro lado da rua. — Todos os participantes precisam participar do jantar de hoje, faz parte da nossa programação.

— Você não está entendendo — comento —, eu tenho um compromisso muito importante hoje. Diga a eles que estou doente.

— Até para a Virgínia?

Alana cruza os braços. Coço a cabeça, indeciso.

— Ela já chegou?

Virgínia passou a tarde em seu apartamento com Mafê, então não a vejo desde que a deixei na universidade pela manhã. Não posso deixar que ela fique sozinha no jantar de hoje, o público pode estranhar a minha ausência e presumir histórias que não são verdadeiras.

— Tudo bem — minha voz sai firme —, mas avise a produção que ficarei por pouco tempo.

Minha assessora revira os olhos, mas a deixo para trás ao atravessar a avenida. O restaurante é um bistrô rústico e é o único ponto de luz amarela da rua. Visualizo Virgínia assim que meus pés encontram o piso laminado do estabelecimento. Ela está perfeita nessa calça justa e o cabelo preso me dá acesso gratuito à sua nuca. De repente não estou nem aí para um bando de deputados velhos.

— Oi.

O rosto dela se ilumina quando me vê. Sento-me ao seu lado, de frente para Joaquim. Todos os participantes estão na mesma mesa, de modo que Virgínia está de frente para Brenda. Agradeço por Letícia e Rafael estarem na outra ponta e focarem a conversa em Dora e Eduardo.

A conversa flui entre nós muito facilmente, mas me pego pensando na votação dos deputados a cada cinco segundos. Não consigo me concentrar e muito menos fingir que estou interessado em alguma coisa aqui.

— Tudo bem? — Virgínia sussurra em meu ouvido quando retiram nossos pratos.

Limpo a garganta.

— Na verdade, não. — Os olhos dela se abrem e me fazem muitas perguntas, as quais eu sempre respondo sem esforço. — Não tem problema, vamos esperar a sobremesa.

Virgínia balança a cabeça.

— Eu já estou cheia.

E sorri, pousando a mão sobre a barriga.

— Quer ir para outro lugar?

— Com certeza. — É a resposta pela qual eu torcia.

VIRGÍNIA

De todos os lugares que Dante poderia me levar, a câmara dos deputados era o último que eu poderia imaginar.

— O que estamos fazendo aqui? — questiono ao tirar o capacete. — Não sabia que políticos trabalhavam até tarde.

Dante pega o capacete das minhas mãos e o guarda junto com o seu no compartimento da moto.

— Eles nem mesmo trabalham — é tudo o que Dante fala até passarmos pelas portas gigantes do prédio.

— Mas por que estamos aqui?

Dante não responde minha pergunta e eu, sinceramente, não espero que o faça. Ele está se parecendo com o Dante que conheci nas cabines: inquieto e monossilábico. Talvez seja a sua *skin* de jornalista.

Eu o sigo pelo hall e meio que fico contente pela roupa que escolhi vestir quando noto os looks das outras pessoas no local. Estou vestindo uma calça de alfaiataria e uma blusa de seda, poderia facilmente ser considerada uma parlamentar se não fosse pelos tênis. Dante, por outro lado, parece se encaixar perfeitamente com suas camisas sociais sempre muito bem passadas.

Ele anda pela câmara como se já tivesse estado aqui milhares de outras vezes. Tento transmitir alguma confiança em meus passos, mas tenho certeza de que meu semblante deve ser de pavor. Dante me faz subir uma escada de três andares até um corredor cheio de portas iguais. Ele abre uma, inspeciona o que tem do lado de dentro e faz o mesmo com as outras, até encontrar o que quer. Eu, é claro, faço o que ele pede.

Ao passar pela porta, percebemos que estamos em uma espécie de galeria elevada. Daqui de cima dá para ver centenas de homens engravatados e mulheres de terninho, fazendo fila atrás de um microfone em um palanque. Alguns outros estão sentados em uma fileira de mesas com plaquinhas de identificação e, ao lado do microfone principal, os parlamentares mais importantes. Já os vi na televisão, então sei que são os responsáveis por tudo isso: o presidente da câmara, os secretários dos partidos e o relator da votação.

— Dante — sussurro, querendo respostas.

Parece que estamos fazendo algo ilegal e eu não pretendo ser presa. Dante tira o notebook da mochila e conecta alguns fios em um gravador. Sua expressão está séria e ele se move como se estivesse dançando em um espetáculo, com maestria, sem nenhum movimento falho.

— Dante — chamo novamente —, o que é isso?

— Estamos prontos para começar — diz o presidente da câmara no microfone. — Essa votação se refere ao projeto de lei número cinco, quatro, sete, dois...

— Dante!

— Shh! — Ele coloca o dedo sobre os meus lábios e eu sou obrigada a me calar com o seu toque. — Será que você pode ficar quietinha por um tempo?

Que abusado! O cara me traz de espiã em uma missão secreta e eu não posso nem questionar?

Dante me entrega o gravador ligado, então decido ajudá-lo porque... que outra escolha eu tenho? Aponto o aparelho na direção certa e aguardo.

— Senhores e senhoras, o projeto tem como objetivo a regulação dos meios de comunicação no estado de São Paulo e, dependendo do resultado, será movido para outras regiões do país — diz o relator, sentado ao lado do presidente. — Podemos começar a votação e a contagem.

Dante se inclina sobre a mureta em que estamos apoiados, tentando visualizar melhor o que está acontecendo no andar de baixo. Estou mais interessada do que achei que estaria, mas ainda estou preocupada com o fato de alguém nos encontrar. Pela forma como Dante parece receoso, julgo que não deveríamos estar presentes nesta reunião.

DANTE

— Preciso que você me faça um favor.

— Mais um?

Virgínia revira os olhos. Ela está brava comigo — e com razão! — porque não entende o que estamos fazendo aqui. Preciso contar mais detalhes quando sairmos daqui.

— Sim. — Paro de digitar no meu notebook. — Mandei uma mensagem com uma lista de contatos pra você. Preciso que ligue para cada um e informe o que está acontecendo aqui, eles precisam chegar a tempo.

— Por que quer que eu ligue para o Canal 4? — Virgínia franze o cenho ao encarar a lista. — E para os canais 5 e 7 também? E rádios?

Aquiesço. Precisamos de um mar de jornalistas para impedir esses políticos.

— E para as emissoras de televisão fechada também. E para os jornais impressos. Precisamos denunciar isso aqui.

— Por quê? — ela insiste.

— Virgínia — um suspiro escapa por minha boca quando toco a lateral do rosto dela —, apenas confie em mim e faça essas ligações. Prometo que explicarei tudo quando sairmos daqui.

Ela se levanta devagar para que nenhum movimento brusco nos denuncie, entrega-me o gravador e sai da galeria pela mesma porta pela qual entramos enquanto eu continuo escrevendo a reportagem exclusiva.

Meu coração está descompassado porque esse é o meu primeiro furo como jornalista investigativo. Para melhorar, a pauta coincide exatamente com a reportagem na qual venho trabalhando nos últimos meses. Dois coelhos com apenas uma cajadada.

Espero que Virgínia consiga ligar para todos os veículos jornalísticos. Mandei o que ela deve falar ao telefone para cada um, então só me resta esperar pelo burburinho do lado de fora da câmara. Nenhum jornalista quer ser calado pelo governo, então é certo que eles aparecerão. A denúncia da mídia para a população será crucial para que o projeto de lei que está sendo votado não seja aprovado. Políticos odeiam pressão popular.

— Eu voto "sim"! — um dos deputados grita ao microfone, ele ergue os braços como se sua maior virtude fosse mesmo apoiar a censura.

Estou anotando os nomes de cada deputado para depois lançar uma matéria à parte sobre os políticos que votaram a favor e os que votaram contra.

Outro deputado está ao microfone, mas com o semblante menos festivo, talvez até um pouco comovido:

— Sim.

— Vamos perder essa. — Ouço uma voz baixa perto de onde estou. Localizo dois parlamentares cochichando um com o outro, eles fazem parte dos poucos que são contra o projeto. — O gabinete disponibilizou uma emenda de quase um bilhão de reais para que isso fosse possível.

O outro parlamentar arregala os olhos e balança a cabeça, desapontado. Eu me esgueiro pelo muro alto da galeria para ouvir melhor.

— Todos foram comprados? Não podemos deixar esse projeto passar. Temos que denunciar para algum jornal, talvez fazer um post no Instagram, não sei...

— Talvez. — O outro dá de ombros, vencido pelo cansaço; parece que desistiu. — Faça o post, talvez seja um dos últimos. Esse projeto vai ser aprovado e aí não poderemos mais falar como oposição ao governo.

Abro uma aba no notebook para acessar o portal da transparência. Uma verba significante foi destinada na noite anterior à maioria dos parlamentares que votaram "sim", então crio um parágrafo especial para comentar sobre a emenda de um bilhão de reais para comprar votos. Servirá para criar um peso ainda maior na notícia.

— Alô? — Ouço a voz de Olga em meu telefone.

— Acabei de enviar uma exclusiva em seu e-mail — sussurro. — Precisamos postar agora.

— O quê? — ela pergunta. — Sobre o reality?

— Não — falo mais alto. — É um furo político. Precisamos ser o primeiro jornal a denunciar isso. Por favor, Olga, só... Só poste, ok?

— Vou dar uma olhada.

Volto para o notebook após guardar o celular. Ainda há pelo menos trinta deputados esperando para votar. O placar está acirrado, mas pendendo para a aprovação, então eu só espero que Virgínia esteja tendo algum resultado.

VIRGÍNIA

A bateria do meu celular só vai aguentar mais três denúncias. Já liguei para quase todos os jornais que Dante pediu e, em todos, contei a mesma história: uma votação para regulamentar a mídia no Estado está acontecendo agora na câmara dos deputados de forma sigilosa.

Não achei que fosse dar em alguma coisa, mas aparentemente jornais se importam muito com esse tema. Após uma hora de ligações, os primeiros carros começam a aparecer. A van do Canal 4 estaciona ao meu lado e a força do hábito me faz esperar os câmeras começarem a me gravar, mas eles correm para a porta do prédio e me ignoram.

O Canal 5 chega depois e algumas rádios aparecem do nada. Quase todos os jornais impressos estão aqui e todos eles formam uma barricada na portaria da câmara. Os seguranças estão tentando conter os repórteres, mas eles já estão transmitindo ao vivo, então não há nenhum tipo de agressão.

Cada jornalista fala para sua própria câmera e os dos jornais impressos fazem questão de anotar tudo o que veem e gravar stories para as redes sociais. Não acredito que consegui atrair quase cem profissionais.

Não sei como isso ajudará Dante, mas sinto que fiz a coisa certa.

— Estamos ao vivo na câmara dos deputados de São Paulo, onde está acontecendo a votação para o projeto de lei que visa regular os meios de comunicação — uma jornalista do Canal 4 fala em seu microfone olhando para a câmera. Seu semblante é tão sério que estou começando a entender a importância do que Dante está fazendo. — A votação, que não foi anunciada previamente no portal da transparência, foi agendada de maneira sigilosa, o que nos leva a compreender que os chefes da câmara não esperavam pela presença da imprensa.

— Segundo o jornal São Paulo 24hrs — a repórter do Canal 7 fala para outra câmera —, o projeto proposto por um dos deputados do partido do governo federal recebeu um incentivo bilionário em forma de emendas, que serão destinadas para os deputados que o aprovarem.

Tem tanta coisa acontecendo ao mesmo tempo que minha cabeça parece que vai explodir. Eu não consigo passar pela corrente humana feita pelos jornalistas, então não posso voltar para me encontrar com Dante.

Me sento em um muro de concreto, sem bateria no celular e pouco agasalhada, esperando que tudo isso acabe logo para eu questionar o que raios está acontecendo.

DANTE

O SP24 foi o primeiro a divulgar as informações sobre a votação e agora o nome do jornal está no trending topics do Twitter e todos estão debatendo sobre o que está acontecendo na câmara dos deputados.

A maioria dos deputados já votou e o placar continua igual. É quase um empate, mas a aprovação do projeto parece mais certa. Não importa que eu tenha divulgado o que está acontecendo aqui, os políticos ainda têm mais poder que todos e podem decidir o que é verdade e o que é mentira.

— Eu voto "sim".

Estou me cansando dessa frase e cada vez que ela é proferida mais desânimo se aloja em meu peito.

— Pela segurança na internet, eu voto "si..." — o deputado em questão é interrompido por um burburinho do lado de fora da porta dupla do auditório.

O barulho fica cada vez mais alto e agora até mesmo gritos podem ser ouvidos. Um mar de jornalistas invade a sessão de uma vez e os parlamentares são pegos de surpresa, assim como eu. Câmeras, microfones e holofotes lutam para se sobressair entre as dezenas de repórteres. Cartazes de "abaixo a censura" e "vocês não podem nos calar" são levantados por manifestantes.

Pego-me rindo do cartaz "isto aqui é um livro do George Orwell?" ao me levantar. Não preciso mais me esconder, há outras centenas de pessoas como eu aqui.

— O que é isso? — o deputado que estava votando grita no microfone. — O que estão fazendo aqui?

— Vocês não podem entrar aqui! — vocifera o presidente da câmara. *Desgraçado!*

Agora cada jornal tem seu espaço dentro da sessão e todos estão transmitindo a notícia ao vivo. Todo o país está assistindo de camarote ao show da corrupção.

— Ordem, ordem!

Ninguém dá ouvidos às autoridades do plenário e os seguranças não conseguem deter o movimento. Sobre o som dos manifestantes cantando *Cálice*, do Chico Buarque, o relator da comissão ordena:

— Esta sessão está cancelada!

O grito de euforia é imenso e acredito que eu não precise mais presenciar todo o espetáculo. Junto meus pertences e desço as escadas que subi mais cedo ao lado de Virgínia.

É tudo graças a ela.

32

VIRGÍNIA

Quando Dante surge na portaria da câmara já é quase meia-noite. Ele está sorrindo de orelha a orelha e eu nunca o vi tão feliz antes.

— Vamos pra casa — ele diz, enlaçando minha cintura entre seus braços.

Eu me derreto. Eu nem existo. A maneira como as palavras parecem sérias saindo de sua boca me fazem querer gritar, mas eu só sorrio. Porque estou contente, porque ele está contente. Porque aparentemente temos uma casa.

Eu amo andar de moto com Dante. O vento da noite bate em minha pele e quase a dilacera com o frio, mas a sensação de liberdade é maravilhosa. Aproveito para agarrar a cintura dele com o pretexto de precisar me equilibrar, mas ele sabe que é mentira.

— Meu Deus, isso foi... — tento comentar quando chegamos em *casa*.

— Incrível.

Dante ainda parece radiante.

— Muito! — Bato palmas, animada. — Até me deu fome.

Jogo minha bolsa na mesa e caminho até a cozinha. A geladeira do reality é sempre muito abastecida, então separo tudo o que posso comer e arrumo os itens em cima da mesa. Como uma fatia de queijo e ligo o fogão para fazer, pasmem, um miojo.

— É sério? — Dante aparece no batente da porta. — Vai comer miojo ao lado de um coreano?

— Você está a fim de fazer um *lámen* de verdade para mim a estas horas?

Cruzo os braços após jogar o saquinho com o tempero mortífero sobre o macarrão instantâneo.

— Justo — ele diz, se senta na mesa e serve água em seu copo.

Ainda dá para notar a alegria em seu rosto, então não espero outro momento:

— Você me tirou de um jantar superchique hoje pra trabalhar pra você? — Dou risada. — Nunca fiz tantas ligações na vida!

Dante sorri.

— Você foi muito bem — elogia. — Tudo só acabou bem porque você fez um bom trabalho.

— Eu preciso de uma recompensa.

Desligo o fogo e sirvo dois bowls. Dante me encara com olhos intrigados.

— Que tipo de recompensa? — Sua voz é maliciosa.

Me sento em sua frente e empurro o bowl com miojo em sua direção.

— Abusado — comento. — Minha recompensa é uma explicação. O que rolou?

Dante ri do meu comentário e pensa por alguns segundos em silêncio. Eu gosto da maneira como ele mede as palavras. Sou mais de falar o que vier na cabeça, é por isso que sempre me arrependo.

— Eu entrei no *Quer casar comigo?* por causa disso. — Ele me pega de surpresa porque o que uma coisa tem a ver com a outra? — Sempre quis ser repórter investigativo, mas no SP24 só tem uma vaga para esse cargo e já estava preenchida. Minha chefe me ofereceu a vaga, mas só se eu aceitasse entrar no reality.

Meu Deus, o quê? Durante todo esse tempo me peguei pensando nos motivos de Dante para estar no programa. Nada nunca fez sentido. Se ele não queria se casar, então por que estava ali? Em nossa trégua na hidromassagem, ele me disse que tinha seus motivos, mas nunca imaginei que fazia parte do seu trabalho.

— Eu queria muito a vaga e eu tenho uma grande reportagem sobre liberdade de expressão pra soltar ainda, então decidi aceitar — ele continua. — Não foi tão ruim, foi? Nos conhecemos e você me ajudou hoje.

Tento ignorar a sensação que cresce dentro de mim com o "nos conhecemos" (como se Dante acreditasse que o fato de estarmos "juntos" seja algo minimamente bom para ele), então mudo de assunto:

— O que fizemos hoje foi perigoso? — questiono, ainda intrigada por suas palavras. — Tipo, se tivessem nos pegado espiando naquela galeria, seríamos presos?

— Não acho que nos prenderiam, mas com certeza nos expulsariam. Ser jornalista investigativo é sempre arriscado. Desculpe por envolvê-la nisso, mas eu não podia perder o *timing*. A votação de hoje estava acontecendo às escondidas e, se eu não tivesse recebido um e-mail anônimo mais cedo, talvez tivessem aprovado o projeto e nossa liberdade seria ferida.

— Você sempre fala sobre liberdade, não é?

Dante dá de ombros.

— É muito importante para mim. Jornalistas precisam de liberdade de expressão, é um direito fundamental.

— Tudo bem, tudo bem — balanço o garfo em frente ao seu rosto —, mas tem algo a mais aí. Ninguém se dedica tanto para defender uma pauta. Todos querem liberdade, mas não conheço mais ninguém que toparia participar de um reality de casamentos às cegas só pra poder publicar uma matéria sobre isso.

Dante abre um sorriso. Acho que toquei em sua ferida, mas pelo visto ela não dói.

— Eu sou descendente de norte-coreanos — fala, como se fosse o suficiente para responder todas as minhas dúvidas. Dante continua: — Meu pai tinha um ótimo cargo no jornal oficial da Coreia do Norte. Um dia ele recebeu uma pauta que chamou a sua atenção: desertores norte-coreanos são perdoados e podem morar livremente na Coreia do Sul. Meu pai estranhou a notícia e decidiu verificar. Ele descobriu que os desertores não tinham sido perdoados, mas assassinados e enterrados como indigentes na fronteira do país.

— Jesus! — Deixo escapar, chocada.

Dante não muda a expressão, é como se ele tivesse ouvido essa mesma história um milhão de vezes na vida. Ele sabe cada detalhe de uma época em que nem mesmo era nascido.

— Meu pai não aceitou aquela mentira, se revoltou com a falta de moral do governo. — A voz de Dante é calma e ele narra os fatos pausadamente, como que se para ter certeza de que estou entendendo. – Ele recebeu uma intimação para comparecer à delegacia da capital um dia após ter questionado seu chefe sobre o assunto. Era comum ouvir relatos de antigos jornalistas e servidores públicos que sumiam após serem chamados para prestar explicações.

– Foram atrás dele? – Minha pergunta sai depressa.

Vi Lee ontem, sei que ele está vivo e bem, mas é praticamente impossível raciocinar neste momento.

– Meu pai vivia sozinho, meus avós já haviam morrido. Ele já tinha cumprido o serviço militar e, com vinte e oito anos, não pensou duas vezes – Dante assente com um semblante triste –, fugiu para a Coreia do Sul.

Me levanto para pegar um refrigerante na geladeira. Não estou com sede, mas preciso fazer algo com as mãos e esconder o meu rosto entristecido. O pai de Dante é um refugiado.

– O exército o encontraria do lado Sul, então ele pegou o primeiro avião para o primeiro lugar que viu no mapa – Dante continua quando eu volto para o lugar, sua face não transmite mais dor, é até um pouco alegre, como se gostasse muito do fato de seu pai ter escolhido o Brasil para se abrigar. – Meu pai conseguiu trabalho bem rápido quando chegou aqui e logo conheceu minha mãe.

– Como eles eram? – Quero saber tudo sobre Dante.

– Se completavam, eram como você os conheceu. São os mesmos desde então. Meu pai é fechado e um pouco bravo, mas minha mãe é... brasileira. Ela sempre foi animada, gentil e extrovertida – ele fala com carinho. – Eles têm um salão de beleza juntos desde aquela época, mas o dinheiro de verdade vem da venda de cosméticos coreanos.

– Isso é... – Tento falar. – Sei lá, é muito impressionante! Seu pai fugindo de um país mau e conhecendo o amor no Brasil!

Dante solta uma risada.

– Não acredito que prestou mais atenção no romance entre meus pais do que no fato de a Coreia do Norte ser uma ditadura corrupta.

– Eu disse "país mau" – pontuo.

– Eu sei. – Dante pisca. – Mas entende agora por que entrei no reality?

Mais ou menos, quero dizer. Entendo que Lee sofreu repressão em seu país de origem e que é por isso que Dante preza tanto por liberdade. Talvez seja esse o motivo de ele ter embarcado na missão contra a câmara dos deputados hoje mais cedo, mas não explica o que seu pai tem a ver com a vaga no investigativo.

— Essa reportagem que venho escrevendo é sobre censura — ele responde meus pensamentos. — Alguns meses atrás eu descobri que a Secretaria de Comunicação vem monitorando e bloqueando as redes sociais de pessoas que se mostram minimamente críticas ao governo. Essas pessoas não estão sendo julgadas ou passando por qualquer tipo de processo legal, estão sendo apenas caladas.

— Você investigou isso? — Estou chocada. — Não parece que algo tão sério está acontecendo com pessoas comuns. Por que ninguém fala sobre isso?

— Exatamente. — Pisca. — Eu tenho os argumentos, documentos, provas e depoimentos de vítimas e especialistas. Precisava do cargo para ter credibilidade na hora de publicar a matéria, assim um parlamentar de confiança pode fiscalizar os casos dentro dos órgãos públicos e nós podemos pedir para que revejam os casos das vítimas na justiça.

Isso é tão sexy. Por que, enquanto Dante fala sobre temas tão sérios, eu só consigo pensar em como ele fica bonito falando sobre o que gosta? Cabelos bagunçados, a maneira com que está segurando a colher do miojo já frio... Eu gosto de tudo isso! Será que eu sou tão degenerada assim?

— O que foi?

— O quê? — pergunto.

— Por que está me olhando assim?

Desvio o olhar. O que eu falo?

— Hã... Ótimo trabalho, repórter Dante. — Bato continência na testa, como um soldado, após ficar em pé. — Sério, excelente!

Dante ergue o corpo sobre o meu e eu tremo na base. Ele está com um meio-sorriso nos lábios e os olhos redondos estão me queimando de alguma maneira.

— Você me ajudou — ele diz ao deslizar a mão em minha cintura.

Vai subindo até meu pescoço e me conduz rápido, me encostando no balcão da pia. Arfo, porque não esperava por isso.

— Eu amo esse som — ele sussurra perto de minha boca. — Faça de novo.

— Que som? — consigo dizer, com meu quadril colado na pia e meus braços contornando suas costas.

Dante pressiona os lábios nos meus e enquanto os dedos de uma mão passeiam por minha coxa direita, a outra prende meu pescoço, fazendo minha cabeça pender para trás.

— Dante...

Um gemido escapa por minha garganta.

— Esse som — sussurra ele. — Faça de novo.

Dante se afasta e me olha nos olhos, o sorriso com a covinha decorando o rosto. Encosto as mãos no granito e fecho os olhos, já sentindo o efeito do que ele fará comigo. Ele gira o meu corpo e o movimento é tão veloz que só percebo que fui movida quando vejo os armários brancos, que antes estavam atrás de mim.

Ele empurra minha nuca para a frente, me fazendo curvar por cima do balcão. Sua mão encosta na parte de dentro do meu joelho e desliza para cima bem devagar. Uau!

— Isso, esse som.

Meu Deus, não consigo nem mesmo perceber os barulhos que solto. No entanto, amo que Dante ame algo em mim.

Ele pousa o queixo entre meu pescoço e meu ombro e contorna meu corpo com os braços para desabotoar minha calça. Estou imóvel, totalmente dele. A calça cai entre meus pés, então Dante separa minhas pernas, afasta o tecido da minha calcinha e coloca os dedos em mim. Tento encontrar alguma coisa sobre o balcão em que eu possa me segurar, mas só temos uma tigela com frutas e um pano de prato. Agarro a torneira quando Dante acelera os movimentos.

Acho que estou perdendo o controle porque já tive que girar o registro da torneira duas vezes para fechá-la após abri-la sem querer. A mão livre de Dante ora aperta meu seio, ora acaricia minha cintura. E ele não para de beijar a parte de trás da minha nuca, meus ombros.

Minha visão escurece quando Dante encontra o ponto certo em mim, e, meu Deus, sinto minhas pernas falharem. Meu corpo tem consciência de gelatina, e eu só não caio porque Dante me segura. Ergo uma mão e procuro sua cabeça atrás de mim, agarro seu cabelo e o puxo para baixo. O som que escapa de Dante é quase um rosnado. Eu adoro isso. Tudo isto.

Quando sinto que estou chegando lá, me pergunto se esse é o objetivo de Dante ou é apenas uma preliminar. Sem dúvidas é o meu objetivo, e nem tomo a decisão, as palavras escapam sem comando:

— Não pare...

Ele morde o meu pescoço, como se dissesse "e eu sou louco?!". Não consigo controlar meus espasmos ou meus gemidos, e me deixo levar pelo orgasmo rápido, mas intenso. Tombo a cabeça para trás e me deito em Dante, porque não faço esforço nenhum, é ele que me mantém em pé. Quando a tensão da corrente elétrica decide parar de provocar meu corpo, sinto as mãos de Dante subindo novamente, deslizando da minha barriga até os ombros.

Um suspiro é toda a reação que consigo entregar, e ele treme numa risada fraca quando me ajuda a soltar os dedos da torneira, que não sabia que estava apertando com tanta força.

— Virgínia?

Dante me posiciona de frente para ele novamente, e está me olhando com tanta intensidade que prendo a respiração. Seu peito pressiona o meu e então sua boca encosta na minha. É uma pressão quente sobre meus lábios. A língua dele desliza pela minha e Dante solta meus pulsos para segurar meu rosto. O beijo fica mais intenso, e eu enlaço seu pescoço, puxando-o para perto.

Nós dois somos uma mistura de gemidos e arfadas à medida que o beijo nos faz passar do limite, nossos corpos querendo mais do que nossas bocas são capazes de dar. Sinto suas mãos quando ele as abaixa, segura minhas pernas, me erguendo, e as coloca ao redor de sua cintura.

Ainda estou presa em seu pescoço e os braços de Dante dão o apoio de que preciso para manter minha coluna no lugar quando começa a andar para trás. Esbarra na mesa e depois no batente da porta da cozinha, me carregando para fora do cômodo sem parar de me beijar. Meu corpo inteiro vibra e se remexe de dentro para fora, tentando entender o que está acontecendo com todos os meus neurônios.

Sei que minha calça está no chão da cozinha e que minha sanidade ficou ali também, mas eu só me importo com Dante me carregando até o quarto.

33

DANTE

Quando coloco Virgínia sobre a cama, sei que foi por isso que sempre pedi. Era ela que faltava.

Beijo cada pedaço do corpo dela, resvalando o nariz pela pele macia, sentindo seu cheiro gostoso. Acho que não sobra nem mesmo um milímetro sem meu toque, mas, para ter certeza, começo do início. E eu amo que Virgínia arfe toda vez que chego mais próximo ao seu ouvido.

Meus olhos se voltam para os seus e ela está sorrindo, os cabelos flutuando pelo lençol. Então, bem depressa, diminuo o espaço entre nós a erguendo do colchão.

Coloco a boca na de Virgínia enquanto agarro suas coxas — eu amo as coxas dela —, que se enroscam em meu corpo. Este gosto... Jesus! Esta boca dela me deixa quase frustrado, porque eu queria ter acesso a ela o tempo todo. Finalmente arranco sua blusa e, quando retiro o seu sutiã, posso admirá-la. Virgínia é a mulher mais linda que já vi. É perfeita. Não há nada que eu não ame nesta mulher.

Seus mamilos denunciam o quanto ela me deseja, e eu avanço sobre eles, pois é tudo no que consigo focar. Seguro com firmeza um, e circulo com a língua o outro. Virgínia treme embaixo de mim, agarrando meu quadril com as pernas com mais força. É uma súplica, e, Jesus, ela não precisará pedir de novo. Quando eu mordo de leve, ela geme. Lambo outra vez e, afastando-me um pouco, assopro, ansioso por sua reação.

— Deus...

Desço por sua pele, dedicando-me à sua barriga, lambendo, chupando, mordendo. Tudo o que eu mais quero é estar dentro de Virgínia, mas a forma como ela se contorce me obriga a continuar aqui. Melhor do que o que ela faz eu sentir é saber o que eu a faço sentir. Esta mulher faz eu me sentir o homem mais poderoso do mundo.

Ela geme alto, e eu levanto o olhar a tempo de vê-la jogar a cabeça para trás com os lábios separados. Corro a mão por sua barriga, passando entre os seis, para enfim agarrar sua garganta, levando meu polegar até essa boca irresistível. E... puta merda! Ela chupa o meu dedo, depois morde.

Meu coração acelera ainda mais e minha respiração entrecortada está a ponto de me denunciar. Quando vejo já estou invadindo sua boca novamente, aproveitando o sabor de cada cantinho. Virgínia morde o meu lábio inferior, e eu quase digo que se ela continuar me mordendo assim...

Ela prende minha cabeça perto da dela só para que eu não me afaste. Como se fosse possível... No momento em que estamos assim, tão unidos, o calor do corpo dela parece que se estende ao meu, e a sensação é a de que eu vivia numa geleira antes disto. Sinto suas mãos deslizarem até meus ombros, e ela passa os lábios por meu queixo até minha boca parar em seu ouvido.

— Eu poderia ficar aqui o dia todo... Mas, Virgínia, eu *preciso* me sentir em você.

Vejo pelo seu braço que fica arrepiada, e sorrio, porque era exatamente isso que eu esperava. Ela geme, depois se remexe embaixo de mim até ficarmos com as cinturas alinhadas. Segura a bainha da minha camisa e tenta tirá-la por cima da minha cabeça, mas me detenho para abrir os botões e facilitar o trabalho. Depois tenta abrir meu cinto, mas é em vão.

— Tire isso — ela pede antes de cair sobre o travesseiro.

Abro o cinto e o botão da calça, e Virgínia coloca uma mão de cada lado, empurrando o tecido para baixo. Puxo o resto da calça com os pés e finalmente posso sentir a temperatura dela. Pressiono minha rigidez contra ela, que ofega. É óbvio que nós dois queremos isso, mas ainda a encaro em busca de permissão, porque desta vez não sei do que sou capaz. Acho que posso devorá-la, já que delicadeza é tudo o que não tenho no momento. Virgínia simplesmente sussurra um "sim" entre um gemido e um suspiro, e o desespero na voz dela termina de me deixar maluco.

Agarra meus ombros com mais firmeza, e eu me posiciono para penetrá-la, incapaz de cogitar qualquer outro movimento. Quando eu a preencho, é como se o tempo parasse, o resto do mundo deixou de existir. O som que solto me frusta, porque me impede de escutar com detalhe o dela, e, puta que pariu, não há nada melhor do que os sons que eu a faço soltar.

Movo o quadril para frente e para trás, sentindo a pressão ao meu redor. Esforço-me para manter um ritmo não tão... selvagem, pois só a ideia de machucá-la é inconcebível, mas Virgínia coloca muita pressão nos calcanhares que sobem e descem pelas minhas pernas, e eu posso jurar que está tentando me incentivar a ir além.

Tiro sua mão da minha nuca e a mantenho sobre sua cabeça, aproximando nossos rostos. Ela parece gostar. Então, aumento o ritmo, a intensidade. Virgínia geme alto, apertando os dedos entre os meus, e a satisfação em seu rosto deixa claro que, sim, estamos alinhados. Livre, deixo-me levar pelo instinto, atento ao seu rosto, às expressões que esboça, e não me surpreendo quando Virgínia levanta um pouco a cintura, as pernas me pressionando, para me receber ainda mais fundo.

Suspiro em seu pescoço, tentando me manter são. Ela é tão quente...

Virgínia expira e solta aquele som vibrante novamente. É uma mistura de gemido com súplica que me tira do sério. Sinto-a se apertar em volta do meu pau, e, não fosse a incapacidade de falar, eu perguntaria como é que ela faz isso.

Em reação, eu a penetro com tanta força que os tornozelos de Virgínia se soltam de mim e ela deixa escapar um gritinho. Escorrega pelo meu corpo, mas eu a seguro para não perdermos o contato. Por um único segundo, hesito, porém ela gruda minha nuca e me puxa para sua boca.

— Mais — pede com os lábios colados nos meus.

Dou tudo de mim. Virgínia tem o que quiser, é só ela pedir e eu dou. Assisto a seus olhos revirarem e adoro sua boca assim, entreaberta, entregue.

Jesus, eu venero tudo em Virgínia. Não consigo me manter calado, os sons escapam por minha garganta como se estivessem se libertando de algo.

Eu a beijo, porque é só nisso que penso. Quero cada parte minha alinhada a ela.

Sinto a pressão começar a aumentar. Agarro seu quadril e absorvo sua reação. Entendo a forma como ela arranha minhas costas e puxa meu cabelo como a confirmação de que está quase lá também. Vou mais fundo, segurando-a para que continue onde está. Sinto-me latejar, e estou certo de que não conseguirei mais me segurar. Então, as arfadas de Virgínia se transformam em uma sequência de gemidos que ganham altura aos poucos; fecho os olhos para acolher o som, aproveitando cada um deles. Suas pernas se apertam em volta de mim, e ela me puxa para baixo, afundando o rosto no meu pescoço.

Quando sinto seus espasmos, também me afundo nela, raspando os dentes em sua orelha ao abrir a boca, incapaz de abafar o grunhido alto. Deixo-me levar por todas as sensações, essa mistura de tanta coisa. Estou no céu.

Desabo sobre Virgínia, e resgato o resto de energia para rolar um pouco para o lado a fim de não esmagá-la com meu peso. Lendo meus pensamentos, ainda ofegante e um pouco trêmula, ela vem para cima de mim, aninhando-se.

Estamos no meio da madrugada, mas o sono é o último tópico da minha lista. Para que dormir se posso observar cada centímetro de Virgínia? Ela parece concordar, porque os minutos passam, e nós nos damos por satisfeitos em ficar assim, sentindo um ao outro.

Meus dedos brincam entre suas mechas de cabelo, enquanto ela descansa em meu peito. Nesta posição, consigo sentir a respiração dela em meu tórax e, mesmo depois dos últimos momentos, ainda tenho vontade de beijá-la e tocá-la.

Eu não preciso mais me enganar. Sei o que sinto por Virgínia. Não importam as circunstâncias, o que há entre nós nunca foi sobre jornalismo ou reality shows.

Acho que ela realmente acessa meus pensamentos, porque ergue a cabeça para me observar e diz:

— No que está pensando?

— Pensei que estivesse ouvindo. — Ela sorri. Duas ruguinhas aparecem nas laterais dos olhos. É lindo. Não posso falar o que sinto antes de saber se é recíproco. — Sabe, eu poderia sair do reality agora.

Os olhos de Virgínia se abrem de uma vez e ela levanta o corpo para me olhar mais precisamente.

— O quê? — pergunta.

— Deu certo pra mim. — Dou de ombros, crente de que estou indo pelo caminho certo. — A vaga no Investigativo, as assinaturas do jornal, vamos publicar a matéria especial nesta semana...

Virgínia deixa seus olhos caírem. Não entendo porque parece triste.

— E eu? — ela pergunta.

Ela foi a melhor parte disso tudo. É o que quero dizer. Que não quero que isso acabe, apesar do reality.

— Você também conseguiu. Tenho certeza de que o Theo garantiu as milhares de assinaturas que queria.

A expressão de Virgínia não muda. Nunca falamos tão abertamente antes. Ela se senta na cama e se cobre com o edredom, há um vinco em sua testa.

— Quem é Theo? — ela pergunta, e parece consternada.

VIRGÍNIA

— Não precisa mais fingir.

Dante solta uma gargalhada.

Não sei o que está acontecendo aqui, mas dane-se esse tal de Theo! "Deu certo pra mim" ainda martela dentro da minha cabeça. Quer dizer que, embora tenhamos tido uma conexão que nunca tivemos com mais ninguém (porque isso é óbvio), tudo o que importava era a droga da notícia e a vaga de espião?

— Pensei que já havíamos deixado claro nossos objetivos aqui.

E Dante insiste em me apunhalar.

— Mas do que você está falando? — questiono.

— Virgínia — ele franze a testa —, eu sempre soube que você é a infiltrada do Theo Soares.

O quê?

— Theo Soares? — Me ouço no automático. — Da internet?

— É claro. — Dante ergue os braços. — Ele contratou você pra ser a informante do reality com as fofocas.

Não dá. Eu explodo em uma imensidão de gargalhadas. Nunca ouvi tanta besteira sair da boca desse homem!

— Viu? — Ele ri comigo. — Estamos quites. Nós dois conseguimos.

— Você é louco? — A risada some. — O que faz você pensar que o fofoqueiro do Theo Soares me contrataria como infiltrada?

Dante coça a cabeça.

— Eu investiguei você, é claro. Seu formulário de inscrição, suas reações na cabine, suas mentiras e o fato de ter aceitado o meu pedido de casamento tão facilmente.

Cubro a boca com as mãos.

— Você tentou mesmo me matar com o sashimi de baiacu!

— Era tilápia!

— Meu Deus! — Escondo o rosto. — Meu Deus, você me enganou esse tempo todo. Ficou comigo porque queria uma vaga idiota no trabalho e ainda desconfiou de mim. Eu não sou nenhum tipo de espiã do Theo Soares, Dante!

— O quê? — Os olhos dele querem saltar das órbitas. — Você não enviou furos pra ele durante o programa?

É impossível não rir dessa situação. Se esse é o nível de investigação de Dante...

— É claro que não! — grito, estou furiosa. — Inclusive, sob qual pretexto você entrou nesse reality?

Dante volta a coçar o queixo.

— Precisei... escrever sobre os participantes.

Cruzo os braços em cima do edredom. Não acredito que estou discutindo esse assunto enquanto estou pelada.

— Então *você* é o infiltrado — acuso. — É *você* o fofoqueiro!

DANTE

Nunca tinha pensado por esse lado.

E me dá nos nervos saber que precisei contar fofocas nas últimas semanas, mas eu não sou um fofoqueiro. Eu fiz faculdade, verifico informações e apuro minhas matérias. Escrever sobre o reality foi o único curto momento da minha carreira em que tive de fazer o que não quis.

E se eu estiver errado? E se Virgínia nunca foi cúmplice de Theo Soares? Posso ter me enganado tanto assim? Não faz sentido, ela sempre pareceu tão suspeita.

— Isso é sério? — Virgínia suspira, ela parece chateada. — Você acha mesmo que fui contratada pra vazar informações?

— Tudo me leva a crer que sim. — Minha boca quase não se mexe para falar, estou inseguro de minhas ações.

— Eu não fui.

Não tem porquê Virgínia mentir. Sinto-me um babaca. Há tantos sentimentos expressados em seu rosto que mal consigo nomeá-los. Ela está com raiva e triste ao mesmo tempo, sente-se ofendida e incrédula.

— Se você não é a infiltrada de Theo Soares, então por que aceitou meu pedido de casamento? — questiono. Em minha cabeça, nós dois sabíamos onde estávamos entrando e seria melhor se os dois "delatores" ficassem juntos. — Só havíamos tido encontros ruins até o dia do pedido, uma pessoa que não está a serviço de alguém não aceitaria passar o resto do programa comigo.

Virgínia esboça um sorriso, mas ainda não desfaz os braços cruzados.

— Eu disse que também tenho os meus motivos para estar aqui. Nas cabines você parecia um inquisidor, depois me deu um gelo, depois tentou me fazer uma surpresa mortal, só pra me pedir em casamento. Na época o Rafael parecia um cara legal, e eu não quis magoá-lo com um "não" no final. Aceitar sua proposta foi o que fez eu me sentir mais confortável. Eu não tenho dinheiro, ok? Descobri que os finalistas do reality conseguem um milhão de reais e é disso que eu preciso no momento.

— Só pelo dinheiro? — pergunto.

Não é tão ruim.

Ela assente, incerta.

— Preciso de dinheiro para dar andamento na minha pesquisa. Minha universidade não quer financiar o estudo e o meu salário não alimenta nem minhas cobaias.

— A pesquisa sobre lúpus é real? — Eu não acertei nada! — Você é mesmo biomédica?

— Está brincando comigo? Por que acha que tem me levado para a faculdade?

— Pensei que era só mais um disfarce. — Agora eu percebo a loucura das minhas palavras. — Ou que talvez você fosse mesmo biomédica, mas ainda assim tivesse sido contratada pelo *Nada a declarar*.

— Você é maluco!

Virgínia aponta o dedo em meu peito. Eu mereço.

Julguei-a como mentirosa por muito tempo e a verdade é que o mentiroso fui eu.

— Isso é melhor do que eu achei que seria — solto.

Virgínia me lança um olhar incrédulo. Deve estar se perguntando porque amo a situação em que nos encontramos no momento.

— Estava pensando sobre o que eu faria com você.

— Comigo?

Ela torce o nariz. Aquiesço. Meu coração está acelerado, nunca fiz isso antes. Não de verdade.

— Não acho que eu possa continuar minha vida depois que tudo isso acabar. — Os olhos de Virgínia me examinam. — Passei os últimos dias pensando que, mesmo se você fosse uma mentirosa, eu ainda daria um jeito de ficar com você no final.

Virgínia abre a boca e finalmente descruza os braços.

— Você é uma biomédica, é melhor ainda. — Uma risada fraca escapa por minha garganta. — Achei que tiraria esse trabalho de letra, mas você dificultou tudo pra mim. Eu lutei pra não me entregar, mas você, Virgínia, é a minha perdição. Esqueço onde estou quando estou do seu lado, perco a noção do tempo. Sei que não existe mais ninguém neste mundo que possa me fazer sentir o que senti nas últimas semanas.

— Dante... — ela sussurra e se aproxima.

Minha cabeça é um turbilhão de pensamentos e sensações. Eu a impeço de se aproximar mais e a seguro pelos pulsos.

— Desculpe por ter duvidado de você, por ter pensando que você era alguém que não é. — Ela balança a cabeça em afirmação e seus olhos brilham tanto que quero beijá-los. — Pensei que minha vida estaria completa quando eu tivesse o emprego dos sonhos, mas ela não é nada se eu não tiver você. Esse programa... é ridículo. Nenhum dos casais vai durar, mas, quando eu penso na gente, parece certo.

— Você está dizendo que...

Eu impeço as palavras de Virgínia com um beijo casto.

— Que se você quiser, podemos ir em frente.

O sorriso que se abre no rosto dela ilumina todo o quarto. Não vejo a hora de olhar para este rosto todo santo dia.

— Sim — ela diz.

— Sim — ensaio a resposta que darei daqui alguns dias.

34

DANTE

— Graças a Deus! — grita Olga quando as portas do elevador se abrem. — Você chegou.

Não esperava encontrar minha chefe na redação hoje. Ela está sentada em minha mesa e não há mais ninguém em todo o andar.

— Não preciso trabalhar hoje — afirmo tranquilo ao me aproximar. — Só vim buscar isso aqui.

Pego o vasinho com cacto em minha mesa. Quando Virgínia acordou hoje, disse que, depois da cerimônia, precisaríamos escolher um novo lugar para morar. Não gosto de mudanças, mas eu faria duas delas para morar permanentemente com ela. Decidimos que, por enquanto, vamos para o meu apartamento. "Precisa de mais vida, é tudo preto!", por isso vim buscar o cacto, a única planta que já tive.

— É o Theo! — Olga cobre o rosto com as mãos. — Ele não suportou que tivemos mais visualizações que ele na noite de ontem. Mas como eu ia saber que você descobriria um furo político tão grande na câmara dos deputados? Eu já imaginava que ele não mediria esforços para nos destronar.

— O que ele postou? — questiono, pensando que o melhor para todos seria se Olga e Theo reatassem o casamento.

Olga empurra um papel amassado em meu peito. "Dante Moon-Choí: o jornalista do mal" é o que diz o título em cima de uma foto minha. Corro os olhos pelo texto e dou de ombros.

— Tudo bem — falo para minha chefe. — Não me importo com o que ele diz sobre mim.

Olga arranca o papel de minhas mãos e começa a ler:

— "O repórter do São Paulo 24 hrs acha que tem algum tipo de autoridade para desvendar mistérios e enfrentar crimes. Não é porque ele tem um novo cargo no jornal que do dia para a noite virou o mestre dos magos. Dante, querido, coloque-se em seu lugar. Quem é você? Somente mais um jornalista de quinta que precisou entrar em um reality show para ser visto. Antes disso você escrevia sobre o que, celebridades? Você não está muito atrás de nós...

— Olga — coloco uma mão em seu ombro —, fique calma. Eu não me importo!

— Mas deveria. É a nossa reputação, o Theo sabe que você é o meu melhor repórter. — Amassa o papel com raiva. — Precisei revidar! Quem ele acha que é pra falar de você? Foi ele quem contratou uma informante. Que sorte que você a deixou por perto e impediu os vazamentos deles.

— Não, a Virgínia não é...

— Então eu dei com a mesma moeda — Olga me interrompe. — Ele quer falar sobre moralidade?

Meu corpo congela. Mesma moeda?

— O que você fez, Olga?

— Esse idiota acha que eu vou perdoá-lo por tomar tudo que eu tinha? Que inferno! Vou ter que passar a tarde toda com ele hoje. Dá para acreditar? Temos a festa de sete anos da nossa afilhada. Vou amassar a cara dele no bolo da Pequena Sereia, isso, sim.

— Olga! — vocifero. Sei que não vem coisa boa por aí. — O que você *fez*?

Ela dá de ombros, um pouco retraída, mas ainda insolente. Minha chefe afasta a cadeira da minha mesa e aperta um botão no teclado para desbloquear a tela do computador.

— Meu Deus.

— Ele e a informante serão mortos pelo público agora. — Olga ri. — Ninguém vai aceitar uma trapaça dessas.

A foto de Virgínia está estampada em meu computador. Ela sorri para mim, mas eu não consigo me mover. É o texto que escrevi na lua de mel, quando me irritei por Virgínia conseguir se safar de tudo. Na época Olga não quis publicá-lo, e pensei que tínhamos excluído o texto. Eu devia tê-lo excluído! É o texto de quando eu não sabia sobre a verdade, quando eu pensei que fosse mais inteligente do que isto: "Mentiras e invenções combinam com Virgínia Loyola".

VIRGÍNIA

— E, tipo, depois disso ele disse que eu sou a culpada! — Dora funga no ombro de Brenda. — Eu falei que não mexi naquela gaveta com meias fedorentas, mas o Eduardo acha mesmo que eu sumi com a sua samba-canção do Bob Esponja.

Não consigo conter a risada. Brenda acaricia a cabeça de Dora para acalmá-la e Letícia revira os olhos na ponta da mesa.

Quando Madu me enviou o convite para o almoço hoje mais cedo, não quis sair de casa. Não quis nem mesmo me levantar da cama. Eu e Dante mal dormimos, conversamos até muito tarde e fizemos coisas muito mais interessantes também.

Dante. Eu vou me casar com ele. Sei que pessoas que se gostam costumam namorar primeiro, mas nossas circunstâncias são outras. Nós temos algo que é palpável, não é só um tipo de euforia ou tesão, ele tem sido a minha gravidade. Não sei em que momento nós entendemos nossos sentimentos, mas a última madrugada serviu para esclarecermos muitas coisas. Sabemos tudo um do outro agora e, bom, nos casar parece ser a única opção.

Ele conseguiu o cargo no Investigativo e eu vou conseguir o dinheiro para a pesquisa. Quem diria que eu conseguiria minha pesquisa e um marido ao mesmo tempo? Eu sou a mulher mais feliz desta mesa.

— Você vai dizer "não"? — pergunta Letícia para Dora.

— Eu vou *gritar* um "não"!

Todas nós rimos novamente. Eduardo é um cara legal, mas realmente não combina com nossa amiga.

— Estou apaixonada. — Brenda suspira. — O Joaquim é tudo o que eu nunca encontrei nos homens. Ele não é muito inteligente, mas é engraçado e muito gentil.

Letícia bebe um gole de seu drinque.

— Eu e o Rafa estamos em um patamar bem bacana. — Está muito calma hoje, e eu gosto dela em dias como este. — Acho que caminhamos para o "sim" também.

— Isso é muito legal, Lê — Dora a parabeniza. — Como você e o Dante estão, Vi?

Uma imensidão de sentimentos perpassa meu corpo inteiro. *Eu vou me casar com ele!*

— Nossa! — Suspiro, sem conseguir conter o sorriso. — A gente se provoca muito. Muito mesmo. E somos diferentes em muitos aspectos, mas... Sei lá, nós somos tão bons juntos.

— Ah, amiga. — Brenda bate palminhas. — Estamos tão felizes por vocês.

Dora sorri como Brenda, mas eu não chamaria de sorriso o que vejo no rosto de Letícia. Pelo menos ela não diz nada.

O almoço ocorre tranquilamente. Falamos de nossos convidados para o casamento, as decorações que estamos escolhendo e, claro, dos vestidos.

— Não vejo a hora de provar o meu! — Dora reage. — Não vou me casar, mas são poucas as oportunidades de usar um vestido tão bonito.

— Você é inacreditável — digo e dou risada.

— Isso é muito justo, isso, sim! — Brenda comenta. — O que você acha, Letícia?

Letícia bloqueia o celular e o coloca sobre a mesa.

— Que ela é uma farsa.

— O quê? — Dora pergunta. — Eu não posso aceitar me casar só porque quero usar o vestido!

— Não você. — Leticia revira os olhos e aponta o dedo para mim. — Ela!

— Eu?

Estou confusa.

Os olhos dela estão me fuzilando e, de verdade, não faço ideia do porquê essa mulher me detesta tanto. Tudo bem que ela queria estar com Dante, mas a superação nunca chega?

— Eu sabia! — Ela bate o punho na mesa. — Sabia que você era uma farsa. Enganou a todos!

— Do que você está falando? — Brenda indaga Letícia.

— Olhe você mesma. Está em todos os jornais.

— "Virgínia Loyola esteve a serviço de Theo Soares durante todas as etapas do *Quer casar comigo?*, programa de entretenimento exibido pelo Canal 4" — Dora lê em seu celular.

Ah, não.

Não, não, não, não.

Isso não pode ser real, não pode ser real.

Minhas mãos estão tremendo quando pego o meu próprio celular. A esta altura, milhares de notificações estão brilhando na tela. Clico no primeiro link que encontro e as lágrimas começam a embaçar minha visão.

— "A impostora do *Nada a declarar* foi ardilosa. Traiu a confiança do público e brincou com os sentimentos dos outros participantes de forma fingida" — Brenda lê outro pedaço do texto. — Isso é verdade, Virgínia?

— É claro que é! — Letícia intervém.

Nego com a cabeça porque é a única coisa que consigo fazer entre as lágrimas.

— Foi você que vazou nossas informações durante todo esse tempo? — Dora pergunta. — Meu Deus, as coisas que o site do Theo Soares disse sobre mim foram horríveis. Você escreveu tudo aquilo?

— Você é uma farsante! — Letícia grita e aponta para mim.

Quero me defender, quero dizer que não. Nada disso vem de mim. No entanto, não consigo. As palavras entalaram em minha garganta e meu nariz está entupido por causa do choro. Todo o meu corpo está tremendo e sinto como se tudo estivesse caindo.

Não acredito que Dante fez isso comigo.

DANTE

Não sei onde deixar minhas mãos. Estou sentado no sofá desconfortável do loft e não sei o que fazer para consertar as coisas.

Contei a verdade para Olga, contei que descobri que Virgínia nem mesmo conhece o trabalho de Theo. Contei que eu não fiz um bom trabalho, que não encontrei o infiltrado verdadeiro.

Nós tentamos apagar a matéria, mas já era tarde demais. Outros veículos da imprensa já haviam copiado a notícia e espalhado para o público. Ainda não pensei em uma solução, também não sei como posso me desculpar.

Queria ter mais tempo para pensar, mas a porta se abre em um solavanco e uma Virgínia com o rosto inchado e vermelho é a única coisa que consigo visualizar.

— Como você pôde fazer isso? — ela me acusa assim que pousa os olhos sobre mim. — Mesmo depois de ontem!

Ela me quebra. A última noite foi uma das mais felizes da minha vida. Nunca me senti tão lúcido em toda a minha existência.

— Não fui eu.

Quero explicar que Olga usou uma de minhas matérias antigas. Quero explicar o que estava sentindo quando escrevi aquilo tudo.

Virgínia enxuga algumas lágrimas e respira com força. Ela vai para o quarto e eu a sigo, preciso reverter a situação.

— Você não escreveu tudo aquilo sobre mim? — ela pergunta enquanto joga uma escova de cabelo na bolsa. — Eu não sei o que dizer. — Não foi você que escreveu todas aquelas ofensas? — a voz de Virgínia é alta.

Engulo em seco. Como eu pude estragar tudo?

— Sim, mas...

Ela não me deixa continuar.

— Não acredito que mentiu sobre mim. Mesmo depois de saber a verdade, você ainda insiste em uma narrativa que só existe na sua cabeça!

— Eu escrevi há muito tempo — falo rápido para não ser cortado.

Virgínia dá de ombros e balança a cabeça. Ela está tremendo quando guarda seus últimos pertences na bolsa.

— Não vou desistir do dinheiro da pesquisa — sua voz é fraca.

Assinto. Não sei porque concordo com ela. Ela vai achar que estou aceitando a culpa. Droga!

— Virgínia — chamo, mas ela já está voltando para a sala.

— Eu só vim buscar minhas coisas.

Não sei por onde começar a explicar. Quero dizer tantas coisas e minha mente está tão conturbada que espero demais e, quando me dou conta, estou sozinho.

VIRGÍNIA

— Aquele coreano estúpido! — grita Mafê.

Me permito chorar de verdade. Estou chorando de raiva, de tristeza e por causa da minha burrice. Me sinto tão tola por ter me aberto com Dante. Como pude me perder?

— O que ele tem de bonito, tem de idiota! — Mafê continua e então se direciona para Leonardo. — Se você fizer isso comigo um dia, acabou, está expulso das nossas vidas.

— Acha mesmo que eu ia escrever um texto insultando você e publicar no jornal mais conceituado do país?

Meu choro fica mais alto. Como ele pôde? Meu coração está quebrando em milhares de caquinhos, não tenho condições para colá-los sozinha. Está estraçalhado em tantos pedaços, em pedaços tão minúsculos, que nenhuma cola ou fita pode recuperá-lo. Talvez se eu juntar todos os cacos com um aspirador eu possa pelo menos jogá-lo no lixo...

— Fique quieto — Mafê pede. Estou deitada com a cabeça no colo da minha melhor amiga, mas ainda me sinto a maior idiota de todas. — Conte mais, Vi, o que aconteceu?

— Eu já contei — digo em um soluço. — Fui trouxa.

— Trouxa é aquele panaca! — Leonardo cruza os braços. — Aquele imbecil.

— Pateta — Mafê comenta. — Bocó.

— Palerma — Leo sorri para Mafê; entre os dois, isso virou uma brincadeira. — Tantã.

— Ignorante

— Tonto, lerdo!

— Irritante.

— Intrometido.

Meus amigos continuam nessa disputa de xingamentos, mas não há problema, porque pretendo ficar deitada aqui por vários dias. Queria que Dante fosse todas essas coisas. Seria bem mais fácil odiá-lo.

A dor em meu peito é gigantesca e, desde que li a matéria mais cedo, ela vem acompanhada pelas queimaduras que minha aliança está criando em meu dedo anelar.

35

DANTE

Não tenho notícia de Virgínia há três dias.

O SP24 emitiu uma nota afirmando que ela não é a infiltrada, mas não adiantou muita coisa. O público ainda está dividido e a parcela que não acredita em minha nota massacra as redes sociais de Virgínia todo santo dia.

Tento pensar em outras coisas, mas é claro que não consigo. Não penso só no que eu quero – que é Virgínia –, mas em tudo que lhe causei. Meus dias estão todos iguais, assim como eram antes do programa. Eu como, durmo, trabalho e treino. Como eu conseguia viver assim, sem ela?

Minhas mensagens não são respondidas e as ligações não são atendidas. Tudo o que eu sei é o que Alana me conta, porque ficou sabendo por Madu. A produção não viu problema na mudança de Virgínia, não acham que ela morar em seu apartamento possa trazer algum malefício para o programa, então eles não têm me incomodado com filmagens.

Mas teremos que gravar pelo menos uma cena amanhã. O último episódio no qual aparecemos foi o de antes de ontem. Ela estava indo para o almoço com as meninas e eu ainda não sabia que Olga pensava em soltar a notícia. Logo, estávamos felizes, contentes com o "sim" que havíamos combinado.

Nunca me imaginei nesta situação. Casar-me nunca esteve em meus planos, no entanto é tudo que há em minha mente. É como se ficar com Virgínia fosse a única solução.

Prefiro comer fora amanhã, é o que diz a mensagem de Virgínia. Eu sei que ela não quer ficar sozinha comigo, que só vamos nos encontrar porque é obrigatório, mas vejo a frase como uma centelha de esperança. Nunca me senti tão tolo.

VIRGÍNIA

Estou com medo de escorregar com os saltos que me obrigaram a calçar. A produção fez reservas em um restaurante italiano, o que me anima porque eu amo massa e estou morrendo de fome, mas não diminui o peso em meu peito.

Parece que não vejo Dante há anos. Ele fez mais falta do que achei que faria e eu me odeio por isso! Como posso continuar atraída por ele depois daquela matéria?

Consigo vê-lo de onde estou. Dante está sentado a uma mesa para dois, acompanhado por uma cesta de pães e uma garrafa de vinho. Ele parece sorrir quando encontra meus olhos. Tento fazer o meu corpo parar de vibrar. O que há de errado comigo? Eu deveria ter algum amor-próprio...

— Você está linda. — É a primeira frase que Dante me direciona ao se levantar para me ajudar a sentar. — Tudo bem?

Me sinto tão reprimida no momento que sou capaz de começar a chorar. Dante está usando sua voz formal, a que ele usava nas cabines. É como se tivéssemos regredido.

"Regredido." Nunca nem mesmo avançamos! Não posso ficar pensando em sentimentos que não existem. *Vamos lá, Virgínia, concentre-se.*

— Tudo — respondo.

Dante não sabe onde colocar as mãos, então serve as taças com o vinho. Pego um pedaço de pão para me safar de precisar falar alguma coisa.

O salão do restaurante está praticamente vazio, o programa deve ter pedido algum tipo de discrição. No entanto, as câmeras estão tão próximas da nossa mesa que chega a ser inconveniente.

Preciso atuar para as câmeras. O público tem que acreditar que estou perdidamente apaixonada por Dante e que ainda moramos juntos. O meu orgulho pode me atrapalhar, mas sei que não precisarei fingir nenhuma emoção. Esses três dias que passei longe dele só serviram para me aterrorizar.

A verdade é: estou perdida em Dante Moon-Choí, *apesar* de Dante Moon-Choí.

Que ódio!

Para completar, o público não acreditou na nota que o SP24 soltou sobre eu não ser a infiltrada de Theo Soares. Por outro lado, as pessoas nem mesmo ligam se Dante é mesmo um infiltrado de um jornal importante. Estão passando pano por ele ser bonito e charmoso.

O jeito como Dante está me olhando agora só comprova porque o público o idolatra. Ele é perfeito. Está vestindo uma camisa social meio aberta e dobrada até os cotovelos, como sempre. O cabelo está em perfeita ordem (eu prefiro quando estão bagunçados, ainda mais quando sou eu quem o faz) e os olhos são tão inocentes. Esse homem pode enganar qualquer um, assim como fez comigo.

— Escuta... — Dante se inclina sobre a mesa e meio que sussurra. — Virgínia, eu quero consertar as coisas. Você precisa entender que eu...

— Shh! — embora eu esteja atolada em uma pilha de nervos, sorrio, localizando a câmera mais próxima. — Você não precisa me explicar nada — minto.

— Pare de sorrir assim.

— O quê?

— Parece uma maníaca.

Meu sangue ferve. Como eu posso ser taxada como errada em todas as circunstâncias? Agora o Twitter vai dizer que sou psicótica só por causa dessa frase idiota!

— Olha... — começo.

— Calma — Dante ri, uma mão na barriga —, é brincadeira.

Abaixo os ombros. Não tinha notado minha armadura imaginária.

— É melhor que esse almoço seja tranquilo, leve — digo. — Sobre o que você quer falar?

Fecho os olhos para respirar. Quero um almoço tranquilo, quero comer um macarrão gostoso e depois voltar para casa. Quero terminar minhas obrigações com esse reality, conseguir meu dinheiro e viver a minha vida. Não quero ver o rosto de Dante nunca mais!

— Virgínia, largue essa faca. — Ouço o seu sussurro.

Como isso veio parar aqui?, me pergunto ao abrir os olhos. Coloco a faca ao lado do garfo e encaro Dante. Não imagino como eu poderia viver se não pudesse mais ver o rosto dele, como prometi alguns segundos atrás.

— Estou cansada.

Suspiro, não sei se pedindo ajuda ou aceitando a derrota.

Dante balança a cabeça e murmura uma palavra em coreano que não faço a mínima ideia do que significa, mas que parece exasperada. Ele se estende sobre a mesa e alcança minha mão para entrelaçar nossos dedos.

Odeio o que o seu toque faz comigo. Como senti falta disso...

Quero aproveitar o momento sem que Dante perceba, quero fechar os olhos e sentir o quentinho da palma da mão dele por muito, muito tempo.

— Eu trouxe um presente. — Me tira do transe, e eu recolho a mão a tempo de recobrar a sanidade.

Presente? Engulo a piada sobre sashimi de baiacu que surge em minha mente. Apesar de precisarmos agir como apaixonados, ele não pode me dar um presente, não pode me olhar dessa forma e não pode me tratar como se me amasse! Não suporto nada disso.

— Não. — Ouço minha voz sair sem autorização.

— O quê?

— Eu não preciso de presentes.

Dante suspira e puxa a gola da camisa, e eu vejo o cansaço ali também. Aparentemente, os últimos dias não foram fáceis para nenhum de nós dois; a diferença é que eu não fiz nada para merecer. Deve estar odiando o momento, como eu.

— É claro que não precisa de presentes. Mas eu trouxe mesmo assim. — Ele empurra uma sacola por baixo da mesa e nossos pés se tocam por uma fração de segundo. Detesto como meu corpo reage ao toque dele. — É uma camiseta — Dante fala, instigando minha curiosidade.

Curvo meu corpo para alcançar o conteúdo da sacola. É uma camiseta azul com os dizeres: "A ciência não está nem aí para a sua opinião". Eu amei. Inferno!

— Você não devia ter feito isso — digo depois de jogar a camiseta na sacola novamente. Dante me olha como se não fosse capaz de entender, então continuo: — Não pode comprar presentes para alguém por quem sente tanta repulsa.

— Virgínia.

— Sabe, eu sou a "Virgínia com v de vigarista" — cito um dos apelidos que ele criou para mim em sua matéria do mal. — "A maior farsa dos programas televisionados", "a infiltrada que nem mesmo pesquisa", "a pior...

— Pare — Dante sussurra alto. — Eu não quis dizer nenhuma dessas coisas. — Mas escreveu! Tenho vontade de chorar somente por lembrar dos adjetivos, mas decido não dizer nada. Dante me machuca só de me olhar como me olha. — Eu me enganei sobre você. Não fazia ideia que não era a infiltrada — fala, exasperado. — Quando li o seu formulário descabido, ignorei todos os outros participantes. Somente a infiltrada do Theo Soares poderia mentir tão descaradamente e agir com naturalidade.

— Mas eu falei que floreei a minha inscrição enquanto ainda estávamos na cabine! — Sinto meus olhos arderem. — Nós nos envolvemos depois disso, você se declarou pra mim e, na manhã seguinte, me ofendeu como ninguém nunca fez.

— Minha chefe usou um texto antigo, a gente nem se conhecia direito. Lá nas cabines. Estava nervoso e descontei tudo nas palavras, mas nunca imaginei publicar aquilo, ainda mais depois de... — Os olhos de Dante parecem sinceros, então desvio os meus, porque eu não vou cair nessa! — Olha, eu sei que não tem desculpa, mas você me lembra o que falou ontem? Só não escolheu o Rafael porque achava ele uma boa pessoa. O que acha agora? A gente não se conhecia quando eu escrevi aquelas coisas. Eu sinto muito, Virgínia. Eu deveria ter lidado melhor com os meus sentimentos por você, deveria ter me comunicado melhor e aí não passaria todo esse tempo pensando que você era a minha inimiga.

Limpo uma lágrima que escorregou.

— Não importa. Quando isso tudo acabar, esqueceremos disso.

— Eu não quero esquecer nada — fala, as mãos fechadas em punhos sobre a mesa. — Não quero que acabe, quero continuar com você. Eu nunca... Nunca pensei que...

Eu quero ouvir o resto. Quero saber se os sentimentos dele em relação a mim mudaram, se ele me vê de uma forma melhor, mas eu não posso. Sinto que minha cabeça vai explodir e é como se eu não pudesse garantir nem mais um segundo em sua presença.

— Eu vou embora.

Dante ergue o corpo quando me coloco em pé.

— Nem comemos.

— Perdi a fome. — É mentira. — Não posso ficar aqui. — É verdade.

Ele não me segue, e eu quebro em dois pedaços. Porque uma parte de mim está contente por poder se afastar, mas a outra queria muito que ele lutasse por mim e que me impedisse de ir.

Seria muito mais fácil se Dante admitisse que me odeia. Se ele afirmasse que não me suporta e que ainda pensa todas aquelas coisas horríveis a meu respeito. No entanto, ele se arrepende de cada palavra e ainda consegue falar que gostaria de continuar ao meu lado, que quer ficar comigo.

Como eu posso odiar alguém que visivelmente me ama?

Como eu posso odiar alguém que visivelmente amo?

Não sou forte o suficiente para lidar com isso.

— Ei! — Madu grita atrás de mim quando saio pela porta do restaurante. — Virgínia, para onde está indo?

Viro meu corpo com relutância. Só quero permanecer em silêncio.

— Pra casa.

Ela sabe que estou indo para a *minha casa*, e não para o loft.

— Mas... Você está bem? Agora vai aparecer no episódio de amanhã que você fugiu do date.

Balanço a cabeça. Não me importo com nada disso.

— Nós... Eu e Dante não somos bons juntos.

Sinto meus olhos queimarem de novo.

— Que besteira! — exclama batendo no ar. — Vocês são lindos, só estão passando por um momento difícil.

— Não, só queremos cumprir o contrato do programa e conseguir o prêmio, aí acabou — murmuro ao pegar o celular.

Abro o aplicativo do Uber para não precisar esperar muito por uma salvação.

Madu coça a cabeça em silêncio.

— Mas que prêmio?

Guardo o celular no bolso e encaro minha assessora.

— O dinheiro — respondo. — Os patrocínios, tudo.

— Mas, Vi... — ela começa, insegura —, o prêmio de um milhão de reais só vai pro casal que disser "sim".

Meu corpo congela.

— O quê?

Madu me encara como se fosse óbvio.

Se eu não me casar com Dante, continuarei sem minha pesquisa?

DANTE

Até gosto do soco cruzado que acabo de receber. Ele não dói nada perto da dor que esta história toda com Virgínia está me causando.

— Você sempre se esquece da guarda — diz meu pai.

Ergo os ombros para melhorar a postura e acerto um chute frontal em seu tórax. Ele nem reage, sempre foi ótimo em qualquer arte marcial.

Eu não concordo com meu pai. Foi por erguer muito a minha guarda que estraguei tudo com Virgínia. Na vida real, fecho-me a ponto de me perder dentro da minha própria cabeça.

Recebo outro cruzado como resposta. Balanço o corpo para completar uma finta, mas erro o golpe e ganho um chute na coxa.

Treinar com meu pai sempre foi mais complexo. Estamos na mesma garagem em que treinávamos quando eu era menor e por aqui não há equipamentos ou regras. É mais um amontoado de golpes sem rumos e esquivas mal planejadas.

— Já chega.

Tiro as luvas e as jogo no chão de granito.

— Cansou de apanhar? — ele pergunta rindo. Balanço a cabeça, vencido. — O que há de errado?

Não acho que sou capaz de dizer o que estou pensando de verdade para o meu pai, mas sinto como se essa fosse a minha única escapatória.

— Eu estraguei tudo, *appa* — murmuro, tirando o cabelo da testa.

Meu pai franze o cenho após se sentar no degrau da escada ao meu lado. Ele parece confuso e um pouco cansado depois de todos os exercícios que fizemos.

— Você perdeu o emprego?

É só com isso que ele se importa. Não posso culpá-lo. Foi exatamente por meu emprego que perdi outras coisas.

— Sabia que aqueles ditadores fariam você cair depois daquela matéria na Câmara — meu pai continua. — Não se preocupe, ainda deve existir algum veículo jornalístico que valorize a liberdade.

— Não. Na verdade, está tudo bem no que se refere a essa notícia. Depois que denunciei a votação, a maior parte da mídia começou a pressionar o governo federal e vetaram o projeto de lei.

— É mesmo? — Assinto. Meu pai parece radiante com a notícia. Eu deveria estar feliz também. Finalmente poderei trabalhar com o que mais gosto: protegendo nossas liberdades individuais. — Mas o que está deixando triste você, então?

— Virgínia.

Suspiro, incerto se estou fazendo a coisa certa.

— Ah. — Ele exala um suspiro para se juntar a mim. — Sua mãe me contou o que você fez.

— Eu...

— Que atitude detestável, Moon-Choí Dante. Falei na última vez que nos encontramos que você poderia se dar mal por adorar o deus da mentira.

— Mas eu não menti!

— Você se atolou em mentiras. — Meu pai parece muito bravo. — Fingiu ser um participante comum, julgou mal a sua parceira e depois a difamou. Não importa que você esteja arrependido das suas palavras, elas foram publicadas e a Virgínia deve estar se sentindo muito humilhada nos últimos dias.

Não tenho o que fazer a não ser aquiescer.

— Pode não ter mentido descaradamente como ela fez no início do programa, mas com certeza omitiu muitas verdades dela. Se tivesse sido honesto desde o começo, tanto com a Virgínia quanto consigo mesmo, estaria em uma posição bem melhor hoje. — As palavras me atingem como um direto. Não gosto da sensação que esse soco me traz. — Eu sei sobre os seus motivos, Dante. Você quer mostrar pra mim que carrega os mesmos princípios que eu, e eu acredito que seja verdade.

Sinto minha testa vincar. Sempre achei que meu pai não percebesse os meus esforços.

— Você é um homem íntegro, um verdadeiro defensor da liberdade. Nada na vida me deu mais orgulho do que ver aqueles políticos se dando mal na semana passada por sua causa, mas você precisa relaxar — ele continua, a mão sobre meu joelho. — Seu objetivo agora deve ser outro: reconquistar a Virgínia. Nunca tinha visto você tão feliz antes, tão realizado. Só que agora acho que nunca vi você tão triste. Se essa mulher é a chave para a sua felicidade, então agarre a oportunidade.

Uma risada amarga escapa por minha boca.

— Ela não quer mais nada comigo.

— A liberdade nada mais é do que uma chance de ser melhor — ele diz ao se levantar. — Se desculpe, faça uma serenata... Não sei, mas dê um jeito de ficar com ela. Vamos, estou com fome e acho que sua mãe assou alguns *topokkis*.

36

VIRGÍNIA

— Preciso mesmo usar isto?

Dora solta a maior gargalhada que eu já ouvi na vida.

— Está brincando, Virgínia? — ela pergunta, incrédula. — Noivas costumam usar vestidos de noiva.

— Droga!

O meu reflexo no espelho me aterroriza e meu rosto me denuncia para todos os presentes no estúdio. Além de Dora, Letícia, Brenda e nossas assessoras, Domitila Hernandez está nos acompanhando para narrar os acontecimentos do dia para as câmeras.

— Você não gostou do modelo? — a apresentadora me pergunta.

Não sou a única de branco na sala. As outras participantes também estão provando vestidos de noiva, cada uma em um estilo diferente. O de Letícia é extravagante e tem penas, o de Dora é moderno e sem bordados, e o de Brenda tem mangas e rendas.

— Eu gostei — sou sincera, mas não abro o sorriso quando me encaro no espelho.

É um vestido simples, acetinado e leve. As alças largas acentuam meu busto e o véu que cobre meu cabelo emoldura meu rosto. Estou linda, eu amaria me casar usando este vestido. Isso me rasga por dentro.

— Então qual é o problema? — Domitila pergunta com um sorriso no rosto, saltando os olhos das câmeras para mim e vice-versa.

Comecei nisto aqui repudiando a ideia de um casamento, mas, então, juntar minha vida à de Dante pareceu a única hipótese possível. Agora é como se eu soubesse do que preciso para sobreviver, mas, mesmo assim, não poder usufruir de nada.

— Nenhum. — Engulo em seco. — Eu só... estava chocada. Vou me casar, que loucura! Adorei o vestido.

As outras meninas batem palmas e soltam gritinhos. As câmeras filmam enquanto brindamos com champanhe e conversamos animadamente sobre nossas perspectivas para o grande dia, que se aproxima rápido demais para o meu gosto.

Faltam poucos dias para o casamento e venho preenchendo minha mente com a organização. São tantas coisas! Docinhos, sabores para o bolo de três andares, paleta de cores, daminhas, mapeamento de mesas... Sinto que vou surtar a qualquer momento.

Como se não bastasse organizar tudo sozinha, ainda precisarei aturar toda a minha família no casamento. Tentei desconvidá-los, mas foi impossível. Vou precisar mesmo manter um casamento de mentira com um cara que finjo detestar.

Não vou abrir mão da minha pesquisa, mesmo que para isso eu precise ficar casada com Dante durante um tempo. Provavelmente será o pior período da minha vida, mas minha irmã merece todo o esforço. Até porque já chegamos até aqui; ver que tudo pelo que venho passando foi em vão é o pior cenário possível.

Preciso fazer com que Dante aceite o acordo que tem rondado minha mente nos últimos dias. No entanto, *eu* não estou preparada para o que vou propor.

DANTE

Faltam apenas três dias para o casamento e eu, sinceramente, já perdi os meus últimos frangalhos na esperança. Abro a porta pensando no porquê ainda estou morando neste loft gelado se nem mesmo tenho Virgínia.

Mas há algo de diferente esta noite. O ambiente está quente, com iluminação amarelada e há uma mesa posta com velas e pétalas de rosas.

Uma câmera me persegue pela sala de estar e estou com medo de descobrir se foi ou não a produção que elaborou este jantar. Porque se foi, o papel de cara mais babaca do mundo será entregue para mim.

Coloco minhas coisas no sofá e me direciono para o homem escondido atrás de uma das câmeras, mas não tenho a oportunidade de lhe perguntar o que está havendo porque ouço uma porta no corredor se abrir.

Não preciso virar o corpo para ter certeza. Sei que Virgínia está aqui porque a atmosfera muda.

— Amor — a voz dela é doce —, você demorou muito. Estou morrendo de fome.

"Amor"? Engulo em seco. Nunca vi um vestido tão curto em toda a minha vida. Meu corpo todo reage. Estou sonhando?

— Eu fiz o jantar — ela diz, apontando para a mesa com as rosas e as velas.

— Você não sabe cozinhar — decido falar após estudar sua expressão.

Virgínia tem um sorriso muito falso no rosto. Sei que está encenando. Quero fazer o mesmo somente para provocá-la, mas sinto que devia tentar mudar as coisas, sinto que deveria dar minha cartada final para saber se temos chance ou não. Com as câmeras aqui, não sou capaz de fazer nada, então tento esquecer que nosso último encontro não acabou nada bem para me concentrar em agir normalmente.

— Eu sei cozinhar — rebate ao cruzar os braços —, só não *sei* cozinhar. Tipo, fazer coisas realmente boas.

— Pode estar envenenada.

Sento-me em frente ao prato de espaguete.

— Eu não faria isso com todas essas câmeras aqui. — Virgínia ri. — Embora eu seja cientista e saiba como camuflar uma morte por envenenamento.

— Nunca suspeitariam da minha noiva amorosa, não é?

Pisco, e ela sorri, convencida.

Não entendo o que está acontecendo, não sei por que o humor de Virgínia está tão receptivo ou o que passa em sua mente, mas comemos o macarrão enquanto conversamos sobre a nossa semana. Temos novidades dos dois lados porque moramos separados há um pouco mais de uma semana, então acabo de descobrir que ela convidou toda a minha família

— que não é muito grande — para o casamento, que a paleta de cores terá tons de verde-escuro e branco e que o bolo será de morango com chocolate.

Eu repito o prato; Virgínia não cozinha mal como afirma. Não é o espaguete mais espetacular que já comi na vida, mas é bem saboroso e, pelo visto, ela abusa das pimentas como minha mãe. Cobre a boca com a mão ao me observar servir mais comida em meu prato, mas disfarça a reação com um gole de vinho.

Além de assuntos fúteis como "como foi no trabalho?" ou "e suas aulas, foram interessantes?", não temos mais nada. Isso me entristece porque, há alguns dias, tínhamos tudo em comum. Não queríamos pegar no sono para continuar conversando e passávamos o dia trocando mensagens, como se perder qualquer resquício do dia um do outro fosse causa de morte.

Sinto-me um adolescente.

Quando as câmeras decidem que já têm tudo o que precisam, vão embora e assisto a Virgínia soltar o ar. Nossos ombros caem juntos, e o ar está bem mais leve. Pelo menos até começarmos a conversar de verdade. Porque eu não sou idiota, sei que ela está aqui por algum motivo.

E eu gosto de como Virgínia é direta.

Os câmeras mal bateram a porta quando ela diz:

— Eu preciso me casar com você.

Há algo dentro de mim que quer muito concordar com a frase. Eu também preciso me casar com ela. No entanto, sei que não é isso.

— E vou pedir... vou *implorar* para que diga "sim" no altar depois de amanhã — ela continua, os olhos cintilantes. — Só assim eu vou conseguir o dinheiro da pesquisa.

Suspiro. Virgínia acha que eu diria "não"?

— Quer dizer, você conseguiu o que queria — ela reflete. — A sua vaga no Investigativo, suas assinaturas... O que mais? Sua matéria especial.

Arregalo os olhos, surpreso.

— Você... — Limpo a garganta. — Você leu a minha matéria?

Ela assente. Aquele calor volta a invadir meu corpo. Minha grande reportagem, na qual trabalhei por meses, finalmente foi ao ar durante a semana. Após toda a polêmica com a votação sigilosa na câmara, pude aproveitar o *timing* para divulgar minhas denúncias contra os órgãos públicos que vinham censurando e multando a população comum.

— E o que achou? — Quero saber.

— Gostei mais do que da matéria que escreveu sobre mim. — As palavras me dilaceram, então não respondo. Virgínia suspira e pousa as mãos sobre o tampo da mesa. — Olha, eu preciso muito desse dinheiro para a minha pesquisa. A gente pode anular o casamento antes do mês acabar e aí estaremos livres.

Essa é a única maneira que tenho para reconquistá-la e talvez seja este o momento de me mostrar uma pessoa melhor, como disse meu pai.

O que Virgínia não entende é que não quero me ver livre dela.

VIRGÍNIA

O olhar de Dante é plácido. Tenho inveja da maneira como consegue esconder suas emoções. Qualquer um pode ver que estou presa numa pilha de nervos agora mesmo.

— Você está me usando — ele diz.

— Como você fez comigo. É sempre bom lembrar que você me taxou como uma mentirosa para o Brasil inteiro só porque queria garantir algumas assinaturas para o jornal.

Dante franze o cenho.

— Eu já disse que foi a Olga e... — ele suspira. — Quer saber, tanto faz. Eu vou falar "sim" no altar.

Meu coração salta no peito.

— É mesmo?

Mas o que eu estava esperando, que Dante negasse meu pedido? Não me lembro de um dia sequer que ele tenha me negado algo.

— Essa seria a minha resposta de qualquer forma.

Meu coração acelerado para completamente. Repasso a frase em minha mente diversas vezes, tentando compreendê-la, mas nenhuma de minhas conclusões faz algum sentido.

— Não acho certo que você me use desta forma sem que eu use você também — Dante completa e, no momento, não consigo nem mesmo dizer se estou sentada na cadeira ou deitada no chão.

Nada faz sentido.

Eu tremo na base. Meu corpo todo treme.

Ainda mais agora que Dante se levantou. Ele dá dois passos para chegar até a cadeira onde estou sentada e se ajoelha no chão muito lentamente. Minha respiração está entrecortada e não sei onde começam as minhas mãos ou onde terminam minhas pernas, porque Dante está me tocando.

Ele desliza os dedos por meus braços e por minhas coxas. Eu deveria ter vestido calças! Droga de vestido. Se ele avançar alguns centímetros, já era.

— Não vou deixar você escapar — ele fala com uma voz tão pesada que me faz desabar. — Vamos ficar juntos.

— N-não vamos.

Dante sorri de lado. Ele sabe que me tem.

— Vamos.

— Eu odeio você. — Encontro minha voz, mas ela ainda é só um sussurro sem força.

Sinto suas mãos invadirem meu vestido e as traidoras das minhas coxas as recebem de bom grado. Minha cabeça pende para trás e um gemido escapa por meus lábios com seus movimentos sobre o tecido fino.

— Você sabe que isso é mentira — Dante vocifera, os dedos ainda trabalhando em minha pele.

Sei que se continuar com minha boca livre, vou soltar que o amo, então invado a boca de Dante com toda a força que ainda me resta. Eu sou uma farsa mesmo.

— Eu... — sussurro entre nossos lábios quando Dante prende meu pescoço com sua mão gigante. — Farei de tudo...

— Para o quê?

Ele afasta os lábios dos meus e as mãos de debaixo do vestido.

— Pra odiar você daqui pra frente.

Meu peito está subindo e descendo, sem controle.

Algo brilhante passa pelos olhos de Dante. O desgraçado sorri. Não o suporto! Pulo sobre ele, que cai no chão, e enlaço seu pescoço. Não sei como vim parar aqui, mas minhas pernas estão uma de cada lado de seu quadril e o resto do meu corpo está colado ao dele.

— Ah, é? — Ele arqueia uma sobrancelha. — E o que mais?

Dante fala como se não acreditasse em nenhuma das minhas palavras. Não sei se acredito nelas também.

— Vamos anular o casamento três dias após a cerimônia — arfo, meu rosto está a apenas um centímetro do dele —, quando o dinheiro estiver na minha conta.

Ele solta um som gutural e volta a me beijar. Morde o meu lábio tão forte que por um momento acho que vai arrancar um pedaço. Eu amo isso. Eu amo tudo nele.

As mãos de Dante passeiam por todo o meu corpo e ele sobe o tecido do meu vestido até a cintura para segurar e apertar meu bumbum.

— Você não vai embora — ele murmura entre nosso beijo.

Eu me afasto. Assisto a todas as emoções que nunca vi em Dante passearem por seu rosto. Existe tantas coisas que nunca vi ali. Meu coração volta a acelerar quando noto seus lábios tremendo, seus olhos brilhando e a respiração cortada. Ele sente o mesmo que eu.

Dante me ama.

Há coisas com as quais você não consegue lidar quando as vê pela primeira vez. É o que está acontecendo comigo agora. Sinto tudo, sei o que ele sente, mas não como agir.

Saio de cima de Dante, que continua deitado de costas no chão. Quero dizer que o entendo, que sinto o mesmo, mas o medo cresce tão rápido dentro de mim que tudo o que consigo fazer é correr.

— Virgínia. — Ouço Dante vir atrás, mas já fechei a porta do quarto com a chave.

Ele não pode me tocar agora, e eu sei que deixarei Dante fazer qualquer coisa comigo se voltar a me tocar. Existem poucos dias em que tenho algum lapso racional, graças a Deus hoje é um deles. Preciso me proteger desses sentimentos para garantir coisas mais importantes e menos perigosas.

37

DANTE

Eu sobrevivi.

Se alguém perguntar, vou responder que dormir no sofá com a mesma roupa que cheguei do trabalho depois de escutar Virgínia chorar por muito tempo é o que eu chamo de sobreviver.

Não sei o que houve. Em um momento estávamos nos beijando e, de repente, ela sumiu. Trancou-se no quarto e chorou tão alto que me arrepio só de me lembrar do som. Eu bati à porta muitas vezes, sentei-me em frente a ela no corredor por longas horas, mas não tive resposta.

Fui para o sofá quando percebi que Virgínia tinha conseguido dormir, mas mal preguei os olhos. Vamos nos casar amanhã, mas que tipo de casal se casa nestas circunstâncias?

A verdade é que eu não soube lidar com os meus sentimentos, não os desvendei a tempo e, agora que sei o que realmente sinto, não temos mais o que tínhamos. Estraguei tudo e nosso casamento durará poucos dias em prol da pesquisa. E aí não terá jeito, será o fim.

Quando Virgínia saiu do quarto hoje mais cedo, sorriu. Ela acha que eu não a ouvi chorando e eu finjo que realmente não escutei nada porque não quero dificultar ainda mais as coisas. Nós tomamos café da manhã e depois fazemos o que cada um precisa fazer. É quase calmo, já que não há brigas ou faíscas. Existe só um grande vazio que perdura entre nós.

Prefiro as faíscas.

No entanto, minha esperança não se abala. Eu ainda tenho algumas horas para mudar as coisas e transformar o amanhã em um grande dia, não em um castigo.

É a nossa despedida de solteiro e temos um compromisso marcado com os outros participantes do *Quer casar comigo?* em um bairro próximo ao que estamos hospedados. Quero deixar as coisas relaxarem e fazer Virgínia ter uma noite divertida com as amigas. Depois disso, a produção irá separar os casais. Eu voltarei para a minha casa e Virgínia irá para a que divide com a amiga. Só vou vê-la novamente pela manhã, quando decidiremos o rumo de nossas vidas.

— Estou quase pronta! — ela grita do quarto.

Ela está se arrumando há uma hora, mas ainda não estamos atrasados, então abro o celular para conferir as notificações. Como sempre, acabo no Twitter.

Theo Soares @nadaadeclarar

É HOJE: Os quatro casais finalistas do Quer casar comigo? estarão em suas despedidas de solteiro. Em quais polêmicas vocês apostam?

douglas @eunaosouodouglas
Respondeu a @nadaadeclarar

Sinceramente, espero refrescos e barracos. Não assisto reality show para ganhar paz e amor

maria joaquina @embarquenessecarrossel
Respondeu a @eunaosouodouglas

eu quero é que o dante e a virgínia parem
com essas brigas, gente. o casamento
é amanhã e eu preciso do SIM

vem de dm @sigoosbons
Respondeu a @embarquenessecarrossel

eu não quero SIM entre V e D. acho eles sem sal e os dois quase destruíram o programa!!! Gente, eles são literalmente policiais disfarçados, por mim poderiam ir de arrasta pra cima

romeo, jogue suas tranças @enroladas
Respondeu a @sigoosbons

acusação sem fundamento nenhum! D é, sim, jornalista, mas a V é cientista, gente, minha prima é aluna dela! caramba, cada fic que vcs inventam

cleo @cleopatra
Respondeu a @enroladas

fic??? meu filho, saiu no jornal aquela matéria toda sobre ela ser uma mentirosa

procurando um sugar @babyprocura
Respondeu a @cleopatra

o @sp24 já soltou uma nota sobre isso, miga, é fake.

brogueira @recebidospagos
Respondeu a @babyprocura

tanto faz, eu ainda espero um SIM amanhã. acho que nem vou dormir. alguém sabe se vai ser ao vivo?

— Vamos?

Abaixo o celular para observar Virgínia. Ela está perfeita. O cabelo dourado está preso e o rosto coberto por maquiagem. Saltos e uma saia muito curta tiram a minha atenção e me fazem querer permanecer aqui.

Assinto, lembrando-me dos últimos tuítes que li. As pessoas estão divididas em relação a nós, mas eu não me importo. Tudo o que preciso fazer é garantir que fiquemos bem até amanhã.

VIRGÍNIA

Eu menti.

Prometi que não beberia mais durante o reality desde a noite que Mafê e Leonardo me embebedaram e Dante precisou cuidar de mim. Mas como posso não beber? O meu casamento está marcado para a manhã seguinte.

— Não posso beber! — alerta Brenda após eu lhe oferecer um shot de tequila. — E você também não deveria.

— Com sorte, vou acordar com ressaca — digo e gargalho.

Brenda revira os olhos, ela sabe que eu não sou a pessoa mais animada para o dia de amanhã, mas não entende os meus motivos. Dora e Letícia estão dançando do outro lado do salão, perto do bar, enquanto os homens estão no andar de baixo, brincando com os videogames e com os fliperamas.

— Tudo bem, uma cerveja.

Brenda ergue a mão para chamar um garçom. A música que está tocando é uma das mais famosas do momento e os passos de dança são conhecidos por todos, então até os outros convidados do reality se juntam a nós na pista. Nas últimas semanas dancei mais do que em toda a minha vida e estou começando a me apaixonar por isso, apesar de não ser exatamente uma boa dançarina.

Queria muito que Mafê e Leo pudessem ter vindo. Os amigos e familiares próximos das outras garotas estão aqui, mas meus amigos estão comemorando um mês de namoro e eu não quis incomodá-los (apesar de que nada combina mais com esse casal do que álcool e luzes coloridas).

Passo as próximas duas horas revezando entre a pista de dança e o balcão do bar. Bebi caipirinhas, tequila, gin e até um chorinho de uma cachaça que sobrou do copo de um desconhecido. Acho que já perdi o bom senso.

— Dá pra acreditar? — Dora bufa ao meu lado no bar; está bebendo champanhe, clichê. — O Eduardo disse que eu estrago os rolês dele.

— Por que ele disse isso? — Me ouço perguntar, mas não sei se estou exatamente interessada.

— Eu não estava a fim de festa hoje. Quer dizer, amanhã é um dia importante e tudo mais. Não vamos nos casar, isso é óbvio, mas não deixa de ser importante. Nossa família toda estará presente.

— O país inteiro — lembro, o que me causa um tremor nas pernas.

— Então! Aí ele me chamou de estraga-prazeres por não querer vir hoje.

Abraço minha colega. Ela é mesmo um pouco chatinha.

— Mas o importante é que está aqui e se livrará desse cara pela manhã.

— Graças a Deus! — Dora ergue a mão. — Mas você viu que eu e ele não somos mais...

— Ah, Dora — sorrio —, um minutinho! Preciso muito ir no banheiro. Já volto.

Dou um tapinha no ombro dela e fujo de seus assuntos sempre iguais. Não quero ouvir nem mais uma palavra sobre Eduardo. Não estou nem aí!

Tento atravessar a pista de dança para buscar algo para comer, mas percebo que os homens estão subindo a escada do terraço para se juntarem à festa. Não sei se sou capaz de encarar Dante agora (apesar de querer muito), então decido aceitar a desculpa que dei a Dora e ir ao banheiro espairecer.

O corredor que leva aos banheiros é escuro e cheio de quadros vintages, o que me deixa um pouco tonta. Talvez os culpados não sejam os quadros, mas os dois litros de bebida alcoólica fermentando em meu estômago.

Me escondo na cabine feminina e me encaro no espelho. Estou com cara de bêbada, mas não aquele tipo de bêbada deprimente; aquele tipo de bêbada gostosa e descontraída. Gosto do meu cabelo bagunçado escapando do rabo de cavalo e das minhas bochechas ruborizadas.

Respiro fundo algumas vezes para me concentrar. Quero treinar minha reação para não parecer sedenta ao encontrar Dante. Abro a boca e fecho, pisco com um olho e ergo a sobrancelha. O máximo que consigo é não parecer maníaca, mas o desejo está estampado em meu rosto.

Lavo as mãos após usar o banheiro e as seco com os papéis-toalhas disponíveis. A porta se abre com um rangido e a escuridão do lado de fora me assusta um pouco. Ainda mais porque há alguém escondido na penumbra. As luzes da festa estão longe demais para clarear minha visão, então não sei quem é a pessoa que me encara no momento.

— Com licença — peço com educação para não tropeçar no estranho.

Sinto mãos geladas em meus antebraços e só percebo que bati a cabeça quando sinto a parede pressionando minhas costas.

— Nossa, o seu cheiro é... — A voz de Rafael atinge meus ouvidos como um golpe e sinto vontade de vomitar toda a bebida.

— Rafael — tento me desvencilhar —, me solte.

— Por quê? — ele questiona, a voz firme e áspera. — Eu sei que você me quis durante todo esse tempo.

— O quê? — finjo uma risada. Talvez, se eu não aparentar medo, ele me solte. — Rafa, está me machucando, por favor, me solte.

A luz branca do banheiro ilumina o rosto do homem em minha frente e o olhar que eu vejo em Rafael é terrível. Ele parece bêbado e desnorteado.

— Por favor, me solt...

Sinto uma mão gigante me empurrar para dentro banheiro e fechar a porta em questão de segundos. Estou sozinha no banheiro e nem mesmo entendo o que acabou de acontecer.

— Você quer morrer? — Seguro Rafael pela gola da camiseta. Ele fica minúsculo ao meu lado e consigo sentir seus olhos amedrontados — Me responda! *Você quer morrer?*

Se eu não tivesse seguido Virgínia com os olhos desde a pista, o que de pior poderia ter acontecido? O que este canalha teria feito com ela?

— Dante! — Escuto a voz de Virgínia.

Não desvio o olhar do traste. Pelo contrário, intensifico meu aperto em seu pescoço.

— Calma aí — Rafael pede, e ainda tem a coragem de rir.

Fecho a mão em um punho duro e ergo o braço. Finalmente vou aliviar o ódio que sinto deste verme.

— Dante, por favor. — Virgínia toca em meu ombro e eu a encaro por uma fração de segundos. — Seremos desclassificados.

— *Aish!*

Não posso errar com Virgínia novamente. Não podemos ser desclassificados, ela não pode perder o dinheiro.

— Se você *pensar* em tocar nela de novo...

Encaro Rafael de perto.

— Ei, ei, ei. — Joaquim corre pelo corredor ao lado de Eduardo. — O que está rolando aqui?

— Esse cara é louco! — Rafael diz ao erguer as mãos e fica pendurado pela gola.

Eduardo coloca as mãos na cintura e suspira, como se já soubesse do que o amigo é capaz. Joaquim se aproxima, toma as rédeas de Rafael e sussurra em meu ouvido:

— Cuide dela.

Encaro Virgínia de onde estou e sinto remorso. O olhar dela é de pavor. Eu deveria ter acabado com Rafael e ligado o dane-se para o prêmio. Nem que eu tivesse que pagar a pesquisa de Virgínia com o meu próprio dinheiro!

Estamos sozinhos no corredor e não sei muito bem como reagir. Meu corpo ainda arde em raiva e as palavras não chegam à minha boca. Felizmente ela fala:

— Você perguntou mesmo se ele gostaria de morrer? — Um sorriso surge no canto da minha boca enquanto balanço a cabeça em confirmação. — Até parece que o mataria de verdade!

Dou de ombros e me aproximo um passo de onde Virgínia está.

— Talvez eu não o matasse de verdade, mas ele ficaria quebrado por alguns meses. Você está bem?

Virgínia assente.

— Ele está bêbado.

— Não importa. — Fecho os punhos com raiva de novo. — Eu deveria ter acabado com ele.

Ela pousa a mão em meu ombro.

— Fez o suficiente.

— Se soubesse o que ele estava pensando...

— E você sabe?

Ela ergue uma sobrancelha, como se para debochar do meu poder de ler mentes.

— Sei. Ele quer o que só eu posso ter.

Virgínia engole em seco devagar, os olhos muito abertos. Gosto de causar esse efeito nela. Suas bochechas estão coradas e a respiração já começou a mudar de ritmo.

— E o que... o que é? — ela pergunta com incerteza.

— Você — digo sem rodeios, até porque ela já sabia a resposta, só queria ouvir na minha voz.

Antes que ela responda — e eu sei que vai, porque Virgínia é uma dessas pessoas que não consegue dormir sem dar uma resposta —, empurro seu corpo para dentro do banheiro novamente. A luz branca ilumina tudo e assim consigo analisar melhor suas roupas extremamente coladas. Meu corpo está sobre o dela, que está apoiado no mármore da pia.

— O que faz você pensar que me tem?

Ela me faz sorrir.

— Você — repito, passo o dedo por sua boca entreaberta e respiro perto de seu rosto. — A forma como reage a mim me dá a impressão de que sabe que a tenho.

— Eu não...

— Você sabe — a interrompo. — Vamos ver. Como está o seu coração agora?

Virgínia revira os olhos e umedece os lábios.

— Acelerado — sussurra. — Como está o seu?

— Igual. — Subo a mão por seu cabelo para desamarrá-lo. As ondas caem até os ombros e emolduram o seu rosto pequeno. — Por que está tremendo?

Virgínia engole em seco.

— Você é quem está.

Analiso a situação.

— Estou mesmo. Sempre fico assim quando estou com você. Nunca percebeu?

— Já.

Inclino a cabeça para observá-la melhor.

— Sinto essas coisas porque quero você e eu só não desmorono porque eu a tenho. — Escolho minhas palavras enquanto deslizo as mãos pela pele de Virgínia. — Por favor, Virgínia, me deixe ter você de novo.

— Você me tem agora.

A frase me mortifica. Cada centímetro do meu corpo vibra em frequências diferentes.

— Eu a quero além de agora. Case comigo amanhã.

Os olhos dela se arregalam.

— Eu... eu vou me casar.

— Case de verdade. — Sinto minhas palavras pesarem. — Pra sempre. Aí também me terá.

Ela assente com a cabeça, mas sei que há alguma coisa entre nós. Quero tirar esse tema a limpo, quero acertar tudo para realmente me casar. Mas, neste momento, não me importo com essa incerteza, porque eu preciso dela mais do que ela precisa de mim.

Dante me empurra contra a pia de mármore e ergue meu corpo para fazer eu me sentar. Minhas pernas estão abertas e eu as cruzo atrás de suas costas para juntar nossos corpos ao mesmo tempo que enlaço meus braços em seu pescoço. Ele beija cada centímetro do meu rosto, afastando meu cabelo dos ombros.

Ele me ama. Ele me ama. Ele me ama. Ele me ama.

Mas eu não posso. Não posso. Não posso!

Os beijos são intensos e molhados, são rápidos e ferozes, como nunca antes. Sempre existiu esta fúria em nossos atraques, mas nada parecido como agora. É como se, pelo menos para mim, esta fosse nossa última chance, nosso último momento.

Quero aproveitar cada pedaço de Dante, então abro os botões de sua camisa com pressa. Estou completamente desconfortável nesta posição, mas quero muito Dante dentro de mim neste exato momento.

Somos somente mãos, braços, beijos e respirações em guerra. Sinto que se beijar seu pescoço estarei perdendo sua boca, e, se beijar sua boca, estarei tão hipnotizada que me esquecerei de usar minhas mãos.

Ouço o barulho do zíper da calça de Dante, e ele apoia uma das mãos na quina da pia para se equilibrar. Sem afastar nossas bocas, ele me preenche por inteira. É assim que eu gostaria de me sentir pelo resto da vida.

— Dante — sussurro em seu ouvido —, eu sou mesmo sua.

Ele geme uma palavra em coreano e acelera os movimentos. Meu corpo se movimenta com o dele e tudo isto é um caos. Meus órgãos estão pulsando e minha garganta quer gritar o mais alto possível. Ergo a cabeça para respirar, mas não acho que vou conseguir manter a sanidade por muito tempo, então finco minhas unhas em suas costas e me entrego. Quando o clímax me atinge, acho que acabo soltando algum gritinho, porque Dante cobre minha boca com a mão que não está usando para se apoiar.

Mordo um dedo e sinto meus olhos revirarem. O som que escapa de Dante é belíssimo, e eu adoro saber que ele está gostando disto tanto quanto eu. Ele enterra a testa suada no vão entre meu pescoço e ombro e arfa em meu peito.

Dante me consome.

Ele é tudo.

DANTE

Meu coração está descompassado e nossas bocas não conseguem se encontrar no meio da euforia. Virgínia engole em seco quando se afasta alguns centímetros para me observar.

— Virgínia — falo com dificuldade —, quero isto com você todos os dias.

Eu não me importo se parecer completamente entregue. Contanto que ela queira isso também, não vejo problema em ser honesto.

— Você sabe que...

— Sim, que você quer anular o casamento após alguns dias — interrompo-a me sentindo desesperado. — Eu sei, mas também sei que você sente algo por mim. Algo grande. Do contrário não doeria tanto, não é?

Virgínia se desgruda de mim. Ela prende o cabelo novamente e suspira.

— E o que você quer que eu faça? O que quer que eu faça com o que sinto por você?

— Quando as pessoas se sentem assim, elas se casam.

Ela balança a cabeça em negativa.

— Eu só... Isso é pela pesquisa. Não entrei nisso querendo alguém. — Fecha as pernas, afastando-me. — É o dinheiro, você sabe.

— Você terá os dois.

Virgínia pula da pia e fica em pé para arruma a saia. Eu deveria estar fechando os botões da minha camisa, mas não posso me mexer.

— Posso me casar por dinheiro, posso me vender por uma pesquisa, mas é só isso.

Não é tão difícil juntar os pontos. Virgínia sabe que me quer, eu sei que a quero, mas ainda não podemos ficar juntos. Eu tinha um objetivo aqui, tinha um futuro como jornalista e ideais para seguir, mas tudo mudou e notei que precisava de mais. Permiti-me sentir tudo por Virgínia, mas ela não fez o mesmo. Ela continua se apegando mais aos seus antigos objetivos do que a mim.

Não me importo se ela entrou no reality com um motivo ganancioso, mas me importo se, em todo o tempo que passamos juntos, nada a fez mudar de ideia. Se o que ela sente por mim não é forte o bastante para ir adiante, então por que estou aqui tão entregue? Se não é recíproco, deixa de fazer sentido.

Minha decepção deve estar estampada na minha cara, porque Virgínia bufa e assume uma expressão furiosa.

— Sabe o que mais me irrita nisso tudo, Dante? A forma como você faz tudo parecer muito simples. Você se deu conta dos seus sentimentos, tá certo, e isso resolve tudo? Dante, eu nunca quis me casar. Entrei nessa pelo dinheiro, mas aí eu conheci você. E eu me entreguei. Dante, eu nunca acreditei em casamentos, mas eu me entreguei a você. Aí veio aquela matéria. Por Deus, faz ideia de como eu me senti?! Não foi você que publicou, eu sei! E você escreveu faz tempo, já entendi. E por acaso isso tira o peso das suas palavras? Dante, eu também não fui com a sua cara no começo, mas, nossa, eu nunca pensei nada daquilo de você. Me dói demais saber que você pensou aquelas coisas de mim, mesmo que não seja tão recente.

Eu quero dizer que, no fundo, eu nunca pensei aquilo sobre ela de verdade. Eu estava com raiva quando escrevi! Mas ela não me dá tempo de nada, as palavras estão saindo feito uma enxurrada:

— Nunca gostei de ninguém antes. Quando eu gostei e, apesar de todas as circunstância, me permiti isso... Dante, eu confiei em você, e aquela matéria me destruiu.

Sinto como se uma parte de mim tivesse sido arrancada. Virgínia está acabando comigo.

— E agora você quer que eu simplesmente esqueça tudo de ruim que você já fez eu sentir pra focar unicamente no que foi bom? Quer que eu retome a confiança pra me entregar em matrimônio a você?! Dante! Sim, eu sinto algo muito forte por você. E daí? Não sou uma menininha pra achar que o amor supera tudo. Você me quebrou em pedaços, e eu não posso simplesmente fingir que isso não aconteceu e voltar a confiar em você. Eu quero, é verdade, mas... Eu... eu estou confusa. É muita coisa de uma vez...

Acho que algo se rasgou dentro de mim, mas não sei o que foi.

Ela está certa. Sei que fiz merda. Sei que o errado aqui sou eu. Mas não posso acreditar que tudo que aconteceu foi...

— Foi tudo em vão?

— Não. Você conseguiu a vaga e a reportagem. E eu vou conseguir a pesquisa quando nos casarmos amanhã.

Minha cabeça balança de um lado para o outro.

Não acredito no que estou prestes a dizer.

Eu fiz tudo errado, e sinto que, agora que consigo enxergar com clareza, preciso fazer certo desta vez.

— Me desculpe — peço enquanto fecho o zíper e os botões da camisa. Quero sair deste cubículo o mais rápido possível. — Eu não posso fazer isso, Virgínia.

Ela abre os olhos, insegura.

— Do que está falando?

Ergo os ombros, totalmente vencido.

— De nós — sussurro. — Se não é sincero, se você não pode me perdoar, se não quer se casar comigo de verdade, então não posso me casar com você.

— Mas... — Virgínia arregala os olhos. — Mas e a minha pesquisa?

— Me desculpe — digo, porque sei que a pesquisa é importante, mas também sei que ela está se perdendo.

Eu não espero nenhum tipo de resposta, por isso abro a porta do banheiro e me escondo nas sombras que invadem o corredor.

38

VIRGÍNIA

— Você será a noiva com as maiores olheiras do planeta. — Mafê faz uma careta para mim ao abrir a porta do banheiro. Ela não se importa que eu esteja nua e não está nem aí se eu preciso de um tempo sozinha. — Você não dormiu nem um pouquinho?

Nego com a cabeça. Não preguei os olhos nem por cinco segundos durante a noite. Tinha pensado que minha cama faria eu me sentir melhor, mas piorou. Foi uma das piores noites da minha vida. Senti falta de Dante como nunca antes e suas palavras me assombram até o amanhecer.

"Não posso me casar com você."

Ele dirá "não".

— É melhor se apressar — minha amiga avisa. — O carro da produção já está lá embaixo e sua assessora está me tirando do sério lá na sala.

Faço um joinha para Mafê. Não me importo com nada no momento.

Depois de tudo pelo que passamos, Dante negou se casar comigo. Não importa o que sentimos um pelo outro, não importa que me falte coragem para admitir o óbvio, que eu não consiga perdoá-lo por seu erro. Dante deveria ter tido a decência de aceitar se casar comigo. Ele me enganou, me ofendeu e ainda me tirará o prêmio do reality.

— Finalmente! — Madu bate palmas quando apareço na sala de estar com roupas normais e cabelo molhado. — Estamos atrasadíssimas.

Assinto e pego minha bolsa.

— Vejo você em breve — Mafê me abraça perto da porta. Não contei nada sobre a noite de ontem para ela, então minha amiga ainda acha que vou me casar. — O Leonardo está atrasado, como sempre. Ele reservou um terno rosa em uma loja muito longe, então vamos nos arrumar por aqui.

Tento mostrar um sorriso para ela, mas essa é só mais uma tentativa na qual falho.

Cheguei a achar que eu poderia superar a matéria que Dante escreveu sobre mim, achei que era questão de tempo até que eu conseguisse passar por cima disso. Honestamente, ele se redimiria ao me ajudar a garantir a pesquisa, mas ele é um grande egoísta. Conseguiu tudo o que sempre quis e me deixou na mão.

Eu não tenho nada.

Como ele pôde dizer todas aquelas coisas lindas sobre nós e depois simplesmente me negar? "Quero isso com você todos os dias."

Egoísta! Isso é o que Dante é. Um egoísta!

Poderíamos facilmente sobreviver a algumas semanas de casamento antes da anulação. E, meu Deus, do jeito como somos, quem sabe o que não aconteceria entre nós? Talvez gostássemos de viver a vida juntos e decidíssemos desistir do cancelamento.

Eu... eu fui muito dura ontem? É muito frustrante pensar que, se tivéssemos tempo para assimilar tudo isso, para nos entendermos, nos arrependermos, para nos perdoarmos, talvez tudo fosse diferente... Talvez Dante tenha razão. Um casamento por interesse, com toda a nossa família ali...? Antes de me apaixonar por ele, isso não tinha tanto peso. Mas agora? Estou prestes a subir ao altar com o homem que amo, e o que influencia o meu "sim" é o dinheiro. Deus, o que estou fazendo?!

— Vi, você precisa se acalmar. — Madu esfrega meu joelho quando entramos no carro. — Sua respiração está tão pesada que o motorista precisou abrir os vidros para não embaçar.

Não consigo responder. Acho que não falei nem mesmo uma palavra durante a manhã. Sinto que se abrir a boca, vou gritar. Ou pior, chorar. Estou acabada.

Quando chegamos ao local do casamento, levo alguns minutos para tomar a coragem de sair do carro. O dia está lindo. O céu está azul e sem nenhuma nuvem, uma leve brisa refresca a temperatura e alguns passarinhos cantam nas árvores. Conto dezenas de cadeiras posicionadas em frente a um altar decorado com folhagem e flores brancas, como escolhi com a produção do programa.

Nunca pensei muito em como seria o meu casamento, mas sabia que, se casasse, seria uma cerimônia ao ar livre. Está perfeito. Além do altar, um espaço um pouco mais rústico e coberto está sendo preparado para alocar os convidados na recepção e na festa.

Mas aí fica a minha pergunta: o que acontece com a festa e o buffet caro quando os noivos dizem "não"? Os convidados ainda podem aproveitar ou cada um vai para a sua casa e teoriza sobre o motivo que levou os noivos ao surto?

— Gostou? — Alana me pergunta sobre o ambiente.

Ela está vestindo uma calça pantalona preta e uma camisa social da mesma cor, exatamente como Madu.

— Está lindo — digo rápido. — Onde está o Dante?

Alana dá de ombros e esboça um semblante chateado.

— Ele não quer a minha ajuda agora. Já está pronto, na verdade, mas tem algo de errado. Vocês estão bem?

Sinto vontade de rir. Não uma risada alegre, mas uma sarcástica e rancorosa.

— Estamos. O show deve continuar, não é?

— Virgínia... — Alana, pousa a mão sobre meu ombro, parece triste. Assessoras não deveriam se afetar tanto assim pelas decisões dos participantes, não é? — Preciso contar uma coisa pra vocês.

Eu não quero ouvir nada. E não é por mal. Adoro o que Alana e Madu fizeram por mim e Dante durante o programa, mas já chega. Não aguento nem mais um dia disto aqui. Só quero que tudo acabe e eu volte para a minha vida normal.

— Acho... acho que você deve entregar isto a ele — falo com dificuldade, tentando desviar a atenção de Alana.

Tiro a aliança de safiras que Dante me deu quando me pediu em casamento e entrego à assessora. Tecnicamente, ele precisa que eu devolva o anel para colocar novamente em meu dedo na cerimônia, mas sei que estou devolvendo o acessório para sempre.

— É claro...

Ela torce o nariz.

Sei que Madu e Alana já sacaram que eu e Dante não sairemos daqui casados (se não, não estariam tão visivelmente abaladas), mas vou continuar evitando o inevitável até o último momento.

— Você tem cabelo e maquiagem agora.

Madu me empurra até um camarim de madeira, que mais se parece com um celeiro, e a minha única reação é obedecê-la.

Meu vestido de noiva está pendurado em um cabide no teto baixo de madeira e uma penteadeira serve de apoio para as centenas de maquiagens que a produção trouxe. Os staffs que cuidaram da minha aparência durante a etapa das cabines estão aqui e fazem fila para me abraçar.

— Eu *amo* vocês dois juntos — diz o staff careca, José. Quero responder um "eu também", mas me concentro. — Vamos dar um jeito em você — ele fala, tocando as pontas do meu cabelo. — Está horrível, totalmente acabada.

— Obrigada — respondo, irônica.

Passo as próximas duas horas com várias pessoas me arrumando. Fizemos minhas unhas das mãos e dos pés, uma limpeza de pele e hidratação no cabelo. José gosta bastante de me lembrar das minhas pontas duplas. Ele seca o meu cabelo e faz um babyliss caprichado só para depois me encher de bobes.

Estou parecendo a Dona Florinda e me pego pensando na cara que Dante faria se eu subisse no altar deste jeito. Ele provavelmente riria de mim.

Uma mulher faz a minha maquiagem e, desta vez, não faço muitas intervenções. Eu gosto de maquiagens simples e naturais, mas a esta altura eu não ligo se me transformarem num palhaço.

O careca solta o meu cabelo e faz um penteado simples nas ondas que criou em mim. É um meio preso, meio solto decorado por uma grinalda de brilhantes. Não sei se são mesmo brilhantes, mas com certeza são pedras caras.

Me colocam no vestido de noiva, e, quando me vejo no espelho, a sensação de choro volta à minha garganta. Não posso estragar a maquiagem, também não quero parecer desolada, então engulo as lágrimas, como minha mãe mandava eu fazer quando não queria comer algum tipo de alimento.

E parece que o universo consegue ouvir meus pensamentos, porque justo neste instante minha mãe abre a porta do celeiro. Ela está linda com um vestido verde-escuro, cabelo preso e maquiagem marcada. Acho que as lágrimas não podem ser engolidas agora.

— Ah, meu Deus — ela sussurra, se aproximando de mim. — Você está maravilhosa, Virgínia. — Sorrio, sem conseguir conter o choro. — Não, não, não — ela toca meu rosto —, vai estragar a maquiagem.

Mas eu choro ainda mais. Não sabia que estava com tanta saudade.

Minha mãe me abraça por longos segundos e depois para para me analisar. Ela é toda sorrisos e olhos brilhantes.

— Está todo mundo vestido? — Ouço outra voz conhecida atrás da porta.

— Pare de ser besta, Márcio — minha mãe o repreende. — Entre logo pra ver como nossa filha está linda.

Meu pai abre a porta e paralisa ali mesmo, no batente. Ele sorri, balança a cabeça e fica um pouco sem graça. Tudo ao mesmo tempo.

— Meu Deus!

— Sim, sim, eu já falei isso.

Minha mãe balança os braços, impaciente.

— Oi, pai.

Abro os braços para receber o abraço.

— Não acredito que minha menininha vai casar. — Ele bate palmas. — E que não serei eu o celebrante.

— Até parece, você precisa assistir à cerimônia, e não fazê-la — minha mãe adverte.

Quero rir com os dois, mas a incerteza do que vão achar quando perceberem que eu e Dante não vamos nos casar está me matando. Deus, o que eles vão pensar quando eles me perguntarem, e eu disse que, apesar de gostar de Dante, eu só queria mesmo o dinheiro. Eles vieram de Minas Gerais só para me ver casar, imagine a viagem de volta!

— Vai dar tudo certo, Vivi. — Meu pai sacode meus ombros, como fazia quando eu era pequena. — Por que parece tão amedrontada?

— Ora, ela vai se casar com um homem que conheceu há poucos dias, é completamente normal — minha mãe intervém.

— Não é um homem, é um garoto. — Meu pai cruza os braços. — Deixe eu me encontrar com ele. Preciso esclarecer algumas coisinhas e mostrar quem é que manda.

— Ah, pare com isso. — Minha mãe ri. — Você veio elogiando o Dante durante a viagem inteira. Vai assustar a Virgínia falando coisas assim. — Elogiando? Meus pais amam Dante, é isso mesmo? — Pronto, já deu. Vá ver como estão os outros convidados.

Minha mãe expulsa o meu pai do celeiro. Ele sai reclamando, mas sei que ficará bem mais feliz entretendo outras pessoas na recepção. Faltam poucos instantes para o início da cerimônia e, a cada segundo, fico mais ansiosa.

— Venha, sente comigo — minha mãe me chama para o pequeno sofá que decora a sala. Ela bate com a mão na almofada, e eu tento encontrar uma posição confortável com a saia do vestido. — Por que está com essa cara no dia do seu casamento?

— Que cara?

— Eu conheço você há vinte e seis anos, Virgínia. O que está incomodando você? Dante não é quem parece ser? — Meu Deus, como minha mãe pôde me desvendar em tão pouco tempo? — Sei como são esses caras de programas de televisão — ela diz, bufando. — Eles aparentam ser perfeitos nas câmeras e o público os idolatra, mas aí eles se mostram uns babacas no relacionamento e o casal sempre acaba separado alguns meses depois.

— Não é nada disso. — Suspiro. — Quer dizer... Ele deu mancada. Me magoou, mas... Dante é perfeito. Eu não gostei dele de cara, é verdade, mas ele é tão... Nossa, nunca conheci ninguém como ele.

— Ah, graças a Deus! — Minha mãe levanta a mão para glorificar. — Errar todo mundo erra. Se não foi algo imperdoável...

— Não é tão simples. Nenhum dos dois entrou nesse programa pra casar. Dante queria o emprego dos sonhos e eu... eu quero o dinheiro do prêmio — conto, minhas bochechas queimando. — Só que nós nos aproximamos sem querer e aconteceu o que aconteceu por acaso. Poderíamos ter ficado juntos, mas... o assunto vai além disso.

— O que pode ir além do amor? — Minha mãe é uma romântica incorrigível. — Tem certeza de que todo esse problemão na verdade não é só mais um problema que um casal inevitavelmente precisa enfrentar para ficarem juntos? Você ainda não o perdoou pela mancada, mas o casamento já está aí. É isso?

Eu odeio o quanto ela consegue me ler. Não sei o que responder, então mudo de assunto, focando em outro assunto muito importante, que não deixa meus pensamentos mesmo no meio de tudo isso com Dante:

— Tem também a minha pesquisa. O dinheiro é pra pesquisa. Eu devo isso a Lívia, ela merece que eu conclua esse projeto, mãe.

— Filha — chama —, você sempre foi de se martirizar. O que houve com sua irmã foi uma tragédia, e você precisa superar isso para seguir em frente. Eu e seu pai estamos muito orgulhosos da cientista que se tornou, mas não pode perder sua vida em prol do lúpus. Um dia você encontrará suas respostas, mas, enquanto não as acha, viva. Além do mais, pelo que eu entendi, você pode ter Dante e o dinheiro da pesquisa, não pode?

Não agora que eu disse para Dante que só me casaria pelo dinheiro, porque, assim que ele ouvir meu "sim", vai achar que estou dizendo isso para o prêmio, e não para ele. Droga!

Sempre achei que meus pais me culpavam de alguma forma pela morte da minha irmã. Talvez, se eu não fosse uma adolescente tão rebelde, eles passassem menos tempo respondendo às chamadas da diretora da minha escola e mais tempo notando os sinais de lúpus em Lívia. Se tivéssemos diagnosticado a doença mais cedo, então ela ainda poderia estar viva.

Saber que meus pais se orgulham da pessoa que eu sou me enche de esperança e me dá um pouco de alívio. Não preciso correr com a pesquisa, ou me matar para tentar desvendar os problemas da ciência sozinha. Apesar de ainda ser o meu maior objetivo, posso ir com calma e paciência, o que, convenhamos, um projeto desse porte exige.

— Você entrou nisso pelos motivos errados, e quer saber? Quem nunca se inscreveu para um reality show idiota? Eu me inscrevi para o *Big Brother* três vezes! — A risada da minha mãe me tira do transe. — Mas você encontrou algo muito especial nesse programa. Você e o Dante são lindos juntos. Tem certeza de que o dinheiro é mesmo o mais importante nisso tudo?

Nego com a cabeça. Me ocorre que Dante pode ter tido a mesma linha de raciocínio que minha mãe, pode ter pensando que entre ele e o dinheiro, escolhi o dinheiro. E, porra, foi isso mesmo que eu fiz! Influenciada pela raiva diante do que ele fez, é verdade, mas... Droga, isso soa tão pequeno agora. E pensar que os dois estavam ao meu alcance este tempo todo... Se eu tivesse perdoado e superado o erro de Dante a tempo, eu teria os dois.

— Mesmo se eu quisesse alguma coisa, Dante já se decidiu — digo nesta espiral maldita de pessimismo. — Ele dirá "não".

O semblante de minha mãe muda drasticamente. Vai de consternado para chocado e depois triste. Ela não deve acreditar em minhas palavras. Nem eu acredito nelas.

— Mas ele ama você! Qualquer um pode ver! — protesta. — Eu vejo isso nos olhos dele.

Dou de ombros.

— Poderíamos ter tudo — uma risada triste me escapa —, mas acho que fui com muita sede ao pote. Não soube lidar com os meus sentimentos, com a insegurança, e você sabe como sou péssima em me comunicar com clareza. Dante acha que só estou aqui pelo dinheiro, o que de início foi verdade. Se não fosse o cronograma desse programa idiota, era questão de tempo até nos acertarmos, eu acho. Mas eu disse muita coisa pra ele ontem... E, poxa, achei que ele ia me ajudar apesar de tudo, sabe? Não sou a única errada aqui. Sei lá... Não sei mais de nada.

Minha mãe ajeita uma mecha em meu penteado. Ela suspira.

— Vocês são jovens. Nessa idade tudo é mais intenso, tem mais peso. — Concordo no automático. — Ah, filhinha... O Dante achou que você estava dizendo "sim" só pro dinheiro, e não quer ser feito de moeda de troca, não é? — Ela faz a pergunta mais retórica do universo.

— A ideia de um casamento que não está sendo concebido pelo amor... Acho que isso o deixa triste também, agora que está claro que a gente se gosta.

— Você precisa ir falar com ele, Vivi!

— Mas...

— Mas nada! Já chega disso. Você sabe o que quer. O casamento vai trazer o Dante e a pesquisa. Não abra mão de nada. Meu Deus, quem ensinou você a ser orgulhosa assim? Se o Dante for assim também, não duvido que o problema foi esse o tempo todo... Pelo amor de Deus, pergunte a alguém onde é o camarim do Dante e dê um jeito nas coisas.

Meu coração se enche. É sempre assim, não é? Achamos estar perdidos, mas aí vem nossas mães e trazem respostas que, na voz dela, soam óbvias. Me sinto uma criança tentando achar os sapatos que estão bem na minha frente.

— Alguém aqui já bebeu champanhe?

Leonardo escancara a porta do celeiro ao lado de Mafê. Minha mãe corre para abraçar meus amigos, mas continua com o mesmo semblante que me encarava segundos atrás: indignação.

Me aproximo de Leo e Mafê para brindar, me esforço para colocar um sorriso no rosto e me decido. Dante se declarou diversas vezes para mim. Ele disse que quer ficar comigo. Mesmo que não seja esse o final, ele precisa saber que eu também quero ficar com ele e que minha pesquisa faz parte de mim, mas só ele me completa.

— Faça alguma coisa! — João me sacode pelos ombros.

— Eu já fiz — falo de volta para o meu amigo. — Eu tentei.

— Então tente mais — grita João —, vou mesmo precisar dar uma surra em você?!

Desvencilho-me dos braços de meu amigo e me afasto. Cansei de me lamuriar.

— Vai. — Ouço a voz da minha irmã entrando no celeiro. — Uma surra daquelas!

Reviro os olhos. João e Hana riram na minha cara quando entrei no reality, mas agora querem mesmo que eu me case?

— Meu Deus, será que vocês não podem ir pros lugares de vocês e... esperar? — Tento. — Isso aqui nunca foi sobre casamento, vocês sabem.

— Não venha com essa! — Hana protesta usando um longo vestido verde-escuro. — Você se apaixonou por ela, *oppa*.

— Não pode deixá-la escapar assim, cara. — João se junta à minha irmã, ajeitando a gravata. — E aquele nosso plano de fazer nossos filhos se tornarem melhores amigos?

Passo as mãos pelos cabelos. Eles estão me enlouquecendo! Já não é ruim o bastante ter de lidar com os meus próprios sentimentos? Cometi um erro, pedi desculpas, mas não fui perdoado. O que mais eu posso fazer? Obrigar Virgínia a ficar comigo?!

— Por favor — peço; não, eu suplico. — Saiam daqui. Preciso terminar de me arrumar.

— *Oppa* — Hana sabe o que aconteceu entre mim e Virgínia na noite anterior —, pense bem. Tente melhorar as coisas. Olha, vendo de fora, não tem certo ou errado. Você a magoou com a matéria. Ela magoou você focando só no dinheiro. Mas vocês se gostam.

— Cara, isso faz parte dos relacionamentos — João complementa, e, pela expressão de Hana, tirou as palavras da boca dela. — Principalmente no começo. Sério, já passei por isso. E ainda passo. Não foi a última vez que vocês se magoaram, e tudo bem. Na maioria das vezes dá pra consertar...

João segura a porta do celeiro para minha irmã sair primeiro e depois me lança um olhar que pode ir de "por favor, eu só quero outra criança para fazer companhia para o meu filho" até "se não se casar hoje, eu mato você".

Olho no relógio. São quase 16h. Ainda temos meia hora até a cerimônia começar. Não sei o que fazer, então coloco o blazer do terno de volta no manequim. Estou me sentindo claustrofóbico com todas essas câmeras e pessoas querendo ditar o que é melhor para mim.

Sem Virgínia, parece que preciso me esforçar para respirar, parece que esqueço como falar. Mas ela também precisa querer ficar comigo pra isso dar certo. Não tem muita coisa que eu possa fazer para reverter a situação. Ou será que eu não insisti o suficiente?

Alguém bate à porta.

Não quero ver ninguém, mas me controlo para não expulsar quem quer que seja.

— Oi. — É Alana. — Tudo pronto por aqui? — Assinto com a cabeça. Não há nada pronto. — Precisamos conversar. — Nego de novo com a cabeça porque cansei de usar minha voz. — Certo, não precisa falar nada — Alana ergue as mãos —, mas eu vou.

A assessora caminha em círculos por alguns segundos, os saltos batendo no piso de madeira do celeiro. Alana está com a respiração pesada e as mãos próximo à boca, pensativa. Ela para de caminhar e se senta ao meu lado no sofá.

— Eu sei que agora nada disso importa mais. Sei que vocês dois já tomaram a decisão de não seguir adiante — fala pausadamente —, mas isso tem me corroído e, agora que estamos na reta final do reality, você deve saber que esteve errado durante todo esse tempo.

Ótimo, mais uma pessoa para opinar sobre a minha vida.

— A Virgínia nunca foi a infiltrada do *Nada a declarar*.

— É claro que não! — Suspiro, vencido. — Eu achei que fosse, então escrevi aquela matéria ridícula logo depois que nos conhecemos. Se você quer saber, é capaz que desde aquela época eu já estivesse envolvido por ela, e, doido pra negar pra mim mesmo que estava atraído pelo inimigo, escrevi aquela merda toda.

Alana funga ao meu lado. Não sei porque acabei de me abrir com ela.

— Ah, Dante — ela choraminga —, que merda! A Virgínia nunca foi a infiltrada do *Nada a declarar*.

Dou de ombros.

— Eu sei.

— Não, você não entendeu... — aponta Alana. — A Virgínia nunca foi a infiltrada do *Nada a declarar*. Eu fui. Quer dizer, sou.

— O quê?! — disparo ao me colocar em pé.

Alana também se levanta. Como fui tão estúpido?

— É uma graninha extra, sabe? Eu não sabia que você poderia ser um cara legal. Também não sabia que isso interferiria em... Sei lá, um amor de verdade.

— Era você o tempo todo?

Alana assente.

— Você nunca percebeu que as notícias que eu sussurrava para você eram quase as mesmas que saíam no site do Theo?

Esfrego os olhos, confuso.

— Mas...

— Você nunca desconfiou de mim?

— Estava focado demais em Virgínia — admito. — Que idiota eu fui!

Alana concorda com a cabeça.

— É, você foi um pouco idiota. E... Nossa, estou me sentindo bem culpada. Por isso estou aqui. Pra falar, caso você ainda não tenha entendido, que o seu relacionamento com a Virgínia só fracassou por causa desse texto idiota que você escreveu. Se desculpe, coloque a culpa em mim, sei lá... Mas hoje é o último dia que você pode aproveitar pra ficar com ela.

— Eu já tentei, ok?! Já fiz tudo o que podia. A Virgínia não quer ficar comigo.

39

VIRGÍNIA

— Droga! — Arrumo a barra do vestido, que enrosca toda hora no salto. — Eu não sei onde fica isso.

— É do outro lado do galpão — Madu solta o ar pela boca, cansada pela corrida —, noivos não podem ver as noivas! — Reviro os olhos e bato a perna em um vaso de flores. *Ai!* — A gente tem só mais dez minutos, Vi — minha assessora para de correr para desviar de um convidado. — Deveria mesmo estar escondida agora, ninguém pode ver você antes da cerimônia.

Paro de correr e olho para Madu, tentando recobrar os batimentos cardíacos.

— Do que adianta as pessoas só me verem na hora da cerimônia se ela for um fracasso? Precisamos encontrá-lo depressa.

— Vão me demitir — ela balbucia. — Nove minutos, temos nove minutos. Vamos depressa, os padrinhos já estão se posicionando.

Olho para trás para inspecionar o local. Todos os nossos convidados estão me encarando. *Merda.* No que eu estava pensando, que passaria despercebida pela multidão? A única de branco!

Madu pega minha mão e desvia de duas câmeras enquanto corre. Quão grande pode ser um galpão de festas? Não estamos mais visíveis para os convidados, então me acalmo um pouco. Só preciso encontrar Dante.

Passamos por um caminho de pedras e árvores gigantes. Vários cordões com pisca-piscas estão ligados acima de nossas cabeças e uma imensidão de portas se estende a cinco metros de onde estou.

— O camarim dele fica naquela porta — aponta Madu —, a terceira de lá para cá. Por favor, ajeitem isso logo!

Madu corre de volta para a nave do galpão e se perde na multidão de convidados, me deixando sozinha para trás. Eu e a porta do camarim de Dante nos entreolhamos e o medo me pega de surpresa.

Nem mesmo sei o que posso falar para ele. Sei o que sinto, sei do que preciso, mas não sei colocar em palavras. O escritor aqui é ele! Como posso me desculpar sem parecer que estou interessada apenas no dinheiro do programa?

Viro o corpo para pensar melhor. O telão disposto no salão de festas marca um cronômetro e diz que só tenho mais cinco minutos. Não sei nem se Dante está dentro desse camarim. E se ele já estiver no local da cerimônia?

Meus saltos me fazem tropeçar nas pedrinhas do chão, mas não me impedem de caminhar. Estou andando em círculos em frente à porta. Droga, eu deveria ter assistido àqueles filmes de comédia romântica que Leonardo me indicou.

A luz do sol está se esvaindo e minha visão está começando a embaçar (só não sei se pelas lágrimas que querem rolar ou pela escuridão que está se formando). O cordão de luzes reflete nas folhas das árvores e eu sei que nenhum convidado consegue ver o local onde estou escondida, mas ainda me sinto amedrontada.

Não achei que esse experimento fosse me arrebatar dessa forma. Foram apenas algumas semanas, mas é como se tivesse passado os últimos três anos obcecada por Dante. Sinto que se as coisas derem errado hoje, estarei perdida para sempre.

As palavras de minha mãe ainda ressoam em minha cabeça e eu sei que devo fazer alguma coisa (mesmo se a resposta dele for "não").

O relógio no salão me diz que tenho apenas um minuto e meio agora, não sei se esse é o tempo de que preciso para colocar todos os pingos nos is, mas se eu colocar pelo menos alguns pinguinhos... podemos dar um jeito.

Giro o corpo e bato na porta. Não existe resposta. Bato de novo e, antes que eu me dê conta, minhas batidas estão desesperadas e apressadas contra a madeira.

Olho para o relógio e assisto enquanto os últimos segundos aparecem na tela. Sinto minhas pernas bambearem e meu coração falhar. A cerimônia está para começar e terei que aceitar o meu desfecho. Então é um "não"?

— Virgínia? — Pisco várias vezes antes de me virar para encarar Dante. O meu nome ainda tem o mesmo efeito na voz dele, então preciso me escorar na porta para não cair. — Uau! Mas... o que está fazendo aqui?

— Eu queria... — Minha voz falha. Dou de ombros, tentando parecer relaxada, mas falhando miseravelmente. — O que *você* está fazendo aqui? Eu estava batendo na porta e pensei que você já estivesse no altar.

Dante pisca.

— A produção está louca atrás de você. Ouvi nitidamente alguém falando: "Perdemos a noiva", então saí de fininho para não passar a vergonha de ter sido abandonado no altar.

Não consigo conter o sorriso.

— Eu não abandonaria você no altar.

— É — responde ele. — Abandonar, não.

Entendo o que Dante quer dizer. Ele acha que eu não o deixaria passar essa vergonha, mas ainda acredita que o que mais me importa é o dinheiro.

DANTE

Virgínia está impecável.

O vestido de noiva é fluído e leve, com várias camadas até os pés. As alças não são finas nem grossas e há um véu em sua cabeça. O pôr do sol está iluminando seu rosto bronzeado e, de onde estou — mais ou menos três metros de distância dela —, seus olhos e cabelos têm o mesmo tom dourado. Está tão linda quanto o dia em que a vi pela primeira vez.

Vestida para se casar comigo. Porque sabe que precisa disso se quiser conquistar seus objetivos.

— Bom, então temos que ir — digo, afastando o peso do meu último pensamento. — A cerimônia vai começar e precisamos estar em nossos lugares.

— É... tudo bem — ela concorda, o rosto contorcido.

Estendo a mão para Virgínia, que hesita por meio segundo, mas a pega. Nosso toque me dá um choque e eu não posso soltá-la nunca mais. Eu sei disso. Viro meu corpo para não ter de olhar para seu rosto e a puxo pelo bosque.

— Dante, espere — ela pede, soltando minha mão. — Eu... eu não quero ir agora. — Congelo no lugar. — Preciso de um minuto. — Eu ainda não me virei, então só assinto com a cabeça. Não acho que eu possa fitá-la agora. Posso respeitar seu tempo, mas é só disso que sou capaz. — Um minuto com você, eu quis dizer — A voz de Virgínia dança em meus ouvidos. — Alguns, na verdade.

— Do que está falando?

Estou soando muito desesperado? A esta altura, já não me importo mais. Estou encarando as árvores e o único som que eu ouço é o suspiro de Virgínia misturando-se com a música da recepção dos convidados.

— Olhe para mim.

É o pedido mais doce que eu já ouvi. Meu corpo não tem autonomia alguma agora, então ele apenas a obedece. E eu sei que é um erro assim que pouso meus olhos nos dela. Porque há faíscas aqui e a atmosfera parece não suportar a gravidade, assim como meu coração parece parar de bombear meu sangue.

— Eu sei que é tarde demais para desculpas — observo atentamente os lábios de Virgínia se movendo —, mas a culpa é minha. Por todos os erros que não vi. — Meus ombros caem e eu dou um passo à frente para ouvir melhor. — Odeio que isso soe clichê — ela continua, um pouco nervosa com a mecha dourada que cai em seus olhos. — Você me magoou, e eu demorei demais pra ver que isso é pouco perto... da gente. E eu não fico atrás... Não percebi que estava machucando você quando coloquei minha pesquisa entre nós.

— Virgínia, eu nunca a faria escolher entre mim e a pesquisa. Sei o quanto...

— Deixe... Só deixe eu terminar. Quando eu perdi a minha irmã, eu me culpei e, por muito tempo, achei que só poderia me redimir se eu encontrasse uma solução. Passei os últimos oito anos com a cabeça somente em minha pesquisa e eu entrei nesse programa por isso, assim como você teve os seus motivos no jornal. — Virgínia limpa uma lágrima no canto dos olhos, e eu me obrigo a me manter no lugar, porque ainda não sei aonde vamos parar. — Quando eu li a sua matéria sobre mim, o meu mundo caiu porque eu me apaixonei por você, Dante. Foi involuntário e estávamos tão envolvidos que eu... Não sei, não imaginei que você pudesse pensar aquelas coisas sobre mim. Ou, mesmo que não pensasse, pensou um dia... Enfim, não quero me estender nisso. Passou. Tudo que você me disse e a forma como agiu comigo depois de ter escrito aqui é mais importante.

— Virgínia, acho que nunca pensei nada daquilo sobre você. Toda vez que eu tentava odiá-la, você aparecia e eu era consumido. Ainda me sinto assim. Achei mesmo que você fosse a infiltrada antes, e aparentemente eu sou um péssimo jornalista investigativo, porque não vi que a verdadeira infiltrada era a Alana, que estava bem debaixo do meu nariz.

— A Alana?

Eu sorrio.

— Ela me contou hoje. A verdade é que eu amei você desde o começo. Nunca fui de me abrir com ninguém, mas, toda vez que você, que eu ainda mal conhecia, me fazia uma pergunta na cabine, eu respondia com honestidade. Eu não queria nenhum tipo de contato físico, mas toda vez que você me tocava era como estar em outro planeta. Eu quis encontrar algum motivo para afastar você, mas isso é impossível, não acho que possa haver algum momento em minha vida que eu exista de verdade sem você.

— Dante — Virgínia suspira alto, tentando controlar a respiração —, nós erramos muito. Até hoje de manhã achei que só a minha pesquisa importava. Mas é mentira. Eu entendo se você não acreditar em mim, você pode estar achando que só quero me casar para conseguir o dinheiro, mas não é isso. Eu quero ficar com você.

Esse é o melhor momento da minha vida, mas por alguma razão não consigo dizer nada.

— Antes de vir até o seu celeiro, eu fiz uma pesquisa no Google e... Bom, eu não confio cem por cento em minha pronúncia, também não sei o que você pode achar disso, mas a minha verdade agora é uma só. — Virgínia preenche o espaço entre nós e contorna meu rosto com os dedos de forma extremamente delicada, como se estivesse com medo da minha reação. — *Saranghaeyo.*

— Virgínia... — O nome dela é como uma oração.

Dante toca meus dedos sobre seu rosto e desliza as mãos pelo meu antebraço até alcançar minha nuca. Há um leve sorriso em sua face e os olhos estão tão brilhantes que chego a olhar para trás para conferir se não há nenhum tipo de câmera com iluminação nos filmando.

Ele toca a minha testa com a dele, e senti-lo tão perto era tudo do que eu precisava. Estou com tanto medo da resposta de Dante, não sei se aguento mais um segundo sequer, mas me mantenho firme porque não sei como agir de qualquer forma.

Parece que Dante não sabe o que fazer também. Eu disse mesmo que o amo, e em coreano! Será que foi muito brega? Ou talvez ele simplesmente não sinta o mesmo por mim e esteja calado para pensar em como me despistar de uma forma gentil.

— Virgínia — ele repete e, de repente, eu amo o meu nome —, eu conheci você no escuro. Achei que as informações que eu tinha sobre você eram o suficiente, mas você me iluminou. Naquele dia, quando a Mafê e o Leo apareceram no loft e você bebeu no *Sex on the drunk* improvisado...

— Ah, não acredito que você vai estragar o momento lembrando disso!

Ele pousa o dedo sobre meu lábio e continua:

— Nós dançamos a noite toda, bebemos demais e eu segurei o seu cabelo enquanto você vomitava. Quando terminou, apoiou a cabeça na tampa do vaso e sorriu sobre o seu ombro. Por um minuto, eu me senti completamente sóbrio. — Dante sorri perto da minha boca. — Eu a puxei para perto do meu peito e você me pediu pra ficar mais. Eu disse que achava que você deveria descansar um pouco. Eu já sabia que a amava naquela época, mas achei que você nunca saberia. Eu queria que você não soubesse. Escondi isso porque estava com medo de perdê-la, com medo de você não sentir o mesmo e fugir de mim.

Meu coração errou três batidas nos últimos segundos, acho que posso morrer a qualquer segundo.

— Eu amo você, Virgínia. Mais do que eu esperava algum dia amar alguém. E, assim como foi desde que a conheci, estou em suas mãos agora. Se você quiser se casar comigo, eu estou aqui. Se quiser apostar em nós, eu estou aqui. Se quiser consertar as coisas, se quiser apenas mais uma noite... eu estou aqui. Só me diga o que você quer.

— Eu quero tudo com você — digo, sem conseguir pensar em outra resposta. — Só... No momento, apenas me beije.

Dante afasta a testa da minha e me observa atentamente. Aquele olhar que ele sempre usou comigo volta, e é como antes. Só nós existimos e apenas isso importa. Dante estuda cada centímetro do meu rosto e eu faço o mesmo com o dele, sabendo que poderei admirar essa visão por muito, muito tempo.

Quando nossos lábios se tocam, não estou mais aqui. Estou fora da órbita da Terra e flutuando em direção a um final inesquecível. Eu o amo, eu o amo, eu o amo! Como pude negar isso por tanto tempo?

As mãos de Dante passeiam por minhas costas e descem até a cintura enquanto eu luto para me equilibrar no chão, segurando na lapela do blazer. Um fio de adrenalina perpassa meu corpo como um raio e eu me obrigo a soltá-lo por um segundo com o choque de realidade que me toma.

— Vamos ficar juntos? — questiono. Dante aquiesce e eu pretendo voltar a beijá-lo, mas me concentro. — Então devemos fazer isso da forma certa.

— Do que está falando?

Limpo a garganta e ajeito o meu vestido. Passo as mãos pelo penteado para me certificar de que tudo está no lugar e depois o ajudo a alinhar o terno.

— Eu falarei "não".

DANTE

O casamento de uma pessoa deve ser o dia mais feliz da vida dela. Só que o dia do meu casamento está sendo o mais amedrontador que vivi durante os últimos trinta anos.

Não me importo com o tempo perfeitamente agradável, ou com o som dos pássaros alegrando o ambiente. Odeio o fato de que estou vulnerável neste altar, cercado por câmeras e pela maioria das pessoas que conheço. Até o desgraçado do Theo Soares está aqui — ao lado de Olga —, na terceira fileira. Quem o convidou?

Meus pais acabaram de acenar para mim enquanto minha irmã me filma com o celular, mas sou incapaz de discernir o que significa cada movimento. Tudo o que consigo perceber são as batidas do meu coração em meu tímpano, minhas mãos grudentas de tão suadas e minha cabeça latejando.

Eu só quero vê-la.

Nunca me senti tão ansioso na vida.

Ansioso. É mais como se tivesse levado um tiro na barriga.

— Eles tiveram vários encontros às cegas e decidiram se conhecer — Domitila Hernandez diz ao pegar o microfone e encara uma câmera atrás de mim.

E, como se não bastante, o dia mais desesperador da minha vida está sendo televisionado ao vivo.

— Virgínia e Dante viveram dias paradisíacos durante a lua de mel e provaram que química não é o que falta! — Marcos Capela adiciona mais um trecho à fala da esposa, que arranca o microfone de sua mão.

— A vida real não ficou para trás. Os dois precisaram morar juntos por algumas semanas para decidir se o que têm é realmente amor ou se o cotidiano o apaga.

Os convidados estão animados, consigo enxergar a euforia em seus rostos daqui. João, na primeira fileira, está com os polegares para cima a fim de me passar algum conforto. Nenhum deles sabe o que está prestes a acontecer.

— O que esses dois têm ninguém consegue apagar. — A risada de Marcos escapa anasalada. — O casamento de hoje servirá como um experimento social. Pode o amor ser cego? É o que nós, do *Quer casar comigo?*, vamos descobrir agora.

Todos os convidados se levantam ao mesmo tempo, e minha mente enevoada não reage de imediato. *Marcha nupcial* ricocheteia em meus ouvidos e faz minha cabeça voltar a doer. Viro o corpo lentamente para enxergá-la, mas então paraliso.

Virgínia está perfeita.

É como se eu nunca a tivesse visto e todos os momentos até aqui tivessem sido apagados do meu cérebro. Só existe o agora.

Ela caminha em minha direção.

O vestido ocupa toda passagem até a nave, cobre até mesmo seu pai. Na verdade, não é o vestido que me dá toda essa impressão de espaço, mas a presença dela. Virgínia está em toda a minha mente, preenche todo o lugar — e nós estamos a céu aberto. Ela está em tudo, mesmo quando desvio os olhos. Os cabelos são ondas suaves e douradas caindo pelos ombros, emoldurando seu rosto e suavizando sua feição.

Ela sorri. Faço o mesmo, porque é irresistível.

Virgínia ainda está sorrindo quando seu pai a entrega a mim.

Para mim.

Nossos dedos se tocam e se entrelaçam; estão queimando.

— Estamos reunidos aqui para contemplar a união desse jovem casal. — Domitila encara a câmera atrás de nós. — Virgínia Loyola e Dante Moon--Choí, vocês viveram semanas intensas para chegarem até aqui.

— E, agora, só nos resta duas únicas perguntas — Marcos diz e pisca para mim, fazendo o mesmo com minha noiva.

Virgínia aperta meus dedos nos seus. Devolvo o aperto.

Somos dois perdidos.

— Virgínia — Domitila chama, um sorriso no rosto, um silêncio mortal nos assolando —, você aceita Dante como seu legítimo esposo?

O tempo para. Por muito tempo.

Minha cabeça entra em conflito diversas vezes, meu cérebro quase derrete e depois meu corpo leva um choque.

Virgínia demora a responder. Ela suspira e, então, finalmente solta a minha mão.

— Não — responde.

O "oh" que se estende entre os convidados ecoa por todos os cantos e eu me seguro para não rir. Domitila tem olhos arregalados e Marcos tenta manter a pose, enquanto Virgínia cobre a boca com a mão para deter a risada.

— Dante — sussurra Marcos para chamar a minha atenção.

— Pode perguntar para mim também — afirmo, seguro.

Domitila limpa a garganta e espera os convidados se acalmarem.

— Dante, você aceita Virgínia como sua legítima esposa?

— Não. — Minha resposta é rápida.

Virgínia não consegue controlar a risada quando mais um "oh" preenche o ambiente. Eu me junto a ela e entrelaço os nossos dedos. Sei que todos estão nos encarando e que ninguém está entendendo um décimo do que acabou de acontecer, mas eles não precisam saber de nada.

O que eu sei é que Virgínia é minha.

Um silêncio sepulcral — talvez não sepulcral, mas confuso — domina a todos. Só nós dois entendemos o que acabamos de fazer. Não precisamos de prêmio algum para ficarmos juntos, então enlaço a cintura de Virgínia com os braços e junto os nossos corpos.

— Deu certo — ela sussurra, meio rindo, meio surpresa.

Beijo Virgínia como a teria beijado se nós dois tivéssemos respondido "sim".

EPÍLOGO

DANTE

— Não, não, não, esperem aí — Igor Moraes, um dos hosts do PodFalar, estende os braços sobre a mesa de madeira e ri alto. — Estão falando que nenhum dos dois queriam se casar quando entraram no reality?

Virgínia gargalha ao meu lado e bebe um gole de água.

— Não era o objetivo de nenhum de nós — digo.

— Tanto que vocês não se casaram!

Samuel Vieira, o outro host, aponta o dedo.

— Ah, mas, vamos ser sinceros, foi bem melhor assim — Virgínia se defende. — Nós estamos juntos, de qualquer forma.

Entrelaço meus dedos nos dela por baixo da mesa.

— Tudo bem, mas de quem foi a ideia? — questiona Igor, entretido. — Tipo, falar "não" e depois calar o público com um baita beijo?

— Foi ideia dela — digo e aponto para Virgínia, que ri alto.

Por mim, teríamos nos casado.

— Eu não queria que nossa decisão se pautasse em uma pilha de dinheiro — admite ela. — Quer dizer, eu adoraria o dinheiro, é óbvio, mas isso não é tudo.

— Algum casal ficou com a grana, afinal?

Samuel tamborila os dedos na mesa.

— O Joaquim e a Brenda — falo. — Eles foram os únicos a se casarem.

— Ah, é verdade — lembra o host principal —, a Letícia e o Rafael disseram "não" e o Eduardo e a Dora nem mesmo chegaram ao altar!

— O que rolou, hein? — Samuel encara uma câmera e pergunta aos telespectadores da live: — Comentem aqui sobre as teorias que o público vem criando sobre esses dois casais que decidiram se separar.

Eu e Virgínia mantemos a expressão serena, acho que não temos muito a acrescentar sobre esse assunto. Eduardo e Dora simplesmente não combinavam e era óbvio que Rafael e Letícia não dariam certo — às vezes ainda me pego pensando na surra que deveria ter dado naquele imbecil.

— Mas nos contem — Igor intervém —, o pessoal quer saber as novidades sobre vocês dois. O que aconteceu nos últimos dias?

— Por isso, separamos algumas perguntinhas do público pra vocês responderem aqui agora — Samuel completa.

Aquiesço ao mesmo tempo que Virgínia. O público ainda me deixa nervoso.

— A @luludapomerania123 quer saber — Igor lê no telão ao nosso lado: — Virgínia, mas e a pesquisa para o diagnóstico precoce do lúpus?

Animo-me com a questão e encaro minha namorada/futura esposa.

— Inicialmente minha universidade não poderia subsidiar a pesquisa — conta —, foi por isso que entrei no reality, assim como contei para os meus seguidores no Instagram. Acontece que a minha tese foi muito bem comentada pelos acadêmicos da área durante o *Quer casar comigo?* e nesta semana surgiram vários convites de auxílios.

— Você aceitou algum? — Samuel quer saber.

Ela balança a cabeça, radiante, o sorriso de orelha a orelha.

— Com toda a certeza! — exclama. — Fui convidada para participar da equipe do Dr. Luiz Carlos Borba, do departamento de reumatologia da Universidade de Pelotas, no Rio Grande do Sul. Eles entraram em um acordo com a Universidade de São Paulo e agora tenho uma equipe especializada sob meu comando, materiais, equipamentos e até cobaias!

— Isso é perfeito!

Igor levanta os polegares.

É mais do que perfeito. Além de conseguir o auxílio necessário para a pesquisa, agora Virgínia não precisa se preocupar tanto com suas dívidas. Nunca a vi tão animada.

— Bom, a @bibidorameira mandou uma pergunta também, só que pro Dante — Samuel lê: — Dante, li *A casa da rua debaixo* ontem e estou sem palavras. Você, por acaso, não tem coração?

Virgínia explode em uma gargalhada ao meu lado e sou obrigado a rir também.

— É o tipo de feedback que venho recebendo nas últimas semanas — comento, entretido. — Ninguém gosta de finais abertos mesmo?

— Não! — grita Virgínia, acompanhada por Igor e Samuel e mais algumas pessoas da produção.

— Como andam as vendas do livro? — Samuel questiona. — Teremos mais títulos por aí?

— Não estou escrevendo nada no momento, ando muito ocupado com as novas tarefas no trabalho, mas meu livro finalmente começou a vender e tem conquistado alguns fãs. Minha editora não vê a hora de eu começar um novo.

— Estamos todos ansiosos — fala Igor. — Aquele protagonista causou a maior crise de ansiedade da minha vida.

Desculpem, leitores.

— Por último — Igor bate uma palma —, temos uma pergunta nossa.

Samuel recebe o olhar do amigo e questiona:

— Vocês vão se casar ou não?

Como não preciso mais gastar meu salário com exames para a pesquisa, até que me sobra algum dinheiro. Foi por isso que o Capeta passou a última semana na oficina e é por isso que estamos nos locomovendo sem nenhum tipo de interferência maligna (até então).

— É sério — Dante se segura no painel do carro —, vai só um pouco mais devagar!

— Ah, me poupe — dou risada —, eu mandei consertar o motor e preciso testar.

— Mas o teste inclui seguro de vida?

Que exagerado. Aperto o acelerador com ainda mais força e, fora o barulho no escapamento e a fumaça preta que estamos deixando para trás, tudo parece estar nos trinques!

— Para onde estamos indo, afinal? — pergunto, tentando me localizar no GPS. — Você só colocou o endereço e nem me disse nada.

— Era melhor termos vindo de moto. — Ele bufa, cruzando os braços. — Pretendia chegar no lugar com vida.

— Como você reclama! — grito sobre o barulho do escapamento furado. — Parece que estamos chegando.

A mulher do GPS diz que chegamos ao nosso destino, mas não faço ideia de que lugar é esse. Por que Dante me trouxe para um penhasco? Ah, meu Deus, será que ele vai insistir para eu escalar alguma coisa?

— Este é o lugar.

Sorri, abrindo a porta de Cap.

— Mas que lugar? Não tem nada aqui.

Além do carro vermelho, estamos em um campo aberto coberto por grama e lama. No entanto, somos presenteados pela melhor vista do mundo à nossa frente. O pôr do sol está acabando e a lua já aparece no céu lilás. A cidade está movimentada e abarrotada com o trânsito embaixo de nós, e assim podemos ouvir os sons das buzinas nos cruzamentos.

— É bem bonito — admiro, me juntando a Dante no penhasco —, mas eu ainda tenho medo de altura.

Dante se senta na grama e eu faço o mesmo. Não sei porque ele me trouxe aqui, então só o obedeço.

— Meu pai me trazia aqui quando eu era mais novo — diz, observando o céu. — Sempre me contava aquela história: o sol e a lua eram apaixonados, mas nunca podiam ficar juntos, e foi aí que Deus criou o eclipse.

Pouso minha cabeça no ombro de Dante para observar o mesmo que ele. Eu amo cada momento igual a este.

— Eu lembrei deste lugar quando estávamos naquele podcast hoje mais cedo — ele continua. — Quando nos perguntaram se vamos ou não nos casar. — Engulo em seco com o assunto em questão. — Porque foi aqui que meu pai pediu a minha mãe em casamento também.

— Isso é tão fofo — admito, mas então paraliso quando percebo a palavra "também".

Ergo a cabeça para encarar Dante. Faz apenas duas semanas que saímos da loucura do reality, mas, fora o trabalho, não passamos quase nenhum momento separados. É como se eu não pudesse existir sem estar ao lado dele.

— Eu teria me casado com você naquele dia. — Dante sustenta o meu olhar. — Teria me casado com você no primeiro dia de cabine, ou no dia em que nos vimos pela primeira vez.

— Dante — uma risada nervosa escapa por minha garganta —, o que você...

— Esses últimos dias só me comprovaram que é disso que eu preciso — ele continua, mas desta vez segurando minhas mãos: — Ficar com você. De verdade. — Eu nem mesmo existo. — Virgínia, por favor, case comigo.

Tudo em mim parece girar, todos os meus órgãos estão flutuando. Minha pulsação está extremamente agitada e o ar não entra mais por minhas narinas.

Não há outra resposta para dar.

— É claro que eu me caso com você. — Consigo dizer após longos segundos.

Nunca respondi uma pergunta com tanta certeza em minha vida.

Dante abre um sorriso enorme e joga o corpo contra o meu. Solto um gritinho de susto quando sinto a grama gelada em minhas costas, mas a temperatura do corpo acima do meu me acalenta. Dante distribui centenas de beijinhos por todo o meu rosto e eles fazem cócegas não só na minha pele, mas em meu coração.

— Eu amo você — sussurro entre os beijos.

Meus braços estão em volta de seu pescoço e eu quero trazê-lo mais para perto, mas Dante se afasta.

— Quase esqueci! — exclama, mexendo nos bolsos. Ele abre uma caixinha preta em frente ao meu rosto e o anel de safiras que eu usei durante o reality aparece. É tão lindo. — Eu não contei na época. Não há nada mais coreano em nossa família do que este anel. Era da minha avó, mãe do meu pai. Ele deu para a minha mãe, mas agora é seu.

— Dante...

Suspiro. Há pelo menos um litro de líquido querendo descer por meus olhos. Ele havia me dado o anel tradicional de sua família antes mesmo de pensarmos em casamento?

— Você aceita? — Dante pergunta de novo.

As palavras não saem, mas eu balanço a cabeça muitas vezes para provar que sim, com certeza, é óbvio, eu aceito me casar com ele.

Dante desliza o anel pelo meu dedo anelar e volta a pressionar meu corpo na grama. Os beijos por todo o rosto voltam também, mas ficam mais fortes e, antes que percebamos, estamos nos beijando de verdade. Somos só nós e nossos corações. Amo muito mais o pedido de hoje do que o pedido da cabine. Somos pessoas completamente diferentes agora.

— Agora, sim — ele diz quando se afasta um pouquinho, o sorriso provocador nos lábios. — A partir de hoje, um dia.

AGRADECIMENTOS

Agradeço principalmente a Bianca Gulim, minha editora. Este livro seria apenas 10% do que é se não fossem os seus conselhos e suas ideias criativas.

À minha família, que aguentou meus surtos durante todos os meses de escrita.

A todos os profissionais que trabalharam na confecção desta obra: Fábio Dantas, Michael Vasconcelos e todo o Grupo Editorial Coerência.

Ao Inverno Itália, que é um café da minha cidade. Dos quarenta capítulos deste livro, escrevi trinta e oito por lá.

E aos meus leitores, que me enviaram centenas de mensagens durante todo o processo de escrita, me incentivando a contar a história de Dante e Virgínia.

xoxo,

G.

Grupo Editorial
coerência

Não perca a oportunidade de realizar
o sonho de se tornar um escritor.
Envie seu original para o nosso e-mail e
PUBLIQUE CONOSCO.

Acompanhe o Grupo Editorial Coerência:

@grupoeditorialcoerencia
fb.com/grupoeditorialcoerencia/
@coerencia
lilian@editoracoerencia.com.br
www.editoracoerencia.com.br

Esta obra foi composta na fonte ITC Legacy Serif,
tamanho 11 pt, e impresso em papel pólen soft 80g/m².
São Paulo, agosto de 2023